菊地靖彦著

伊勢物語・大和物語論攷

鼎書房

伊勢物語・大和物語 論攷　目次

第一部　伊勢物語

第二部　大和物語

第一部　伊勢物語

第一章　伊勢物語私論

――主として伝承と反古今との視点から――

一

（題しらず）　　　　　　　　　　　　読人しらず
かすが野はけふはなやきそわか草のつまもこもれり我もこもれり　（『古今集』春上）

（題しらず）　　　　　　　　　　　　読人しらず
さつきまつ花たちばなのかをかげば昔の人の袖の香ぞする　（『古今集』夏）

たとえばこうした『古今集』四季部の歌は、それぞれにその詠まれた実際の場があったはずである。だがそれは捨象されて「題しらず」とされる。ということは、これらの歌が春なり夏なりといった季節を詠んだ歌としてはじめて『古今集』歌たり得たということである。

『古今集』では、その歌を通して表白されようとした感情を一応度外視し、表現そのものの価値をまず重んじた。機知的、理知的といった古今風の一面がそこに出る。『古今集』の四季部というものからして、それは自然を知的に裁断し、編者の論理によって構成されたものにほかならない。そしてこうしたことは、自然発生的な歌が漢詩とならぶ〈和歌〉とされ、自覚的な文芸としての自律性を獲得するためには、一度は通らねばならなかった必然の過程であったといえるであろう。『古今集』が抒情の断絶であるとはよくいわれるところだが、けっしてゆえのないことではない。

だがそれは古今「集」の中における歌についていえることであって、個々の歌そのものがすべて抒情を喪失していたということではない。殊に『古今集』以前の時期に詠じられた歌（主として読人しらずの歌）はそうである。たとえばここに引いた二首の歌も、「集」を離れてみればもともと生活の中から詠み出された抒情であり、その抒情の背景として季節感があったに違いない。具体的にいえば、これらの歌はいずれも恋愛の場で詠まれたものであろう。しかし『古今集』はこれらの歌をそれぞれの季節の表現としてしかみないのである。すなわち『古今集』以前の歌からみれば、『古今集』の営為とは歌が詠み出される実際の基盤から歌を引き離すことであった。

さて、『伊勢物語』はこれらの歌を**第一二段、第六〇段**の話の中で扱っている。前者は初句を「武蔵野は」と改められて入る。武蔵野の中に男に隠された女が、野に火をかけられそうになってこの歌を詠じたという話であり、後者はかつて男の許を去った女が或る国の祇承の妻となっているのに再会した男が詠みかけた歌とする。こうした『伊勢物語』のこれらの歌の扱い方は明らかに『古今集』の行き方とはまったく相反するものでしかない。もっとも、『伊勢物語』の語るところがこれらの歌のそもそも詠まれた事情を真実伝えているとは思えない。「春日野は……」の歌はおそらく農民の野焼きの行事にまつわる民謡だったろうといわれているのに、『伊勢物語』第一二段の話はそれとは違うし、第六〇段は、「この歌は本来花橘の木蔭かなにかで作られたものであろうのに、この物語では橘の実を手にとって詠んだことになっていて、明らかに作意に破綻を来たしている。」(1)と野口元大氏がいわれるように、話と歌との間にしっくりしないものがあるからである。ということは、『伊勢物語』にしても、なにもこれらの歌にまつわる事実を記そうとしているのではなくて、歌をそういう状況の中に置いてみようとするそのこと自体にねらいがあることを意味する。つまり、歌を鑑賞享受するもう一つ別のあり方を意図的に提示しているのである。この両段では季節感などはほとんど問題にもならない。そして歌はどうしようもない人間関係の中に生まれ、悲喜劇をかたち造っていく契機として扱われているのをみる。第一二段の女は歌を詠んで捕らえられたし、第六〇段の歌は女を出家させることになった。歌をそれとしてひとりあるのではなくて散文的な状況の中に離れがたく結びついたものとして認識する立場が主張されているのである。

このように、対極に『古今集』を置いてみるとき、『伊勢物語』が歌というものをめぐって反『古今集』的な立場に立つものであることは否定できないところである。『古今集』と『伊勢物語』との異質さは『古今集』業平歌を核にすえた、たとえば有名な『伊勢物語』**第九段**をみてもよくわかる。このことについては室伏信助氏、阪下圭八氏に精細な考察がある。(2)「かきつばた」の五文字を句の頭にすえて詠む「から衣きつつなれにし……」の歌が『古今集』ではその折句の機知が重視されるのに対し、『伊勢物語』ではもっぱらその抒情を尊しとする様相は明らかだし、「名にしおはば……」という言問いの歌も、『古今集』でこそ名を負うものに対する機知であるが、『伊勢物語』ではしみじみとした真実の問い掛けとしてとらえられる。だからこそこれらの歌が、「皆人、乾飯のうへに涙落してほとびにけり」、「とよめりければ、舟こぞりて泣きにけり。」といわれるような、周囲の共感と感動を得られるのである。それはまったく歌の技巧的な表現に対する讃嘆などではなくて、歌が表白する心情に対する共感である。阪下氏がいわれるように、まさに「歌は歌物語の中へ位置づけられることで、その機知や技巧や見立てといった外皮が洗いおとされ、自然で素朴な情緒が回復される。(3)」という様相を、この段は示している。

そもそも『伊勢物語』に入る『古今集』歌は、『古今集』の側からみれば反逆でしかない。『伊勢物語』中の『古今集』歌は、数え方にもよるがおよそ五八首（天福本一二五章段の限りで）、そのうちの四一首は恋と雑の歌で、『古今集』の中心である四季部に入る歌はわずか八首である。しかもそのうち五首は業平の歌だから『伊勢物語』にあるのである。また作者別にみると。五八首から業平歌三〇首を除いた二八首は、ほとんどが読人しらずの歌であって、古今風の中心たる撰者時代の歌などはもちろん含まない。『伊勢物語』は古今風の四季部に入るような歌はほとんど無視し、読人しらずと業平の歌にもっぱら集中する。

『古今集』と『伊勢物語』との成立の先後関係を確定することは至難である。『古今集』の業平歌をみれば『古今集』以前に『伊勢物語』（らしきもの）が存在したらしいことは否定できないし、一方『伊勢物語』には『古今集』から入ったとみるよりほかない例もある。後述するように、『伊勢物語』の最終段階は業平らしき「をとこ」像が形造られた時であると考えられ、その時点でいまだ『伊勢物語』に入っていない『古今集』業平歌が、いわば残務整理のかたちで『伊勢物語』に入ったと思う。その時期は、だから、『古今集』成立時を遠く隔たるはずはない。業平自身が『伊勢物語』の生成にかかわっていなかったとするなら、彼が没した八八〇年から『古今集』成立の九〇五年以後、それをあまり隔たることのないある時までの間に、『伊勢物語』はそのほとんどの姿を整えたはずだと思う。古今風と『伊勢物語』との形成は、だから巨視的にみればほとんど同時期であるといってよい。そして同じ時期にこのように、歌についての対照的なふたつの見方があったことに、あらためて注目したいのである。

和歌史の上でこの時期を見ると、いうまでもなく古今風が急速に形成されていった時である。業平にもすでに屛風歌が残っているが、屛風歌や歌合が盛行しはじめるのは八八〇年を隔たるほんのわずか後であり、八八七年には宇多朝が始まり、全体として『古今集』前夜というべき時期である。そして古今風の形成を推し進めたのは強引ともいえるほど明快にして合理的な精神であり、政治と結託した力でさえあった。『古今集』の成立は朝廷の権威とそれに結びついた藤原氏の権力とを背景にし、勅撰というかたちで相当急激になされている。中西進氏は「少なくとも和歌の本質に関する限り、古今集の理知は十世紀の和歌が、そのもの自体の進展の歴史の中に獲得したものではなかった。[4]」といわれる。だから文芸プロパーの次元では相当の困惑と混乱が潜在したに違いない。『伊勢物語』はそうした時期に生まれた。それはすなわち急速に形成され行く古今風に対する反措定として、やはりとらえられるべきものであろう。

『伊勢物語』を単に「をとこ」の物語とみることは安直にすぎるであろう。『伊勢物語』は本来歌をめぐる物語であり、その原点はあくまで歌であったはずである。『伊勢物語』がそもそも追い求めたものは、歌というものが人間の生き方といかに濃密に関わるものかということであったらしい。端的な例を、あまり触れられることもない**第二二段**にとってみよう。

むかし、はかなくて絶えにけるなか、なほや忘れざりけむ、女のもとより、

憂きながら人をばえしも忘れねばかつ恨みつつなほぞ恋しき

といへりければ、「さればよ」といひて、をとこ、

あひ見ては心ひとつをかはしまの水の流れて絶えじとぞ思ふ

といひけれど、その夜いにけり。いにしへゆくさきのことどもなどいひて、

秋の夜の千夜を一夜になずらへて八千夜し寝ばやあく時のあらむ

返し、

秋の夜の千夜を一夜になせりともことば残りてとりや鳴きなむ

いにしへよりもあはれにてなむ通ひける。

「はかなくて絶えにけるなか」という。だがなぜ夫婦別れをしたのか、物語はそのようなことにはまったく立ち入ろうとはしない。それはおよそ歌物語の範囲外である。この章段の問題は、歌というものがあることによって二人の関係が復活し得、さらに「秋の夜の……」の詠み交わしによって二人の関係はかつて以上に確かなものとなる、ということにほかならない。これらの歌そのものはそれ程すぐれたものともいえないであろう。それも歌物語がかくべつ要求したことではなかったようである。しかしもしこれらの歌が『古今集』の撰歌範囲に入り、仮に撰入されたとしても「いにしへよりもあはれにてなむ通ひける」という、この章段のもっとも大切なテーマは、『古今集』ではついに顧みられることはなかったはずである。『伊勢物語』の存在意義はそこにあった。なお、「秋の夜の千夜を一夜になずらへて……」の歌は、おそらく民謡に発しているだろうことが福田良輔氏によって指摘されている。(5)

二

『伊勢物語』は業平歌の物語化からその生成が始まったようにいわれている。だがそうした見方にはかなりの疑問がある。『古今集』業平歌を核とする章段はわずか二六章段にすぎない。そのほかにも今では確認しきれないが、事実業平の歌を核とする章段もかなりあるだろう。だがそれにしても業平歌章段の『伊勢物語』一二五章段中に占める割合はそんなに大きなものであるとは考えられない。一方には明らかに業平作ではないことが確認できる歌、たとえば『古今集』読人しらずの歌、伊香子淳行、紀茂行などの歌も入っている。そしてそれらも又、業平歌がそうであると同じく「をとこ」「人」などが詠んだことになっている。『古今集』業平歌以外の業平歌が確かめられないと同じに、業平ならぬ人物の歌も確かめられないだけのことで、事実はかなりあるのであろう。当然のこととはいえ、「をとこ」はけっして業平の別称ではないし、『伊勢物語』は業平を特別扱いしているわけではない。かえって業平はとりたてて抜き出せないほどまでに「をとこ」の中に解消されていると見る方が正しい。

もし『伊勢物語』が業平歌の物語から始発したのだとすれば、明らかに業平歌でない歌をめぐる物語はすべてそれ以後に付加されていったとみるよりほかない。そしてその量は本体をはるかに超える。そのこと自体不自然きわまるのだが、それはそれとして、その付加される理由がはっきりすればよい。なるほど業平像が成長し、いろいろの方面に増殖していった結果であろうとは一応考え得る。たしかにそう考えてよい章段はかなりあることは事実である。しかしながら、たとえば伝誦歌や民謡系統の歌にまつわる話で、およそ業平とは何の関係もないと見られる章段などは、どうして付加され得るのだろうか。たとえば、有名な筒井筒の**第二三段**などが、業平像が形成された後に付加されねばならぬ理由がすっかり解き明かされているとは思えない。

『伊勢物語』が業平歌章段から生成を始めたとして、業平を「をとこ」とすることが主として業平を朧化するためであったとするなら、それは少し無理である。なぜなら、その場合歌の作者が業平であることはすでに知れ渡ったことであったはずで、朧化の意味はあまりないと思われるからである。業平の物語を語り伝えようとすることが『伊勢物語』のそもそもの意図であったのなら、主人公はなにも「をとこ」でなくとも「業平」そのままでいっこうにかまわないであろう。その例が『大和物語』である。「業平」としても相当の虚構は許されてよいはずである。ならば「をとこ」とは実在の業平を拡張し、業平ならぬ人物の事績までをも含めてしまうための手法であったのか。たしかに結果的にはそうした効果があった。殊に「をとこ」を「むかし」に設定して、「むかし、をとこ」と語り出すことは、事実を脱離して業平物語の幅を大きく拡げたといえる。そして『伊勢物語』がすぐれた作品となり得たのも、たしかに主人公を「をとこ」としたことに発していることは間違いない。しかしながら、「をとこ」なるものが、物語のもっとも効果的な手法として計算し尽くされた上で創出されたものといいきれるであろうか。そしてもしそうであったのなら、この方法は以後正当に引き継がれていってもよかったはずである。しかしその意味からすると『大和物語』は退行としかいいようがないし、『平仲物語』はただ形式的に「をとこ」を使っているにすぎず、到底『伊勢物語』の上に立ってその効果を計算していたようには思われない。

次に、『伊勢物語』の諸段の中において業平歌章段のいくつかはその他の章段よりは内容、構成ともによほど発達した性格のものであることに注目したいのである。中には、歌をめぐる物語というよりは、むしろ物語の方が先行して歌はただ単にその中に取り込まれ、利用されているにすぎない章段がある。業平歌章段のいくつかは、散文的要素を極度に抑制して中心を歌にかける歌物語という段階を超えて、歌を含んだ物語というところまで達している。たとえば伊勢斎宮物語の**第六九段**は、もはや「単に歌の表現効果に依存するかたちで成り立つ歌物語とは違って、物語に登場する人間の行為が、一つの主題を形造っていく虚構作品であり、歌はその主題を主情的に奏でるものとして位置づけられている、ということができる。」とは室伏氏のいわれるところである。(6)そして又、**第六五段**は『伊勢物語』中最大の章段であるのだが、これは内容的に業平歌章段のまとめといえ、明らかに業平らしき「をとこ」の物語でしかない。業平らしき「をとこ」を描くためにこの段は構想され、そのためには業平歌以外の歌までが利用される。「単に歌の表現効果に依存するかたちで成立つ歌物語」が、逆にこうしたところから引き続いてくるとは到底考えられない。おそらくはこのあたりが、歌物語が到達した最終段階であったというべきであろう。

業平歌章段以外の章段の中にはたしかに業平らしき「をとこ」像の形成後に付加されたものはあったであろう。だが逆の見方をすればそれらの多くは業平歌章段のかえって前の段階にあって、業平歌章段に影響を与えたものもあったのではないか。すべてが付加とばかりはいえないであろう。

ところで『伊勢物語』中の歌の中には、民間伝誦や民謡の系統の歌がかなり多いことが指摘されている。『伊勢物語』中の『万葉集』（類）歌は『万葉集』の中でも殊に民謡的なものが多く、『古今集』歌も業平のものを除けばほとんどが読人しらず歌である。『伊勢物語』は、実はこれらの歌を含んで民間伝承をふりかえるところから始発したのではなかったろうか。『伊勢物語』の中の、具体的にどの章段が伝承にもとづいているかを見定めることはかなり難しいし、又必ずしも伝承をそのままに採録したといったものでもなかったであろう。けれども、業平とはおよそ無関係とみられ、あまり顧みられもしないような諸章段の方に、かえって『伊勢物語』の始発があったように思われるのである。

そしてその時、物語が語り進められるうえで主人公となるのが、どこの誰とも定め切れない、文字通りの「むかし、をとこ」である。伝承はそうして語り出すほかにない。勿論「をとこ」があるなら「をんな」を主人公とする話があってもよいはずで、事実、『伊勢物語』の中には歌の詠み手が女でしかない章段もいくつかある。それらはたまたま紛れ込んだなどといったものではなくて、かえって『伊勢物語』の原初の姿をうかがわせるものなのである。『伊勢物語』の「むかし、をとこ」とは、そのように、歌にまつわる話を語り出すに必要なパターンとして伝承の中からきわめて自然に得てきたものだったというべきであろう。

そして、その「をとこ」に業平は重ねられたのである。そうでなければ業平は、ともかく「をとこ」とはなり得ても「むかし、をとこ」となるのは容易でなかったはずである。そしていったん「むかし、をとこ」に重ねられた業平は、たちまち伝承の「をとこ」を乗っ取ってしまい、急速に業平らしき「をとこ」像が成長したのである。業平があって『伊勢物語』があったのではなく、『伊勢物語』が業平を発見し、育てていったのである。そもそも歌物語は容易に物語そのものへ転化してしまう微妙さをそれ自体のうちにもっている。歌物語の中の「をとこ」が、どこの誰とも容易に推測しようのない、民間伝承中の「をとこ」である限りは、「をとこ」はそれ以上生長するはずはない。けれども、たまたま業平の歌にまつわる話があって、業平が「をとこ」といわれてしまえば、もはや「をとこ」は業平以外の誰でもなくなる。そうするとその次には、歌よりも業平らしき「をとこ」を先立てた語りが出てくることは必然である。歌はその物語の中に適当にはめこまれて行きさえすればよい。歌物語ならぬ「をとこ」物語の誕生である。歌物語は業平と出会ったときに、その微妙なバランスをくずし、(歌を含んだ)物語にまで発達して、そこで終焉する。

『古今集』業平歌章段の中には、どうしても『古今集』から入ったとしか考えられないものもある。それらは『伊勢物語』が業平らしき「をとこ」像の造形に焦点を絞ったとき、業平歌は能う限り全部物語化しようとして、いわば残務整理のかたちで入ったのではないかと思う。およそそのあたりで『伊勢物語』は一応終結する。増補付加は無論多少あったろうし、既製の章段に手入れもあったであろう。しかし無闇矢鱈と多かったはずもなく、『伊勢物語』の本質を変えるようなことは、もはやなかったと考える。

三

『伊勢物語』の伝承への対し方は、しかしながらけっして伝承をそのままに採り上げ、語るといったものではない。それはあくまでも王朝貴族の立場からする対し方である。

たとえば、芥川の**第六段**を引こう。「女の得まじかりけるを」盗み出した「をとこ」はあばらなる蔵に女をおし入れて戸口を見はっているうちに、雷鳴のもと鬼が女を食ってしまう。「をとこ」は夜が明けてそれに気づき、「足ずりをして泣けどもかひなし」、「白玉かなにぞと人の問ひし時露と答へて消えなましものを」と詠む。「をとこ」が女を盗み出す話は他にも**第一二段**や、又天福本にはない**第一二七段**（岩波文庫本による）がある。第一二七段では女を盗んだ「をとこ」が道中女に水を飲ませる。そうして都へ上るのだが、「をとこ」はそこで死ぬ。女はもとの所へ帰っていくのだが、その途次、かつて水を飲んだ所で「をとこ」をしのんで「大原やせかひの水をむすびつつあくやと問ひし人はいづらは」と詠む。この段は第六段の「露を尋ねる代りに「水を飲む」など現実的で詩的要素に乏しい」と評される。(7) だが素朴であり、話としてはこの第一二七段の方が、はるかにあり得ることであろう。「をとこ」が女を盗むという話は、おそらく伝承の中にあったのである。そしてその内容は女は盗まれたのであったにしろ、「をとこ」の愛にめざめて「をとこ」を想う歌を詠む――、そういうものだったのであろう。「大原や……」の歌は『古今和歌六帖』や神楽歌にも伝えられている。第一二七段が歌を詠むのが女だけであるのは、伝承にそれだけ近いということである。そして第一二段も歌を詠むのが女だけで、しかもその歌が「をとこ」を想っての詠であり、まだ伝承の型は守られているとみられる。だがここでは歌を解釈するのに伝承が利用されている観がすでにある。

第六段はおそらく第一二七段や第一二段と共通する伝承をもとにして創作されたに違いない。歌を詠むのはもはや「をとこ」である。「水のある所にて、『飲まむや』と問ふ」男（第一二七段）に替えるに、女が「草の上におきたりける露を、『かれは何ぞ』となむをとこに問」う。女はもはや深窓の女性であり、話ははるかに詩的である。そのことが後に響いて歌は〝露と消える〟という。『古今集』的なみやびな発想がこの段にはある。もっとも、『古今集』の限りでは露を白玉と見立てる例はなく、白玉はもっぱら滝と涙の見立てである。露↓白玉の見立ては、「さ男鹿の萩に貫き置ける露の白珠あふさわに誰の人かも手に纏かむちふ」（『万葉集』巻八、一五四七）などから出ていようし、露のごとくに消え入りたいという表現も、「秋萩の上に置きたる白露の消かも死なまし恋ひつつあらずは」（『万葉集』巻八、一六〇六）など、『万葉集』も巻八や巻一〇に散見するところである。すなわち『伊勢物語』第六段の歌はたしかに王朝的みやびの歌であるが、なお古今風よりはやや古い表現をもって詠じ出される。それはたしかに観念的な創作には違いないのだが、しかし「足ずりをして泣けどもかひなし」という激情の中から詠み出されて真情にあふれているといった仕立てである。だからこの段は伝承によりながら、しかもそれを王朝貴族的な教養の中に包みこんでいるといえよう。

たとえば又、男の許を去った女が落ちぶれて、やがて出世した男と再会するという話——これは『大和物語』葦刈説話などに見るように男と女とが逆であってもいいらしいが——いずれ伝承の中にあったことのようである。先に触れた**第六〇段**もこの伝承に材をとって『古今集』歌を生かそうとしたものらしい。同様の話は第六二段にもあって、この方は『今昔物語集』巻三〇「中務大輔娘成二近江郡司婢一語第四」と同一の源泉をもつと思われ、第六〇段よりはこの方が、女にも歌がある点など、まだしも生《なま》の伝承に近いように思われる。しかし、野口氏が指摘されるように、[8]女の歌の「あふみ」が「逢身」・「近江」を掛けて詠まれる必然性が『今昔物語集』にはあっても『伊勢物語』にはない。『伊勢物語』の扱い方は、だから「いかにも表層的・形式的」でしかない。それは『伊勢物語』が一方的に男の側にだけ立って、いかにもひとりよがりの〈みやびを〉像ばかりを強調しているからである。殊に第六〇段となるとその傾向はいっそう大きくて、王朝男性貴族の無神経さをさえ見せつけている。これは『伊勢物語』の伝承に対する姿勢を示す例というべきであろう。

『伊勢物語』はたしかに『万葉集』歌を多く採っている。『万葉集』歌（準同歌、あるいは類歌というべきかもしれぬが）は、数え方にもよるがおよそ一三首である。だが『万葉集』とまったく一致するものはなく、程度の差こそあってもほとんど詞句を異にする。それらは普通、異伝といわれるのだが、そう見るよりは『伊勢物語』における王朝風な詠み替えと見るのが正しいのではないか。福田氏は、「伊勢物語に於ける万葉的要素は、物語の成立が古今集時代以前に遡ることを拒否する」ものであることを指摘される。[9]それはつまり、『伊勢物語』中の伝誦歌がすでに王朝風であることをいわれるのであり、『伊勢物語』がいかに万葉的要素を取り込もうとも王朝貴族的な性格を脱け出すものではなかったということである。

　すでに幾度もいわれてきているように、『伊勢物語』には王朝的〈みやび〉を追い求める面が大きい。〈ひなび〉を否定することによって対照的に〈みやび〉を強調する場面もしばしばある。『伊勢物語』はたしかに王朝貴族の、しかも一方的に男性の立場に立った作品である。殊に『伊勢物語』が男性の側からのみ語られていることについては野口氏が、「みやびによって愛が虐殺されようとしている事例さえも、必ずしも例外とばかりは言えぬ」ことを指摘されて、「作者が一方的に男の立場にあるために、女性的愛情は、単に（中略）男の「みやびによって処理さるべき素材的与件としてしかとりあげられていない」[10]と結論されていることでもすでに明らかである。又、『伊勢物語』の諸段の中には『本事詩』や『会真記』をはじめとする漢詩文や仏典の影響が濃厚であることが指摘されている。[11]そのことは『伊勢物語』がいよいよ男性の手になるものであることの証となる。『伊勢物語』はその内容においてばかりでなく、手法においても王朝男性貴族の教養と生活感情に出るものといえる。

そしてこのことは、『伊勢物語』を生み出す基盤が、けっして『古今集』のそれと異質でないどころか、かえって同質であることを示している。そうでありながらしかも『伊勢物語』が反『古今集』的要素を持つとき、それはよほど意図的にして意欲的な試みであったことをうかがわせる。古今風の形成が急激になされ、歌が人との濃密な関連の中から強引に引き離されていくことに対する危機感、焦燥感――、そういった感情が一方の王朝貴族にはあって、伝承的なるものを振返らざるを得なかったのである。本来、伝承的なるものは、国風暗黒時代を通して衆庶の間に息づいてきたものであり、彼らには異質無縁なものであったはずなのだが、なおそれを必要としたのである。『伊勢物語』の「むかし」とはそれだけですでに当代に対する痛烈な皮肉であり、反措定であったに違いない。

上述したように、伝承的なものに対する『伊勢物語』の姿勢には限界がある。いってみれば伝承は『古今集』とは違った歌の鑑賞法のパターンにすぎなかったともいえよう。しかし伝承そのものの力は『伊勢物語』に絶えざる魅力と生命を与えることになった。女性的な愛はいかに男性の〈みやび〉に「虐殺」されようともなおそこを突き破って光る。それは『伊勢物語』作者の意図を超えることであった。そして伝承的なものの力は、直接それに関わる諸章段の美しさとしてばかりではなく、業平を実在の業平以上の像として自在に生かし、転生させる要因としても大きく働いたというべきであろう。

四

王朝男性貴族の手になる『伊勢物語』が伝承に目を向けたのは、歌と人との関わり合いを求めてのことであった。もしそうしたことが王朝男性貴族そのものの中に見出せるなら、これほど好都合なことはない。その意味で業平ほど恰好な存在は又とないであろう。『伊勢物語』がいったん業平を見出すと、たちまち業平らしき「をとこ」像の造形に傾斜してしまうのは、『伊勢物語』の体質からしてきわめて自然なことであったといえる。

業平の歌はすぐれて『古今集』的である。それは主としてそのすぐれた修辞においてである。鈴木知太郎氏は業平の歌は「内なる激情を三十一文字の形式内で撓めながら、言葉として表出されたものは、理に落ちそうになる一瞬のところでとどまっている、といった性質をもっている」といわれる。(12)又、目崎徳衛氏は、業平は「単純に抒情に溺れていたのではなく、新しい手法と素材の野心的な開拓者でもあった」と指摘されている。(13)『古今集』としては業平の「言葉として表出されたもの」は貴重であった。それは業平の、深く唐風文化によって培われた教養の見事な発露であった。

だが、『古今集』としては業平の「言葉として表出されたもの」だけで十分なのであり、彼の内なるものの抒情は余分であった。仮名序の「心あまりてことばたらず」という業平評はその辺の事情をうかがわせるもので、それはあくまで『古今集』の立場からする評言でしかない。業平の歌の「心」は『古今集』ではついに掬いきれないのである。

業平の歌は、多くなんらかの人間関係の場において詠み出される。『古今集』の三〇首についていえば、独詠歌とみるよりほかない歌が四首、献詠歌が三首、それを除くとほかは贈答歌か大勢の人の席で詠まれたものばかりである。そこで彼の歌には聞き手を意識したウィット、ユーモア、気取り、誇張といった要素が常にある。勿論その裏側にはほとんどはっとするような欝情を認めることができるのだが、しかもなお内にこもるよりははるかに外に向かってひろがる性格のものである。『古今集』が注目するのは、この聞き手を意識した表現技法なのだが、同時にこのことは業平の歌がその詠まれる場を離れては十分に味得できぬものであることをも示している。仮にそうすると妙に難解で、割り切れないものが残る。たとえば『古今集』春の部には「世の中にたえてさくらのなかりせば春の心はのどけからまし」という歌を、「渚の院にてさくらをみてよめる」という詞書を付して収めている。しかしこの歌がこのような簡単な詞書だけで解釈しきれるとは思えない。「……なかりせば……のどけからまし」という反実仮想は「業平以前にはほとんどみられなかった技法」であることは目崎氏が指摘されるところである[14]。『古今集』が注目したのはそこであり、桜を詠むにこういう表現があるということだったはずである。だが業平自身が表現のための表現をねらってこの歌を詠んでいるとばかりは思えない。なるほど大袈裟にふりかぶった上句はそのようなことを思わせもするのだが、下句には何か抑圧された憂情の内在をうかがわせるように思う。それが何であったか正確なところは勿論知り得ないとしても、ともかくそれは『古今集』のかなたに追いやられてしまったものであって、『古今集』の関知するところではない。「業平の歌はおしなべて、ある人間関係の濃密な感情のなかにおいて、はじめていきいきと動き出し、生彩を放つという性格をもっている」と鈴木氏はいわれる[15]。業平の歌は『古今集』の中にあっては十分に生動しきれないのである。そうした例はいくつか指摘できる。

『伊勢物語』は、業平のこうした歌を人間関係の中に置きなおしてみせる。勿論『伊勢物語』の伝える話は事実であるよりははるかに虚構である可能性の方が大きい。だがそれは問題ではない。『伊勢物語』は何よりも業平の歌のこうした性格を十分生かそうとしているわけであって、そのことが『古今集』に対する反措定となるのである。

業平は『伊勢物語』と教養の基盤を同じくし、すぐれて『古今集』的でありながら、しかも『古今集』では掬いきれない存在である。その個人的魅力も尽きないものがある。『伊勢物語』の作者がこうした歌人を意識しなかったなら、かえって不自然である。興味と関心はもはや業平の歌にだけとどまらず、『伊勢物語』は業平その人へとのめりこんでいくのである。目崎氏は「業平の本質は良房の宮廷的風流に対する在野の風流であり、」それは「反藤原氏的ではなく、反政治的なのであった。」といわれる。(16) 業平の「在野の風流」に、『伊勢物語』の反『古今集』意識は重ねられたというべきであろう。

しかしながら結局、業平という存在は、『伊勢物語』の王朝貴族的体質と、その反『古今集』的意識との間の、いわば緩衝地帯である。そこまで到り着いた『伊勢物語』はもはや前には進まない。『伊勢物語』が業平らしき「をとこ」の造形に焦点を定めたとき、歌物語は終焉するのである。そして、業平という緩衝地帯に自足した『伊勢物語』は、もはや始発時の鮮明な問題意識を失ってしまう。すなわち、『伊勢物語』の反『古今集』的意識は、業平らしき「をとこ」を造形することのうちに、何時の間にか解消されてしまうのである。『伊勢物語』はしばしば、業平らしき「をとこ」を題詠や献詠の名手として扱っている。たとえば右大将藤原常行が山科禅師のみこに、由緒ある石を奉るに際して人々に詠ませた歌のうち、結局「右の馬の頭なりける人」の歌を奉ったという**第七八段**の話などは、もはや当代の専門歌人に比すべき業平の事跡を語ろうとするためのものでしかない。「中将なりける翁」や「仕うまつるをとこ」が太政大臣基経に献歌したことを語る**第九七段**、**第九八段**なども、歌に抒情らしいものを認めての話ではない。たとえばこれらの章段では、『古今集』歌はただ単に引用されているにすぎず、その間に何らの問題意識もない。歌はもはや上級貴族の日常生活を飾る雅語になり終わり、古今風の理知的、機知的な表現は、ただ単にそれだけのためにもてはやされる。『伊勢物語』はいつのまにか当代的、古今的風潮に身を寄せてしまってさえいるのである。

このようにして、『伊勢物語』が業平らしき「をとこ」の物語となり終わり、反『古今集』的意識が失われたとき、『伊勢物語』はその歴史的な一回性を閉じる。『伊勢物語』の形式は以後、『大和物語』や『平仲物語』ら引き継がれてはいく。しかし両者にはもはや『伊勢物語』の問題意識はない。『大和物語』は特定の人物と歌との結びつきに興味と関心とを示しながらも、もはやその間に何らの問題意識もなく、単なる王朝貴族間のゴシップ集にすぎなくなる。それは、『伊勢物語』の終わりがもはや「をとこ」と称する必要もないほどに業平と定まってしまった人物の、詠歌の事績を拾い集めるにすぎなかったことの引継ぎでしかない。又、『平仲物語』は、『伊勢物語』が業平らしき「をとこ」像を結んだ後に、その中からもっぱら脱体制的色好みの「をとこ」像だけを引き継いで増幅していっただけのことである。『伊勢物語』の季節が過ぎ去ったとき、古今風は王朝貴族の日常生活の中に浸透し終わっていて、もはや何らの問題意識をもかきたてるものではなくなっていたのである。

五

『伊勢物語』はしかしながら、これまで述べてきたような問題意識や意図のうかがえる章段でばかり成り立っているわけではない。有体に言えばあってもなくてもよいような群小章段をも、『伊勢物語』はかなり含んでいる。それはなぜなのであろうか。最後にそのことに触れて終わりとしたい。

○むかし、色好みなりける女、出でていにければ、
　などてかくあふごかたみになりにけむ水もらさじと結びしものを　（第二八段）

○むかし、をとこ、逢ひがたき女にあひて、物語りなどするほどに、鳥の鳴きければ、
　いかでかは鳥のなくらむ人知れず思ふ心はまだ夜深きに　（第五三段）

○昔、をとこ、つれなかりける女にいひやりける。
　行きやらぬ夢路をたのむ袂には天つ空なる露やおくらむ　（第五四段）

たとえばこうした章段が、事実業平の事績であったのなら、『伊勢物語』に入るのは当然である。だがそうともいえない。ここに引いたうち、「いかでかは……」の歌こそ『続後撰集』では業平とされてはいるが、無論信頼できない。『後撰集』は『伊勢物語』中のいくつかの歌を業平作としているが、「行きやらぬ……」の歌は読人しらずとしており、業平歌である可能性はない。「などてかく……」の歌は他の文献に見えず、業平作であることを証し立てることはできない。そして、これらの章段が歌と人との関わり合いを探るためのものとも考えられないし、又、業平らしき「をとこ」像に何らかのイメージを積極的に付け加えるといったものでもなさそうである。『伊勢物語』にはこのような雑多な性格がある。『伊勢物語』が歌にまつわる話を、一体どのような基準で集め、選び入れていったのか、いまひとつはっきりしないのである。

そこで考えられることは、『伊勢物語』の総量は理念などといったものではなく、『伊勢物語』が集め得たもののすべて、つまり雑纂であるということである。しかも各章段の内容と構成の精粗をみると、一人の仕業ではな

くて、複数の人々が持ち寄ったもののすべてだったのではなかろうかと思われる。すなわち『伊勢物語』を形成し、支えたのはグループであったということである。そして、持ち寄られたものは、ともかく歌にまつわる話でさえあればよいという程度のものから、かなり明確な意図に発する歌語りまで、その意識、精粗、巧拙さまざまであり、又それらは相互に影響し合って別の話がさらに作られていく、ということもあったのではなかろうか。たとえば**第九六段**の、ひとたびは心を許しそうになった女が、男の知らぬうちに行く方をくらましてしまった話などは、そのほかの話とも重なりあって、業平歌「月やあらぬ……」を核とする**第四段**を成り立たせたともみられる。この第九六段は歌の詠み手が女だけである点、業平らしき「をとこ」へと傾斜していく以前の話と考えられる。又たとえば**第六九段**伊勢斎宮物語は**第七〇段**から**第七三段**の、多分に伝承にもとづくとみられる諸章段（その中で**第七二段**はやはり女しか歌を詠まない章段である）をもとにできたと考えられる。又、別々の人が同じテーマを扱うこともあったらしい。たとえば男が女を盗み出す話（**第六段、第一二段**）、いったん男の許を去った女がおちぶれて後に男と再会する話（**第六〇段、第六二段**）、女の局の前を通りかかった男が歌を求められる話（**第三一段、第一〇〇段**など）などのように、類例のある話はそのようにして出来たと考えれば納得がいく。

いろいろなケースは考えられるのだが、要するに『伊勢物語』の作者グループは作者であるとともに、又話の出来栄えを互いに楽しみ合う享受者でもあったであろう。だからこそそれぞれの話は容易にすみやかに影響し合いもする。そして「むかし、をとこ……」は彼らの共有する叙述のパターンである。そのパターンにさえのっとっておれば話は伝承そのものでもよく、創作でもよく、そして自分自身の体験や、共通の知人仲間同志のことでさえあってよいであろう。そして、そうした中から次第に業平らしき「をとこ」の物語がまとまっていったのである。しかし、『伊勢物語』は業平らしき「をとこ」以前の話も切り捨てず、すべてを記しとどめたのである。

それが業平らしき「をとこ」の一代記的な構成とされるにはもう一段の手が加えられたはずである。ついでに言えば、後人の補注といわれるものも、その中にはたしかに後人の手にかかるものがあるとしても、ほとんどはグループ内で物語が語られるとともに、いわば話の〝オチ〟として付け加えられたものなのではなかったろうか。

あらためて思うに、『伊勢物語』のような古代の物語が、不特定多数の読者を対象とした作家の孤独な営為でなどあるはずはない。それはおそらく心を許し合った人々の、和楽的な雰囲気の中から生み出され、次第に形成されていったものなのである。

『伊勢物語』を作り出したグループ――、そのグループが実際どのような人物たちによって、構成され、又、彼らを結びつけていた理念なり生活感情なりがどのようなものであったのか、それについて触れる用意は本稿にはない。ここではただ、『伊勢物語』の雑多性のよってくるところを推測してみたにとどまる。ただ、最近、渡辺実氏が『伊勢物語』の成立には「風流によって結ばれた一共同体」がかかわっていることをいわれ、具体的に源融一派を指摘された意義は大きい(17)。なお今後の問題である。

グループのメンバーがどうであれ、ただ本稿がこれまで述べたところからしていえることは、彼らはもともと古今風が急速に形成されていく風潮に対してなにがしかの抵抗感をもっていたであろうということである。もっともそれは、業平らしき「をとこ」像に焦点が結ばれてしまえば容易に自足し得る程度のものであったのだが。

それと、彼らはあくまで個人単位の、かなり自由な知識人の集まりであったように思われる。『伊勢物語』はよく氏族文芸であるといわれる。たしかに『伊勢物語』の内容からすると、在原氏、紀氏、嵯峨源氏などの氏族に属する人々の存在が指摘される。しかしながら、むかし、をとこ、いかなりける事を思ひける折にかよめる。

思ふことといはでぞただにやみぬべき我とひとしき人しなければ

（第一二四段）

「我とひとしき人しなければ」「思ふこといはでぞ」やまぬ「をとこ」を支持する『伊勢物語』の精神は、たしかに脱体制的であると同時に、個我の自覚に根ざしている。それは氏族意識などをはるかに超えている。そうでなければ又、ともかくも『伊勢物語』が時流に抗して新たな創造をなし得るはずはなかったのである。

注1　野口元大「みやびと愛—伊勢物語私論—」（『古代物語の構造』）

2　室伏信助「歌物語から源氏物語へ—物語の形成と和歌の問題—」（『言語と文芸』六六号）、「伊勢物語の歌の性格—古今集所収業平歌を含む段をめぐって—」（『中古文学』二号）。阪下圭八「歌物語の世界—伊勢物語七、八、九段をめぐって—」（『日本文学誌要』一六号）

3　阪下圭八　注2論文。

4　中西　進「女から女へ—古代和歌史の素描—」（『国語と国文学』四三巻四号）

5　福田良輔「伊勢物語の民謡性—万葉集・古今集・神楽歌・催馬楽を中心として—」（日本文学研究資料叢書『平安朝物語Ｉ』所収）

6　室伏信助「伊勢物語の歌の性格—古今集所収業平歌を含む段をめぐって—」（『中古文学』二号）

7　上坂信男『伊勢物語評解』

8　注1に同じ。

9　注5に同じ。

10　注1に同じ。

11　福井貞助『伊勢物語生成論』。目加田さくを『物語作家圏の研究』。上野理「伊勢物語『狩の使』考」（『国文学研究』昭44・12）
12　鈴木知太郎「在原業平」（和歌文学講座6『王朝の歌人』）
13　目崎徳衛『在原業平・小野小町』
14　注13に同じ。
15　注12に同じ。
16　注13に同じ。
17　渡辺　実「源融と源氏物語」（『国語と国文学』四九巻一一号）

付記・本稿で使用した『伊勢物語』のテキストは岩波文庫本である。

第二章　「むかし、をとこ」論

一

○昔、をとこありけり。人のもとよりかざり粽おこせたりける返事に、
　あやめ刈り君は沼にぞまどひける我は野に出でてかるぞわびしき
とて、雉をなむやりける。
（『伊勢物語』第五二段）

○在中将のもとに、人の飾りちまきをおこせたりける返事に、かく言ひやりける。
　あやめ刈り君は沼にぞまどひけるわれは野に出でて狩るぞわびしき
とて、雉子をなんやりける。
（『大和物語』第一六四段）

『伊勢物語』と『大和物語』との、このまったくかたちを同じくする章段で、差異を求めるとすれば、歌の詠み手を一方は不特定の人物たる「をとこ」とし、他方が特定の人物たる「在中将」としていること以外にはない。もっとも、このことは、「あやめ刈り……」の歌の詠み手が事実在中将であるのかないのかということとはま

ったく別の問題である。『伊勢物語』も『大和物語』もともに〈物語〉である。〈物語〉とは物語る人が自分の伝聞したことをそのまま伝えるというかたちをとるというだけのことであって、伝える内容の真偽については関与しない。だから場合によっては事実とは違うことをいかにも事実らしくみせる方法でさえあり、また、事実がそうであってほしいという作者の願いさえ籠められているかもしれないのである。だから、たとえば『大和物語』が実名を持ち出すとしてもそれは物語として効果的だからなのであり、事実を記すことに価値を認めているからではないはずである。

この場合はっきりしているのは、『大和物語』は「在中将」を、『伊勢物語』が「をとこ」をとるのは、そうであらねばならぬとして、それぞれが独自に選び取った物語の方法であったということである。そうであるからこそ同じ内容の話が別々の歌物語として存在するのである。

そして、「在中将」とするか「をとこ」とするか、それは両者が同じ歌物語ではあっても関心の向かうところがいささか異なっていることを意味する。歌物語とは、その本来の形は「一首の和歌ないしは一組の贈答歌を中心とし、その歌が、誰によって、また誰に対して、何時どんな時に、どこでよまれたかということを物語るもの」[1]であるとき、関心は何よりもまず歌そのものに始まって、次に人物に及ぶ。ところが、その人物は『大和物語』では何某という、特定された、歴史的存在としての人物が求められる。そうした特定の人物がこのような歌を詠んだという両者の結びつきが興味と関心の的になるわけで、歌と、歴史的存在である人物との双方に関心があるといえる。それに対して『伊勢物語』が特定の人物を指さない「をとこ」をとるということは、もう少し広く歌と人なるものとの間のかかわり合いそのものに興味と関心を抱いているのだ、ということにならないだろうか。歌と人とが関わり合う時、そこに一つの事件が展開する。言い換えると、『大和物語』は事件の主人公により多く関心をもち、『伊勢物語』はむしろ事件そのものを重く見るのである。特定の人物がいて、その彼が事件を惹き起すというよりは、事件の中に人がいたのだが、それは仮に「をとこ」とでもしておくよりないのである。歌物語における「をとこ」とは、本来そうしたものであったはずで、極言すれば「をとこ」とは歌にまつわる話を物語る上での仮の主語だともいえるであろう。

ともかく、『伊勢物語』の最大の特徴は、歌の詠み手を「をとこ」としていることにある。『伊勢物語』の可能性はすべてここに発しているとみられ、これをいかに重視してもしすぎることはないであろう。

二

『伊勢物語』は「をとこ」を用いて何を語ろうとしたのだったろうか。

『伊勢物語』全編の主題が〈愛〉と〈みやび〉とであるということは、これまでしばしば言われてきた。たしかにそれは多くの章段について当はまる。だがすべての章段についてではない。単に〈愛〉とか〈みやび〉とかだけでは解釈のつかない章段もある。

たとえば**第二四段**についてみる。宮仕えに出て三年帰らぬ「をとこ」を待ちわびた「女」が別の「をとこ」と新枕を交わす折も折、「をとこ」は帰って来る。だが「をとこ」は女の新しい幸福を祈って去る。追いかけて追いつかなかった女は清水の傍の岩に血染めの指で痛恨の歌を書きつけて死ぬ。女の純愛を描いて有名な佳篇である。この章段ではたしかに「女」の純愛の印象ばかりが鮮烈で、話の中心人物はどうみても「女」としかみえない。けれども、「むかし、をとこ、かたゐなかにすみけり。をとこ、宮づかへしにとて……」という書出からは、やはり「をとこ」の方から物語が語られているとしかいえず、作者には「女」を主人公とするつもりはなかったとみるよりほかない。ならば、「をとこ」にかかる〈みやび〉が主題なのであろうか。他の男と新枕を交わす「女」に「をとこ」は「梓弓ま弓槻弓年をへてわがせしがごとうるはしみせよ」と詠んで、自分は身をひこうとする。それが〈みやびを〉の振舞であるとみることは一応できると思う。だが、そのことがもしこの小話の主題であるならば、話は「をとこ」のこの歌が詠まれるところまでで終わっていていいはずである。だがそうはなっていない。「女」は「をとこ」を追う。しかし思いは届かず彼女は死ぬ。そうした「女」のひたむきな愛を、いったい「をとこ」はどのように受けとめるのか、物語はそのことに一言も触れていない。「をとこ」は自分の〈みやび〉を貫くために「女」の愛を斥けきったのだろうか。この場合、追求されるものが真に〈みやび〉であるならば、〈みやび〉は〈愛〉という試練に立ち向かっていなければならない。〈みやび〉は〈愛〉を乗り越えるのか、屈伏するのか、それが問われていなければならないであろう。〈みやびを〉たる「をとこ」は愛に殉じたこの「女」の死をいったいどのように主体的に受けとめたのか。そこにまったく触れないこの物語はおそらく〈みやび〉を主題としていないのである。ならば〈愛〉が主題なのか。しかしそれには「女」の死がはたして無駄死だったのかが問われていなければならない。

そしておそらく、このような問いはすべて無意味なのである。この物語が語ろうとしているところのものは、もっと根底的な、歌と人というものとの、のっぴきならない関わり合いの相そのものだったのではなかろうか。「をとこ」を待ち焦がれて、そして諦めきったその時に、まったく思いがけず「女」は「をとこ」に戸をたたかれる。だが「女」は戸を開けない。「いとねんごろにいひける人」は「今宵あはむとちぎりたりけるに」と物語は記すから、その時「女」と一緒ではなかったとみるべきか。「女」の心中にはせきあげてくる喜びと恥ずかしさと、哀しみといとしさと、そんな相矛盾した思いが渦巻いて、惑乱する。それはもはや言葉では表せない。思い余った「女」は「歌をなむよみて出」すのである。「歌をなむ」――、この場合、真情を託せるものは歌しかない。「をとこ」は返歌をする。いつくしみに満ちた心である。しかしそれも歌だからこそ表せるのではないか。それゆえ「女」にはいっそうこたえる。「女」は「梓弓引けど引かねど昔より心は君によりにしものを」と詠みかける。やはり言葉ではない。自分たちの関係の回復を、その祈願を、歌に賭けるのである。歌とは人と人との関係を確かなものとするという効力を信じていたのではないか。歌は祈りである。だが「をとこ」は去り、「女」は追いつけなかった。あらゆる思いを籠めて清水の傍での絶唱となる。「あひ思はで離れぬる人をとどめかねわが身は今ぞ消えはてぬめる」――痛恨は呪いでさえある。会話ではどうにもならぬ横溢する感情、それを表し得るのは歌でしかない。

ここの主題は〈愛〉でも〈みやび〉でもない。まさに歌というものが生身の人間にとって何であるかという、そのこと自体が示され、追求されているのである。歌とは人間存在の表示である。歌と人との関わり合いの種々相、その中にはしたがって当然〈愛〉や〈みやび〉が含まれてきてよい。『伊勢物語』全編はそう見ることによって十全にとらえらるのではなかろうか。

ついでに隣接する筒井筒の**第二三段**にもいささか触れてみる。幼馴染の「をとこ」と「女」は相思相愛であるが、彼らの愛も相互に歌を交わし合うことによってはじめて達成される。「などいひいひて、つひに本意のごとくあひにけり。」という一文の重さは、歌というものが人と人との関係を作っていくものであることを語っている。人の心は、そして愛は歌があってこそ確かなものとなる。妻に「こと心」あるかと疑う次の小節でも、「をとこ」は「女」が「風吹けば沖つ白浪……」と「よみけるをききて」ようやく「限りなくかなしと思ひて、河内へもいかずなりにけり。」ということになる。歌は百万言にまして人の心を動かし、人間関係を確かなものとする効力があるのである。高安の女もまた、「君があたり見つつを居らむ……」と詠み出すに及んで、「からうじて、大和人来むと」というのである。もっとも「君来むといひし夜ごとに……」という最後の歌はとうとう「をとこ」を引き戻すことができなかった。だがこれも女が歌のそのような効力を信じていたろうことをうかがわせる。そして、ここまでくれば、自己の側からばかり詠み出す歌が、あくまで「をとこ」を案じ尽くして幼馴染の女が詠む「風吹けば……」の歌に、内容的にひけをとっているのだといってよいのかもしれない。

そして、この限り、「をとこ」とは必ずしもその主体性が問われねばならぬというものではなく、また文字通り話の主人公にならねばならぬものでもないことがわかる。それはやはり不特定称の相手「女」とともに、歌にまつわる人の話を導き出し、語り進めていくうえで、最低限必要な、いわば仮の主語的な存在であった。「をとこ」や「女」そのものが関心の直接の対象になっているのではなかった。

三

歌物語における「をとこ」とは本来そのようなものであったとするなら、『伊勢物語』のような作品がそもそも「をとこ」像の全体的・統一的な造形をめざして始発したものだったとは、とてもいえなくなる。『伊勢物語』はそもそもそれぞれに完結した歌物語の並列として成り立っている。そして「をとこ」とはそれぞれの小話の中での歌の詠み手にすぎず、彼の役目は小話ごとに終わっているはずである。歌物語では人物が歌の許容する範囲を超えて勝手に成長することは本来あり得ない。だから「をとこ」が仮になんらか特有の性格を持つことがあるにしても、それは歌から与えられるのである。そうした性格を持った人物がまずあって、その彼が歌を詠み出していくわけではない。なるほど『伊勢物語』の「をとこ」はたまたま「まめ男」(第二段など)、

「わかきをとこ」（第四〇段など）、「あてなるをとこ」（第四一段など）と、それぞれの属性を与えられて登場することがある。けれどもそれは、あくまで当面問題とする歌をより効果的に鑑賞、享受するためなのであって、それがすなわち「をとこ」特有の性格を形造ることを目的としているとはいえない。だからまた、別の段では前記とは矛盾した、たとえば「色好みなるをとこ」（第五八段）、「いと若きにはあらぬ」男（第八八段）、「いやし」き男（第八四段）とされてもいる。それでもいっこうに不都合ではないのである。章段と章段との間には必ずしも有機的な関連がなければならぬというものでもないからである。もっとも、各章段が相互に支え合って、「をとこ」にかなり統一的な性格を与えているところもたしかにある。だがそれとて到底すべての章段に及ぶわけのものではない。また、『伊勢物語』の場合は、各章段がともかくも「をとこ」という共通表現をもっていることは、それが糸となって全編を結びつけているように見える。これは『伊勢物語』のたしかに有利な点である。だがそれも各章段がそれぞれ異なった色の糸を出し合って結び合っているにすぎないわけで、これを過大に評価することもできない。各章段はけっして一定の人格をもつ「をとこ」を共有しているわけではないのである。

このようにみてくると、歌物語は、その厳密な意味においてはいくら積み重ねられようとも、それだけでまとまった人物像を造形することができるはずのものではない。そしてもし、「をとこ」なり「業平」なり、そうした一人の人物像を形造っていこうとするなら、「むかし、をとこ」という書き出しを絶えず繰り返し繰り返していくスタイルは、まことに迂遠かつ非能率なものでしかなく、それなら純粋な物語をこそ志向していなければならなかったはずなのである。『伊勢物語』が本来歌物語である限り、それが「をとこ」像の造形をめざすところから始発しているとは、したがってけっして安易に言い切ることはできないのである。

にもかかわらず、やはり『伊勢物語』はたしかに「業平」らしき「をとこ」像をかなりの程度にまで形成している。とすれば、それは一応次の二点に理由を求めるべきであろう。すなわち、第一は各章段を巧みに配置し、時には「をとこ」を「わかきをとこ」、「翁」などと適当に置き換えもし、「をとこ」の終焉をもって終章にあてるなど、すなわち「をとこ」の一代記的な章段配列をとっていることである。これはけっして自然発生的な現象であるはずはなく、編者によるかなり意図的な構成意識をそこに認めなければならない。と同時に、そうした意図だけでは到底律し切れない雑多な要素も相当に存在していることも認めておかねばならない。その第二は、業平歌による章段があって、それが全編を通じて適宜に配置され、そのほかの章段はあたかもそれらを核として周辺に配置されているように見えることである。ただしこれも見事にはたされているわけではない。核章段とその他章段との関係がすべてうまく説明がつくとはいえないからである。もっとも業平歌章段はそんなに多いわけではない。間違いなく業平歌と認められるのは『古今集』所載の業平歌とそのほかはごく少数にすぎない。『古今集』業平歌章段は二六章段、どれほど詮索してみても業平歌章段が天福本一二五章段の過半数を超えるなどということは考えられない。つまり、業平歌章段はその数量によって全編を圧しているのではない。そうではなくて、その印象の鮮烈さにおいて際立っていて、それがあたかも全編を規定してしまっているかに見えるのである。しかし、業平歌章段の印象鮮明さは何によるのだろうか。それはむしろ、本来の歌物語の域を超えた、むしろ歌を含んだ物語に近づくことによって得られる効果だったのではないかと思われる節もある。

四

業平歌章段においては、「をとこ」とは勿論業平を念頭に置いて設定もされ、鑑賞・享受される。だが、本来無色透明であるはずの「をとこ」がそうなるとき、歌物語は新しい段階に進んだことを意味するのではなかろうか。

たしかに業平歌章段でも、歌そのものに対する興味と関心とが依然として先行するはずである。けれども、人物すなわち業平その人に対する興味と関心も、すでにそれと同等か、あるいはそれを上まわる程に高くなっていることはたしかである。作者の意識の中において「をとこ」がまぎれもなく業平であり始めたなら、今度は「をとこ」の方が歌を吸い寄せてくることにもなる。かたちはたしかに同じ歌物語に違いないが、「をとこ」はもはや単なる歌の詠み手でばかりあるはずはなく、作者によって自覚的・意図的に操られる存在となる。そして人物への興味と関心は「をとこ」の物語を作り出し、歌はかえって物語の中に取り込まれてさえいく。実際、業平歌章段ではそのような例は容易に見出せるのである。

業平を「をとこ」とすることは、明らかに意識的な営為である。なぜそのようなことがなされるのか。「をとこ」が業平の名を隠すためであったという考えは、まったく問題にならない。『古今集』は『伊勢物語』中の歌を業平作と認めているのだし、業平がたとえば二条后や斎宮を巻き込む事件を起こしているからだとしても、秘すべきは相手の名でこそあれ、業平の名ではない。

「をとこ」という不特定称が、意識的に物語の方法としてとられるとき、それはたしかにすぐれた効果をもたらす。まず〈事実ばなれ〉が容易になる。歌の詠み手である特定の人物は何某であることから開放され、「をとこ」一般の中に解消されてしまう。その歌にかかわる話は時間的・空間的にどこへ持って行ってもよい。作者の自由はほぼ無限に保証される。殊に「をとこ」が「むかし」に設定されるとき、〈事実ばなれ〉はいっそう効果的である。だが、〈事実ばなれ〉はそれ自体のために望まれるのではない。かえって〈事実らしさ〉という効果のためにも必要である。つまり、業平はより業平らしくあるために「をとこ」となるのである。業平歌章段の、ひいては『伊勢物語』の、文芸作品としての優位は、実にこの「むかし、をとこ」を意図的に用いたことによって、決定的になったといっても過言ではない。

たとえば、「二条の后のまだ帝にも仕うまつり給はで、ただ人にておはしましける時のことなり。」（**第三段**）「二条の后に忍びてまゐりけるを、世の聞えありければ、兄人たちのまもらせ給ひけるとぞ。」（**第五段**）といった、いわゆる後人の補注（私はそう考えないのだが）なるものは、話がまさに「むかし、をとこ」に設定されているからこそ効果があるのである。こうした、いかにも実事めかした記事は、読者にしても全面的に事実だとして受け取るはずはないのである。それは先刻承知の上なのだが、そうすることによっていっそう自らが物語を楽しむ方途となる。作者にしても、虚と実と、実と虚とを見まがわせながら、その間に語りたいことを語っている。けっして「をとこ」が業平であるとは言わない。もしそれを業平とするとしたら、それは読者の側でしかない。「むかし、をとこ」とは、作者と読者との間の了解事項であり、事実と虚構との合間、いわば虚実皮膜の間に、十分物語を楽しみ合うサインである。「むかし、をとこ」はそのように意図的に用いられて、すぐれた効果をあげ得たのである。

そもそも「をとこ」という不特定称で物語を進めるとき、話はいくらでも現実から離れていく。これが野放しになると話はまるで非現実的な、荒唐無稽なものにもなりかねない。業平歌章段ではないが**第一一七段**では「をとこ」は「みかど」と置き換えられ、「みかど」は神と歌の贈答をする。「をとこ」はそこまで非現実的になり得るものであった。けれども、歌物語が「をとこ」をもって語りたい話とは、歌と生身の人間との関わり合いでこそあって、怪奇談や神仙譚ではなかったはずである。ともすれば非現実的になりそうなところを、一方では現実にとどめておくことが考えられねばならない。たとえばいわゆる芥川の段といわれる**第六段**も、怪奇談に傾斜している。だからこそ「これは二条の后の……」云々という殊更に長い注を付して話を現実に戻しておかねばならないのである。いわゆる後人の補注といわれる部分は、実は「むかし、をとこ」を物語的方法として意識的に選び取った、そのそもそもの時から必要だったのではないか。また、いわゆる補注部分以外にも折々実名が出て来る。たとえば「二条の后」（第七六段・第九五段）、「惟喬の親王」（第八二段・第八三段）、「藤原常行」・（第七七段・第七八段）などである。しかし彼らはいくら出てきても、到底自立した一個の人格ではない。結局は「をとこ」の相手役であり、周辺人物にすぎない。「紀有常」（第一六段・第三八段・第八二段）、「藤原敏行といふ人」（第一〇七段）、「在原行平」（第一〇一段など）は、歌の詠み手にまでなっているけれども、それでも中心人物ではない。最終的には「をとこ」の引立役であり、話は結局「をとこ」のところへ帰って行く。「をとこ」はこれら実名人物たちとかかわることによって、その存在のリアリティがたしかなものになっていく、というわけである。しかもなお「をとこ」はけっして業平その人とは明かさない。これも虚実皮膜の間に物語が作られているということである。

しかも、『伊勢物語』の「をとこ」はただ単なる〈事実ばなれ〉だけではない。そこには昔をよしとする情念さえこめられている。たとえば、「昔人は、かくいちはやきみやびをなむしける」（初段）、「昔の若人は、さるすける物思ひをなむしける。今の翁、まさにしなむや。」（第四〇段）というとき、作者は明らかに「昔」にあり得べき理想をみている。すなわち過去に対する憧憬の念である。そして、「今の翁、まさにしなむや。」というとき、現在においては「さるすける物思ひ」をなし得るのは若人ではまったくなくて、翁でしかない。しかもその翁はもはやそれをなし得ない――となれば、そこには現在に対する限りない絶望さえうかがうことができそうである。「とよみけるを、いま見れば、よくもあらざりけり。そのかみはこれやまさりけむ、あはれがりけり。」（第七七段）というとき、作者はたしかに現在に立ちながら、どこかに過去をよしとし、いとおしむ気分があろう。「昔もかかることは、世のことわりにやありけむ。」（第九三段）という言にも「昔」のいとなみに寄せるいとおしみがうかがえるように思う。また、「おのが齢を思ひけれど、わかからぬ人ききおひけりとや。」（第一一四段）というのは過去に対する弁護の気持であろう。そうしてみれば、「むかし、をとこ」とは現在を離れてあるべき時代のあるべき姿を追い求めるという気持すら含まれていることになる。その時、「をとこ」はいよいよ歌物語の仮の主語等ではなくて、物語の主人公となり得るであろう。

業平が「をとこ」となり、しかも「むかし、をとこ」となるとき、それは事実を離脱して物語世界独自の論理の中に生きることである。業平没は八八〇年、『古今集』成立時（九〇五）にすでに『伊勢物語』があったとして、没後二五年である。二五年の隔たりは業平の事績を、なるほど「むかし」とすることを拒みはしないだろう。だが、『伊勢物語』の「むかし」とは、そうした物理的な時間を指すものではないことはすでに明らかである。それではたとえば**第二段**などが業平出生以前の時に物語を設定するはずがないのである。「むかし、をとこ」とは、現実にはあり得ない時空に業平を意図的に開放することだったはずで、それはすぐれて創造的な営為であった。

だがしかし、単に業平についてだけいうなら、それは実名「業平」のままでもかなりの虚構を含んで物語は作れたはずである。『大和物語』の例もある。『大和物語』以前に、いきなり「業平」から「むかし、をとこ」へ――それは大変な飛躍であり、次元の壁をつき抜けることであったはずである。それがまったく意図的・自覚的であったとするなら、まことに見事な発見であった。けれども、それが鮮烈であればあるほど、作者の創意であったとばかり言い切るには、なおためらいを感じるのである。

思うに、業平イコール「むかし、をとこ」が成り立つ以前に、業平とはまったく関係なしに、「むかし、をとこ」なるパターンはもっと素朴なものとして、またきわめて自然にあったのではなかろうか。そして、業平物語はそれに椅りかかることによって形成されていったのではなかろうか。

そして、そう考える材料もまた『伊勢物語』自体の中にある。業平歌章段ばかりが『伊勢物語』のすべてではないはずで、この際その他の章段についても視点をあらためて対してみる必要があると思われる。

五

はたして『伊勢物語』はほんとうに業平歌の物語化から、その生成を始めたのだろうか。歌物語なるものは、一方において深く古伝承に根ざすとされながら、しかも『伊勢物語』になると業平歌の物語化という、きわめて明確な創造意識から始発したことがいわれる。殊に近来の生成論的視点はそれを自明なこととしてしまった観がある。

『伊勢物語』の中には古い伝承を負う章段が相当数ある。いま、業平歌章段群を『伊勢物語』の始発とし、一途に業平らしき「をとこ」像を追い求めていったのが『伊勢物語』の生成過程であったとするならば、伝誦歌章段のごときはことごとくそれ以後の、無自覚な付加と見なすよりほかない。たとえば、片桐洋一氏の仮説によれば、『伊勢物語』は『古今集』依拠『伊勢物語』――群類本業平集依拠『伊勢物語』――雅平本業平集依拠『伊勢物語』――在中将集依拠『伊勢物語』の順に増益成長していったことになる(2)。その間、各『伊勢物語』は業平歌関係の章段以外は含まない。在中将集依拠『伊勢物語』までおよそ五一章段である。残余は天福本でいえばそれを大幅に上回るおよそ七四章段、これはすべてそれ以後の付加ということになる。

ところで、福田良輔氏は『伊勢物語』中の伝誦歌を指摘されたが、(3)それを章段に数え直してみると四四章段にのぼる。いまそれを片桐氏のいわゆる在中将集依拠『伊勢物語』までと、それ以後の章段とにわけてみると、それぞれの中でこの伝誦歌章段の占める割合が二五%、四二%である。すなわち伝誦歌章段は、在中将集依拠『伊勢物語』以後のいわゆる付加章段に圧倒的に多い。福田氏の指摘されたほかにもなお数章段を加えることができそうであるから、付加章段のほぼ半数は伝誦歌章段ということになる。業平像形成後にそういう伝誦歌章段が多く加わったのが『伊勢物語』だということになるわけである。果たしてそういうものなのであろうか。

実は、『伊勢物語』の始発とはかえってこれら伝誦歌章段にこそあったと考えられないであろうか。伝誦歌章段は業平らしき「をとこ」像の形成以前からすでに存していたのではあるまいか。片桐氏説にかえるなら、たとえそこに論理的矛盾がまったくなかったにしても、それは五一章段相互間の関係についていえることであって、その他の七四章段を一括して以後の付加とする根拠には必ずしもなるまい。たしかに七四章段の中には業平らしき「をとこ」像形成以後の付加としか考えられないものがあることは認められる。しかしそれがすべてではないことは明らかである。

片桐氏説の検証は到底本稿のよくするところではない。けれどもなお片桐氏説に執するのは、こうした生成論的視点が結果的には、その文芸的価値と内容の検討を抜きにして、およそ七四章段を、ともすると『伊勢物語』の中核から追いやってしまうことになりかねないからである。そしてここではこれら章段の復権をまずはかっておかねばならぬと思うからである。

たとえば、ほんの一例として出すのだが、筒井筒の第二三段は『伊勢物語』の中でも殊にすぐれた一篇である。

この章段が大和地方の伝承に発するものであろうことは従来指摘されてきた。そしてこの段がおよそ業平物語のおもかげを持たないのも自明である。　だからといって、「今はその中心部（注・「風吹けば……」の歌を含む部分）でさえも、第一次の『伊勢物語』には入っていなかったことを、「をとこ」が歌を詠んでいない一点からでも指摘し、こ段の成立は、要するに歌物語の本質を誤解したものの創作と言わざるを得ない。」(4)といって片付けてしまうことが到底正当だとは思えないのである。

この段が『伊勢物語』に付加される理由は、「をとこ」の、女たちに対する見方に〈みやび〉を見ることができるというところに一応求められるのであろう。もっとも野口元大氏は、高安の女を捨てる「をとこ」については「そのような薄情な身勝手さはみやびの精神にもとる。」(5)と言われる。そして「歌による真実の愛の保証、あるいは人間の心の真実は歌によってのみ表現されるという信条が依然としてここに生きている。」(6)とされる。野口氏の言を含んでより根底的にとらえるなら、やはりこの段全体は先にみたように歌と人の関わり合いの相そのものを見せてくれるものといってよいのだと思う。しかしながら、そうとらえるなら、この章段が業平らしき「をとこ」像の形成以後に、まさに付加される理由からは遠くなるばかりである。端的に言えば、この章段が業平像形成以後に付加される可能性はほとんどないに等しいと考える。むしろ、かえってこうした章段こそ『伊勢物語』の原点ではなかったろうか。

そもそも、いったん業平らしき「をとこ」像が確定した以後において、それに付加される章段とはどのようなものであろうか。『古今集』収載歌を中心とする業平歌がすべて『伊勢物語』に取り込まれた時点では、「をとこ」は確実に業平でしかない。以後付加されるのは、それまでに知られなかった業平歌にかかる話であろう。しかしそれらが本体をはるかに上まわる量の章段になるとは考えにくい。無論実在の業平とは無関係な、虚構章段も入り得る。だがそうした付加章段なら、内容的にはいよいよ実在の業平から遠くなりながら、しかも業平らしさは過度にも強く打ち出していく方向に向かうのではないか。それは人物の呼称にも現われて、たとえば「在五中将」**(第六三段)**、「在原なりけるをとこ」**(第六五段)**などが登場し、しかも物語的興味が先行しているとみるよりほかない章段は、容易に付加といえる。しかし、このような章段がいわゆる在中将集依拠『伊勢物語』以後の付加七四章段の主流であるとはとてもいえない。

また、「右の馬の頭なりける翁」**(第七七段)**、「右の馬の頭なりける人」**(第七八段)**、「御祖父がたなりける翁」**(第七九段)**など、明らかに業平その人を指す人物が現われる章段も、業平らしき「をとこ」像が確定した後の章段として納得される。もっともこれら章段の歌は業平集に入るところから、実際業平の作だったかもしれない。だが、そうであるとするなら、かえってこれらの章段こそ『伊勢物語』の最終段階を示すものと考えざるを得ず、以後さらに第二三段のような章段が付加されていく根拠が乏しくなる。

第二三段のような伝誦歌章段はおそらく付加ではない。それは業平らしき「をとこ」像形成以前にすでに存したのではないか。

六

第六九段のいわゆる斎宮章段の後に、斎宮あるいは地名伊勢にちなむ数章段が続いている。当然、第六九段の成立以後に付加された章段とされるものである。次に引くのはそのうちの**第七一段**である。

昔、をとこ、伊勢の斎宮に、内の御使にてまゐれりければ、かの宮にすきごといひける女、わたくしご

とにて、

　ちはやぶる神の斎垣も越えぬべし大宮人の見まくほしさに

をとこ、

　恋しくは来ても見よかしちはやぶる神のいさむる道ならなくに

　これは斎宮その人でなくて斎宮に仕える女性を相手とする「をとこ」の話である。しかしこれは奇妙ではないか。第六九段では「をとこ」の相手はたしかに斎宮その人であった。勿論それが史実であるかどうかは大いに疑問のあるところで、『古今集』の詞書では「斎宮なりける人」、「女」と、必ずしも斎宮その人を指すとはいえない表現をとっている。

　ともすれば**第六九段**の話が非現実的であるとみられやすいものであるのに、後続の章段でわざわざ斎宮に仕える人と「をとこ」との話を付加することは、第六九段の話の信憑性を自ら否定することになりかねない。第六九段よりこの方がはるかにあり得べき話であって、これが付加だとすれば、まことにその付加者は愚かであったといわねばならない。そうではなくて、この第七一段はその前後の諸章段とともに第六九段以前にすでにあったのではないのか。第六九段はこれら先行章段を取り込んでの虚構なのである。そして『伊勢物語』が業平らしき「をとこ」像を形成し終わって、整成を重んじるものであったなら、**第七〇段**以下の諸章段は第六九段の成立と入れ替わりに捨てられてよいはずのものだったのではないか。『伊勢物語』全編は、とかくそうした雑多な要素を他にも含み持っているようなのである。

　第七一段の「ちはやぶる……」の歌は、『万葉集』の「ちはやぶる神の齋垣も越えぬべし今は吾が名の惜しけくもなし」（巻一一・二六六三）の即座の言い換えであろうし、また「恋しくは……」の歌も『万葉集』の長歌「登二筑波嶺一為二燿歌会一日作歌」（巻九・一七五九）と関係があるとみられる。そうした即妙の贈答があったことが伝承されていたのである。これと限らず第七〇段以下の数章段はそれぞれに伝誦歌を持っている。そして、第七一段ばかりでなく、**第七〇段**の「斎宮の童べ」に語りかける「狩の使」の男、**第七二段**の「伊勢の国なりける女」、「又え逢はで、隣の国へいくとて、いみじう恨」むこと、**第七三段**の「そこにはありと聞けど、消息をだにいふべくもあらぬ女」……と重ねられていけば、**第六九段**のイメージは自然に結ばれてくる。これらの小章段が逆に第六九段から砕け出てきたものと見るよりは、この方がはるかに自然のように思えるのだが。また第六九段には『会真記』の影響があることが指摘されている。(7) 先行の伝承を虚構化していく際の枠が、すなわち『会真記』であったわけである。何より第六九段は第七〇段以下の諸章段にくらべたらはるかに見事な結構をそなえている。そこではもはや「物語は単に歌の表現効果に依存するかたちで成立つ歌物語」の域を越えて、「物語に登場する人間の行為が、一つの主題を形造っていく虚構作品であり、歌はその主題を主情的に奏でるものとして位置づけられる。(8)」ところまで達している。第六九段は第七〇段以下の諸章段の後に成立して当然なのである。

　業平歌章段の、しかもその代表的な**第六九段**はこのように、先行の伝誦歌章段を取り込むかたちで成立した。その時まさに、業平は「をとこ」となる。先行章段の「をとこ」は業平ではない。文字通り「をとこ」としかいいようのない伝承の中の人物であった。第六九段はその「をとこ」に業平をかぶせていったのである。伝承のパターン「むかし、をとこ」になぞらえて、積極的に物語化をはかったのである。業平らしき「をとこ」とは、このようにしておそらくは出来上がったのではなかろうか。すなわち、業平らしき「をとこ」とは伝承の「をとこ」と実在業平との合体である。

おそらく第六九段は、業平らしき「をとこ」像の生成の、もっとも典型的な例ではなかろうかと思われる。そうした「をとこ」を主人公とする物語が「伊勢物語」と称せられることは、この物語の本質をあるいは端的に示すものなのではあるまいか。

そして、第六九段は、それ自体としても伝誦歌との関わりを持っている。すなわち福田氏は斎宮が詠む「君やこし我や行きけむ……」の歌は『万葉集』の「現にか妹が来ませる夢にかもわれか惑へる恋の繁きに」（巻一二・二九一七）の改作であろうといわれた。「改作」をなしたのはこの章段の作者なのか、それとも斎宮ならぬ業平の実在の相手なのか、それはわからない。が、その答歌は業平その人によって作られていることは『古今集』によって確かなことである。とすれば、業平その人がこの物語の形成に関わっていた可能性もないわけではない。ただし『古今集』の業平歌は物語とは一句異なっているので、勿論速断はできない。

ただし、業平歌章段が一般に、伝誦歌とかなり密接な関係を持っていることは、特筆しておかねばならない。先に福田氏の指摘された伝誦歌の影響例を章段数に数え直して示したとき、いわゆる在中将集依拠『伊勢物語』までの章段にはそれが一三例あるといった。実はその大部分、九例は業平歌章段である。すなわち、業平歌章段が形成される雰囲気の一端がうかがえそうに思えるのである。

七

『伊勢物語』には「をとこ」が歌を詠まない章段が八つ含まれている。そして、それらはいわゆる在中将集依拠『伊勢物語』以後の章段（付加章段）に限られる。**第一二段・第七二段・第九六段・第一〇五段・第一一五段・第一一七段・第一一八段・第一一九段**である。第一一七段は例の「みかど」が登場する章段であるから、これは例外として、あと第一一九段以外は「をとこ」は登場しながらも歌を詠まず、詠むのは女ばかりである。そして**第一一九段**に至っては女が歌を詠むことだけを記して、「をとこ」は登場さえしない。これらの章段は従来、『伊勢物語』中の変則的な章段であり、間違って混在しているのではないかとさえいわれてきた。そうではなくて、やはりこれらは業平らしき「をとこ」像形成以前にあった章段ではなかろうか。**第一二段**の、「をとこ」に盗まれて武蔵野に隠された「女」は、「武蔵野はけふはな焼きそ……」の歌を詠む。この歌「当時の民謡であったこと」「謡ひ物風の格調・語句を有ってゐること」は、早く福田氏が指摘されるところである。これは初句を「春日野は」として『古今集』に読人しらずとして入る。**第一一八段**の「玉かつら……」、**第一一九段**の「形見こそ……」の歌も読人しらずとして『古今集』に入る。第一一七段の「我見ても……」の歌は『伊勢物語』では「みかど」となっているが『古今集』の読人しらず歌である。この歌も「万葉の歌の影響を享けた」ものと福田氏はいわれた。**第一一五段**の「おきのゐて……」の歌は『古今集』の墨滅歌で、小町作とされる。だが小町の歌といわれるものの中には伝誦の歌とまぎれるものがかなりあったとみられ、この歌もその可能性がある。すなわち、これらの歌はいずれも古い伝誦歌ではなかったか。また、これらの歌は、「武蔵野」「大淀」「おきのゐ」「みやこじま」「住吉」等の地名を織り込んでいることも、古い民謡系統の歌だったらしいことの証の一つとなる。そしてこれらの章段は〈みやび〉や〈愛〉といったテーマ以前の、もっと素朴な歌物語である。

業平らしき「をとこ」像形成以前の「むかし、をとこ」の歌物語――、そこでは「をとこ」の相手役は、やはり不特定称の「女」であるのが当然だし、「むかし、をとこ」の歌物語があるなら「昔、女」の歌物語があるのもきわめて自然である。必ず「をとこ」だけが歌の詠み手でなければならぬ理由はない。たとえば**第二三段・第二四段**などでは、「をとこ」と「女」は対等か、むしろ「女」の方が強く印象づけられるのも、そう考えれば納得できる。またたとえば、**第一一段・第一二段・第一三段**がそれぞれ、「むかし、をとこ女」、「むかし、はかなくて絶えにけるなか」、「むかし、田舎わたらひしける人の子ども」と書き出され、内容的にけっして一方的に「をとこ」の話ではなく、むしろ対等な「をとこ」「女」の話であることも注目してよいであろう。考えてみれば、いわゆる国風暗黒時代を通じて、歌は女を中心にして保ち続けられて来た。伝誦的な歌に女がより強く関わるのは当然である。そうした伝承こそ『伊勢物語』の素地となるべきものを培ってきていたはずである。業平らしき「をとこ」はけっして突然に現われたわけではない。

そうした「をとこ」「女」不分明な中から、「をとこ」は意図的に取り出され、実在の業平がそこに重ねられた。業平イコール「むかし、をとこ」である段階は、だから『伊勢物語』の始発ではなくて、かえって『伊勢物語』生成の最終段階ではなかったろうか。業平歌章段は全編の中で、むしろもっとも発達し、完成したかたちを示しているといえる。そして、もはやそこでは「をとこ」は単なる仮の主語などではなくて、たしかに人格化され、個性をもった人物として定立されるまでに成長している。もはや、求められるのは、「をとこ」を中心とする物語そのものである。ただしその創造の原理はやはり歌と人との関わり合いの相を語ることであって、〈みやび〉や〈愛〉はその具体相なのであった。

いわゆる『古今集』依拠『伊勢物語』は存在したと私も思う。『古今集』業平歌の一部はすでに物語の中に存したのである。『古今集』業平歌の詞書から物語の影を拭い去ることは不可能だからである。もっとも詞書はあくまで詞書であり、物語をたしかにふまえながらも、しかも撰者なりの態度は出ていると思う。けっして物語そのままであるとは思えない。

ところで、『古今集』依拠『伊勢物語』で、すでに業平は「むかし、をとこ」であったと私は考える。そして、その時伝誦歌章段もすでに存在しており、業平歌章段はそれと併存していたのである。例の第二三段の「女」が詠む「風吹けば沖つ白浪……」の歌について、『古今集』の左注は『伊勢物語』とほぼ大差のない内容を伝えている。大差がないということは、この歌がまだ単なる伝誦の中にしかなかったということでは、もうすでにない。物語のかたちをとっていなければならなかったはずである。そして、業平歌については詞書があり、この歌については左注にすぎないのは、撰集資料が複数であったからである。と同時に、業平の一部の歌だけがどうしても物語的な詞書をとらざるを得なかったということは、それらの歌がそれ程特別の扱いをしなければならぬ事情があったからとも考えられる。それらはそもそも物語の中で詠作された歌であったのかもしれない。

そして、『古今集』業平歌のうちには、まだ物語の中に入らない歌があった。『古今集』成立後、それらの歌はいわば残務整理のかたちで『伊勢物語』に取り込まれる。『伊勢物語』は古い章段を残存しつつ、しかも「をとこ」はもはや決定的に業平らしき「をとこ」であった。いつの時期かはわからないが、あまり時を隔てずして、章段の配列が工夫されて「をとこ」の一代記的構成が果たされる。理想像、業平らしき「をとこ」はそこで一応の完結をみる。後に細部に手が加えられ、増減があったとしても、業平らしき「をとこ」像の本質が逆転するはずはあり得ないであろう。

「むかし、をとこ」は伝承に発した。業平はひとたびそれと重なった後は、それをのっとってしまったのである。そして、行き着くところ、もはや「をとこ」は業平以外の何でもなくなる。そうなったとき、『大和物語』はすでに目の前にあったのである。

注1　片桐洋一『伊勢物語の研究　研究篇』

2　同　右。
3　福田良輔「伊勢物語の民謡性―万葉集・古今集・神楽歌・催馬楽を中心として―」（『国語国文』昭11・1、日本文学研究資料叢書『平安朝物語Ⅰ』所収）
4　上坂信男『伊勢物語評解』
5　野口元大「みやびと愛―伊勢物語私論―」（『古代物語の構造』所収）
6　野口元大「和歌と物語」（『和歌の本質と展開』所収）
7　目加田さくを『物語作家圏の研究』、上野理「伊勢物語「狩の使」考」（『国文学研究』昭44・12）
8　室伏信助「伊勢物語の歌の性格―古今集所収業平歌を含む段をめぐって―」（『中古文学』二号）

第三章　二条后物語論

はじめに

われわれにとって『伊勢物語』とは、すなわち初冠本である。各々の章段は独立しながらも微妙に関連し合い、時に数章段でまとまりをみせながら、全体として一つの完結性を持つ。「伊勢物語」とはそういう作品に与えられた呼称である。仮に現存以前のすがたが推定されるにしても、それらを同じく「伊勢物語」と称してよいかどうかは問題が残る。成立論、成長論がそれとして無意味であるはずはない。けれども、それをふまえなければわれわれの『伊勢物語』について何事も言えない、ということにはならないはずである。初冠本そのものによる『伊勢物語』の作品論、構想論がなされる正当性はけっしてなくなったわけではあるまい。このような見地に立って、あらためて『伊勢物語』の世界をかえりみてみたいと思う。

『伊勢物語』の初段がまさに初段として書かれ、第二段がそれに照応するかたちで続く。かくして『伊勢物語』が始発していくことは、石田穣二氏(1)の論で明らかである。次いで『伊勢物語』は最初のグループ章段にさしかかる。第三段から第六段に至る四章段、いわゆる二条后物語である。本稿がこれをとりあげるのは、これが先行二章段の試みをふまえて『伊勢物語』がいよいよその固有の展開の論理を確かなものにしたと考えるからである。

その実態を論じてみたい。

いわゆる二条后物語は、第三段、第六段の非業平歌章段と、第四段、第五段の『古今集』業平歌章段とから成り立つ。便宜上、こういう二つのグループに分つことから論をはじめてみよう。

一

まず『古今集』業平歌章段である。**第四段**が『古今集』七四七と、**第五段**が同六三二とそれぞれ密接な関係にあることはいうまでもない。たとえば石田氏は「両者、文章の選び方も一致し、語彙の一致もほとんど随所に見られる」ことから、「両者の直接関係を想定すべきであろう。」といわれ(2)、室伏信助氏はより端的に『古今集』は『伊勢物語』の「原資料」であるといわれる(3)。従うべきであろう。ただ、両者の関係を先後関係でのみとらえてみても、今更何の進展もないのであって、ジャンルの異なる両者のそれぞれ固有の論理こそ確認されねばならないだろう。『伊勢物語』の叙述はいかに『古今集』と似通うとしても、物語としての論理でそれを組み替えている。『古今集』業平歌章段がいかに歌に新しい生命を吹き込み、抒情を回復しているかについては、先学のすぐれた考察があるので(4)、今ここで踏み込む要もあるまい。ただ、言えることは、『伊勢物語』が『古今集』にくらべると、やはりより物語化が進んでいるということである。そして、より進んでいるということは、『古今集』の詞書自体がすでに相当に物語的であるという意味である。『古今集』七四七が「物語性」をもつということは、かつて片桐洋一氏がいわれたことで(5)、否定できないであろう。山田清市氏は『古今集』七四七の詞書の原態を、元永本などの詞書より簡潔な、たとえば荒木切の詞書に見られた(6)。たしかに荒木切の詞書は短く、元永本などの「ありところはききけれど」、「月のおもしろかりける夜、去年を恋ひて」とか、「ふせりてよめる」とかいう叙述を欠く。けれども、それでもなお、詞書としては余分なところを含んでいる。たとえば女がかくれたのが「む月の十日ばかり」であるとか、翌春西の対に行ったのが「むめのさかり」であったなどということまでが、「月やあらぬ……」一首そのものの理解にどうしても欠かせない条件であるとまでは思えない。月が「二十日」の月でなければならぬとも思えない。むろん、それらがあって歌が趣深くなることは認めるにやぶさかではないが、詞書がやや短いというだけで、すなわち物語性がなくなったということにはならない。叙述の骨格に本質的な違いがあるとは思えないのである。

「物語性」とは定義のむずかしいことである。具体的にはまず人間関係の葛藤が主題となっているかどうか、次にそのための虚構がかまえられているかどうか、といったことがさしあたっての判断基準であろう。ただ、恋歌である限り、それは人間関係の中から詠み出されることは自明であるから、前者は問題外ともいえる。すなわちこの場合は、虚構、すなわちフィクションがあるかないかである。

その意味からすると、女の居なくなった西の対にはたして歌人がのこのこ出かけてなど行くものかどうか、ましてそこが「あばらなる板敷」でなどあるものかどうか、など考えると、どうしても非現実的で、なお舞台装置ができすぎているように思える。フィクションがあると考えざるを得ない。そういうことが荒木切でさえいえるのである。すなわち『古今集』では流布本であろうと荒木切であろうと、七四七がすでにフィクションの中にあるということは否定できないように思うのである。六三二にしても事情はほとんど同じである。

『古今集』では七四七、六三二はいうまでもなく業平の作として示される。それがフィクションの中で詠まれた歌であるということは、フィクションの作者が業平だということである。その場合、業平はまったく架空の人物を作り出してその人物に歌を詠ませていてもよいのだし、あるいは自分自身をそのフィクションの主人公に擬していてもよいであろう。ともかく『古今集』歌を、業平その人の実体験から詠出したものと考えるわけにはいかない。業平のフィクションの中で詠まれた歌が業平の名のもとに『古今集』に入るということ自体は何らおかしくはない。たとえば屏風歌の場合、歌人は絵中の人物の心になって詠むのは当然のことである。又、『古今集』歌に及ぼした漢詩文の影響が明らかになるにつれ、歌というものがけっして自らの抒情ばかりではなく、観念的に想定された状況の下で、想定された人物の心になって詠作する場合が多いことが指摘されている。(7) 業平の実体験から出たものでないということは、『古今集』の中ではけっして珍しいことではない。

ところで、業平のフィクションは二条后を取り込んだものであったろうか。その点になると否定に傾きたい。『古今集』の記述は二条后をけっして明示していないと考えるからである。「五条の后の宮の西の対にすみける人」（七四七）、「東の五条わたりに、人をしりおきてまかりかよひけり。」（六三二）という言辞は、たしかに「五条の后の宮」が順子を指すとはいえても、その「西の対にすみける人」が高子その人である確証はまったくないはずである。まして「東の五条わたり」の「人」はいっそう不明確である。敬語も一切使われていない。「人」はそれぞれ女房クラスのただ人を想定してもよいであろう。『古今集』はこの限り、読者についに言質を与えてはいないというべきである。いかにもそれらしい暗示を与え、連想を誘うということと、それは一応別である。ある程度はそういう効果をねらったフィクションであったかもしれない。しかし、業平と二条后との恋を期待する向きには、『古今集』の記述はやはり不満足なものであったといえよう。

次に、七四七と六三二とは本来はたして一連のものであったかという問題がある。「五条の后」（七四七）と「東の五条わたり」（六三二）とは、整合する記述ではない。それを整合するのが『伊勢物語』の第四段と第五段なのであって、それぞれを「東の五条」「東の五条わたり」とする。『伊勢物語』の記述を一切念頭に置かずに

『古今集』に対するならば、「五条の后の宮の西の対にすみける人」（七四七）と「人を知りおきて」（六三二）の「人」とが同一人であること、ましてそれが二条后その人を指すとしなければならぬ根拠はない。さらに話の内容となると、前者は恋を失った話であり、後者は恋を得た話と、正反対なのである。「西の対にすみける人」はまだしも、「東の五条わたり」の「人」は、いっそうただ人である可能性が強い。あるいは七四七、六三二ともども、少なくとも六三二は、実在二条后とは無関係に、そしてそれぞれ別々に詠まれたと考えて不都合はない。それに又、フィクションとはいっても、それは小さな規模であって、あくまで歌一首ごとの話であったと見るべきであろう。七四七、六三二と別々に収載されているすがたは、案外本来のあり方なのかもしれず、原《ウル》『伊勢物語』とでも称すべきようなまとまりのあるものから『古今集』が抜き出したというふうに考えなくともよいであろう。業平歌の詞書が長いことから、ともするとそのように考えがちであるが、「各献家集。並古来旧歌。」（『古今集』真名序）という言からすると、業平歌だけがすでに出来上がっていた物語から採られたとするのは穏当ではなかろう。やはり家集から採られたのであり、家集はフィクションの中で詠まれた歌も含んでいたのである。

要するに『古今集』の限りでは、フィクションとしても業平と二条后の恋愛事件を期待することは無理なのである。

二

業平と二条后との恋愛事件を、史実として確かめることはついにできない。かえってそのもっとも資料価値の高い文献こそ『古今集』であるということになる。その『古今集』は上述のように言を左右にしている。けれども、業平と二条后との間に事があってほしいという思いこそ読者の気持であろう。おそらく業平には、そして二条后にもそういう雰囲気があるのである。それは事実以上の真実である。文芸はそこに発する。『古今集』七四七、六三二がまぎれもなく業平の作である限り、読者のそういう希求は拡がって行く。そうであってほしいという願いは、やがて絶対にそうだという確信に到る。そういう読者のやみがたい思いが、はじめて明確なかたちをとったのが『伊勢物語』の**第四段、第五段**にほかなるまい。より正確には、第五段のいわゆる注記的部分「二条の后に忍びてまゐりけるを、世の聞えありければ、兄人たちのまもらせ給ひけるとぞ。」という一文こそ、読者の願いの具現である。『古今集』では満たされない読者の思いが『伊勢物語』の成立を要請するのである。いわゆる注記的部分が、物語本来のものでないだろうという説には賛同できない。むしろ、それこそ作者がもっともいいたいことであり、読者がもっとも希求したはずのものである。それは物語にとってもっとも大切な個所でさえあるはずである。

恋物語を希求する読者の思いは満たされる。ただし、それは業平を「をとこ」とすることを引換にしてである。『伊勢物語』の作者は、読者の希求をけっして無視しないばかりか、むしろそれに積極的に乗っていく。作者は読者より一枚上わ手である。まず「をとこ」を主人公としてたっぷりの虚構の中で十分に話をふくらませる。「をとこ」はおおよそは〝業平〟であってもよさそうなのに、作者はそれを承引しない。その方が彼の思いをも乗せていけるからであったに違いない。その為には物語の主人公は〝業平〟ではない「をとこ」でなければならなかったらしい。十分にふくらませた話を、しかる後に現実に着地させる——、そういう作者の意図的な手法が注記的部分であったと、一応考えてみたい。結果として、そうすることによってはじめて業平と二条后との恋物語が決定的になるのである。

本来はバラバラであったらしい『古今集』七四七と六三二とは、おそらくここではじめて統一されていよう。

先に触れた「東の五条」（第四段）、「東の五条わたり」（第五段）のほかにも次のような点が注目される。七四七の「あり所はききけれど、えものもいはで」は、「あり所はきけど、人のゆき通ふ所にもあらざりければ」（第四段）となり、六三二の「しのびなりける所」は「みそかなりける所」となる。いずれも女を「え得まじかりける」（第六段）ものにしていくための工夫である。殊に六三二の場合、この「しのびなりける所」は二条后を直接に連想させる唯一の記述である。「みそかなりける所」はそれをもう少し二条后に近づけていよう。『古今集』七四七と六三二とは、こうして一連のものとなり、さらに第五段の注記的部分を付すことによって決定的に二条后物語の一部を構成することになるのである。

それにしても業平ならぬ「をとこ」に託された作者自身の思いとは何であったろうか。それはまぎれもなく業平その人への興味以上の、歌そのものへの関心であったと思う。室伏信助氏は第四段の虚構が「歌に新しい生命を吹き込み、性格を変化させた」ことを指摘され、阪下圭八氏は第五段が「歌を男の全的な真摯な表現としてよみがえらす。そして本来の抒情を回復した歌がそのことによって（中略）物語を展開させる起動力となってゆく。」ことを論じられる。(4) 作者において虚構と結びつく「をとこ」は、歌について語るためにも必須だったのである。『古今集』業平歌章段とは、基本的には業平の物語を希求する読者の真実に応えながら、その一段上のところで、作者のそういう思いをも籠めたものであったといえよう。

三

さて、**第四段**の「心ざしふかかりける人」は、かくれた女を想って「月やあらぬ……」の歌を詠む。それはたしかに絶唱である。しかし所詮この主人公は、女の「あり所は聞けど、人の行き通ふべき所にもあらざりけ」る状況に、まともから立ち向かおうとするわけではない。ただひたすらに泣くばかりである。主人公のそういう消極性は**第五段**でも同じであって、「あるじ聞きつけて、その通ひ路に、夜毎に人をすゑてまもらせければ」、「をとこ」は「いけどもえ逢はで帰」るばかりである。それでも女に意を通じようとして歌を贈ること自体はやや積極的な行為といえなくもない。けれどもその歌の内容は「わが通ひ路の関守」が夜ごと「うちも寝ななむ」というのでは、いかにもあなたまかせの、あり得べくもない願望を述べているにとどまる。その歌がやがて効力を発揮して状況が変わったかに見えて、実はそれも女が「いといたう心やみけ」ることこそが「あるじ」を動かしたのであって、歌の直接の力ではない。だからこれは一見歌徳説話のようで、実はそうではない。要するにこの第四段、第五段を通して見えてくる主人公とは、行動する人物というイメージからはまったく遠いのである。両段はただ、いかにも〈みやび〉な主人公の、遮られた恋のありようを描いているにすぎない。この場合、『古今集』業平歌章段とは、結局道ならぬ（らしい）恋をし、それが遮られて悲しみに泣くか、あるいは彼の〈みやび〉によって、かろうじて許されるか、いずれにせよ心やさしいだけの「をとこ」像しか形成しないのである。

『伊勢物語』は続いていく。問題なのは、そうした「をとこ」が次に何をするかである。二条后物語に引き続くのは、「をとこ」の東国行である。「夜のほのぼのと明くるに、泣く泣く帰」る主人公の姿には、単に泣き寝入りの弱々しい影しかない。はたしてそういう「をとこ」がそのままで、未練を断ち切って京を捨て、東国へ行けるものかどうか。『伊勢物語』のかたちは一段一段ごと、あるいは一まとまりごとの完結であり、前後に多少の齟齬があったところで問題は残らない。しかし、イメージの残存はある。第一、これでは二条后との恋はまだまったく燃焼しきっておらず、話としても心もとない限りである。激烈な失恋のない「をとこ」に、東国へ身を落とすイメージはまだない。

そういう主人公に、別の可能性を与えているものこそ、前後に配された非業平歌章段である。**第三段**の「をとこ」は我が身をかえりみず、ひたすら相手に駈け落ちを迫り、情熱に身をまかせようとする。実はそういう前提があるからこそ、第四段、第五段の主人公もかなりの存在感をもって読者に迫るのかもしれない。だから、始発の第三段とは、はなはだ短小な章段ではあるものの、この際なくてはならぬものなのである。

そして**第六段**の話の痛切さはいうまでもない。「をとこ」は「女のえ得まじかりけるを、年を経てよばひわたった挙句、ついには「からうじて盗み出でて」くる。そこには愛を貫こうとする不退転の意志と行動とがある。それはもはや最終的にして絶望的な行為であるにもかかわらず、敢えて行い、成功させようとする気力に満ちている。「弓やなぐひを負ひて戸口に」がんばる「をとこ」の姿は、第四段の主人公とは何という違いであろう。こうした行動性は第四段、第五段からはけっして出てこない。よってくるところがあるとすれば、第三段である。第六段が「四、五段よりむしろ三段に近似していることに想到すべきであろう。」といわれたのは小川幸三氏である。(8) そして「三段の物語は、既に〈盗む〉ことしか手段がないことを読者に予想させている。」ことを指摘される。第六段がすでに第三段から発し、その間に『古今集』業平歌章段が置かれているということは、すなわち非業平歌章段こそが二条后物語の枠組みをきめ、流れを決定しているということにほかならない。『古今集』業平歌章段はむしろ、その中に巧みに組み込まれているにすぎない。主人公「をとこ」の性格は非業平歌章段によって、最終的には決められている。『伊勢物語』における二条后物語とは、非業平歌章段なしには絶対にあり得ないのである。

そして、このことは、二条后物語というものが、作者のきわめて明確な構想のもとにあることを示していよう。それははじめから**第三段**と**第六段**とを含んでいた。しかも第三段はあくまでここの位置でなければならず、第六段もまた同様である。ちなみに成長論では『古今集』業平歌章段が核としてまずあって、その周辺に関連章段が次第に付随的につけ加わっていったように説かれる。けれども、すでに出来上がった一つのまとまりをそれとしてみると、そのような成長過程は垣間見ることもできない。この場合はむしろ四章段が当初から一つの明確な構想の下に、非業平歌章段をこそ基盤として構成されているかに見える。又、河地修氏の「古今集の詞書本文に見られるような原資料に対して、それの活かせるだけのものは活かし、必要最低限の変改を試み、かつそれに物語的潤色を施して四段、五段を制作、そしてそのままの姿勢で、三段、六段をも制作するに至った」(傍点菊地)という見解(9)にも賛同しかねるのである。第三段から第六段までへの見通しが前もってなければ、第四段、第五段があり得るはずがないと思うからである。

四

非業平歌章段の性格について見てみよう。

第三段の話が実際の二条后関係から出たものとはとても思えない。「ひじきも」を贈るということもそれを思わせるし、第一、実在の業平と二条后との関係を想定することは困難だからである。注記的部分を含めて作者の創作とみるのが、やはり至当である。**『大和物語』一六一段**は同じ内容を、「在中将」と「二条の后の宮」の話として語る。それは『伊勢物語』でこれが業平と二条后とのことと定まった後の態度であることはいうまでもない。『伊勢物語』もなるほど「をとこ」を業平、「懸想じける女」を二条后と読むように注記的部分をもって読者を導く。それもまた作者の本音であろう。けれども作者は物語の主人公を「をとこ」とすることに固執する。だからこそ注記的部分が必要なのだ、ともいえよう。「をとこ」は先行二章段ですでに固まったパターンであるからというだけのことではなく、二条后物語を始発させるにあたって、どうしてもそうでなければならないとして積極的に選び取った方法であったはずである。それはまず読者の興味をいきなり人物に集中させることなく、歌そのものに注がせ、その上で注記的部分においてて人物への関心にも応えていく方法であろう。その点、『大和物語』の関心はすでに人物および人間関係そのものに向いており、歌はその間の事績にすぎない。そして『大和物語』では歌を示した後に「かへしを人なむわすれにける。」と記す。つまり、この歌を贈答の片われとして受けとめたいのである。歌を人間関係の中に位置づけ、人と人とを結びつける媒介としてしか意味づけていないのである。『伊勢物語』はそうではない。「懸想じける女」に寄せる「をとこ」の気持がいかに歌に託され、表出されているかということだけが眼目なのである。「をとこ」が「ひじきも」に付けて贈った歌「思ひあらば……」には、『万葉集』巻十一の二八二四・二八二五、それに二五八〇の投影があるだろうことは、はやく福田良輔氏によって指摘されている。(10)雨海博洋氏は問答である二八二四・二八二五「両歌の翻和と見てよいだろう。」といわれる。(11)すなわちこの歌はおそらく伝承の中から浮かび上がってきたものであろう。と同時に、これは隠名の歌でもあり、『古今集』時代のかなり清新な言語感覚をもって、相当自覚的に詠まれたものでもある。その辺にも作者の意図を感じざるを得ない。

第六段の女を盗む話の原型は、明らかに伝承の中にあったものであり、それをもとにした創作がこの段の話であろう。同類の話は、①『**大和物語**』**一五四段**、②**同一五五段**、③『更科日記』が記す竹芝伝説、④『**伊勢物語**』**第一二段**、⑤『**伊勢物語**』**第一二七段**（岩波文庫本、第一一五段からはみ出たもの。伝為氏筆本所載）などがある。それらの内容を要約してみると、次のようになる。

（一）女を連れ出す男は下賤、女は貴人であること。（②③）

（二）連れ出す先が東国であること。（②③④）
（三）女に対する男のこまやかな心使いがあること。（②③⑤）
（四）経緯はどうあれ、女は男の情にほだされて心を許すこと。（②③④⑤）
（五）男女のうちいずれか、あるいは双方が、逃亡先で死ぬこと。（①②③⑤）
（六）男が女を連れ出す途次、水のある所と関わること。（②「山の井」③「勢多の橋のもと」⑤「水のある所」）

注目しておかねばならぬのは、これらの話が女性中心の話であること（②③⑤）であり、歌を詠むのが女だけであること（②④⑤）である。そのことがこの話の伝承性を保証しているといってよいだろう。第六段は右の（一）から（六）をふまえて、これを男の側からの話に組み替えたのである。「芥川といふ河を率てい」くということをめぐって、「芥川」についての諸説があるが、ともかく川を出さなければならなかった理由は、（六）をふまえたいからであろう。歌を詠むのも当然こちらは「をとこ」となる。伝承の中から汲み上げた素材をもってした作者の創作であることは間違いない。

「懸想じける女」（第三段）が二条后となり、その居所が「人のいきかよふべき所にもあらざりけ」（第四段）る所、「みそかなる所」（第五段）となってくれば、「をとこ」の熱情はついに「え得まじかりける」（第六段）女を盗み出すよりほかなくなる。盗むという話のパターンが伝承の中にすでにある以上、二条后物語の極点がそれと結びつくのは、きわめて当然のことであろう。ただし、ここまで来ると、関心の中心はもはや事件そのものにあって、歌に対する関心は後ろに退いてしまっているように思える。第六段全体が、「をとこ」が最後に詠む「白玉か……」一首の放射する範囲をはるかに超えている。とうてい歌から発した物語とはいえない。物語中、女は「草の上に置きたりける露」を見て、「かれは何ぞ」と「をとこ」に問う。当然そこは「をとこ」に歌があってもいい個所である。だが「をとこ」は答えない。小川幸三氏の見解に従えば(8)、女は露に自分たちの身のはかなさを観じ、「をとこ」にもその確認と同意を促して慰撫を求めたのだが、ほとんど絶望的な運命への挑みに命を賭けている「をとこ」は、その時点では応えを回避しなければならなかったのである。というより、その時点での状況は、歌に詠める境位をはるかに超えていたのではあるまいか。歌など通用しなかったのである。少なくとも作者にとっては散文で乗りきらねばならなかったのであろう。もしここで歌が詠まれていて、それで終わっていたらこの段はやはり歌物語にとどまる。作者にその気がなかったのである。クライマックスはその先、女が死ぬことである（鬼に食われるとはそういうことである）。そういう絶望的な状態に立ち至ってはじめて「をとこ」は歌を詠む。その歌は痛恨の思いの表現ではあるが、直前の叙述「泣けどもかひなし。」を敷衍するだけのことであり、単なる一通りの述懐に過ぎない。まして、もはや歌が筋の展開の上で果たす役割などはない。ここでは作者に、歌に重大な機能を求める気などなかったように思う。つまり、この章段は歌物語を超えて、歌を含んだ説話となっていると見られる。それが二条后物語の行き着くところであったといえよう。歌よりも事件の方を追っていけば、そうなるのは理の当然であった。

非業平歌章段とは、このように伝承の間から汲み上げられたものであった。そのことが『古今集』業平歌章段の、典雅なだけの「をとこ」のイメージに意志の強さと野性味を添え、主人公の魅力を増すことに大きな効果があったといえるのではなかろうか。

五

二条后物語をつないでいるものが二つある。一つはいわゆる注記的部分であり、もう一つは主人公「をとこ」

の存在である。

いわゆる注記的部分が作品において果たす意義については、福井貞助氏が「一代物語構成上、かかる部分がこの各章段を定着連結せしめている効果を知らねばならぬ。むしろ物語全体として生長した形である。」といわれるのに尽きよう。(12) 四章段のうち注記的部分があるのは非業平歌章段である二章段と、『古今集』業平歌章段では第四段になく第五段にある。**第五段**はしばしば触れてきたように、実在業平、二条后からはより遠い章段である。「大后の宮」の「西の対にすむ人」の話である第四段にのみ注記的部分がないのは、いささか示唆的である。すなわち、当然もし業平と二条后とに関わる話として喧伝されたものがあったとすれば、それはせいぜいこの第四段のもととなった『古今集』七四七だけだったのではあるまいかと考えられるからである。

さて、「をとこ」の問題はやはり重大である。「をとこ」は非業平歌章段である**初段**の発見にかかる。非業平歌章段と「をとこ」との関連は十分に認識されるべきである。非業平歌章段は「をとこ」でなくては語れない。そしてその上に『古今集』歌の作者業平が重なるのである。そういう試みはすでに**初段**と**第二段**とを通じてなされてきた。二条后物語は非業平歌章段と『古今集』業平歌章段との結合である。「をとこ」でなければ、それはつなげるはずがないのである。しかし作者は何のために非業平歌章段を必要としたかといえば、それは『古今集』業平歌章段だけではけっして果たせないより幅広い主人公を必要としたからであった。それが単なる実在業平以上の物語の主人公を造形する方法であることを、『伊勢物語』の作者は知っていたのである。業平がただ単に「をとこ」にすり換えられたのではない。「をとこ」は業平を韜晦するためのものであったなどという議論は無論、論外である。二条后は韜晦の対象にもならないのであろうか。

同時に、「をとこ」とは歌物語の主人公である。歌物語は本来、ある一首の歌がどのような事情で詠まれたかを語る。主はあくまで歌である。だが、そのことを語るためには歌を詠む主体が当然なくてはならない。歌の詠み手ではなく、歌が詠まれる事情と歌そのものに力点を置こうとするなら、その主体は無色透明である方がよい。「をとこ」はその条件に合致する。「をとこ」とはそういう体のものであり、歌物語を語るための、いわば仮の主人公である。『伊勢物語』の基調はやはり歌物語にあると思う。

二条后物語も、始発の**第三段**はやはりそういう素朴な歌物語のかたちで始める。作者は二条后物語をただやみくもに業平と二条后との話として語ろうとするのではない。歌物語のかたちを、殊更に大事にするこの作者の態度をこの第三段からうかがい知るべきであろう。『伊勢物語』の作者が歌物語のかたちに固執する所以は、そこに歌における抒情の回復を賭けていたことにあるとは先述した通りである。と同時に『伊勢物語』は、業平の物語を希求する読者にも答えるものでなければならない。そこにこの作品の種々の複雑さがある。主人公を「をとこ」とし、相手を「懸想じける女」とする歌物語のパターンを採って、その後に注記的部分を付さねばならない必然がそこにある。無論、作者は「をとこ」が無色透明であり続けることなど信じていない。そればかりか、かえって作者の方から有効にこれを使っていこうともする。次にはさっそく「をとこ」に業平をかぶせていく。注意しなければならぬのは**第四段**である。この章段では「をとこ」が登場しない。主人公は「心ざしふかかりける人」である。だが歌が『古今集』業平歌なのであるから、それが業平であることは自明である。だが作者は何も明言しない。この段にだけは注記的部分もない。その辺りにこの作者の、まことにしたたかとしかいいようのない巧妙さを感じるのである。つまり、第三段と第五段とにはさまれたこの第四段のところで、「をとこ」は業平をかぶってしまうのだが、それをするのは読者自身なのである。それが作者のねらいなのであって、次の第五段になると、読者の意識の中では「をとこ」はまがうかたなく業平になっていることになる。読者をそのように誘導しておきながら作者はなおも「をとこ」を主人公とする語りのパターンに固執する。その時彼が「をとこ」に固執するのは、もはや虚構による抒情の回復のためばかりではない。

歌物語とはまことに微妙なバランスの上に立つ。歌か物語（散文叙述）か、そのどちらかに力点をかけた途端にそれは解体し、変質しかねない。『伊勢物語』は先述したように歌の抒情の回復と、業平の物語を語るという、およそ相反する二つの要因を抱え込むために、常に歌物語解体の危機を内部に持ち続けている。それを具体的にいえば、**第四段**は「月やあらぬ……」という主人公の独白とも述懐ともいえる歌が詠まれる事情を語ることが中心で、まわりに人間葛藤が及ぶことがないから、歌物語のかたちはまだくずれないですむ。しかし第五段はそうではない。「人知れぬわが通ひ路の……」の歌は特定の人に対する贈歌であり、相手との恋路を妨げる人間関係とがすでに歌自体に含まれているのだから、事は微妙である。この段の内実はすでに歌物語の境位をはずれて歌を含む説話に移行している。阪下圭八氏がこの段は「男・女・女のあるじという人間関係の葛藤とその終着を軸にすえている。」といわれる(4)のもその間の事情をいったものであろう。しかもなお作者が「をとこ」を守るのは、もはや歌物語を語り続けるためではなくて、**第六段**の展開をにらんでのことに違いない。

第六段が読者の希求する二条后物語の、作者なりの決定的飛翔であることは繰り返すまでもない。それが〝業平〞ならぬ「をとこ」でなければあり得ないことも自明であろう。出自も身分も分明でなく、恋にのみ生きて現実的側面をまったく持たない「をとこ」、そうした主人公の物語として語られて、この荒唐無稽の話はもっとも純粋で美しく、感動的なのである。『伊勢物語』の作者は一方で歌による抒情の回復を歌物語に託しつつ、他方で読者の希求に応えようとする。しかもその後者においてさえも自らは一段高いところをねらうのである。彼が業平歌から引き出した「え得まじかりける」女との恋というものは、読者の希求を超えてここまで飛翔しなければやまなかった。そのためにもまた、もろもろの意味を籠めて彼はかたくなに「をとこ」にこだわり続けて来たのである。明らかに「をとこ」はここで実在業平を超えている。そうでありながら、それが業平にもつながり、素朴な歌物語の歌の詠み手にもつながるのは、四章段を「をとこ」で連結したからである。

二条后物語は素朴な歌物語に発して、いつの間にか歌物語を超えてしまっている。そうした経過の中、歌物語の主人公「をとこ」はいったん業平らしき「をとこ」となり、やがて業平を超える。『伊勢物語』の主人公の、真の誕生である。後はそれぞれの場面で自在な変貌と展開をとげればよい。『伊勢物語』の主人公がただ単なる歌物語の主人公としての「をとこ」にとどまっていたら、この作品の永続的な魅力はあり得るはずがない。二条后物語とは、そういう「をとこ」の形成過程でもあったわけで、『伊勢物語』にとってもそれは大きなステップであったのである。

注1　石田穣二「伊勢物語の初段と二段」(『文学論叢』48・昭48・12)

2　石田穣二訳注角川文庫『新版　伊勢物語』補注。

3　室伏信助「伊勢物語の形成と源氏物語」(『源氏物語の探求　第四輯』所収)

4　第四段については、
室伏信助「伊勢物語の歌の性格―古今集業平歌をめぐって―」(『中古文学』2、昭43・3)
第五段については、
阪下圭八「歌物語の終焉―伊勢物語ノート・1―」(『東京経済大学人文自然科学論集』16、昭42・5)、同「伊勢物語と伝承歌」(『国文学』昭54・1)

5　片桐洋一『伊勢物語の研究　研究篇』三八〇ページ。

6　山田清市「古今集業平歌の詞書について」（『文学』昭48・10）
7　たとえば、片桐洋一「漢詩の世界 和歌の世界—勅撰三詩集と「古今集」をめぐっての断章—」（『文学』昭60・12）
8　小川幸三「伊勢物語六段の鬼の性格」（『豊の径』28、昭52・12）
9　河地　修「伊勢物語・二条后物語の生成」（『文学論叢』52・昭52・12）
10　福田良輔「伊勢物語の民謡性—万葉集・古今集・神楽歌・催馬楽を中心として—」（『国語国文』昭11・1）（『日本文学研究資料叢書 平安物語I』所収）
11　雨海博洋「『伊勢物語』と源順」（『人文論叢』20、昭56・10）
12　福井貞助『伊勢物語生成論』

第四章　東国物語論

はじめに

『伊勢物語』は「をとこ」の初冠に始まり、その終焉に到る首尾整った作品である。それ以外のかたちは、いわば推測の中にあるのであって、現実にはない。近時盛行するこの作品についての「いわゆる成立論は、解体に熱心でありすぎはしなかったか。その間に、物語自体を見失う結果になる恐れはなかったか。」ときびしく問われたのは石田穣二氏[1]であった。それには正当に応えねばならないと思う。今、原点に立ち戻ってこの作品に対するということは、これを初段から順に、連続したものとして読み解いていくことでしかない。ともすると関連性がないようにも見える一段一段は、連続した「をとこ」の物語として読まれることによってこそ正当な鑑賞に至るはずである。そして、そのことは実在業平にあるいは近づき、あるいは離れる独特の主人公「をとこ」をまともに見すえることでもある。本稿では右のような視点から東国章段、すなわち**第七段**から**第一五段**に至る一連の章段群について論じてみようと思う。

東国章段はいわゆる二条后物語に引き続く。二条后（らしき女）との恋を成就し得なかった「をとこ」を、作者（初冠本を成立させた人物を仮にそう言おう）はともかくも京から逃れさせねばならなかったらしい。その理由を理詰めに求める必要はないであろう。だがそれはおそらく、読者から「をとこ」に寄せられるはずの同情を期待してのことであったと思われる。

第七段、「をとこ」は「京にありわびて」離京する。行く先は未開の「あづま」である。それで十分である。けれども作者はただ単にそれだけではなくて、「をとこ」に特別な資格を与えようとする。

注目されるのは原田敦子氏の所説(2)である。主人公は、「伊勢、尾張のあはひの海づらを行」く。原田氏は平安初期の事実として伊勢から尾張へ出るのは水路をとるのが普通で、この段の言うように「海づら」すなわち海辺の道を行くことはなかったことをまず指摘される。すなわちこれはフィクションであることが明らかである。そもそも東国へ行くに、まず伊勢に下り、次いで尾張へ抜けるとはどういうことなのか。氏はそこに古来からの〈貴種流離〉譚のパターンを指摘されるのである。肯定すべきであろう。作者は「をとこ」に貴種としてのイメージを負わせ、罪を得、それを自覚した存在とする。本来なら流離せずともよい存在が流離するかなしみは、「をとこ」の東国行を悲劇的な色彩で塗りこめることになる。そこに作者のねらいがある。「をとこ」の貴種たるイメージの拠所が、前段までの「業平」らしさから発することはたしかであろう。実は**第六段**の内容は「をとこ」を業平をはるかに超えたものとしていた。だから辛うじていわゆる補注部分において実在業平の地点へ定着させようとしたのである。第七段が「をとこ」に貴種のイメージを負わせるのは、その続きといってもよいであろう。

「いとどしく過ぎゆく方の恋しきにうらやましくもかへる浪かな」というこの段の歌は、『後撰集』（一三五二）で業平作とされ、「あづまへまかりけるにすぎぬるかたこひしくおぼえけるほどにかはをわたりけるになみのたちけるをみて」という詞書を持つ。『伊勢物語』との顕著な違いは、海辺ならぬ川辺での詠であることである。川か海か、その当否を問うこともあまり意味はない。けれども『伊勢物語』の地の文がすでにフィクションであるなら、そこに組み込まれる歌もフィクションのうちである。そして、『伊勢物語』の記述から『後撰集』歌の詞書が発してくるとはまず考えられない（このことは、『伊勢物語』が『後撰集』そのものの成立後に成立した、ということを必ずしも意味するものではない。念のため）。とすれば、やはり『後撰集』のかたちの方が原型に近いと考えられる。そして、この詞書から想像されるのは、川辺に立つ旅人を点描した屏風絵ではなかろうか。歌はおそらくそういう屏風絵の賛として詠まれていよう。つまり作者はそういう絵中の人物の心になって詠むのである。その作者が業平だということである。業平作ということは、特に否定すべき根拠はないのだから信じるほかない。そして、こう考える限り業平その人が東国へ下った事実は何ら必要がない。そういう事実はなくとも業平は屏風絵中で東国へ下る旅人になって歌を詠じることができたのである。屏風絵中の旅人は不特定の人物である。業平と或「をとこ」とは、だから容易に紛れる。そうしたことを考えると、そもそも『伊勢物語』の「をとこ」という発想は、われわれが考えるよりは容易だったかもしれないのである。

「いとどしく……」の歌の内容は、離れて京を恋う旅愁だけである。京の人々にとって「あづま」とは、要するに自らの生活圏とはまったく異質な未知未開の国であった。旅愁はその「あづま」へ行くということにおいてもっとも典型的に意識され、表現されるはずのものであった。たとえば業平がその表現を企図する時、「あづまへまかりける」旅人というイメージは、彼以前から一般的なものとしてすでにあったと考えるべきではなかろうか。おそらく業平はそれに乗っただけなのである。そして、『伊勢物語』第七段が「京にありわび」た「をとこ」を京から去らせねばならなかった時、業平のこの歌は実に好都合であった。「をとこ」の業平らしさを、より確かなものにすることができたからである。

二

○むかし、男ありけり。(A)京にありわびて(B)あづまに行きけるに、……（第七段）

○むかし、男ありけり。(A′)京や住み憂かりけむ、(B′)あづまの方に行きて住み所求むとて、友とする人ひとりふたりして、行きけり。（第八段）

第七段と第八段の冒頭部は、見られる通り、「をとこ」が離京する理由と、東国行の意志を漸層的に強めてきている。(A)「ありわびて」よりは(A′)「住み憂かりけむ」の方がより具体的であるし、(B)「あづまに行く」よりは(B′)「あづまの方に行きて住み所求むとて」行くという方がより意志的である。こういう漸層的な進展は、やがて**第九段**の、

○むかし、男ありけり。その男、(A″)身を要なきものに思ひなして、京にはあらじ、(B″)あづまの方に住むべき国もとめにとて、行きけり。

という集約的な表現に至る。作者が当初から第九段までを見通して第七、第八段を進めていることは自明である。

このことについて市原愿氏が、第七段、第八段の冒頭は「九段の冒頭の内容に落差をつけて」「配分している」と言われる[3]のは現象的には正しいであろう。ただ、氏が第七段、第八段を「巨視的に観れば、二条后の物語から

九段の三河の国まで、飛躍する物語的不自然を緩和するために、設定した挿入章段」であるときめつけられるのはどうであろうか。そこにはやはり、第九段を核章段としてすでに出来上がっていてその前後に章段が付加増益されていったとする成長論的見地が抜きがたいものとしてある。たしかに作者とすれば、第七段から着手したとしても第九段はすでに見えていたはずである。けれども読者の側からすれば、まず第九段を読んで、しかる後に第七段、第八段を読むというはずのものではない。やはり順を追って第九段に至るのであって、物語は次第に歩を進めて行ってはじめて趣があるのである。東国をめざす「をとこ」は最終的には「身を要なきものに思ひな」すのだが、そこまで「をとこ」は読者と作者の裡で次第に形成されていかなければならない。そのこと自体が物語だといってよいのである。作者は一方で一連の東国物語に通じる主人公を作り上げながら、他方で一章段一章段ごと歌がたりのかたちを守りつつ、第九段に近づくのである。その過程において第七段、第八段は第九段から逆に規制されていく以上に、一章段ごとの積み上げがかえって第九段になだれこんでいく、ということであると思われる。

第七段、第八段それに第九段の冒頭部は各段の主内容と直接関わらないところで、それだけで進展、強化されていったと見られる。第七段の内容は「いとどしく……」の歌を中心にして京を思う心、望郷の思いに尽きている。なぜ東国へ「をとこ」が向かうのかを言わない。もっともそれは「京にありわびて」ということばが前段を承けていて、失恋の痛手から逃れようとしてのことだと、見当がつく仕組みではある。それが第八段になると、「をとこ」は京に住むのがつらくて新天地を求めて東国へ向かうのだとする。けれども、「信濃なる……」の歌を中心とするこの段の話の中で、「をとこ」の「住む所求む」ような積極的な行動についてはまったくふれない。冒頭部の叙述は言ってみれば余分ということである。しかしそれが前段を承けての一回限りのことならまだよい。

第九段がそれを「住むべき国求めにとて、行」くと再度繰り返しながら主内容にそれが関わらないことは明らかに問題である。つまり、もともと作者はそれについて語る具体的内容を持たなかったと見るよりほかない。それは当然歌がたりのかたちでの素材であるはずで、それを作者は持たなかったのである。すなわち、作者の意識の内では歌がたりのかたちを守ること（内容）と、全編に通じる作り物語の主人公にもまがう「をとこ」を意識し続けることが、ともすればバラバラだったということである。「をとこ」は「をとこ」で、作者の裡で進展していったものらしい。

そもそも、第九段の「その男、身を要なきものに思ひなして、京にはあらじ、あづまの方に住むべき国求めにとて、行きけり」という冒頭部は、まことに画期的なものである。それは『古今集』業平歌の詞書から自然に出て来るはずのものではない。また、第六段までの二条后物語からすんなり出て来るはずのものでもない。「身を要なきものに思ひな」すまでには、「京にありわびて」（第七段）、「京や住み憂かりけむ」（第八段）という積み上げがあっての結果としてでなければ、あまりに飛躍が大きすぎる。いったん飛躍したところから分析的に右の第八段、第七段の叙述が出てきたというのも理詰めにすぎる。これはこれで第七段から第八段へ、さらに第九段へと進展して行き、ついでに「住むべき国」を求めるという余分なものも抱え込んで来たのである。後述するように、作者はこのことの始末にたちまち難渋することにもなるのである。

ところで、第八段の場面はなぜ信濃であるのか、なぜ「浅間の嶽」を見ることになるのか、その決定的な理由はなお明らかにしがたい。ただ、こうは考えられる。「信濃なる浅間の嶽に立つ煙をちこち人の見やはとがめぬ」の歌について、たとえば竹岡『全評釈』は「話に聞く信濃にある浅間の嶽の噴煙にわが恋の火を寄せたものと解される。」とする。すなわちここでこの歌を引いてくる意図は、「をとこ」の心中の恋の火を、読者に想像させたかったからであろう。そうするとやはり二条后（らしき女）との悲恋の結末が「をとこ」を離京に追い込んだものとして読者に読ませようとしていることになる。「信濃なる……」の歌は、「をとこ」のそういう心中を表すに適当なものとしてあったから利用されたのであり、信濃であろうと何処であろうと、京以北で「あづま」以東の所であればよかったのではないか。石田氏もこの歌について「あるいは、もとは、浅間の噴煙に託して、恋のあらわれるのを揶揄した民謡風の歌かと思われる。[1]」と言われる。作者は「をとこ」をわざわざコースをはずして信濃までつれていったというより、目的にかなってたまたま得られた歌を利用したにすぎないと考えるよりほかない。

三

第九段は東国章段中唯一の『古今集』業平歌章段であり、この章段が東国物語のクライマックスをなすことは自明である。それぞれ歌一首を中心とする四つの部分から成り、最初と最後とが『古今集』四一〇、四一一を含み、間に出所不明の歌を抱えた二つの部分をはさんだかたちである。一首一話の四部分をつなぎ合わせて成っていることは、『伊勢物語』がやはり歌がたりのかたちを基調にしていることを示している。そういう方法で三河国──→駿河国──→武蔵国という「をとこ」の道程をあとづけようとしているが、その手際は必ずしもよくはない。時間的推移その他の点でもズレがあること等、諸注の指摘するところである。

『伊勢物語』は原則としては一首の歌をめぐる歌がたりの集積である。同時にその一話一話の主人公「をとこ」を積み上げて作り物語にまがう統一体を作る。そうであるためには、歌についてではなくてかえって「をとこ」についての物語を集中的に語る必要が、時にはある。第九段はまさにそういう章段である。

この段の『古今集』業平歌と共通する部分は、ともすると『古今集』との比較ばかりに目が向けられがちで、その共通性や相違点が論じられる。だがその全体が実は根本的に異なった視座から『伊勢物語』に組み込まれているということを認識する必要がある。『古今集』との比較ということなら、この段がいかに歌の抒情性というものを回復しているかについて阪下圭八氏のすぐれた考察(4)があり、従うに十分である。氏の視座は「歌物語」の本質如何ということに置かれており、「歌は歌物語の中に位置づけられることで、その機知や技巧や見立てといった外皮が洗いおとされ、自然で素朴な情緒が回復される」ことをいわれる。『古今集』との辞句上の差異はほとんど微妙といってよい程のものである。しかしその一見微妙な差異さえ、『古今集』に手を加えてなされる体の、小手先のものでは、実はない。阪下氏は第九段における新しい自然のとらえ方ということから、「歌物語が、歌からのおのずからな成長線上にあらわれたのではなく、その間に精神構造の上でのかなりの変動を必要とした」と説かれた。だが「精神構造上でのかなりの変動」は、単に自然観にとどまるものではない。思うにそれはまず歌そのものから離れて、物語を作るというそのこと自体にあると思われる。それは言い換えると、歌より先に、行動する主人公がある、ということである。そして、その行動の内容が最終的に歌を詠むということである。「歌物語」とはそういうものだと言えよう。まず主人公があるのである。抒情する主体としての主人公を確立することが先決なのである。

第九段が『古今集』と決定的に違う点は、度々引用してきた冒頭部分、すなわち「むかし、男ありけり。その男、身を要なきものに思ひなして、京にはあらじ、あづまの方に住むべき国求めにとて、行きけり」という二文を持つことにある。それは当然すぎることのようで、実はその意義は重い。『古今集』にないこの二文は、『古今集』の詞書から出て来るはずのものではないし、又単に詞書につけ加えられたなどという生易しいものでもない。

「むかし、男ありけり。」という。実在業平などではない「をとこ」を主人公に立てるのである。その「をとこ」は我が身を京では「要なきもの」と観じて東に下るという思い切った行動をとる。その行動の中の一環として業平の歌がまさに組み込まれるのである。それは『伊勢物語』がまったく新しい視点から出発して業平の歌を呑み込んだということである。

『伊勢物語』のこ、での意図ははっきりしている。歌があって、その歌がどのような状況で詠まれたかを補足説明するにすぎない『古今集』の詞書は問題にならない。部分的には辞句上で共通するものの、それはかたちの上での類似にすぎない。第九段では「をとこ」が行動の一環としてその歌を詠むのである。歌が抒情を回復する、ということは、その結果でしかない。『伊勢物語』は初段以来、いかに営々としてこの「をとこ」を育て上げてきたことか。いかにしていろいろな歌を詠ませてきたか。第九段の前に第七段、第八段を必要としたのも、言ってみれば「をとこ」の実在性を強めるためであった。主人公「をとこ」を一つの人格とし、〈歌詠む人〉を確立したい思いこそが『伊勢物語』を成立させたのである。歌物語が歌から出発したのではなく、「精神構造の上でのかなりの変動を必要とした」ということの具体相はそこにあると考える。

自らの意思で京を離れて「をとこ」は東国へ下る。読者の「をとこ」に対する哀憐はそれだけで限りがない。「をとこ」は「道知れる人もなくてまどひ」行く。自ら選んだ苦難の中で、しかし「をとこ」は京への思いを断ち切れない。人情として当然過ぎる程当然である。そうした状況の中で詠まれる「からごろも着つつなれにし……」の歌であってみれば、もともとは遊興の趣しかなかったかもしれぬ業平の歌は、その折句の技巧などどれ程のことでもなくなるのである。「名にし負はばいざこと問はむ……」の歌にしても同様である。都鳥という名そのものに戯れる遊び心など、第九段の中ではまったく消滅してしまう。「舟こぞりて泣きけり」という叙述は、この歌がまったくの望郷の思いを詠んだものとしてしか受けとめられていないことを得々と語る。地名を詠み込む中間の二首、「駿河なる宇津の山辺の……」という序詞の歌、「時知らぬ山は富士の嶺……」の歌、どちらも「をとこ」の旅愁に彩られてこそそれなりに生彩を帯びるのであって、歌一首の出来栄えということなら、どれ程のこともない。

『古今集』業平歌二首は地名を詠み込んでいない。すなわち歌そのものは詞書さえ替えればどの地のこととしても通る。それが屏風歌として作られたものかとする片桐洋一氏その他の説は首肯に価する。絵中に描き加えられた旅人の心になって業平が詠んだということになる。そう考えるとき、業平と「をとこ」とは重ね易いであろう。絵中の人物はあくまで不特定称だからである。けれども絵中の人物がすなわちこゝで言う「をとこ」ではなかったことを念のため確認しておかねばならない。『伊勢物語』の「をとこ」は、『伊勢物語』が独自に作り上げた連続性、持続性を持つ物語の主人公であって、屏風絵に描かれる一回性のものとはまったく意味を異にする。

ところで、先述した通り第九段では「あづま」に、「住むべき国求めにとて」行ったはずの「をとこ」の姿はついに物語られることなく終わってしまう。市原氏(3)はじめ諸氏の一致した見解としても第九段の「歌や物語は、東国の描写に男の流離の思いを述べ、都への郷愁を奏でている」にすぎない。せっかく「をとこ」を東国に連れ出しても、その「をとこ」に重ねる業平の歌からは京を離れた悲愁の思いしか引き出せないのが実情であった。「からころも着つつなれにし……」の歌を、「旅の心」を詠むという一点に絞ってその抒情性を全うさせるのはともかく、時代的にあり得るはずのない乾飯を一行に持たせ、涙で「ほとび」させる趣向も笑いとはならず、かえって悲愁を増すばかりである。「駿河なる宇津の山べの……」の歌を含む部分も、「すずろなるめを見る」思いが京の人を思うということに転換するだけであり、富士山を見ても京の人間の美意識からしか見られなかった。終末部の「名にし負はばいざこと問はむ……」の歌の場面でも「をとこ」は結局「思ひやれば、かぎりなく遠くも来にけるかな」という思いに満たされた一行の中心にいるだけである。要するにこゝにはいたずらに京に恋々とする女々しい「をとこ」の姿しかなく、「あづまの方に住むべき国求めにとて、行」く雄々しさなどまったくないのである。とすればこれも又諸氏の見方が一致するところだが、「住むべき国求めにとて、行」く「をとこ」の物語は「一〇段以降の展開章段の中に籠めざるを得なかったはず(3)」である。そこに東国章段が第九段で終わらなかった所以があるのだが、しかしながらはたして「をとこ」は本来的にそれを果たせる性格であったのかどうか、それは問題である。

四

「むかし、男、武蔵の国までまどひありきけり。」に始まる第一〇段が、第九段を密接に承けて語られていることは明らかである。前段で「隅田川」を渡った「をとこ」が武蔵の国に到るのは当然である。「まどひあり」くのも、前段の「道知れる人もなくて、まどひ行きけり」に引き続くものであろう。だが、この段でも「をとこ」は「住むべき国」を求め得てはいない。「さて、その国にてある女をよばひけ」る「をとこ」は、そこを定住の地とする行動をとったようで、実はその当の女との交渉はほとんど意味をなさない。語られることはその母なる人との交渉でしかない。その人は「藤原なりける」人であり、その都ぶりにおいてこそ「をとこ」との接点があり得た。作者がこゝに見出した「をとこ」の属性は「あてなる人」ということでしかなかった。それはつまり流離する貴種としての「をとこ」像でしかない。いくら定住のための行為をとらせようとしてみても、作者の語りはそこにしか行き着かないのである。「住むべき国求めにとて、行」く「をとこ」は、だからこゝで遂に明確な像を結ぶまでに到らずして、雲散霧消してしまったのではなかろうか。

「人の国にても、なほかかることなむやまざりける」と語り手は最後に言う。これは、はなはだわかりにくい。そもそも「かかること」の意がはっきりしないのだが、仮に竹岡『全評釈』の言う「都の貴族の間で行なわれている、求婚に際しての和歌の贈答といった事」としてみて、「をとこ」は結局こゝに来ても都人としてのみやびな行為以外の何事も為す術を知らないということである。ということは、作者が「をとこ」にそれ以外のことをイメージし得ない、というにほかならない。せっかく「をとこ」を「武蔵の国まで」引っ張って来てみても、そこに定着させ、新天地を得させることなどできなかったのである。初段から生かし続けて来た「をとこ」とは、やはりあくまでも生粋の都人でしかなく、本来「人の国」にまぎれ入ることなどできる質のものでなどなかったのである。

とすれば、そもそも「住むべき国求むとて」とは、「をとこ」の離京に際してその悲哀感を高めようとして言われたまでのことであって、それが現実にどのようなかたちになるのかといった、確とした見通しなど、何もなかったらしい。「をとこ」をどこまで連れていっても、話はこれ以上深まりそうもない。結局、「をとこ」の東国行はこの「武蔵の国まで」行った第一〇段までで終結せざるを得なかったということであろう。作者は「住むべき国求」む「をとこ」の追求を、実質的にはこゝまでで投げ出してしまったのである。

そういう目で見ると、次の**第一一段**は、第七段から始まった「をとこ」の東国行に、かたちの上で始末をつけるものではなかったろうか。第一一段の特徴は前段が「武蔵」であるのにひとり「あづま」であって、浮いている。普通、第一〇段から第一三段までが〈武蔵章段〉として一括されるが、それはどうであろうか。

むかし、男、あづまへ行きけるに、友だちどもに道より言ひおこせける、

忘るなよほどは雲居になりぬとも空行く月のめぐりあふまで
（第一一段）

こゝで言う「あづま」は、第一〇段の「武蔵の国」を含んで、第七段から始まった「あづま」を包括するものではあるまいか。そして「道より言ひおこせける」は実際の路上ということではなくて、広く旅路を言うのであろう。「をとこ」は旅する中から、京の「友だちども」にたよりする。再会を期すべく、その心を詠み送るのである。「をとこ」はもはや京を思う人でしかなかったのである。作者としてもこの章段で「をとこ」の東国行に区切りをつけ、京に帰す布石とするつもりであった、と考えられる。通説とは異なるものの、私見では第七段からこの第一一段まででいったん切りたいと思う。竹岡『全評釈』は「この一一段だけが「あづまへ行く」途中であるのは、いかにも後の付加段という感が深い。」という。「付加」とするならいかにもその箇所がよくない。むしろ、東国行のまとめとして意図的にこゝに配されたのではないか。

「忘るなよ……」の歌は『拾遺集』雑四七〇に入る。詞書に「たちばなのただもとが人のむすめにしのびて物いひ侍りけるころ、とほき所にまかり侍りとて、この女のもとにいひつかはしける」とある。『八代集抄』はこの「たちばなのただもと」を『勅撰作者部類』の言う「忠幹」とする。『勅撰作者部類』は忠幹について「五位駿河守（村上天皇天暦頃之人也）。長門守橘長盛男。至天暦十年。」と記す。『古今集』以後、『後撰集』時代の人である。「をとこ」の歌としてこの橘忠幹の歌が取り入れられることは、初冠本成立の時期が『後撰集』の頃ということを示唆していようか。石田氏は『拾遺集』の「詞書の形から見て、歌語りとして伝えられた歌と考えられる。」と言われる。(1)『拾遺集』の詞書が述べるところは当時周知のことだったであろう。『伊勢物語』が『拾遺集』から採るはずはなく、巷間の歌がたりを変形して持ち込んだはずである。それを「をとこ」の歌として憚らないからには、「をとこ」が業平ばかりではなく、いろいろな人をも含み込んでいくものであることを、読者も了解していたと考えなければならない。もっとも、この場合、「をとこ」が橘忠幹という名のはっきりした人物をさえその縁辺に含むということは初段以来初めてのことなので、そういう意味では第一一段は画期的な意義を持ったともいえそうである。これを契機に「をとこ」の幅は以後何程か拡がりそうに思えるからである。

五

東国物語は第一一段でいったん切れる。だがその後にさらに四章段が続くのは、やはり「住むべき国求むとて」東国に下った「をとこ」の追求を果たせなかった歯切れの悪さがさせたもの、と見るべきであろう。第一二段、第一三段が武蔵の国、第一四段、第一五段が陸奥の話である。「をとこ」にもはや貴種のおもかげはない。東国を舞台とする話なら何でもよいという観がある。

第一二段が『古今集』一七、読人知らず歌を改作し、それを中心にして一つの物語を作ろうとしたものであることは言うまでもない。『古今集』の読人知らず歌を利用するという見えすいた仕立ては、前段が橘忠幹の歌を「をとこ」の歌としたことと、どこかでつながっているように思える。この段の「をとこ」が二条后物語の第六段に通じるものがありながら、所詮は国守に捕らえられる程度の〈ただ人〉らしい印象も、あるいは前段まで「をとこ」を業平らしさから開放してしまった気やすさのせいとも考えられる。男が女を盗んで逃げる話は前記の通り第六段に通い、又『大和物語』にある。後には『更科日記』の竹芝伝説がある。男が女を連れ出すこと、その女の心が男に傾くこと、そして武蔵野が背丈を隠す程に丈高い草原であったことが発想の始発点である。それにしても、この段の意図がどこにあるのかははなはだ捉えがたい。文意を合理的に把握しようとすると矛盾だらけである。たとえば「国の守にからめとられ」た「をとこ」はいったん捕まって又逃げ出したのであろうか。

「女をば草むらの中に置きて」逃げたというが、それは結局我が身可愛さのためなのか、それともせめて女は道連れにしたくないという思いやりからなのか、そういう「をとこ」の心はまったくわからない。例えば徳原茂実氏は諸説を検討された上でこの章段の合理的な解釈を果敢に意図され、そのテーマは「愛の危機と再確認」であるとされる。(6) だがそれでも「をとこ」像は鮮明にはならない。素朴に読み取れるものは結局「をとこ」を思いやる女の真情と、それが歌というかたちで発現されたということでしかない。そして、この段の最大の特徴は、「をとこ」が歌にまったく関わらないということである。自身歌を詠まないし、女の歌が心の琴線に触れたということでもない。歌に関わらない「をとこ」がそれでもここに座を占めるにはそれなりの理由がなければならない。

女はおそらく東国の女である。「をとこ」が直接に関わる東国の女は、この段が初めてである。第一〇段がそうでないことは先述した。女は追い込まれ、切羽詰まったところで歌を詠む。そのことが我が身ばかりか「をとこ」をも窮地に追い込むことになるのを考慮することすらできない。それ程までに「をとこ」を愛している。逆に言えば、それ程までに「をとこ」は東国の女に愛されている。とすれば、『伊勢物語』がこの段を許容せざるを得ないのは、東国でも女に愛される「をとこ」を語ろうがためではないか。「住むべき国求めにとて」来た東国で、「をとこ」はまだ現地の女と対等に愛を交わすことがない。それらしい様子はたとえば第一〇段に見えはするが、女は隠れている。『伊勢物語』の作者は東国の女を「をとこ」と対等に描けないのである。それを描くためには、「をとこ」の方を現地にふさわしいようにレベルを下げるよりなかった。下げながら第六段に範を求めると、この第一二段のかたちになるよりほかなかったのである。巷間にいくらもある女を盗む話のバターンを採り、女の詠む歌をして『古今集』読人知らず歌の見えすいた替え歌しか使えなかったところに、「をとこ」の東国物語の限界があったともいえそうである。

次の**第一三段**でも、武蔵の女は隠れたままである。それは京の女に対して「をとこ」が「武蔵あふみ」ということばを言い遣る契機になっているにすぎない。「武蔵あふみ」が「武蔵逢ふ身」(「武蔵にて女に逢ふ身」=『全評釈』)であることはみやすい。ただそれは都人のみよくする機知で、土着の人間のすることではない。相手が「京なる女」でしかないのは当然である。女は「をとこ」のいう「逢ふ身」を理解しながら表面はそれに直接触れない歌を詠み送る。これは都人同士のやりとりであり、土着の人間の割り込むすきはない。「をとこ」は女の歌に「たへがたき心地」をし、その思いを「……かかるをりにや人は死ぬらむ」の一首に託す。こうした話の運びの中に見えてくるのは、徹頭徹尾都人たる「をとこ」の姿である。せっかく前段で表に出た東国の女もここではふたたび蔭の存在になってしまう。どのように巧んでみても『伊勢物語』は、東国に馴染む「をとこ」を描けないのである。とすれば、東国物語はもう一つ筆法を変えるよりほかなかったのであろう。それが陸奥章段である。

第一四段の「をとこ」は「京の人」である。これは遂に東国に住することのできない「をとこ」の開き直りである。武蔵章段の試みが成果を挙げ得なかった結果である。「そこなる女」すなわち東国の女は彼を迎えるに精一杯のみやびな振舞いとして詠歌をする。それがかえって「ひなび」を際立たせる。「歌さへぞひなびにける。」は憐愍の情でこそあれ、「ひなび」をそれとして尊ぶ心などではない。「さすがにあはれとや思ひけん、行きて寝にけり。」は「をとこ」の度量の大きさを語ろうとするだけである。だから後朝の別れに際して女がもう一度「ひなび」た歌を詠み出せば「をとこ」の憐愍は軽蔑に変わり、「栗原のあれはの松の……」の歌を返す。女が「よろこぼひて、「思ひけらし」とぞ言ひを」るこの歌は、やはり「をとこ」の抑えた皮肉としか読めない。

第一五段は難解な段である。「をとこ」が女に贈った歌の意をどう取るかがポイントである。「しのぶ山忍びて通ふ道もがな人の心の奥を見るべく」は、「をとこ」とすればおそらく恋の歌ではなくて、かえって女の通俗的、世俗的、功利的な本心を皮肉ったものではないかと考えられる。女は「さるさがなきえびす心」の持ち主だと作者は言う。「さる」の内容は前文に出ていなければならない。女は「なでふことなき人の妻」であり、「あやしう、さやうにてあるべき女ともあらず見え」たという。第一〇段の「ただ人」の妻で、「藤原なりける」女をつい重ねてみたくなるが、ここではそんな女がなぜ「なでふことなき人」の妻となるのかということが問題である。「なでふことなき人」は「ただ人」というのとも違って、都人からいうと身分的には何という程のこともないが、しかしそれなりの権力なり金力なりを持った、世俗的にはかなり成功した人なのではないか。女はそれに目がくらんで妻となったのであり、それを皮肉ったのが「あやしう……」云々のことばではないかと思うのである。「しのぶ山……」一首でいう「人の心の奥」とは相手の女の、我が身に寄せる愛の深度を見たいと見せかけて、実は女への愛想づかしの歌であったに違いない。「女、かぎりなくめでたしと」思うというのだから、女は遂に「をとこ」の本心を解しないし、そういう女を作者は揶揄しているに違いないのである。だからここの「をとこ」の心は第一四段の「をとこ」とまったく同じであろう。

第一二段を作者に書き継がせた意識は、やはり「住むべき国求むとて」行ったはずの東国の「をとこ」の姿に歯切れの悪さを感じたからであろう。第一二段と第一三段での武蔵国を場面とする試みはやはり失敗であってし、第一四段、第一五段では「をとこ」を開き直らせるしかなかった。すでに京への帰還しかなくなっていた「をとこ」を駆ってふたたび東国の女との交わりを試みさせてみたところで、残るのは決定的な幻滅と一方的な軽蔑だけである。所詮、本来的に「京の人」たる「をとこ」にとって、「さがなきえびす心」の持主たる東国の人間の間に住む所はなかった。東国物語で成功したのは、やはり郷愁の第九段を中心とする離京の悲愁だけであって、第一二段以降はやはり蛇足の感をまぬがれない。しかし、それも「身を要なきものと思ひなして、京にはあらじ、あづまの方に住むべき国求めにとて、行」った「をとこ」の始発の仕方が、必然的に招いたものであったとも言える。そして、第一二段以降の蛇足にこそ、「をとこ」が京へ帰還する正当性を裏付けるものがあったとも言えるのである。

注1　石田穣二『新版伊勢物語』（角川文庫）。なお本稿の原文引用は同書による。
2　原田敦子「伊勢と尾張のあはひ―『伊勢物語』貴種流離譚の方法―」（『平安文学研究』第七十四輯、昭60・12）
3　市原　愿「東下り章段」（『一冊の講座　伊勢物語』、昭58・3）
4　阪下圭八「歌物語の世界―伊勢物語七・八・九段をめぐって―」（『日本文学誌要』第16、昭41・11）
5　塚原鉄雄「伊勢物語の東国章段」（『人文研究』第20巻第8分冊）
6　徳原茂実「伊勢物語第一二段の再検討―東国下向章段を軸として―」（『武庫川国文』26、昭60・11）

第五章　帰京した「をとこ」

――第一六段から第二四段までについての論――

はじめに

『伊勢物語』とは、いわば「をとこ」物語を縦糸とし、歌物語を横糸として織り上げられた作品と見るべきものと考える。ここで「をとこ」と記すのは、『伊勢物語』全体に通じる主人公を仮に言うのである。各章段に登場する、例えば「男」は、その具体相であり、時に変相である。「をとこ」は、あるときは実在業平に限りなく近づき、あるときは遠ざかる。そうでありながら、「をとこ」は間違いなく物語全体を繋いでいる一本の糸である。又、歌物語といっても、あるときは散文性の強い構成された物語に近づいたり、あるときにはいわゆる〈歌物語〉に近いものであったりもする。そして、一つ一つの章段はあたかも連歌の付句のように、連想等種々の関係でもって繋がり合っているのである。その妙を味わってこそ、この作品を真に味読したことになるであろう。

そういう視点に立って、ここでは東国章段以後の諸段を見てみたいと思う。

一

東国に住むべき所を得ずにしまった「をとこ」は、無論京に帰るしかない。「をとこ」はいつの間にか、なんを表立たせていくことになる。

となく京に帰り着いており、初めはあたかも脇役のようにいかにもおずおずと、そして時を経て次第にその存在を表立たせていくことになる。

第一六段は「紀有常」を主人公に立てて、その「ねんごろに語らひける友だち」に「をとこ」をあてる仕組みをとる。おずおずとした「をとこ」の再登場である。「をとこ」以外が主人公に立つのは無論初めてである。しかも作者の真のねらいが、けっして有常を語ることではないのは、一読すればただちに明らかである。初めのうちこそ、落ち目でもなお〈みやびを〉たる有常の様が語られるが、結局はその彼にあつく同情し、実質的な援助を惜しまぬ友、すなわち「をとこ」の存在が際立ってくるのである。話は終わってみれば「をとこ」が実質的な主人公であることを、否定するわけにはいかないのである。

この段における「友だち」の存在を、単なる脇役にすぎないとする見方もある。たとえば室伏信助氏は「有常の不幸に対して、「むかし、をとこ」は「いくたび君をたのみ来つらむ」と深い同情を示しこそすれ、何ら主導権をもちえぬ傍観者にすぎない(1)」と言われる。しかし、東国から帰ったばかりの「をとこ」は、「主導権をもちえぬ」姿でしか登場の仕様がないのであって、脇役のための脇役などではないのである。なお、従来の成立論の立場からは、「かく言ひやりたりければ」以下の最後の部分は当初はなかったものとされる。しかし、上坂『評解』が言うように、そもそも作者がこの部分を「付け加えていることで、(略)有常の妻に対する思い遣りの情に心動かされる主人公の人柄がこの一段の主題となり、主人公の心遣いに対する有常の感激を伝えることで、有常の夫婦の物語は、主人公と有常の物語に転化し、主人公が正しく占めるべき地位に落着いて『伊勢物語』の一段となる。」という見方に、やはり賛同したいと思う。「をとこ」はそうしたかたちで、まず東国での失地を回復したのである。そして、そうであれば、以後しばらく「をとこ」の基調はこの、人情を知った人物ということになる。

この段はいうまでもなく、実名章段として最初のものである。再び都にたち帰った「をとこ」に、ごく自然に、さりげなく業平らしいリアリティを与えるのに、紀有常はまず誰よりふさわしい人物として考えられたのであろう。「をとこ」の帰還は結局官人としての復帰でもあるはずで、「をとこ」は有常と親交のある位置において官人社会の末端にたぐりついたのである。そして、その官人仲間とは言ってみれば脱体制的な、政治的関係抜きの風流を知る仲間なのであって、有常とのこのような交わりが「をとこ」の、物語における性格を簡潔に定位することになっている。

塚原鉄雄氏はこの段の特異性として、①実名章段であること、②男性同志の友情を描いた章段であること、③贈答歌が初めて登場する章段であること、を言われる。(2) ①の意義は先述した通りである。そして友情の主題は実は歌の贈答ということによって実現されているのだから、②と③とは切り離せない。有常が「手を折りて……」の歌を寄越したのに対して、「かの友だち」はまさに「これを見て、いとあはれと思ひて」歌を詠むのである。返歌はその「あはれ」という真情の発露にほかならぬものとしてこそある。終わりの有常の二首の歌ついては、先の「手を折りて……」にあるような「苦悩や嘆きなどはまったく感じられず、形式的な技巧をこととした、いい気なものであって、これが有常の内心の表現であれば、ここに至ってもかれは依然としてのほほんとした風流人としての域を一歩もでていないことにな」るというきびしい指摘(3)もあることはある。それは、無用者有常を描くことにこの段のねらいがあると見るならば、たしかにそうでもあろう。しかし、こうした技巧歌が「よろこびにたへで」詠まれていると伝えていることは、そのままに受け取らねばならない。「よろこび」がそれとして必ず直情的な表現をとるとばかりは言えないのであって、心を許し合った仲間であればこうしたかたちでの心情の交流もあったのだと考えたい。

次の**第一七段**は、「年ごろおとづれざりける人の、桜のさかりに……」で始まる。「をとこ」はまだ表立った主人公としてのかたちを、完全には与えられない。しかし、「年ごろおとづれざりける人」という言い方は『古今集』六二の「久しくとはざりける人」とも多少違う。『古今集』は、見限ってしばらく来なかったという感じになるが、この段の場合は心なし年来不在で来なかったことを意味しているように思う。その「年ごろ」「人」は東国をさまよっていた、という含みとして読めるのである。けっして不実な「をとこ」ではないのである。

この段が『古今集』六二（読人知らず）・六三（業平）からの物語化であろうことは殆ど確定的であるが、第一六段及びそれ以前からのつながりの中で見れば、ここがまさに恰好の挿入場所であろう。すなわち「久しくとはざりける人」はいかにも東国漂泊中の『伊勢物語』の主人公をあてるに十分であり、まず前面に桜の主が出て、それに業平が答歌をするという『古今集』のかたちが、主人公を先立てない第一六段の話の、その直後であるここにこそふさわしいのである。そして何より決定的なのは、前段がいかにも業平らしき「をとこ」の贈答を取り入れた段だからである。『古今集』業平歌を含むこの段は、前段の「かの友だち」が業平らしき「をとこ」であることを強化することになる。『古今集』からの物語化の痕跡は、この段の方で「年ころおとづれざりける」ことと、歌本文の「年にまれなる人」との間に不調和が出たことにあるとはすでに指摘されている通りである。なお、物語の冒頭に「むかし、をとこ」が出ないことについては、業平の詠んだ返歌が業平のものととられなくなるから、とする考え方もあるようだが、それ以上に作者は「をとこ」の登場のかたちに細心の注意をはらっていたであろうことを考えておきたいと思う。

第一八段、この段でもまだ「をとこ」は形式上の主人公にはなっていない。だが「むかし、なま心ある女ありけり。」という冒頭に引き続いて「男、近うありけり。」とあることは、「をとこ」がいよいよ定着してきて、やがて名実ともに主人公として返り咲くときの近いことを思わせる。それに、第一六段が男性の友人、第一七段が男女どちらともわからない相手だったのが、ここに来て相手が女性に決まってきているのも又作者の用意周到さを思わせる。

この段の解釈上でいちばんの問題は、「なま心ある女」の歌「くれなゐににほふはいづら白雪の枝もとををに降るかとも見ゆ」に対して、男が「くれなゐににほふがうへの白菊は折りける人の袖かとも見ゆ」という返歌を知らずよみによ」んだということの意味である。それは、女の「なま心」に対する男の意識的ないなしであり、ひいてはその女に対する作者の軽蔑乃至非難であると解されることが多い。だが、むしろこれは「をとこ」の生真面目さそのものを言うのではなかろうか。例えば渡辺実氏は、男の糸が「ピント外れの歌を女に返すことに」あったとされ、「このこと自体相手に対する軽侮として十分だが、返歌の形式の慇懃さがその軽侮に輪をかけている点を、特に見逃してはならない。」と言われる(4)。「なま心」は「都人の似而非みやび」としてもっとも辛辣な笑いの対象になるのだというのである。だがはたしてそうまで言えるであろうか。要は「なま心ある女」に対して男がその誘いに乗らず、ひたすら真面目に対応しているという、ただそれだけのことではないのか。まだ東国から帰還したばかりで、軽薄な都ぶりに馴染まぬ男の生真面目さが語られているだけのように思われるのである。

男はうぶと言えばうぶである。「なま心ある女」をいなす程のすれっからしではない。それが東国から帰還したばかりの「をとこ」の姿としてふさわしいのではなかろうか。そういう「をとこ」のイメージは、なお次の段に続いて行く。

二

さて**第一九段**はいよいよ「むかし、男」に始まる。この段で「をとこ」はようやくまともな主人公としての扱いに戻る。そして、「をとこ」は何時の間にか「宮仕えしける」人として確定してしまっている。東国での漂泊の痕跡はもはや「をとこ」の周辺からはまったく雲散霧消してしまったように見える。

この段も又、『古今集』七八四（有常女）・『古今集』七八五（業平）の贈答によっているとみられる。ただし、『古今集』業平歌の初二句「ゆきかへり空に」が『伊勢物語』では女の贈歌に合わせて「天雲のよそに」となる。第一六段に紀有常が登場し、ここに又有常女の歌が出るのは偶然ではかたづけられないであろう。が、ともかく物語はけっして業平その人の話としてではなく、あくまで〈業平らしき〉「をとこ」の物語としてある。『古今集』の贈答をもとにしたにしても、新しい発想に出たものとしなければならない。

ところで、『古今集』の詞書には「業平朝臣、紀有常が女に住み侍りけるを、恨むことありて、しばしの間、昼は来て夕さりは帰りのみしければ、よみて遣はしける」とある。この記述と『伊勢物語』との間は、かなりの隔たりがある。渡辺氏はこれについて「古今集の業平の意地の悪い振舞ひが伊勢では消されてきれいになっている。」と評する。『古今集』との比較で言えばその通りである。それにしても渡辺氏は「この十九段は、弁へあるべきみやび男がかなり露骨な軽視の態度で相手に接するといふ点で、言はば伊勢の中で例外的な段」であるととらえられる。そしてその「例外」は前の第一八段も同様であるとする。だが、第一八段と同様、ここでもはたして男が「かなり露骨な軽視の態度」をとっているとまで言えるであろうか。作者は、前段に引き続き、女に対する「をとこ」の潔癖さをイメージしようとしているだけではなかろうか。男は女に辟易しているのである。そうした「をとこ」の気持を作者は正当と考えているらしい。それは末尾の一文、その女は「また男ある人となむいひける。」に明らかである。上坂『評解』はこれについて、「後書は、男の態度を正当化するためのものであろうし、わざわざ正当化の言辞を添える作者の心には、こうした男の誠実さを讃える気持ちがあって、女に同情するような世人の誤解を根絶することを願って後書したものであろう。」とする。それに賛成したい。それがやはり、京に定着したばかりの「をとこ」の姿なのである。

以上、東国から帰還して間もない「をとこ」にとって、京の女ははなはだ御しがたいものがあったらしい。それだけ「をとこ」は誠実で潔癖な、つまり〈まめをとこ〉なのであった。一旦逃れ出た京は、「をとこ」にとって、やはりなまじいに馴染める所ではなかったようなのである。

さて、**第二〇段**である。「むかし、男、大和にある女を見て、よばひてあひにけり。」という。ここで、男の相手はなぜ「大和にある女」であるのだろうか。東国から帰還してまだ間もない「をとこ」にとって、京の女は「なま心ある女」(第一八段)、「また男ある人」(第一九段)であった。実は、そのことに対するあきたりなさが、京ならぬ大和の女に、「をとこ」を向かわせたということではなかろうか。

大和から帰京する途次での男の歌に、女は返歌をする。その返歌は男が「京に来着きてなむ持て来たりける。」と言う。それは一体非難なのか、あるいは称揚なのかがここでは問題になる。例えば、阿部『全訳注』では「時を過して帰京の後に、やっと返歌が届く。間のびしており、しかも男がめずらしさに注目した楓の若葉の紅の美しさを取り上げて贈歌に対応するのでなく、常套的な発想で、心変わりがしたことをなじるような歌を詠んでいるので、男が失望したことになる。」と言う。だが、「いつの間にうつろふ色のつきぬらむ君が里には春なかるらし」という女の歌で終わっているこの段の叙述に、男の「失望」を読み取ることは、どうであろうか。むしろ、何らの評言もともなわないで終わるこうした叙述は、内容に自信をもっている場合が普通であろう。藤井高尚『新釈』は「道よりいひやりたるが、やまとに近き所ならば、使のものは足はやなれば、返事も道なかにてもてきたるべく、さやうにてはかへしに君が里にてとはいひがたし、返事は京につきてもてきたるは、大和を遠くなれてやりたる使なる事をしらせたる文也。」と、これは女の答歌のタイミングのよさを賞讃する趣旨である。渡辺氏はこの『新釈』の言を引きながら、これが「最も巧妙で従ふべき意見かとは考えられるけれども、或いは伊勢が「いつの間に」の返歌を遅らせる事によって、「大和にある女」のみやびかわしに、言わば一のケチをつけようとしたのかもしれない、とも考えられるのである。」として、「新釈のすぐれた解に従ふべきだと認めながら、なほこのやうな異」を言わざるを得ないと言う。なぜ氏が『新釈』に従えないのかと言えば、「伊勢は都以外を軽んずる」ものだという見方に固執しているからである。なるほど『伊勢物語』はしばしば鄙を軽んじる。だが、「大和」を他の鄙とひとしなみにすることはどうであろうか。むしろ「大和」は平安の、殊に初期においては古の都として特別な所ではなかったろうか。そこには京にはない由緒ある風物があり、ゆかしい女のいる所と考えられていたようである。(5) ここでは、男はそういう「大和にある女」と関わり、京の女とではなし得なかった贈答らしい贈答をした、とそういう話なのではないか。つまり「をとこ」は京の「なま心ある女」にも辟易したし、「また男ある人」も許せなかった。だが、大和の女には感心したのである。女の返歌はタイミングもみごとなら、内容もみごとである。竹岡『全評釈』は次のように言う。「女への愛情を示す男の歌をうまくはぐらかして、女らしい媚態たっぷりの歌に詠みなして「男」の心を引く、この女の歌には、男の歌の「秋」の語を巧妙に転じてしかも「秋」の語を全く用いていない。そのみごとな返歌ぶりにこの一段の主題がある。」と言うのである。正しいであろう。作者はやはり大和の女の答歌ぶりを讃え、ひいてはそうした女を見出す「をとこ」の目の高さを語っていることになる。「をとこ」は〈まめをとこ〉であると同時に、真に風流を知る人としてイメージされつつあるのである。「大和にある女」は、満たされない京の女との対立概念として出て来ると考える。この場合作者の目が「大和」に向いたのはそういうわけで必然だった。とはいえ、そうやって一旦「大和」に向いた目はこれだけでは終わりにならない。ここで大和に関わったということは、間もなく物語に思わずも大きな展開をもたらすことになるのである。すなわち大和の女は数段を隔てて再び登場して来る。第二三段である。

なお、「をとこ」はこの段で「宮仕へする人なりければ」と、官人であることをいっそう確定していることも注目される。

三

第二一段、第二二段は一のブロックとして考えるべきものであろう。

それは第二〇段までにせっかく主人公として確定した「をとこ」が、第二一段では「むかし、男、女」、第二二段は「むかし、はかなくて絶えにける仲」と、ともに一組の男女の片割れとなって単独の「をとこ」が際立たなくなってしまう章段群である。第二一段は、そもそも「むかし、男」の話を語ろうと始発しながら、たちまちそれと等量で「女」が浮かび上がり、「むかし、男、女、いとかしこく思ひかはして」となってしまったのであろう。そしてそのまま二人一組で主人公になって「こと心なかりけり。」と続いていったのである。「こと心な」

いカップルとは、前段からの続きで言えば、ようやくにして「をとこ」が到り着いたところと言える。おそらくここでの作者の意識には「をとこ」の性格などより、ひたすら「思ひかはして、こと心な」いカップルのイメージばかりがあるのである。その連想が続く限り、単独の「をとこ」はしばらくお休みである。『伊勢物語』が歌物語に遊ぶものである限り、「をとこ」物語の大筋から時には逸れてもたいしてとがめだてするほどのことでもない――それがおおらかな平安の人々の思いであったろうか。ともかくこの段は一組の男女が離れては会い、会っては別れる、その複雑な心情と、そこにからむ歌の物語である。

この段の解釈上の問題は、家を出たのが、はたして男なのか女なのかということである。通説は女とするのだが、ひとり『全評釈』のみはこれを男ととり、以下の歌の詠み手も通説と異なる。そうやって『全評釈』が解決しようとした問題は、家を出たはずの女が「いと久しくありて、……言ひおこせたる」ことの不自然さ、家を出るのは男であるのが当時の通例であるのにそれに反すること等である。しかしそうしてみたところで全体のつじつまがすべて合うようにも思えない。ならば、通説に従っておいた方がよさそうである。

女が家を出る話は、実は第一六段に発している。だからこの段がそれを引き継いでもおかしくない。この段が何を言おうとしているのかについては、『全訳注』が次のように言っていることが参考になる。すなわち、「こまやかな女心の機微を解さない男にあきたらなくて、別れて行った男女の離合の微妙さを語ろうとしたものと言えないであろうか。才気とか心づかい以前の性格のくいちがいが感じられる。」と言うのである。補足すれば、男はただ単に「こまやかな女心の機微を解さない」ばかりでなく、そのことを自分でどうしても悟れないのである。そういう意味でこの段の内容はあざやかに第一六段に通じている。ここに至ってあらためてわかるのだが、第一八段の男が「なま心ある女」と心を通わせることができなかったり、第一九段で「また男ある人」とうまくいかなかったりするのも、半ばは「をとこ」の性格から発することとなのであった。曲折しながらも「をとこ」の性格はずっと続いているのである。第一九段、そして第二〇段で「をとこ」は主人公としての座を取り戻した。その時作者の連想は第一六段に戻ったのではないか。そこが帰京後の「をとこ」の出発点だからである。「をとこ」の本来的な性格に「才気とか心づかい以前の」ものを見ることはあってよいであろう。もともと「をとこ」は貴種でもあったからである。

この段は三つの部分に分けられる。第一部が一首めから三首めまでの歌を含むところ、第二部が四首め、五首めの歌を含むところ、第三部が終わりの二首の歌を含むところである。第二部、第三部を後人の付加などというのはやさしい。しかし、贈歌は第一六段から始まっていることであって、贈答歌にまつわる話ならすべて当初からのねらいであったはずである。第二部はいったんは疎遠になった男女が縒りを戻すためにも歌が必要であることを物語る。同時に人と人との関係は歌だけではつなぎとめ得ないことも冷厳な事実である。そのことを第三部では語っているように思うのである。「とは言ひけれど、おのが世々になりにければ、うとくなりにけり。」という文には、そういう世界観が打ちこめられている。歌だけでは、もはや人の心の連携が不可能となり、それゆえにこそ、それが可能であった「むかし」を限りなく憧憬する。実はそれが『伊勢物語』を成立させた時代背景であったと思われる。そのことをはしなくも覗かせているのがこの第三部であろう。だからこの段では、男女の離合という事件を扱いながら、その彼方に、歌とは何かという根源的なテーマが見え初めているのである。そして、それは当然『伊勢物語』の一面の重要なテーマであるはずのものであり、物語が時折「をとこ」の追求を離れてそれに没頭することがあるとしても不思議ではないのである。実際ここに兆した歌についての根源的な問いは、引き続く章段においていよいよ問題意識を鮮明にしていったように思われる。そうなると「をとこ」の追求は勢い後手にまわることになる。『伊勢物語』が織り上げられる過程においては、そのようなことも当然あったと考えられるのである。

第二二段は、前段の語り直しである。一旦は「はかなくて絶えにける仲」が、歌を詠じ合うことによって復活すること、そして愛が歌によってこそ再確認されることが語られる。一方において男女関係のどうしようもない複雑微妙さに思い至っての物語が、一方ではそこに絡む歌なるものの機能と効用とを語ってもいくのである。

ここでは「をとこ」は完全に表面から姿を没してはいる。しかし、物語全体の流れに「をとこ」と歌とのからみは切れるはずのないものである。歌なるものの効用は、それとして時々確かめられなければならない。そういう役割を担うのがこうした段なのではなかったろうか。だから、「をとこ」は消えたのではない。やがて又表面に出てくるまでの間、しばらく休止せざるを得なかったというだけのことである。

四

第二三段、**第二四段**はともに田舎を舞台とした話として、やはり一つのブロックを成す。二条后章段以来の著名な章段群で、『伊勢物語』全体の中でも殊に感動的で、かつ異色な箇所である。

第二三段が主人公を「ゐなかわたらひしける人の子ども」として始まるのは、「をとこ」物語としてはまことに奇異の感がある。ここの主人公はこれまでの「をとこ」のイメージからはなはだ遠く、しかも最後は「大和人」と呼ばれて、業平的イメージを自ら拒んでいる。そして、『伊勢物語』を「をとこ」の一代記のかたちと見るとき、こども時代の話がここにあるのはいかにも不条理である。なぜここにこのような「をとこ」の変相があり、なぜ又このような章段がここに入ることになるのか、このことについて納得するに足る説明は管見に入らない。だが、それにはそれなりの理由が必ずあるに違いない。

この段もおよそ三つの部分から成る。（A）筒井筒の部分、（B）立田山伝説の部分、（C）高安の女の話の部分である。この三つの部分は元来異質な内容でありながら、相互に支え合って一つの主題をかたちづくっていると考えられる。この中、（B）は『古今集』九九四、『大和物語』第一四九段と重なり、これが「伝承の基本型」[6]であり、物語の「元来の骨格」[7]で、それに（A）、（C）が加わってこの段が出来たとするのは、ほぼ定まった見解であろう。もとよりそれは作者の意識の次元でのことであって、成立や執筆の順序を言うのではない。

（B）がもともと大和の国の伝承であったろうことは、『古今集』、『大和物語』によって窺える。この部分でその「大和」が消えてしまったのは、冒頭の「ゐなか」に解消されてしまったからである。作者が「大和」を拒むものではないことは、（C）にそれが残っていることで明らかである。だが、なぜこの段で（B）は（A）を必要としたのか。見落とせないのは、（B）―（C）で男はついに一首の歌も詠まないことである。すなわちこの段が『伊勢物語』の中に組み込まれるためには、男が歌を詠む（A）がどうしてもなくてはならないのである。[5]このように（B）が（A）を呼び寄せたときに、「大和」は「ゐなか」の中に吸収されてしまったわけである。それは、（A）が作者にとってすでに、みだりに改変を許されないような重みを持った話柄だったということではないのか。単に（B）を生かすためだけのものなら、もう少し従来の「をとこ」のイメージに近い主人公が工夫されてもよいはずだからである。『全評釈』は次のように言う。「それにしても、なぜ冒頭にわざわざ「ゐなかわたらひしける」と断らなくてはならなかったのだろうか。第Ⅰ段（注：（A）部分のこと）はもとよりこの二三段全体のストーリーにも関係なく、効いてもいない。あるいは「つづゐつ」が、当時「ゐなか」のものであったからであろうか。古今集左注や大和物語と同様に「大和の国」として話を進めても、一向にストーリーには影響を及ぼさないと思われる。」と疑問を呈するのである。森本『全釈』はこの（A）について「「筒井つの」の歌は他の作品になく、また内容的にある地方の特異性をよんだものではないから、伝誦歌であったとは考えられない。」として、創作を主張する。そうであろうか。思うに、記録にこそないが、これも又伝承の中にあったものだからこそ作者はそのまま「ゐなかわたらひしける人の子ども」を残したのではなかったか。つまり（A）は作者による創作ではないと考えなければならない。（A）—（B）はおそらく、異なる伝承と伝承とを繋ぎ合わせたものなのである。そう考えなければ『全評釈』の疑問には答えられないし、（A）（B）間の異質性も説明できない。おそらく「子ども」のままでなければこの贈答歌の稚拙ながらに真情のこもった歌をそのまま残せなかったのである。この贈答歌までを作者による創作と考えることはできないであろう。

さて、（A）は要するに、現実にいかに至純の愛があっても、それだけで愛は成就するものではなく、歌というものを通してはじめて結実するのだ、という話である。それは主人公が子どもたちであるということを別にすれば前段第二二段からのまともな続きである。もはや問題は歌とは何かということなのであった。それに没頭しなければならなくなった作者にとっては、今や「をとこ」どころでなかったのである。そして作者はここで、愛を歌でもって確かめるということが、まさに「ゐなか」の、純朴な若者達のこととしてなら、あり得ると考えたのである。「ゐなかわたらひしける人の子ども」はたしかに唐突である。しかもそのことを気にかけなかったのは、作者はそうでなければ語りようがないテーマを持っていたということである。と同時に、これは（B）の前提部であり、（B）を生かすために、「ゐなか」と、一組のカップルの前身が必要だったわけである。「ゐなか」は夾雑物のない原点であり、そこに育つ「子ども」は至純な心の持ち主という設定であることは言うまでもない。

そういう場と人とを通じて歌を取り上げようと、作者はしたのではなかったか。

（B）は、歌の効用を語る話で、当然第二一段、そして第二二段からの関連である。殊に歌というものによって男女の関係が回復されるという内容は、第二三段からのストレートな続きになる。第二一段、第二三段で歌なるものの効用を語るとき、第二〇段で触れた大和のことは、そこにある更に別の女の話を連想させる。作者とすればどうしても大和の女を出さないと、このテーマは完結しないのである。そういうことが京にまったくないわけではないとしても、大和の女のゆかしさは格別なのである。そしてその前提として（A）が合体するのである。必ずしも「大和」でなくともよいかもしれない。しかしとにかく京でないところでなければいけない。そして、（C）については、「高安の女は……第Ⅱ段（注：（B）部分）のこの女性像と対照するために描き出された女性像であろう。」「単にうわべだけの「心にくも作」るだけでは、どんな和歌も効果のないことを物語るところにあったのだろうと思われる。」という『全評釈』の評で十分であろうと思われる。

このように、主人公はいったん伝承との関係で「ゐなかわたらひしける人の子ども」とはなった。それはもしかすると、作者の予想をすら超えるものであったかもしれない。だから「子ども」はたちまち「男」「女」となっているのだろうし、（B）になるとさっそく「男」が主人公となる。この場面ではたしかに女の行為は描かれているが、それは「男」の観察した女の様態であり、見る主体としての男が確立している。（C）でも同じで、女は要するに観察されるだけの存在に過ぎない。つまり、最低限必要な手続きさえしたら、「をとこ」はできるだけすみやかに本来のすがたを取り戻そうとしているのである。

第二四段は「むかし、男、かたゐなかに住みけり。」で始まる。「をとこ」はまともな主人公としてのかたちを取り戻しているものの、同時に前段の「ゐなか」を引き継いでいる。前段で「ゐなかわたらひしける人の子ども」となった「をとこ」が、ついでにもう一度「かたゐなかに住」む男となるのは、この機会にもう一つ「ゐなか」を舞台とした話を取り込んでしまおうという魂胆からに違いない。京に帰って来た「をとこ」が「かたゐなかに住」むというのは、いかにも不当のように思えるが、いったん業平的イメージを振り落としてしまった「をとこ」は自在である。ただしここでも男の「宮仕へ」が前面に出て来ていることが注意される。「宮仕へ」は男に〈みやびを〉としての資格を与えるためにどうしても必要であったらしい。男を三年待って、今や他の男と新枕を交わそうとしている女に「わがせしがごとうるはしみせよ」と言いかける男の態度はたしかに〈みやびを〉の振舞であり、この物語のテーマは、男のそういう〈みやび〉を語ることにあったと、一応は言えそうである。

だが、それにしては、女についての記述と歌がいかにも多い。男の振舞をいうのなら、「わがせしがごと」の歌を詠んで、それで去ればいいのである。そこで終わっておらず、その後に女の悲壮な行動と絶唱とが語られるのは、作者がつい女の心情の熾烈さに引きずられてしまっているからのようにみえる。そしてその結果は、主人公であるはずの男よりは、女の真摯さのイメージがいとも鮮烈となる。「みやびは愛を虐殺した」という野口元大氏のような評も出てくることになる。(3) やはり女の愛の熾烈さは、思わずも作者の意図を超えてしまったということなのであろうか。おそらくはそうではあるまい。作者のねらいは、やはり最初から「をとこ」の〈みやび〉とともに、歌というものの根源的な意義を語ろうとしていたに違いない。なぜなら、冒頭から作者は「をとこ」を「かたゐなかに住」む者として設定しているのである。「かたゐなか」はどうしても必要であったのだし、そこにどのような女がいるかも予知されていたはずだからである。だからこれは当初から、歌というものを、切羽詰まった生存のギリギリのところから詠い出されるものとして意味づけ、語ろうとする意図に発しているのである。「むかし、男」というこの段の冒頭は、「をとこ」の主人公としての地位を、形の上では取り戻させながら、しかも作者が追求し出した歌なるものについてのテーマもまだ終わってはいなかったのでこうなったのである。それがこの段の内実なのであった。

そして、その限り「をとこ」の追求はやはり一時お預けであった。歌とは何か、それは『伊勢物語』が「をとこ」の軌跡とともに追求しなければならなかった大きなテーマの一つであった。第二一段、第二二段に兆したテーマの極点が第二三段、第二四段であった。これは、二条后物語以後の一つのヤマである。『伊勢物語』の主人公「をとこ」は、広い意味で必ず歌の諸相に関わっていかなければならない。その関わり方が、時に「をとこ」のままでは叶わないのであれば、こういうかたちもやむを得なかったということであろうか。

作者の真の問題意識は、男女離合のことなどではなかった。問題はそんなところにはけっしてなかった。だからこそ、ここでは一見いかにも女が「をとこ」を超えたようでありながら、『伊勢物語』全体ではついに女は中心人物とはなり得ないのである。

東国から帰った「をとこ」にとって、京は必ずしもただちに馴染めるところではなかった。一旦は捨て去ったのだから当然である。京の女は馴染めなかった。わずかに大和の女とだけは意気投合した。そのことがやがて、歌の根源的意味を探るというテーマと契合して、「ゐなか」と、そこにいる女の真実を語って、『伊勢物語』全体の中でも特異な感動にあふれた章段を生み出していったのである。第二三段、第二四段とは、そのような章段なのであった。

注1　室伏信助「伊勢物語の歌の性格―いわゆる第二次成立の諸段をめぐって―」（『跡見学園女子大学紀要』1号、昭43・

3）

2　塚原鉄雄「章段構成と形象技法―伊勢物語の直情章段―」（『王朝』第二冊、昭45・4）
3　野口元大「みやびと愛―伊勢物語私論―」（『古代物語の構造』）
4　渡辺　実「伊勢物語の人物批評」（『国語国文』昭39・10）
5　本書第一部第二章。
6　秋山　虔「伊勢物語私論―民間伝承との関連についての断章―」（『文学』昭31・11）
7　今井源衛「大和物語評釈　第四十三回」（『国文学』昭41・1）

第六章　たゆたう「をとこ」

――第一二五段から第三七段までについての論――

はじめに

A段の次にB段が続き、B段の後にはC段が続く。A・B・C……の連結が一二五まであって『伊勢物語』になる。『伊勢物語』とはその連繋そのものなのであって、それが崩れたら『伊勢物語』とは言えない。たしかに各章段はそれぞれに、固有の生成の由来を持っているであろう。だが、それは必要に応じて、これまでに積み上げられてきた成立論的視点からする業績を参看すればよい。しかし、『伊勢物語』とはあくまで一二五章段から成る現存のかたちを言うのであり、この作品の成立時点とは現存のかたちが成立した時点をこそ言うのである。その時、各章段は同時的、対等の関係に立つ。

各章段の主人公をいま、仮に「男」と表記することにする。各章段の内容は必ずしも有機的に関連しているわけではない。そして各々の「男」が内包するものはけっして同じではない。そうであってもやはり一二五章段を繋ぐのは、極端に言えばこの「男」という記号だけである。ともかく「男」を順に綴り合わせていき、それに初冠を語る発端と、終焉を示す終末が加わると、そこにおぼろげながら一個の人格らしいイメージが出来上がる。それをいま仮に「をとこ」と表記することにする。そうするとき、各段の「男」とは、「をとこ」なるものの具体的展開相と考えることもできる。

したがって、「をとこ」は本来、統一的で完結した像ではない。『伊勢物語』という作品は、「をとこ」像の完全な造形を目指しているわけではけっしてないのである。あらためて指摘するまでもなく、「男」のすがたは時に全体的な「をとこ」像の水準からいちじるしく飛躍したり逸脱したりする。その度に「をとこ」は伸びたり縮んだりする。その点、「をとこ」は作物語の主人公などとは自ずから異なるのである。けれどもそうした「をとこ」というものが、まさにあることは否定できないのであって、最低限、それに縋ることによって『伊勢物語』という作品は統一的世界を保持しているのである。

『伊勢物語』を初段から順に読んでいくということは、そうした「をとこ」像をイメージしながら読むことである。言い換えると、それは、この作品を「をとこ」物語として読むことだと言えよう。しかもそういう読み方は、案外にこの作品のもっとも素朴な鑑賞法であり続けてきたように思う。近来のとかく分析的に過ぎる読み方は、えてして自説の論証に好都合な章段を、あたかもつまみ食いのように摘出して、作品の統一性を食破りがちだったように思う。だから最近はほとんど顧みられないような小章段もずいぶんと多い。敢えて全章段にわたって、それを繋いでいる鎖の輪をたぐりながら読み通すことを試みてみたいのである。

なお作品論なるものは、作者の側の視点からのみなさるべきものではなかろうと思う。『伊勢物語』の場合、こういう独特の構造が読者にどのような効果を齎らすものなのか。作者はそのことをどのように意識しているか、ということが、常に念頭に置かれるべきであると思う。殊にこの作品は、作者と読者とが一つの場にあって形成されていったと考えられる節がある。作者と読者とは時に交錯することさえあったかもしれない。相互にそれなりに許し合う了解があったとも考えられる。前章までのところで、作者と読者とが一緒になって「をとこ」像を作り上げていった、というようないい方をして来たのも、そのような意味あいにおいてであった。そういう視点はなお今後とも継続していくことになろう。

一

第二五段は、しばらくぶりに「むかし、男ありけり。」で始まる。この改まった語り出しは第一二段以来である。仁平道明は『伊勢物語』全篇における「むかし、をとこありけり。」の分布には特別の意味があることを指摘している(1)し、塚原鉄雄は、「むかし」を冒頭表現とすることは「章段区画を顕示する」ことで、その直前の章に「終結性を付与した徴証」であるとする(2)。前章で述べたように「をとこ」は第二四段までのところで、ひどく業平離れをしてしまっている。この第二五段は『古今集』業平歌を含む。これはすなわち、「をとこ」のイメージを実在業平にほぼ重なるところへふたたび押し戻そうとする意図に違いない。物語の内容は『古今集』六二二、業平の歌を、次に並ぶ小町の六二三の歌との贈答に仕立てている。贈歌の歌句を答歌が承けていないなど、本来そうでないものを贈答に仕立てた無理は否めない。ただ、答歌を小町の歌にすることは「をとこ」イコール業平のイメージをますます強めている。このように、この段が『古今集』業平歌章段であることの意味は重い。重ねて言えば、これは物語の主人公の据え直しである。そして、前段までの軌道を修正したのである。なお、『古今集』六二二(業平)の第四句「逢はで来し夜ぞ」が『伊勢物語』では「逢はで寝る夜ぞ」となっていることは注意してよい。『古今集』歌と似てしかも非なるものとして、意識的に設定されたものと考えるからである。

　むかし、男がいた。「あはじともいはざりける女」があった。だが女はいざとなると言を左右にする。男は「秋の野に笹分けし朝の袖よりもあはで寝る夜ぞひちまさりける」と詠んでやる。女がそれに返歌をする。『全評釈』は男の歌について「前の晩その女のもとに泊まって（あるいは、逢えないまま徹夜して）その夜の明けた、翌朝の、とは解しがたい。そういう場合なら「あしたの袖」と言うべきところと考えられる。」とする。その限り、上句を実景とすることはやはりできないであろう。鈴木日出男は『古今集』歌との異同に殊に注目して、「濡る」「寝る」の掛詞の効用に目を向け、「それぞれの歌が独自にかたどっている物象叙述の共通性、ここでは男の歌の秋露の景と女の歌の海人の住む海浜風景に、濡れるという発想の共通基盤が敷かれ」、「その共通項を媒介に、後者が前者を不満としつつそれよりも濡れる度合の強い海人の風景をもって押し返している」という関係になっていることを指摘する。(3) この段が『古今集』で並列する歌を機械的に利用したといった単純なものではなく、『伊勢物語』はそれなりの創造をしていることを、鈴木の分析はよく示している。

『伊勢物語』の創造はそればかりではない。女は「あはじとも言はざりける女の、さすがなりける」であり、「色好みなる女」であるという。これも『古今集』からは出て来ない。実在小町が「色好み」であることを殊更に言おうとするのでは勿論ない。なぜなら、これを初出として以下「色好みなる女」が集中的に登場してきて、一般的、概念的な「色好みなる女」のキャラクターと「をとこ」との絡みがしばらく語り続けられるからである。たとえ実在小町が「色好み」であったにせよ、やがてその中に解消されるからである。

女の返歌「みるめなきわが身をうらと知らねばや離れなで海人の足たゆく来る」の「わが身」を、男とするか女とするか両説があるが、ここでは『全注釈』にしたがって男のこととする。見たところ女は高みに立って男を揶揄し、男の純情を弄んでいる。ために、純情な男のイメージが前面に押し出されてきている。だが、同じことを別の角度から言えば、女の側にだって自意識がある限り、思いは複雑なのであって、要求度も高いのである。それが自立する女の当然の姿態であろう。いわば男と対等か、もしくは上位に立つ女である。「色好みなる女」

とは、実はそういう女のことではなかったろうか。女の「色好み」をいきなりマイナス評価とする根拠はない。

そういう女に対して男はまだまだ未熟である。「秋の野に……」という歌に、男の非凡さやデリカシーがはたしてどれ程読み取れよう。女はたかがこの程度の男の歌に、心底を動かされることはないのである。それが大人の女というものであろう。この段の作者が、『古今集』ではただ並立するにすぎない二首を贈答に仕立てるにあたって、「あはじとも言はざりける女」だの、「色好みなる女」といった殊更な条件をつけ加える意図は、まずそのような男と女との関係を設定することにあったと受け止めてみたいと思う。

次の**第二六段**は、男が「五条わたりなりける女を得ずなりにけること」の述懐である。「わびたりける」心境は「おもほえず袖にみなとのさわぐかなもろこし舟の寄りしばかりに」という歌になる。話題は二条后がえりというところで、第二五段で男がいかにも実在業平を露出し過ぎたのを、本来の「をとこ」物語の主人公へと補正した観がある。そして、「をとこ」はどのように他の女に接しようと、結局は常に二条后に対する失意を心底に秘めた存在であることを、寸描したのがこの段であろう。「をとこ」の本態は〈わび〉の人であることを言うのである。その限り、現実の女との交渉は常に不調和であり続けるのであろうし、女は苛立つであろう。「おもほえず……」の歌の「もろこし舟」について『全注釈』は「到底歯も立たぬ大きな権勢のごときを暗示しているよう」だと言う。この表現が大袈裟に過ぎることは否めないが、おそらくはもともと巷間にあった歌で、それが第二五段の小町歌「みるめなき……」から〈海〉の連想で持ち出され、そこからこの段が生じたものと考えておきたい。この二章段にわたる〈海〉は〈水〉の連想を誘って次の第二七段、第二八段に及んでいる。

第二七段の男の相手は〈ひな〉の女である。男は「一夜行きて、またも行かず」ということになる。この段はかなり難解で解釈が定まらない。「われはかりもの思ふ人はまたもあらじと思へば水の下にもありけり」という女の歌について、『全注釈』は次のように言う。すなわち、「この歌、母音音節も一音に数えると、実に三十五字もあり、いかにも思い入れたっぷりの長嘆息になっている。そこで男が手厳しく冷やかすのである。」と。その冷やかしが男の歌「水口にわれや見ゆらむかはづさへ水の下にてもろ声になく」の内容である。男が女に〈ひな〉を感じ、歌に〈ひな〉を感じたのは確かであり、『全注釈』が「田圃でもろ声になく蛙を比喩に使っている辺り、相手の女の鄙びた所をあらわしていて、そのあたりが二夜と訪れなかった理由かと思われる。」とするのはその通りであろう。「をとこ」は〈わび〉人である。同時に彼の感覚はどこまでも都人としてのそれであって、鄙になじむことはやはりないのである。「水口にわれや見ゆらむ」の「われ」を男とみて、男の歌を「ずい分と女をあざ笑った冷酷な歌である。」とする『全注釈』の見方は正当である。「をとこ」像に〈ひなび〉を排する気質をあらためて確認する章段である。第二五段から始まったこの一連の章段群は、要するに「をとこ」の性格をあらためて定位し直し、そして女との不調和を語る。

第二八段にはふたたび「色好みなりける女」が登場する。それはやはり男の手に負えない行動的な女である。家出をする女にとり残された男は、「などてかくあふごかたみになりにけむ水もらさじとむすびしものを」と詠む。この段は男のこの一首のみである。一見純朴な「をとこ」像がそこにはある。だが、『全評釈』はこの歌が「「あふご」「かたみ」「水漏る」などの俗な事物に寄せ、「などて」のような俗語をそのまま用いているところに、余裕をもっておどけて見せている泣き笑いの諧謔味があり、そこに本段のねらいと特色がある。」とする。「俗な事物」や「俗語」は相手の女に合わせたということかと思う。つまり、ここの女は〈ひな〉の女であろう。〈ひな〉の女に男が心底から魅せられるはずはない。だから、「余裕」というよりはむしろ、相手の女に没頭しきれない男の姿が見えるように思う。「をとこ」の心底にはやはりいつまでも二条后へのこだわりが残り、しかしもはや情熱は去って、気分は低回する〈わび〉人なのである。第二六段の影響は、第二七段、第二八段まで及んでいるのである。

二

さて、**第二九段**である。第二六段においてせっかく話は二条后がえりをしても、もはやそれとして展開発展するだけのエネルギーはない。〈水〉の連想に引かれた第二七段、第二八段では男の相手は鄙の女になってしまった。「をとこ」そのものはけっして鄙の人間ではない。鄙の女との不調和の底流には二条后への未練があった。勿論二条后その人はすでに回想の中の存在ではある。そのことを再確認するのが、この段である。「東宮の女御の御方」の花の賀に召される男はれっきとした宮廷の人に違いない。「東宮の女御の御方」が二条后その人であるかないかという詮索などは、この場合さほど重要ではない。「花の賀に召しあづけられたりける」ことが具体的にどういうことなのかについても諸説があるが、そのことも実はどうでもよい。「をとこ」がただの田夫野人ではなくて、いざとなればいつでも宮廷に出入りするような存在であることを言えばよいのである。「花に飽かぬ嘆きはいつもせしかども今日の今宵に似る時はなし」――、「をとこ」は東の間みやびの中心に参入して自ら足らうのである。

第三〇段はその第二九段を補足していよう。勿論「はつかなりける女」自体は直接二条后のような高位の女性を暗示してはいない。上野理はこの掌編を「褻の歌を記憶するための「歌がたり」」と規定する[4]。巷間にあったものが、ここに組み込まれたものであろう。だが、なぜここなのかを言えば、直前に第二九段をにらんでのことにちがいない。「あふことは玉の緒ばかり思ほえてつらき心の長く見ゆらむ」の歌について、『詳解』は『古今集』

六七三の類想、あるいは民謡の改作かとした後に「女の返しの歌までは創作の手が届かなかったのであろうか」という。だが歌一首を詠んだという、それだけで十分なのが作者の立場であろう。相手は「をとこ」にただちに応えるような存在であるはずがない。一方的に詠みかけるしかない「をとこ」のありようを、ここでは描いているのである。それが二后条を女々しくも憧れの対象とした「をとこ」のすがたを想起させるのは勿論である。

第三一段、「をとこ」はいつの間にか宮廷の女たちの間で寵児になっている。男がある「御達」に歌を返したのを聞いて「ねたむ女もありけり。」という程であったという。ただしそこに見られる男の姿勢は、むしろ受け身であって、自らそれを求めているといったものではないことに留意しなければならない。

第三二段は「むかし、ものいひける女に、年ごろありて」歌を贈った話。「いにしへのしづのをだまきくりかへしむかしを今になすよしもがな」は、『古今集』八八八「いにしへのしづのをだまきいやしきもよきも盛りはありしものなり」（読人知らず）を「改変」したものと説かれることがあるが、疑問である。上句が同じで下句が異なる例は古歌では枚挙に暇がない。歌の意はその場合下句で決まるのであり、こうした場合別歌とすべきであろう。同じ上句からその時々に違う下句が付されて詠まれるそれは、巷間にパターン化された詠法である。まして、この場合、『古今集』の歌をもとに創作された段」（『集成』）といった見方は、おそらく正しくない。巷間にあった歌を採り入れて、それなりに一段を成したものと考えたい。その意図は勿論二条后を想う男のすがたを点出することにある。「と言へりけれど、なにとも思はずやありけむ。」という追い書きは、女が男とはまったく遠く隔たった別の立場にいることを示している。そういう関係は第二六段以降ずっと同じである。二条后らしい存在は男の前にまったく姿を現わさない。女は男にことば一つ与えるわけでもなく、女を想うのは一方的に男だけである。それはいわば男が自分の胸中に宿った女の姿を追い求めているだけのことなのである。独相撲なのである。そのことを男はどれ程も悟ろうとしていない。懐旧の詠嘆はまったく「をとこ」だけのもので、「をとこ」はそこから一歩も出られないのである。

ところで、第三〇段の第二九段に対する関係は、そのままこの段の第三一段に対するそれと同じである。つまり、官人「をとこ」を語る章段をまず置き、次にその補いのかたちで巷間にあった歌による掌編を配して、それをあたかも二条后回想の詠嘆らしく仕立てている。第二九段から第三二段までの四章段は、二章段一対の繰り返しである。そしてその主内容は、言うまでもなく「をとこ」の女々しいだけの懐旧の詠嘆であり、そこにはもっぱら退嬰的な「をとこ」のすがたしか見えない。

三

さて、**第三三段**の話はこうである。津の国むばらの郡に通う男が、女との別れに際して、再びは来るまいとの思いを秘めて女の様子を見る。そういう男の心を、女はすでに見透かしている。そこで男は「あしべより満ち来る潮のいやましに君に心を思ひますかな」と、口先ばかりの慰めを言うが、女は「人にもわからぬ心の深いところで、じっと悲しさとつらさとを、口にもよう出さずにいる女心が、男のあなたに察せられるものですか、あなたこそもう私のもとに二度と帰らぬつもりなんでしょう」（『全注釈』）という意味の歌を返す。

男は都人である。相手が鄙の女というだけで、「をとこ」はけっして心満たされることのないのは、すでに読者にはわかっている。それはこれまでに散々見せつけられてきたことであった。やはりそうなのだなと、読者は思う。そして、そうであるのは無論男の心底に二条后があるからである。そうでありながら男には都人のやさしさがある。「あしべより……」の歌はいかにも空疎かもしれないが、すでに身についてしまっている男のやさしさ、別に言えば修羅場を好まぬ男の性格の現れであろう。そして、それが通じる相手ならばめでたく終わりでもあろう。現に東国ではそうであった。だが、この一連の物語における女はけっしてそうではない。第二五段に「色好みなる女」が登場して以来の女は、男と対等かそれ以上の成熟した女性である。むばらの郡の女もその一人である。畿内の女である。男の口先だけに負けたりはしない。口先もたしかに大事だが、それ以上にそれにともなう心を見通す力がある。事は生半可では終わらない。

『伊勢物語』はあくまで「をとこ」の側からの物語である。この場合、女の問い掛けが真剣であればあるほど、まともには扱われないで、はぐらかされる。最後の「ゐなか人の言にては、よしや、あしや。」とは、当然ながら女の歌、「こもり江に思ふ心をいかでかは舟さす棹のさして知るべき」についての言である。だが、本来ならここで真に問題になるべきなのは、女の心を男がどのように受けとめているかということであるはずなのである。それを、殊更に「ゐなか人の言」とし、表現上の問題にすりかえようとしているのである。眼前に真剣な女を置きながら、心中どうしても二条后から脱離できぬ「をとこ」の、ここではこれが精一杯のはぐらかしである。無論、ここでは男に代わる語り手の仕業ではある。

作者自身が「をとこ」をそのような窮地に立たせなければよいとも言えよう。このような章段を設けなければそれまでのことである。ところがそうでもないのは、実はこの第三三段から第三七段までの章段群が別の目的のために必要とされたからではなかったろうか。それは上野理の言う「褻の歌を記憶するための「歌がたり」」(4)を取り込むことを当面の目的としたということである。そのことがここでは「をとこ」のイメージを保持すること以上に重要なことだったのである。それはちょうど、第二三段・第二四段のありように通う。これらの章段の歌はそれぞれに『万葉集』乃至『古今和歌六帖』にある歌の類歌であり、民謡的な雰囲気があることはすでに指摘されている通りである。『伊勢物語』には「をとこ」物語の他に、そうした種々の要素の集成としての意義が一面として常にある。そして、男とはしばしば、そうした要素を繋ぎとめる糸としても、それなりの役割を果たさなければならなかったのである。男の相手は第三四段では「つれなかりける人」、第三五段では「心にもあらで絶えたる人」、第三六段では「「忘れぬるなめり」と問ひごとしける女」、そして第三七段では三度「色好みなりける女」である。それらはつまり、「褻の歌を記憶するための「歌がたり」」を取り込むために持って来られた女たちであったということである。

第三四段、**第三五段**の場合は、歌を都合よく二条后への想いを表白したものとして利用し得た場合である。「言へばえに言はねば胸にさわがれて心ひとつに嘆くころかな」は男が独りで悶々としているに過ぎないのであって、「相手側の女にとっては、男のそんな気持ちなどまったく関知せぬことで、それをつれない人だなどと恨まれたのでは、はなはだ心外で、迷惑千万というところである。」と『全注釈』は言う。追い書き、「おもなくて言へるなるべし。」は、これまでに散々語られてきた、独りよがりの「をとこ」の心底の、むこうみずな爆発である。それはかえって「をとこ」のイメージに、常々の気の弱さということをつけ加えることになる。

第三五段の「玉の緒を沫緒によりてむすべれば絶えてののちもあはむとぞ思ふ」は、文字通り撚りが戻ることを願う歌である。男は二条后によって一方的に切り捨てられてしまった存在なのであるが、彼の未練がいかにも正当であるように読者に受け取られることを期しているとも言えよう。

第三六段の「「忘れぬるなめり」と問ひごとしける女」に対する男の返歌は「谷せばみ峰まではへる玉かづら絶えむと人にわが思はなくに」である。「をとこ」の女に対する想いは、機会さえあればいつでも関係を復活させ得るはずのものである。そういうふうに歌を「をとこ」物語の中に組み込んでいるのである。

第三七段の「色好みなりける女」との贈答は、第二五段から始まったこの一連のしめくくりである。『全注釈』は男の歌、「われならで下紐解くな朝顔の夕影待たぬ花はありとも」の「朝顔」に、花と、女の朝起きの顔を重ね見て、それが「今日の夕影をも待たぬというのであるから、今日の夕方再び俺が訪れて来る間も待たずに、もう他の男にうつろってしまう可能性のある女であることを言っていると解される。」とし、女の返歌、「ふたりしてむすびし紐をひとりしてあひ見るまでは解かじとぞ思ふ」を「いかにも形式的でお座なりという感じの歌だ」と評する。「色好みなりける女」の前では、やはり「をとこ」はいいように翻弄される存在なのであった。

おわりに

「をとこ」はたゆとうている。二条后と「色好みなる女」との間を、である。彼の行動範囲はもはや畿内を出ない。しかし彼の座標はまだまだ定まらない。性、気弱なままに、今後「をとこ」はどこに向かうのであろうか。そして又、「をとこ」にとっての二条后は今後どうなっていき、「色好みなる女」ははたしてこのまま消えていくのであろうか。

注1　仁平道明「昔男ありけり」の分布―『伊勢物語』の成立試論―」（『文学・語学』89号、昭56・2）
2　塚原鉄雄『伊勢物語の章段構成』
3　鈴木日出男「古今集の縁語とその周辺」（『学芸国語国文学』7、昭47・11）
4　上野　理「伊勢物語の方法」（『国語と国文学』昭52・11）

第七章　第六五段と第六九段をめぐって

はじめに

第六五段は、全一二五章段中のほぼ中間に位置して、この物語中最大の章段であり、はなはだ意図的な構成意識の窺える章段である。そしてそれは、〈人の国章段〉とでも称すべき第六六段・第六七段・第六八段を随伴的に後続させて、伊勢斎宮の物語たる第六九段へと続く。この第六五段、第六九段の両段の内容は、〈二条后物語〉とともに、言わば〈逢ひがたき女〉を扱っていることで共通する。両段の内実はいかなるものか、又、何故ここで〈逢ひがたき女〉なのか、以下、いささか考えてみたいと思う。

一

第六五段は、つとに第三段から第六段に到る〈二条后物語〉とそれに続く一部〈東下り物語〉の語り替えと言われている。その通りであるが、そうであるならいっそう〈二条后物語〉との違いこそ、問題にされなければならないであろう。

まず、人物の設定が問題である。〈二条后物語〉では「男」は宮廷の人間として特定されてはいない。女も

「いとこの女御」のもとにいる一女房である。たちまち入内するにしても「ただにおはしける時」の話である。当然両人の接触する場は宮廷外であって、帝の目の及ぶ所ではない。「男」の行為はたしかに予定された帝の権威を冒すものには違いないが、直接には女の家に対する反逆となる。それはそれで理解され、同情に値することもないではない。話の筋は一応通っている。それに対し、第六五段ははなはだ理解しがたい設定である。女は「おほやけおぼして使ひたまふ女」であるという。すでに宮廷の女である。しかし后妃ではない。安藤亮子の言[1]を借りれば「ここでは「おほやけ」なる帝の存在は確とあるものの、女はいまだその周辺の一員にしかすぎないことが明示されている」のである。とはいえ、その一方では禁色を許される程に帝の寵愛を受けている。后妃に準じて后妃でないという設定である。「男」の方も単純ではない。まず彼は「殿上にさぶらひたりける」というのだから、れっきとした官人である。そして、「女方許され」た「在原なりける男」だという。「女方許され」たとは、自由に後宮に出入りすることができたということであるが、そのようなことは実際にあり得ることだったであろうか。これを童殿上と説明するものもあるが、いかがであろうか。「在原なりける男」については前引安藤がその注で「男が業平であることを意味しつつ、もう一方でこの氏であることが物語内で有効に機能すべく用いられた設定であろう。「在原」であること、それは帝の周辺にあり、その処遇について帝が対処しやすかったとの利点があるように思われる。」という。行き届いた考え方である。もっとも、業平を意味するということは、業平歌ならぬ歌を以下に用いているのであるから、実際はどれほども効用はないであろう。

女は后ではない。だから、この話は帝の妻をあやまつ物語などといった命名はできないと、安藤は言う。だから、両人とも、本来的に「勅勘を蒙るはずもない」のである。しかし話は「かかるほどに、帝聞こしめしつけて、この男をば流しつかはしてければ」という。「流しつかは」すとは流刑を意味するはずだが、それもおかしい。

せいぜい考えられるのは左遷であろう。しかもそれは表面上はあくまで、帝の寵姫を犯したなどという罪によるものではあるまい。だからそれは道ならぬ恋に苦悩する男を立直らせるための慈悲深い帝の処置ではないかとする安藤説さえある所以である。女その人にも勿論勅勘などはない。だからこそ、帝の怒りをやわらげようとして「いとこの御息所」が引き取って「蔵にこめてしを」るということにもなるのであろう。

勅勘は〈二条后物語〉にもなかった。「男」が東に下ったのは、無論勅勘の故ではない。それは自ら「身をえうなきものに思ひなして」のこと、つまり我が身の腑甲斐なさを自覚してのことであった。〈逢ひがたき女〉に思いを寄せたこと自体には何のひけめも悔いもないのである。我が身、我が身分が及ばなかっただけのことである。純粋に「男」その人の心から出た東下りであってみれば、それはそれで潔いこととして読者の同情も得たのである。それに対して、第六五段の話では、「男」は初めから「おほやけおぼして使ひたまふ女」であると知っての上で思いをかけたのであるし、自分の行為が「いとかたは」であることを知り、そのままでは「身もいたづらになりぬべければ、つひに亡びぬべし」とわかっている。しかも女に対する恋情と同じ程に我が身を惜しむ思いも強いのである。そして相思相愛ならまだよい。「かかる君（帝）に仕うまつらで、宿世つたなく、かなし」とまで思う女を一方的に悲劇に追い込むのである。読者の同情は〈二条后物語〉での純情な「男」に対するようには、この場合は集まらないはずである。そして、自裁し得ぬ「男」に、女との仲を割く帝の権威の発動が、たとえ筋として無理でもどうしても必要であった話、と読めるであろう。女の里まで追い掛けていく「男」に物語自体、すでに同情がない。「されば、なにのよきことと思ひて、行きかよひければみな人聞きて笑ひけり。」と言う。そういう批判的な言辞は〈二条后物語〉にはまったくなかった。

第六五段は、このように、人物の設定、話そのものにかなり無理がある。しかもおそらくはそれを承知の上で、

『伊勢物語』は初段から進んで来たまさにこの箇所で、〈禁忌の恋〉に身を焼く「男」の話をどうしても必要としたのである。

初段以来、「男」のすがたはかなりの揺れを伴いながら、次第に変容を遂げてきている。ここに到るまでに、「男」はもはや昔日の「いちはやきみやび」(初段)からは遙かに遠い存在になってしまっている。「男」は自分自身が設定した目的に向かって遮二無二挑むといった存在ではなくなっている。いったんは「身をやうなきものに思ひなして」(第九段)東に下ったような気概もすでにない。東国は本来的にみやこぶりでしかなかった「男」に「住むべき国」を提供したりはしなかった。物語は進展する間にいつのまにか「男」を京に帰してしまっている。その間、「男」に果敢な振舞など何一つとしてない。かえって優柔不断とさえ見えるイメージばかりを増殖していっているように見える。「男」はやがて「色好みなる男」として規定される(第五八段・第六一段)のだが、要するに女にやさしく接するだけである。「さすがにあはれとや思ひけむ、いきて寝にけり」(第一四段)と、たとえばそのように「男」は女の気持を迎えるだけの存在である。佐藤裕子は「東下り章段で、「昔男」は理想的な色好みの男としての享受がすでに成立していた」ことを言い、その行き着く結果は、「西下り章段(第六〇段・第六一段・第六二段=菊地注)は、理想に値しない男をも無批判に肯定する立場で描かれ、所謂「みやび」な「昔男」像とはかけ離れた方向に男像を結ぶ結果になった」と説く。(2)つまり、ここに到るまでの間に、初段から〈二条后物語〉を通して鮮烈に印象づけられた一途な「をとこ」のイメージは、もはや拡散してしまっているのである。以後『伊勢物語』が更に継続されていくためには、それはいずれ一度は建直しが企図されなければならなかったのではないか。全章段のちょうど中程に位置して、殆ど唐突に〈二条后物語〉の言い換えとおぼしい章段があるということは、ここらを一つの節目として、「をとこ」像を修復し、以後に臨もうとする意図があったということであろう。中程ということは、以後の章段がここまでとほぼ同量に語られたということであり、当初から構成的に考えたものとは思われない。

二

けれども、ここまで来て『伊勢物語』がいまさら「をとこ」像の再建を企図したとしても、初段以来すでにここまで進展して来た物語の論理は、それを簡単には成功させなかったように思われるのである。

第六五段の内容の特徴について、藤岡忠美は次のように言う。すなわち、この「男」は「自己の情念の執拗な激しさに、自分で恐れを感じて」おり、作者は「男」を「いかに情熱一途であってもそれを純愛一筋な話にうたいあげるのではなく、ふと将来への慮りにとらわれざるをえない。普通の自愛の人として描きすすめているところが物語中の異色といえるだろう。(3)」と。「男」が「ふつうの自愛の人」であるということは重要である。「自愛」というとき、どういう〈自己〉を〈愛して〉いるのであろうか。「かくかたはにしつつありわたるに、身もいたづらになりぬべければ、つひに亡びぬべし」という「男」の述懐からして、それは官人としての自分の地位身分の危うさを思うことではないか。つまり、この「男」は、女への愛と、官人としての自分の将来とを、秤にかけて意識せざるを得ないのである。「いかにせむ。わがかかる心やめたまへ」と神仏に祈る彼の心底は、現実的、世俗的な打算を潜めている。話の終末部、「人の国」から夜ごとにやって来て、女がこめられた蔵の前で、「男」は「笛をいとおもしろく吹きて、声はをかしうてぞ、あはれにうたひける。」と言う。だが女は応じない。「男は、女しあはねば、かくしありきつつ、人の国にありきて」次の一首を詠む。すなわち「いたづらに行きては来ぬるものゆゑに見まくほしさにいざなはれつつ」と。それは要するに、隙あらば女に逢いたいだけのことであって、そのために身を滅ぼすことも厭わない、といった一途さからは遠い。「人の国」に流されたといっても、罪を犯したわけでないから、官人としての身分そのものを失うわけのものではない。いわば雌伏の期間を持つだけのことであろう。

こうした官人意識の枠の中での話、それがこの章段の内容であることを確かめてみると、この「男」のイメージはかつての〈二条后物語〉のそれのようには素直に読者の胸に響いて来ないのである。この章段を初段、および第六九段と比較する原国人は、それら章段とは調子・印象が相当違って「気品に欠けているところがある」と言う。そしてその最大の原因は「男主人公の取り扱われ方、形象のされ方」にあるとする。「気品に欠けている」という批判はわかりにくいが、「初段・六九段の、男主人公の行動について、その記述態度は、その行為を素直に受け止めようとするか、さもなければ、肯定するものであった筈」なのに対し、第六五段は「他の人物、たとえば主殿司などによって批判させるといったように、いわば揶揄するようなところ」が見られると指摘する。(4) それは要するに、すでに作者自身が手ばなしで「男」を讃美するものではなくなっている、ということであり、「男」のあり方にやはり批判的なのである。「男」イコール官人という概念はここではもはや抜きがたいものになってしまっている。原は次のようにも言う。

この一途な若者に対する批判は、「みな人きて笑ひけり」という後宮の、あるいはそれにかかわる宮廷人の目を通して非難、さらには「主殿司」の官人の目を通しての批判というように、この若い男の属する世界が保持している、いわば常識の目で行なわれている。これはいいかえると、宮廷社会での若者の非常識――みだらといってよいほどの秩序破壊――に対する批判が、律令官僚体制の基準によって行なわれているということになる。

それ程に「男」は官人社会の中にどっぷりと浸っているのである。もっとも原は「このような批判・非難が、逆に若者の純粋さ、青春の文学としての、この詞章の主題をより明確にするはたらきを果たすことになっている」と言うのだが、はたしてそう言い切れるであろうか。なお原は「人の国より夜ごとに来つつ、笛をいとおもしろく吹」く「男」の姿は、「政治的に不遇の時代の宮廷官人のすごし方を示している」とも指摘している。

東下り以後、いつの間にか京に戻った「男」は、至極当然のように官人という存在枠の中に組み込まれてしまっている。「宮仕へする人」（第二〇段）なのである。「男」が官人であることは、そもそも初冠の初段からそうだったはずなのではあるが、当初はそのことが語りの核とはならなかった。およそ世俗的な打算からは遠い、純粋で一途な「男」のすがたが、『伊勢物語』を始発させてきたのである。「身をえうなきもの」と認識した時官人意識の萌芽を見たようにも思うが、しかしその時は官人の身分すらを擲つという潔さに読者は酔った。しかし帰京以後の「男」のすがたはそれから次第に遠退いている。すでにそうと確定した物語の路線上で語られるのであれば、第六五段の「男」は、とうてい〈二条后物語〉の「男」に戻れなかったであろう。この「男」の行為とは、極言すれば、許される範囲内での甘えであって、世俗的現実に身を挺してぶつかっていくといった体のものではない。恋の英雄といったイメージからは遠いのである。

官人の美意識は〈みやび〉ということにあるはずである。だが、ここでの「男」の恋は、その無鉄砲さにおいて、又、女の気持を尊重している余裕がない点において、むしろ〈みやび〉を逸脱していると言わねばなるまい。それでもなお彼に帝の女に執着させるとしたら、それは彼の若さ、否、稚さ故のこととするしかない。藤岡が「男のそうした情熱的行動の由来を、作者は昔男の年少性にもとめているのであろう。（略）作者はその点を明らかに意識していたと思われる」という通りである。藤岡は「男の一途さが「色好み」なるものの本来の姿と離れたところがあること」を指摘する。だが「男」の稚さをこの段全部に及ぼすことはとうていできない。なぜなら、自愛の人であるのは大人の官人だからであるはず。これも第六五段の辻褄の合わない点の一つである。

次に考えておきたいのは、第六五段がいわば〈女章段〉であることである。〈二条后物語〉〈東下り物語〉が、「をとこ」を主人公として一方的に「をとこ」の側から語られるのに対して、第六五段では女の存在が大きく、かつきわめて鮮明になっている。冒頭、「むかし、おほやけおぼして使うたまふ女の、色許されたるありけり。」と、登場人物の紹介はまず女の方から始まる。そして、「殿上にさぶらひたりける在原なりける男の、まだいと若かりけるを、この女あひ知りたりけり。」と続けば、「男」との関係は、むしろこの女の意思で結ばれたとすら受け取られる語り方である。「男」は次の「男、女方許されたりければ、女のある所に来てむかひをりければ」の一文で初めて主語となるものの、それでも「いとかたはなり。身も亡びなむ。かくなせそ。」と、「男」に自重を求めるのは女である。そしてそれでも「男」が聞き入れないと、彼女は「思ひわびて里へ行く」のである。こうした、女の主体性、積極性、行動性は〈二条后物語〉ではまったく見られないものであった。この限り、話の主導権はむしろ女にある。その次にようやく「男」を主語とする語りがくる。「されば、なにのよきことと思ひて……」「かくかたはにしつつありわたるに、……」である。ここまで来て、この章段の作者は、女と「男」とを等距離に視野に置いて、交互に語ろうとしているように見える。そして帝が引き合いに出される以後の後半部になると、まず女のことが語られ、次いで「男」のことが語られて全文が終わる。女は「いとこの御息所」によって蔵にこめられる。だが彼女は「男」に逢えないというだけではない。「男は、女しあはねば……」という一文によれば、自分の意思で「男」に逢おうとしないのである。第六五段の結末は

「男」の悲劇というよりも、身勝手な「男」に横恋慕された女のそれという印象さえ与える。この章段の主人公はもはや「男」ではない。「男」と女とである。

そもそも「むかし、男ありけり」に始発する『伊勢物語』は、本来ならば、全章段が「男」を主人公とするものであってもよいはずなのに、章段が進展するにつれて必ずしもそうではなく、「女」を主人公とするものをかなり含むようになってくる。「女」を主人公とする、が言い過ぎなら、〈話の主導権を女に譲ってしまっている章段〉と言ってもよい。そういった内容とともに、かたちもそうなったものとして、第六五段に近いところで言うと、「むかし、年ごろおとづれざりける女、……」に始まる第六二段がある。以下、続く第六三段が「むかし、世心つける女、……」の九十九髪の老女の話で、その後に短小な一章段を置いて、この第六五段が来る。つまり第六五段は、〈女章段〉とも言うべき一連の中に位置するのである。このように、「男」を実質的な主人公とする物語群、すなわち〈男章段〉の中に、〈女章段〉が次第に位置を占めて来るようになるということは、初めは「をとこ」像を追求しながら、物語の進展に伴って作者の意識になにがしかの変化が生じて来ているということであろう。そして、話の主導権を女に譲ってしまうということは、実は第六二段以前にすでに始まっていた。第二五段の「色好みなる女」が登場した時がそれである。「色好みなる女」とは「あはじとも言はざりける女の、さすがなりける」（第二五段）女である。男の心を手玉にとって、自主独立性を確保している、と言ってもよいであろう。第二八段になると、そうした女に及びがたい男の述懐ともなり、それに引き続く諸章段では「色好み」という語こそ用いなくともほぼ同じような女に、男は主導権を引渡し、自分の心を女に合わせようとさえしている。

吉田達は初段から第六三段までについて、次のような見解を提示する。[5] すなわち、「ここまで辿ってみて、業平らしい男主人公の存在に比して意外に大きい女主人公――それは不特定多数ではあるけれども――の存在感の重さが見過ごせないことに気づいてきた。」と言う。そして、

少なくとも現伝されている一二五章段の『伊勢物語』本文においては、彼は決して常に理想的な恋の勝者ではなく、むしろ、恋に敗退して漂泊し、時にしばしば女の「色好み」と思える相手に主人公の座を譲って退き、あるいは独り恋の嘆きを喞つ姿をわれわれの前に見せるのである。要するに、一口で言えば、彼は堂々とした恋のヒーローの〈かたち〉をとらないのである。それよりも、相手とのかかわりにおける〈こころ〉をたいせつにするといった人物として現れる。そして、あまりにもしばしば章段の主導権を「女」の手に委ねているのである。

と指摘する。そして又、一二五章段中「特に女の〈こころ〉で立っていると考えられる章段が一五章段もあるという点は決して看過できない。それは、作者が「「昔男」の形成に熱心であったと同時に、また彼が「女の色好み」や〈こころ〉優れた女性の人間像に対する強い興味とその発見への熱意を持っていたことの確かな証左であると思われる。」と言う。ちなみに、この第六五段も無論吉田の「女の〈こころ〉で立っていると考えられる章段」の中に含まれる。

『伊勢物語』のこれまでの流れは、このように、次第に女が増大するそれでもあった。それはすなわち、先に述べた「をとこ」像（吉田の言う「昔男」）の変容と裏腹なものとして認識しなければならないもののようである。女の増強は、すなわち「をとこ」像の矮小化であった。第六五段の語りの基調もそれに副うものである限り、「をとこ」の建直しはやはりむずかしかったと言わなければならないであろう。それがこの章段での試みの限界であった。そして、作者がもしそれで満足できなかったとしたら、「をとこ」像の立て直しはこの章段のみで終

わるはずはない。引き続く章段は、そういう目であらためて見なおされなければなるまい。

三

この章段に引き続く**第六六段**は「津の国・難波」、**第六七段**は「和泉の国・河内の国」、**第六八段**は「和泉の国・住吉」の話である。つまり〈人の国〉章段群である。「をとこ」は又しても〈人の国〉に連れ出されるのであって、それは「をとこ」像の再建をねらってのことであろう。

そうした章段群の流れの中に「伊勢」の物語である**第六九段**が来る。これも又、〈禁忌の恋〉を扱った章段であり、〈逢がたき女〉は伊勢斎宮である。殆ど直後に配置されている話であるゆえに、第六五段とまったく無関係に考えることはできないであろう。

伊勢の斎宮の意義は大きい。第六五段の所謂後人注には「水の尾の御時なるべし。……」とあり、第六九段のそれも「斎宮は、水の尾の御時、……」である。安藤はこのことを指摘して、(1)「すなわち物語の要にある〈逢ひがたき女〉は「水の尾の帝」（清和帝）を中心にして二人存在しているということである。無論斎宮は后妃ではない。けれど王権に密にむすびついている伊勢神宮に侍している。斎宮と帝との関係の深さは后妃とのそれにも等しいといえよう。」と言う。第六五段で〈禁忌の恋〉を語るに二条后（らしき女）が使われた。それまでの物語の中ですればそれ以上のアイデアがあり得たとは思えない。しかし、「色好みなる女」を経た物語の女は、すでに〈二条后物語〉でのように物言わぬ尊貴な存在ではなかった。この上さらに効果的に〈禁忌の恋〉を語ろうとして、帝を軸にして他に〈逢いがたき女〉を求めるとすれば、斎宮しかない。伊勢の斎宮は残された最後の切札であった。それは、第六五段の試みを経てでなければ出て来るはずのない画期的なアイデアであった。

斎宮は勿論「まさに隔離された存在であ」る。「京からと俗世からと二重に切り離されてい」(安藤)て、王権に密接している。これを冒すことはただに王権を冒すばかりではない。神への侵犯を意味する。安藤は「斎宮と帝との関係の深さは后妃とのそれにも等しいといえよう。」と言うが、それ以上のものと考えられる。「隔離された存在」ということは、同時に純粋さを意味する。〈京〉は王城の地、王権の聖性と、非俗なるものの純粋性とが斎宮にはついてまわる。だから、それを冒すことは后妃を冒すことよりさらにいっそうの緊張を物語に齎らすことになるであろう。効果は絶大である。第六九段は絶対に第六五段の不徹底さの後にでなければ企図されるはずはなかったのである。

そして又、この際、〈伊勢〉ということはきわめて重大な意味を持つ。伊勢は京の外で、しかも特別な地なのである。そもそも「をとこ」という存在自体がもっとも〈京〉的でありながら、しかも〈京〉に馴染めない存在である。「初冠して、奈良の京、春日の里にしるよしして、狩にいにけ」(初段)ることに発した「をとこ」とは、その「いちはやきみやび」を真性の〈京〉を逸脱してしかも〈京〉的なる対象においてこそその個性の真価を発揮する存在であった。「世人にまさ」った女と「うち語ら」ったのも真性の〈京〉ならぬ「西の京」(第二段)でのことであった。まして、「京にありわび」たる「男」(第七段)、「京」を「住み憂」く思う「男」(第八段)「身を要なきものに思ひなして、京にはあらじ、あづまの方に住むべき国求めにとて、行」く「男」(第九段)のイメージは、物語全体の冒頭部分以来こうして積み重ねられて来た。まさに〈京〉のどまんなかでは生きなずむ存在であることを示している。「男」の東下りを二条后なる禁忌の対象との失恋の結果だけとするならば、それははなはだ皮相な説明である。「をとこ」の本性そのものが、きわめて〈京〉的でありながら、しかもなんとなく「京にありわび」、「住み憂」く思うところにあるのである。それを体制のまっただなかにありながら脱体制的精神の持ち主であるがゆえとするのは正しいであろう。しかし「京にありわび」、「住み憂」く思うことが、すなわち東国に「住むべき国」を見出せることにもならない。「男」のそうした極端な考え方と行動とは若さのなせるものにすぎない。だから結局「男」は京に帰るしかないのである。それほどに〈京〉的ならぬ「ひなび」には耐えられない資質なのであった。だが、京に戻ったからといって、〈京〉のどまんなかに溶け込むことはやはりできない。「大和にある女」（第二〇段）に秋波を送ってみたり、「津の国、菟原の郡に通」（第三三段）ってみたり、「長岡といふ所に家つくりて」（第五八段）いたり、京に近かづいてもなお「京をいかが思ひけむ、東山に住まむと思ひ入り」（第五九段）てみたりする。

だからこそ、京を離れ、しかももっとも〈京〉的なものにつながる〈伊勢〉という場所、および斎宮とは、「をとこ」にとってもっとも相応しい物語の舞台ということになるわけである。第六九段の成功は、まずはそういった要因が幾重にも重なって齎らされたものなのであった。

この章段は久しぶりに「昔、男ありけり。」の語り出しに戻っている。正統的な〈男章段〉のかたちを採る。けれども内容はもはや「男」だけが前面に出るわけではない。ヒロインの斎宮はかつての二条后のように自分の意志をまったく持たないような消極的な女ではない。「男」に逢いに来るのも彼女の方からであり、歌を寄越すのも彼女の方からである。上野理は「勇敢なのは斎宮であり、主人公の「男」はむしろ受動的であり、彼が主人公であることを忘れさせるほどである。作者は彼に勇敢な行為をもとめてはいないのであろう。」と言い(6)、安藤は「この章段では常に女が行動している。」「斎宮は新事態を生み出し、やむを得ず起って来るそれを上手に切り抜ける知恵をもっている女として描かれている。」と言う(1)。実際、斎宮の積極性、行動性がなければ、この章段の話は成り立たない。その点、やはり「色好みなる女」登場以後の潮流に乗るものと言えるし、第六五段との共通性もあるわけである。ただし、それでも「男」のすがたが第六五段よりも鮮明であるのは、置かれた立場が彼の痛切な心情をもってしてもどうにもならないことが、読者によく伝わるからであろう。「つとめて、いぶかしけれど、わが人をやるべきにもあらねば、いと心もとなくて待」つとか、狩に出て今宵を期しても公務のために女と逢えないまま旅立たなくてはならず、「人知れず血の涙を流せど、えあはず」とかいう叙述が、「男」の苦悩を十分伝えているからである。けれどもそれとて、やはり女の存在が際立って高貴、神聖であることによるからだとも言えるであろう。斎宮の存在はやはり大きいのである。

この章段では又、「男」が「狩の使」であることの意味も大きい。「をとこ」のイメージの初段への回帰を意味するからである。この点について関根賢司は次のように指摘する。(7)

第一段を起点に考えれば、狩は、主人公の青春と、時代の過去とか、追憶・回想の対象として、重ねあわせられるように設定されていた。第六九段「狩の使」は、狩のイメージによって、第一段のはじまりへと回帰していく、あるいは物語のあらたなるはじまりを予感させる。はじめに狩があって、はじまりを告げているのだ。

適切な指摘である。関根は又、次のようにも言う。すなわち、「物語は、禁忌の領域のなかに、侵犯を幻視しようとする。〈二条后〉章段および〈狩の使〉章段によって知られている『伊勢物語』の主人公は、禁忌に対して果敢に挑戦する、物語の最初の英雄であった。」と言うのである。「禁忌に対して果敢に挑戦する、物語の最初の英雄」としての「をとこ」のイメージは、〈二条后物語〉を待たずとも実は初段にすでに現れていた。そのことは吉田達の指摘に明らかである。[5] すなわち吉田は初段の「いとなまめいたる女はらから」を主人公「男」の同母妹であるとし、話が禁忌を冒すものであることを言った。〈二条后物語〉はそれを引き継ぐものなのであって、『伊勢物語』の大きなテーマの一つに〈禁忌侵犯〉ということがあることを認めないわけにはいかない。たしかに前に論じたように、「をとこ」の「恋の英雄」としての姿はぐらつくし、ついには消滅しさえする。しかしそれとこれとは別である。第六九段はそのテーマの、まさに頂点に位置する章段であり、「狩」のイメージを「男」に負わせた意味はきわめて大きいのである。

ただし、自ら「狩」をするのと、「狩の使」であることとの間にはかなりの違いがある。「狩の使」たる「男」は明らかに〈官人〉である。初段での主人公の〈官人性〉は問題にならなかった。だがこの段での〈官人〉の意味は大きい。「男」は「使ざねとある人」であり、それゆえにこそ本来なら絶対に「逢いがたき女」であるはずの斎宮との出会いも可能なのである。同時に官人としての責務が悲恋を齎らしもするのである。官人であることは「男」の人格に及んで、彼の行動を規制する。藤岡忠美は次のように言う。[2]

この段の昔男は、狩の使いという公務を放擲しても斎宮との恋に殉じてゆくといったあまりにも破滅型の恋愛至上主義をとるわけではない。結局は世間的習俗の中であきらめなければならぬやりきれない結末を迎えながらも、障碍が高いほどにつのる恋心の執着、これが昔男の色好みのかたちであった。

〈官人〉である「男」の、それが限界なのである。その限界を十分に知り尽くしたうえで、これを物語の骨子として成功させた章段、それこそ第六九段であった。

四

ところで、現今の生成論的見地からすれば、第六五段は所謂第三次章段、第六九段は第一次章段とされる。そうであれば、後に生成したものが前に配置され、前に生成したものが後に配置されていることになる。つまり、第六五段は、すでにあったはずの第六九段の内容を承知したうえでものされたことになる。又、第六九段とは第六五段での試みをまったく知らずにものされたということになる。はたしてそんなものであろうか。

『伊勢物語』一二五章段本の各章段が、それぞれ新旧異なる生成事情を持つであろうことはおよそ自明である。だから一二五章段本とは一つの集成であり、編纂物と考えるべきであろう。その意味で第一次章段、第二次章段、……といった部類を認めるにやぶさかではない。しかし、まとまった文献としての第一次『伊勢物語』、第二次『伊勢物語』、……といったものの存在は殆ど考えられない。書名は違っていてもいいが、事実として今日その痕跡さえないのである。はなはだ初歩的な考えかもしれないが、増益ということを文献上のこととして考えとみるならば、第一次『伊勢物語』にかなりの書込があった結果が第二次『伊勢物語』となり、第二次『伊勢物語』に大量の書込がなされて現存本となる、という過程が考えられなければならない。仮にそうであるならば、少なからぬ本文増補をスペース面でも当初から予想したテキストがあって、しかもそれが何世代にもわたって確実なある場所に保持され続けなければならなかったはずである。そのようなことが考えられるはずはあるまい。ならば、増益による成長などということを軽々には納得できないのである。

文献として成立した『伊勢物語』とは、やはり現存本とあまり変わらないかたちとしてでなかったかと思うほかない。以後、勿論多少の出入りはあったであろう。しかし、それがまず量的に本体を凌駕するほどのものであったとはとても考えられないし、従って質的に初発の内容を変える程のものであったとも考えられないのである。『伊勢物語』という歌物語の編成がなされたとして、その営為の主体を編者というべきか、作者というべきかは知らない。だがそこには必ず特定の個人が介在するはずである。それは今日到底特定できないし、その必要も殆どないように思う。ただ、その時、編纂のもとになった各章段は、編纂時にはすべて同時的存在であり、同価値のものとして取り扱われたはずである。バラバラのそれらがすべて文献のかたちであったかどうかもわからない。一部は口誦伝承であったかもしれない。あるいはその時の創作であったかもしれない。だが、仮に大部分が文献であったとしたら、又、編者（あるいは作者）が一人であれば、そこに結果するものは、現存のものよりももう少し整然としたものになっているのではなかろうか。編纂材料にはもう少し取捨選択があって当然と思われるし、編成はもっと論理的になっていたのではなかろうか。とにかく、現存『伊勢物語』を特定個人による、密室における文献操作という営為と考えることは、殆ど無理であろう。

そこで、一二五章段本『伊勢物語』の成立事情を敢えて憶測するならば、数人の同志と一人の編集者とによって成り立つ一つの集団の〈場〉を想定するしかないように思われる。編集者はマネージャー役と言ってもよい。ある「をとこ」の物語を始めるにあたり、彼は初冠章段と終焉章段とを提示する。数人の同志は以下思い思いに自分の資料により、あるいはそれもなしに「をとこ」（時には「女」）の話を語り継いでいく。展開は紆余曲折し、脇道に逸れる場合も多々あるが、編集者はきわめて寛容な態度で、余裕をもってその一々を共に楽しみながら、折をみては本道に戻す。むしろ饒舌こそが、このような場の特質でもあろう。みんながそれぞれに楽しみながらの営為であるから、語りの順序や基準はきわめてゆるやかである。他の人から出て来た話を聞いて自分の話を自分なりに脚色したり変更したりはできるが、次に何が出て来るかはお互いにわからない。中で同志の一人は今日言うところの第一次章段にあたる話をもっぱら保持し、時に応じてそれを修整したり、全体の流れに合致するように手を加えたりもしながら語る。ある者はもっぱら所謂第二次章段にあたる物語を語る。又ある者はその間を埋めるような章段を作る、……等々。そういう営為がそのまま文字に移された時、一二五章段本はかたちを成す——ざっとそのように憶測を試みてみるのである。

実際にそのような〈場〉が存在したかどうかも、実は問題ではない。そういう編纂様式でもって、いきなり文字化されたものが出来て来たと考えてもよかろう。とにかく『伊勢物語』は、そうした時点で初めてまとまった文献としてのかたちをとるのであって、それ以前に首尾整った『伊勢物語』なる作品が存在したわけではないのである。それがいつの事であるか、無論それも特定することはかなわない。だが、諸般のことから考えて『古今和歌集』成立以後、あまり時を隔たらない時期とは言ってよいであろうと、かなり漠然と考えてみる。

第六五段の内容は、第六九段の内容を予想してはいない。ここらでどうしても「をとこ」を建てなおしておかねばならないという編者あるいは作者の意向から、第六五段をこの位置に配置する。ところが、その成果が十分でないとみた第六九段の語り手は、〈逢いがたき女〉のテーマでもう少し効果的な話を提出したのである。第六九段は第六五段を十分に意識していた。そう考えないと、この両段の関係は納得できないのである。『古今和歌集』との関連からして、斎宮譚の原型そのものは以前からあったに違いないのだが、それもこの際は物語のこれまでの流れを勘案して女の存在をより鮮明なものにしたり、手を加えたりしているであろう。『古今和歌集』との関係が殊に気になるが、殊更注目しておきたいのは、女に対する「男」の返歌、「かきくらす心の闇にまどひにき夢うつつとは今宵さだめよ」である。『古今和歌集』では五句「世人さだめよ」とあるところである。両者の違いについては勿論諸説のあるところだが、藤岡忠美の次のような考え方は、この際特に注目に値する。[3]
前者（「今宵さだめよ」、菊地注）は、昨夜は無我夢中で分別を失っていたから今宵こそ判定してほしいと言いながら、無論、相手との逢う瀬を今宵もぜひ実現したいと訪れをつよく誘うところに眼目がある。それに対して後者（「世人さだめよ」、同）は、自分はよくわからなかったから冷静な第三者の判定にまかせたいと述べながら、いかに逢う瀬に興奮していたか、相手への情熱のつよさを訴えるところに本旨があろう。同時に、世間を持ち出すことによって、この恋が知られてしまっても構わないという男の覚悟のほどを隠見させているかもしれない。後朝歌の型として、女への愛情表現に重点があるのである。ところが前者では、男の歌が今宵の密会への誘いの詞をかけたところで、「とよみてやりて、狩に出でぬ」という文をつなげてゆき、さてその後どうなるのかという話の興味を連続させてゆくところに重点がある。「世人さだめよ」と結ぶと一首は完結するが、「今宵さだめよ」は意図的、計画的な力を持って事態を今宵から明日へと展開させていく、物語の歌としてよりふさわしいわけで、両歌の成立の前後関係をかんがえてゆくとおもしろいことが見えるかもしれない。

すなわち、『伊勢物語』の方では「話の興味を連続させてゆくところに重点がある」ことを指摘している。それほどの配慮は物語の語り手としては当然あってしかるべきであって、賛意を表したい。この両者のどちらが先で、どちらが後かはにわかに定めがたいのは勿論であり、藤岡も慎重に判断を避けている。だが、常識的判断からすれば、やはり一首として完結したすがたを持つ『古今和歌集』の方であろう。もっともそのことは『古今和歌集』が当時すでにあって、『伊勢物語』に入る資料が別にあり、それから成ったと考えてもよかろう。所謂第一次章段群と言われるものなどは、殆どバラバラに存在していたろうとは片桐洋一の説くところでもある。[8]バラバラであれば、話の続きということはあまり問題にならなかったと考えられるからである。いずれにせよ、『伊勢物語』の作者（たち）は物語の進め方ということを十分に意識していただろうことは窺えるのである。第六九段の原型はかなり以前にあったにしろ、一二五段本の第六九段は、あくまでその箇所に相応しいものとしてかたちを整えながら入ったのである。

五

第六九段は二つの意味で『伊勢物語』の達成である。一つには、初段に発する〈禁忌の恋〉のテーマの完成である。伊勢の斎宮まで持ち出して来た以上、このテーマのこれから先の進展はあり得ない。『伊勢物語』がいろいろのテーマを持つとしても、初段に始まる〈禁忌の恋〉は、もっとも印象的、かつ効果的なものであることは否定できない。斎宮は〈禁忌の恋〉の対象としては最高にして、最後のものと考えられる。第二には、〈伊勢〉という舞台である。それが「をとこ」との関わり合いにおいて、どれほど象徴的なことであるかは先に述べた通りである。〈伊勢〉物語とは、〈みやこ〉に定着し得ない「をとこ」が、〈みやこ〉でない地で、ようやく恋を得る物語である。その意味で斎宮章段こそ『伊勢物語』の頂点である。

こうした重要な達成が、全章段中でももっとも効果的な表現によってなされているのである。たとえば室伏信助は言う(9)。「伊勢物語を今日すぐれた文学として享受する読者の多くは、その判断の根拠に、たとえば九段の東下りや、六九段の斎宮譚をあげることをためらうまい。それは、九段で「身をえうなきものに思ひなして」とある理由をことさら詮索する必要がないほど、また六九段の内容が果たして史実かどうかなどと思いめぐらす必要もないほど、両段は特定の事実に関わり合う理解の次元を大きく乗りこえた表現を一つの文体としてその世界に確立している、という文学的事実が存在するからである。」と。

第六九段が「特定の事実に関わり合う理解の次元」を超えた表現であることを認めるならば、「をとこ」が業平を超え、「斎宮」が恬子を超えるのは言うまでもなく、〈伊勢〉も又特定の地名を超えるであろう。そこは「をとこ」がもっとも「をとこ」らしく存在し得る典型的な場の謂ともなろう。たしかに〈伊勢〉は現実の地名として代替がきかないもののようで、しかし又皇室の神威と伝統、犯し得べくもないものの代名詞、乃至は象徴と考えてもよい。それは「をとこ」が、もはや一人の現実的な存在としてではなく、「禁忌に対して果敢に挑戦する」物語の英雄として意識されることと、パラレルのものと考えられなければならないであろう。

とすれば、問題はやはり〈伊勢物語〉という書名のこととなる。森野宗明のまとめ[10]によれば、近来の書名説は（A）女流歌人伊勢の作説、（B）第六九段の伊勢の斎宮とのひそかな交情の話がもともとこの物語の冒頭に置かれたからとする説、（C）第六九段の位置はともかく、この話こそが物語全体の枢要をしめる秀作だからとする説、そして（D）「妹背（男女ノコト）物語」の略とみたり、「伊」は女、「勢」は男を現す文字で、同じく「男女の物語」の意味になるのだとみる、言わばひねった説、の大略四つの説があるとし、「これらのうち、現在では（B）、（C）あたりが注目されている」としたうえで、「結局、平安中期にあったとされる、伊勢の斎宮の話を冒頭に置くテキスト（狩使本、菊地注）の評価が大きく絡んでにわかには決定しがたいものの、すくなくとも〈伊勢物語〉という呼称そのものは、なにも、伊勢の斎宮の話が冒頭になければ絶対生じ得ないものということはないであろう。斎宮との密通など、そのことじたいが、大変な事件だし、構想叙述とも群を抜いてよくととのえられていて、全段中の秀作たること、異論の余地があるまい。」と言う。正当な論だと思う。なぜなら、冒頭章段にこだわるなら『大和物語』の書名などは手がかりも得られないことになるからである。関根賢司の「『伊勢物語』と『大和物語』と、歌物語とよばれる作品が、ともに、書名に国名を冠していて、それぞれ、たしかに伊勢や大和の国にかかわる章段をふくんでいる事実を、やはり重視すべきであろう。」という言説にこだわりたいと思う。その意味で、結論は森野（C）に組するが、理由はまったくは同じでない。ただ単に第六九段が「物語全体の枢要をしめる秀作だから」というのではない。それ以上に〈伊勢〉に象徴的意味をみるからである。「をとこ」の物語は、たしかにここで一段落する。

注
1　安藤亮子「伊勢物語の女たち」（『一冊の講座　伊勢物語』）
2　佐藤裕子「西下り章段」（同）
3　『鑑賞日本の古典　伊勢物語・竹取物語・宇津保物語』
4　原　国人『伊勢物語の原風景』
5　吉田　達『伊勢物語・大和物語　その心とかたち』
6　上野　理「伊勢物語「狩の使」考」（『国文学研究』41、昭44・10）
7　関根賢司「狩の使章段」（『一冊の講座　伊勢物語』）
8　片桐洋一『伊勢物語の研究〈研究篇〉』
9　室伏信助「初冠章段」（『一冊の講座　伊勢物語』）
10　講談社文庫『伊勢物語』解説。

第八章　後半部の〈をとこ〉をめぐって

はじめに

ここで仮に後半部というのは、第六九段、伊勢斎宮の章段以降のことである。無論、『伊勢物語』は前半、後半といった二部構造になっているわけではない。あくまでも仮称である。

『伊勢物語』が歌物語であることは動かない。その限り、ある歌がどのような事情のもとで、どのように詠まれたか、という興味がこの物語の各章段を作り上げているはずである。その意味では各章段はそれぞれ独立したものとして鑑賞すべきであろう。同時に、各章段はおおむね「男」という主人公を共有していることから、物語全体を「男」の初冠から終焉に至る一まとまりのものと見ることができ、むしろその方がより素朴な鑑賞法であったといえる。

そして、そのように「男」の一連の物語として読むとき、この物語全体のヤマ、頂点が、伊勢の斎宮との話を内容とする第六九段であるとするのは、けっして見当はずれではない。**第六九段**の印象はきわめて鮮烈であり、その内容は初段とひびきあうものがあって効果を高めてもいるからである。吉田達は『伊勢物語』のテーマに禁忌を犯す「男」の物語をみており、(1)それには基本的に賛成である。第六九段は初段に始まるそのテーマの完成と見ることができる。そして実は「伊勢物語」というこの物語の呼称そのものが何よりこの物語が一連のものとして読まれるべきものであることを証していると言える。『伊勢物語』を分析的に読み、各章段をバラバラにして帰納的にこの呼称の意味を捉えようとしてみても、ついに捉えられない。〈伊勢〉という単なる地名とは何ら関わりのない章段があまりに多いからである。そうではなくて、第六九段の〈伊勢〉に象徴的な意味を見て全体に及ぼさない限り、これが全体の呼称とは言えないであろう。それを別に言えば、『伊勢物語』とは「男」の物語として全体を通して読まなければ、呼称の意味はわからない、ということである。

そのように『伊勢物語』を一まとめの「男」の物語としてとらえるとき、各章段の個別的、具体的な「男」は相寄り、積み重ねられて、全体を通して一まとまりの〈をとこ〉像が結ばれていくであろう。各章段の「男」と、全体の〈をとこ〉像とはおのずから異なる。「男」はある時は実在業平を確実に指し、ある場合はそうでないことが明らかである。更にはそのどちらでもない場合がはなはだ多い。だから、その積み重ねである〈をとこ〉は絶対に実在業平であるはずがない。だがそれ故にこそ、かえって業平らしいのが〈をとこ〉であるかもしれない。ともかくそれは、『伊勢物語』の作者と読者が、この物語の主人公としてもっともこうあってほしいと希求した像であったはずである。以下本稿では上述のような観点から「男」と〈をとこ〉とを書き分けつつ、論述しようと思う。

第六十九段をヤマとして、それ以降の章段ではどのような〈をとこ〉像が窺えるのか、前半部のそれにつけ加えられ、あるいは変質していったのはどのような点であったろうか、後半部の各章段の「男」を吟味しながら述べていこうと思う。

一

ところで、前半部から窺える〈をとこ〉とは、およそどのようなものであったろうか。

春日の里での「いちはやきみやび」の行為者であり、それなりに「まめ男」であった若者は、やがてみやびの中心たる京で、後の二条后たる女に恋をする。しかしそうした「え得まじかりける」（第六段）女との恋はもともと成るはずがない。その限り、〈をとこ〉は若く向こう見ずで身の程もわきまえない態の人であり、みごとに挫折を体験する。失意の結果はみやびの中心たる京を離脱して、東国に新天地を求める。その限り彼は行動の人である。『伊勢物語』の頭初の部分には「行く」という語が頻出するのはその端的な現れと言ってよい。しかしながら、身についた〈みやび〉は〈ひな〉に本来的に馴染むことができるはずもない。東国で新天地は開けない。何時の間にか京に戻る。ここにも小さな挫折がある。〈をとこ〉には挫折の影がつきまとう。

しかしまさにみやびの中心たる京に身を置いても、もはやそこに心身ともに安着安住できない〈をとこ〉である。

一般に〈をとこ〉は恋の人、情熱の人と見られがちである。印象鮮明な物語の冒頭部分からみればその後もその通りである。たしかに女との関係は絶えない。その結果、「あだなる男」（第四七段）、「色このみなる男」（第五八段）、「色このむすきもの」（第六一段）と言われ、「この人は、思ふをも思はぬをも、けぢめ見せぬ心」（第六三段）の持ち主であるというイメージが固定化しつつある。だが、東国から帰還以後の〈をとこ〉は必ずしも女に対して自分の方から積極的に出ていく態のものばかりではない。そもそも、前半部第六九章段のうち、情事に関わる章段は約七割の四七章段（ただし、章段数は数え方にもよる。以下同様。）を上回ることはなく、しかも男の方から積極的に出て行くのはそのうちの約七割の三一章段であり、全体の章段からすれば半分以下である。〈をとこ〉の女性遍歴は積極的な女、たとえば「色ごのみ」（第二八段）なる女等に由来するところがけっこう多いのである。その意味では恋の人〈をとこ〉は、むしろ女に対して消極的、受動的ですらある。だが、そういう現象以上に、内容的に〈をとこ〉の情事には常になに程かの倦怠感が漂っているように思われる。それは、あの「え得まじかりける」女への憧憬の挫折が尾を曳いているということである。

情事にかかわらない章段の内容は、同性すなわち男性の友との交遊の話題である。それはそもそも東下り物語においてすでに「友とする人」（第八四段等）、「友だち」（第一一段）と記されて、そういう仲間の中にいるということは、〈をとこ〉にとって重要な存在要件であった。女との交際の傍らに、心許した男性同士の交遊の場を垣間見せるのが『伊勢物語』前半部の内容である。そうした集団の中で〈をとこ〉は風流を尽くし、挫折の傷を癒すのである。

それと関連してもう一つ見逃せないのは、〈をとこ〉の身を置く場所である。みやこ人である〈をとこ〉の話が、しばしば長岡、大和、河内、津の国、和泉の国、そして筑紫を舞台として語られる。いずれも京を離れ、しかもそこでみやびが実現する地である。第六九段の伊勢はその延長上に考えられてくる。背景には京に定着しきれない〈をとこ〉のかつての挫折感が揺曳しているように思われる。京に居ても「東山に住まむ」（第五九段）とさえ思ったりする。かつての挫折の補償を思わせる。しかし前半部ではそれはまだ微弱である。

前半部での〈をとこ〉はたしかに若い。そして「あてなる」（第四一段等）存在である。「宮仕へ」の人、すなわち官人であることも示される。そして、業平を直接に指呼していることも勿論確かである。「在五中将」（第六三段）、「在原なりける男」（第六五段）とさえ称される。と同時に、たとえば第一二三段、第一二四段のように実在業平からは明らかに遠い場合もある。かなり微妙な揺れの中にあると言ってよいであろう。それは『伊勢物語』が〈をとこ〉物語の一方で、歌物語であることを庶幾するところから来るのであろう。

そうでありながら第六九段はやはり〈をとこ〉像の一応の結節点であった。場所としての伊勢斎宮とは、真性のみやびの顕現する所でありながら、京からは離れた場所である。斎宮という冒すべからざるもの、そこでの恋は禁忌の最たるものである。「え得まじかりける」女への思いは、物語冒頭部の情熱の〈をとこ〉の復活を意味する。しかし、それも斎宮の方からしかけられたものであることを正視しなければならない。その意味で斎宮は「色このむ」女の流れである。その意味からもこの段はここまで続いて来た物語の流れが必然的に齎らすものであった。そして、ここにおける〈をとこ〉の恋は、彼につきまとう〈官人であること〉に発し、そのことによっての悲恋であった。二条后との恋の挫折と重なって、この恋の挫折の意味は非常に重い。

ここでの〈伊勢〉の意味は実に深い。真性のみやびの成り立つ〈京〉に対するそれである。そこでの挫折は決定的であり、もはや〈をとこ〉は容易に立直れそうもない。物語は以後どこへ行くのであろうか。

二

第六九段の直後に来るのは、第七〇段から第七五段までの、いわゆる伊勢斎宮章段群である。諸注はこれを、第六九段の「敷衍」と言い、あるいは「異説」とする。

そもそも第六九段の女は、斎宮その人でなければ、この段は禁忌の恋の物語として成り立たない。そうでなければならないはずなのだが、表現は「伊勢の斎宮なりける人」と、ついに斎宮その人とは明示しない。虚実すれすれのところで見事に構成された文と言うべきであろう。ところが、この斎宮関連章段群では、その虚実皮膜の構想を明らかに裏切るような記述がある。「狩の使より帰り来ける」男の話である**第七〇段**はともかくとして、問題は**第七一段**である。話は、「内裏の御使」として斎宮に行った「男」に「かの宮に、好きごと言ひける女」が、「わたくしごとにて」歌を詠みかけ、「男」はそれに応じたという。斎宮その人でなく、「かの宮に好きごと言ひける女」、すなわち斎宮の侍女クラスの女で、好き心のある人であれば、第六九段よりもはるかに自然で、いかにもあり得る話である。

一体これはどういうことか。考えられることは、こちらの方が第六九段の話の背景あるいは素案にさえあたる態のものであろうということである。もっとも、第六九段は禁忌の恋という構想がなければけっして出て来るはずはないのであって、この段のような話があれば、出来るというものではない。だが又、何もないところからいきなり第六九段のような構想が出て来るであろうか。思うに第七一段のような話（第七一段そのものではない）がもともとあって、それを発展させたのが第六九段ではあるまいか。ならば、第六九段が出来たその際に第七一段は消えそうなものであるが、それは現代の我々の迷妄であって、おそらく『伊勢物語』は、あるものは何でも残すという考えから、そのまま収載しているのである。

さらに**第七二段**は「男」が「伊勢の国なるける」女に「またえあはで、となりの国へ行くとて、いみじう恨みければ」女が歌を詠んだという話である。又、**第七三段**は「そこにありと聞けど、消息をだに言ふべくもあらぬ女のあたりを思」って「男」が詠歌したという話である。これらの話を合体すれば、第六九段の構想は容易に浮上してくるであろう。**第七四段**は「男」が女に「あはぬ日多く恋ひわたる」と恨む歌を詠んだ話である。ともに第六九段の構想に寄与していよう。ただし、これは章段生成の前後関係を言うのではない。それを言うならどの章段も同時に生成されてよいのである。たとえば六九段と第七一段とは、素材を共有しながら、結果的に前者の方がより精密に仕立てられていて、それが同時に発表されたとでも考えておくしかない問題である。

おそらく伊勢という地を舞台にしてもともと第七二段のような話があったのである。先述したように、京の中心に定着できない〈をとこ〉にとって、「伊勢」というところはまさに格好の場所である。斎宮というものを除いても伊勢という地が特別の意味を持つらしいことは、**第七五段**が示唆している。「男」は「世にあふことかたき女」に会ってしきりに伊勢への同行を迫る。「伊勢の国に率て行きて、あらむ」と言う。ここの話では、再度のやりとりでも結局女は同意しなかったのであるが、「男」は「……みるをあふにてやまむとやする」と詠み、伊勢の地が「見る」を「逢ふ」に変えると思っているらしい。京では不可能なことも彼の地では可能だというような、特別な思い入れをさせる何かがあったと言うべきであろう。とにかく、京でたゆたう「男」は「伊勢」に出会ったのである。『伊勢物語』はそこで大きな飛躍を見せたのである。これらの章段群はそのことを示唆してくれるものと考えたい。

しかしながら、〈をとこ〉は伊勢まで持っていかれても、なお自己実現はかなわなかった。第六九段とはそういう内容であった。女はもはや〈をとこ〉の自己実現の対象ではない。物語は大きく転換されなければならない。

「友情章段」というべき章段は前半部にもあった。女が登場しない男同士だけの話である。しかし前半部ではなお散発的であった。後半部でもっとも目立つのはその類の増加である。女が直接関わらない章段は、前半部六九章段中一八章段、四分の一強であったのが、後半部五六章段中では二四章段、四割強になる。前半部ですでに[恋の〈をとこ〉]は[友情の〈をとこ〉]にまで幅を広げているのであるが、後半部ではその傾向がいっそう強まるということである。

女の関わらない章段でもっとも鮮烈なのが、次に来る**第七六段**から**第八八段**まで、うち**第八六段**を措いて一三章段続く章段群である。

まず第七六段から第八一段は、「男」が「翁」となった章段群である。もっとものうち第七八段、第八〇段は「翁」の呼称を含まないが、これら章段群は別の意味でも一括できるので、いま一緒にみてみたい。なお「翁」呼称は一章段を隔て**第八三段**にも出現する。「近衛府にさぶらひける翁」（第七六段）、「右の馬の頭なりける翁」（第七七段）、「御祖父なりける翁」（第七九段）、「かたゐ翁」（第八一段）は、たしかに実在業平を指呼している。『古今集』業平歌が第七六段と第七九段に配され、そのことを保証する。話の内容は歌を「よみてたてまつりける」（第七六段）、「奉らせ給ふ」（第七七段）、「奉りける」（第七八段）、「奉らす」（第八〇段）などはいわゆる献上歌に関わる話であり、残る第七九段は祝いの歌の話、第八一段も「ほむる歌よむ」話と、すべて公的な歌にまつわる話ばかりである。つまり、「翁」となった〈をとこ〉の、専門歌人としての活躍と事績を伝えようとするのである。

伊勢斎宮での挫折以後、〈をとこ〉は「翁」となった。それはやはり物語の意図的な企てに相違ない。愛とか恋とかいうだけの境地を去って〈をとこ〉を現実に着地させようとした時、物語はまず年老いた専門歌人としての姿に逢着したということである。専門歌人の具体的なありようは時と所に適合した歌を瞬時に詠みおおせることができるということであった。それはまことに現実的な姿であり、より事実的な記述が要請される。男を取り巻く人物が実名で登場する。勿論それが史実であるわけではない。話により真実味を帯びさせるための方法である。そうした中で〈をとこ〉の実在業平らしさは格段に強化される。

「翁」については、種々の説がなされている。単なる老齢を意味するだけではなくて、慶祝の場での役割を担わせるのだ、とする説もある。民俗学的な見地にまで踏み込んでの説は、主に第八一段の「かたゐ翁」を中心にしてなされるが、それが「翁」全体に通じるとも考えられない。それはやはり、どう贔屓目に見ても、恋の挫折と若さの衰退という現実の中に生息する萎縮した姿なのであり、惨めさを強調するものと見るしかないであろう。そして、その「おとしめられてある翁が歌を詠むことにおいて主人公的存在へと転換していく」(2)ことをねらいとしている態のものであったように思われる。部分的にのみ取り上げられて深い意味を探るのはかえって贔屓の引き倒しになりそうである。

次の**第八二段**から**第八五段**は、惟喬親王章段群である。「右の馬の頭なりける人」(第八二段)、「馬の頭なる翁」(第八三段)、「母なむ宮なりける」(第八四段)、「わらはより仕うまつる」(第八五段)主人公は、『古今集』業平歌にも保証されつつ、実在業平を明らかに指呼している。〈をとこ〉の実在業平性は前述の「翁」章段を経て、ここに来ていっそう強化されている。第八二段の「右の馬の頭なりける人」については「時世経て久しくなりければ、その人の名忘れにけり。」などと韜晦するが、使われている歌が『古今集』業平歌そのものであってみれば、むしろ業平をより意図的に示す効果さえあるかと思う。

第八二段、**第八三段**を通して、不遇の惟喬親王に親近する男の姿が窺える。親王の不遇はすなわち〈をとこ〉の不遇であり、それ故の心の通い合いが滲み出る。そして詠歌することが人と人との結びつきを保証するというのはまさに歌物語として好個のものである。こうして惟喬親王章段群に至って、『伊勢物語』は歌物語として、同時に〈をとこ〉物語としてまことに格好な、もうひとつの話題を確定、獲得したことになる。それが男と女の話をある程度尽くしてから可能な発見であったことに注目したい。〈をとこ〉は心許す仲間一座の共通感情を巧みに詠み了せる主人公なのであった。

惟喬親王章段群とその前後を通じて、もう一つ明確にされてきた〈をとこ〉の特性は〈官人性〉である。それは前半部ですでに芽生えていたことではあったのだが、ここでは主題に等しい重さとなって現れる。「さてもさぶらひてしがなと思へど、おほやけごとどもありければ、えさぶらはで」「なくなく来にける」(第八三段)、「子は京に宮仕へしければ、まうづとしけれど、しばしばえまうでず」(第八四段)、「おほやけの宮仕へしければ、常にはえまうでず」(第八五段)と、宮仕が親愛の情を発揮する妨げになっている。私情と公務の板挟みのつらさ——それは官人、殊には下級官人のつらさである。第八二段ではそうした官人性は出ていないようで、そうでもない。完全に脱権門の存在である宮は、「右の馬の頭なりける人」を「常に率ておはしま」す。「右の馬の頭なりける人」は公用をすっぽかしているのである。それをよしとする彼の性向を語っているともみられる。逆に第八三段では、ぎりぎりのところではやはりそれが叶わぬ「馬の頭なる翁」の姿が示される。この場合、より世馴れた「翁」であることが注目される。第八五段、「常にはえまうで」ぬ男が「もとの心うしなはでまうで」来ても、役務に戻らねばならぬ切迫感との板挟みにあう。そして、雪に降りこめられてどうにもならなくなった時、「思へども身をしわけねば目離れせぬ雪の積るぞわが心なる」の一首が出て来るのである。惟喬親王は彼らのいわば旧主である。従う彼らには現在、今日という日の勤めがある。その隙をついてしか親王につき従うことはできない。下級官人の悲哀がそこに流れるのである。第八四段は「男」と母宮との情愛の物語ではある。主人公を「身はいやしながら」というが、「母なむ宮なりける」とあって、「男」がけっしてただ者ではないことは明らかである。「身はいやし」とは、だから官位が低いことをいうのである。なんらかの理由があって「男」は本来あっていいはずの境遇よりは恵まれていないのである。そして出世しないような境遇にあるからこそ、かえってそこにきわめて濃密な母子の情愛が流れる。やはり官人の悲哀がないまぜになっているのである。

ただし、〈をとこ〉の〈官人性〉とは、それ自体が主題ではないことは勿論である。〈をとこ〉を取り巻く日常性そのものである。物語の背景である。だが、そういう日常性の桎梏に泣くというのは、言ってみれば実に小市民的である。かつての颯爽とした〈をとこ〉は何時の間にかそのような哀しみの添った存在になりさがってしまっている。**第八六段**では「いと若き男」と「若き女」が恋を語るようになる。ところが「おのおの親ありければ」「つつみて言ひさして」やめる。幾年か後、男は「心ざし果たさむ」と思ったかして、再び歌を贈る。その歌とは「今までに忘れぬ人は世にもあらじおのがさまざま年の経ぬれば」というのである。そしてそれだけで二人は終わってしまう。「男も女も、あひ離れぬ宮仕へになむいでにける。」という但書が最後に付される。たとえば『集成』は「男の気持も歌も、あいまいな段である。」とし、「このままだと、男が「もう私をお忘れでしょうね。」と、女の出方を見たと解するほかない。自分をあいまいにしておいて、相手の出方によって事を運ぶ、傷つきたくない男なのである。」と評する。その通りなのだが、女の方にもそれは言えよう。これはケチな下級官人の自己掣肘意識が生み出す、やむにやまれぬ哀しい曖昧さなのではないか。この男にしても、本来は女とまともに情を通じたい。しかし彼の小市民的誠実さからすると、まず親の存在が桎梏となり、次いではお互いが宮仕えの身分であることが前途を阻むのである。「とてやみにけり」とは、そういう男の精一杯の誠実さの証ですらあるかもしれない。

ともかくこのような小市民性が目立つようになると、当然ながら〈をとこ〉に、眼前の障碍を敢然と乗り越えて自己を実現していこうとするような果敢さなど、求めようがない。物語冒頭部分のような〈をとこ〉像からははるかに遠くなってしまっている。後半部での大きな変質であろう。

三

こうしたいかにも小市民的な〈をとこ〉像は、もとはと言えば〈をとこ〉が官人であるという設定から必然的に至り着くことであった。しかし、それでは実在業平像からは遠退くばかりであろう。業平はもっと自在であり、「あてなる」人でなければならなかったと思われるからである。そういう目から見ると、次の**第八七段**はその回復を図る章段である。「男」は「津の国、むの郡、葦屋の里」に行く。みやびの中心たる〈京〉を離れて、自在な風流を楽しむ所である。「男」は在原行平の弟というふれこみであり、実在業平を確実に指呼する。「なま宮仕へ」という。「なま」は中途半端の意、けっして忠勤を励む官人像ではない。出自はひとかたならぬものでありながら、時を得ず、不遇であるという意識を潜ませ、反上層意識さえ窺わせる。「これを頼りにて、衛府の佐ども」は事あらば動きそうな血気盛んな連中を想像させる。前段までの、どちらかというとうじうじした官人像とは違う。

さて眼前の布引の滝を見て、まず正客格の「衛門の督」行平が「わが世をば今日か明日かと待つかひの涙の滝といづれ高けむ」と詠む。これが「わが世」を待望する悲憤慷慨の意であることは明らかである。次に「あるじ」である「男」が、「ぬき乱る人こそあるらし白玉のまなくも散るか袖のせばきに」と詠む。これを聞いた「かたへの人」は「笑ふことにやありけむ、この歌にめでてやみにけり。」という有様であったというのである。「笑ふことにや……」云々は、はなはだ難解である。『集成』は行平歌が「身の不遇を露骨に嘆く歌をよんでしまった。それを場違いなと内心で笑っていたらしい人が、つくづく業平の、同じく身の不遇をよみながらもすぐれた歌に動かされた、というのであろう」と言う。その通りであろう。だが、後者の歌のどこが「すぐれ」ているのだろう。この歌は一見眼前の対象にぴたりとついていて、しかも前歌との関わりからけっして嘱目そのものであるはずがない。「ぬき乱る人」と、事象の因として人の存在をまともに措定し、それを受ける我を認識して「わが袖のせば」さ、つまりしがない身の上ということを比喩的に言っている。内実は行平歌よりはるかに痛切なのである。行平歌ならまだ笑いの雰囲気の中だけにとどめておけるのだが、この歌となるともはやしんみりせざるを得ないのである。この歌は『古今集』で業平の歌である。

ここでは、〈をとこ〉は世俗をめぐる不如意の思いを、巧みに、しかも痛切に詠む存在として措定されたことになる。もっともそれは述懐というかたちではなく、集団の中で、一座の連中の思いを汲んで、あるいは代表して詠出する存在であった。〈をとこ〉はその時まだ心許す自分の仲間の中にいた。

第八八段の「男」も前段に引き続く集団の中での歌詠みである。「これかれ友だちども集まりて、月を見」る。その中の一人である「男」が「おほかたは月をもめでじこれぞこの積れば人の老いとなるもの」（『古今集』雑八七九、業平）という歌を詠む。月を讃えるのが一座の座興であろう。ところがこの男は敢えてそれに逆らって、月に「老い」を見る。「「いと若きにはあらぬ」と言える以上は、まだ結構若い一行の中で、こういう発想をする者は他になかったのであろう。」（『集成』）と読める。勿論こうした思いは一座に理解されはしたであろう。すでにかなりの人生経験を積んだ連中であろうからである。「いと若きにはあらぬ」の一文がそこに効いている。けれども、そうであってもこの表現は一座の意表に出るものであったからこそ、このように話題になり得たはずである。ただの風流とは思えない。それだけの考えが常々なければ、やはりこうまでは詠めまい。まだ結構若い連中の中で、この「男」だけが、すでに老成した世界観の持主となっており、しかもそれを歌として詠む存在であったというのである。

ここまで来ると、〈をとこ〉は仲間のうちでの、ただの忠実な代表者とは見られなくなる。ともすると仲間集団のうちでも突出しがちな傾向を持った存在になってしまう。その集団が不遇仲間であれば、その不遇意識の強さにおいて、他より一層孤独になっていきかねない傾向を持っていることになる。たしかにこの短小な章段ではそこまでは確言できない。しかしその可能性を認めることができるという意味で、ここの男には注目しておきたい。

四

さて、右のような男同士のみ登場する章段群を過ぎて、物語は再び女の登場となる。第八九段以降である。前二条后物語、伊勢斎宮物語はともどもに、言わば「え得まじかりける」女に憧れて挫折する物語であった。前者の挫折が後者の物語を喚び起こしたのであり、男と女の関係でのその挫折はそれ故決定的なものであった。以後の〈をとこ〉に、この面での決定的な立ち直りはもはやないように思われる。「え得まじかりける」女への思いは幾度もくりかえされ、あたかも宿痾のように〈をとこ〉にとりついて離れることがない。物語は同じテーマを間歇的に繰り返し奏し続ける。

第八九段は「むかし、いやしからぬ男、われよりはまさりたる人を思ひかけて、年経ける」後、「人知れずわれ恋ひ死しなばあぢきなくいづれの神になき名負はせむ」と詠む話である。これは相手の女に遣る歌ではない。独詠であり、述懐である。男の思いはもはや相手の女その人にあるのではない。人知れず自分が恋死をしたら「あぢきな」いと言う。それがあなたのせいだ、というなら、普通の恋歌である。だがそうでないとしたら、問題は自らの生きざまそのものということになる。「われよりはまさりたる人」に思いを懸けるとはそういうことなのである。ただ人でない女との恋に挫折した〈をとこ〉の真情はそれほどにシビアなものなのであった。

そうした男にとっては、たまたま普通の女から好意を寄せられようとも、最後のところでは懐疑的になるのであった。**第九〇段**がそうである。男の意を迎えた女に対して、男は当初は「かぎりなくうれしく思いつつ、しかも、どうしても「またうたがはし」という気持を拭いきれない。「桜花今日こそかくもにほふともあな頼みがた明日の夜のこと」という一首には、挫折した恋の痛手が疼くように蘇ってきているのである。とすればこうしか詠み得ぬ男の屈折した心情は、男女関係において、もはや常識的な落着先を見出すことはできないであろう。男の心には憂愁がまといついて離れない。ついにそれが〈をとこ〉特有の性格となるであろう。後半部ではそれが確定的になっていると言える。

第九一段から第九三段は、『集成』によれば第八八段から第九〇段の「変奏として位置付け得る」章段群ということになる。

第九一段は「月日の行くをさへ嘆く男」が惜春の歌を詠む話である。「をしめども春のかぎりの今日の日の夕暮にさへなりにけるかな」――、この歌を恋の嘆きととる通説には従えない。詠歌の作法としては「白詩に倣って三月尽惜春を和歌に詠み込んだ最も早い作例の一つ」との見方に従いたい。(3) その時、時の移りそのものに対する嘆きと、その嘆きについて何事もなし得ないまま倦怠に陥ってしまっている男の姿を窺うことができる。

第九二段は「恋しさに来つつ帰れど、女に消息をだにえせ」ぬ男の話。ここには恋々としながら何事もなし得ずに、たゞたゞうじうじ悶々としている男の姿がある。このような内容をもはや具体的な恋の話とは言えまい。

後半部の男女の話を通して見えて来る〈をとこ〉の思いは、とかくこのようなものである。

第九三段の「男」の対象は「いとになき人」である。例によって望んでも得られない女、二条后の俤がある。「身はいやしくて」は諸注の言うように相手の身分をいとど高め、「男」の嘆きをいっそう深刻なものとするための設定であろう。こゝの「あふなあふな思ひはすべしなぞもかく高きいやしき苦しかりけり」の一首は難解である。「あふなあふな」を石田穣二のように「無遠慮に」の意にとれば、(4) ただ我が身一身のことを超えて、恋なるもの一般についての言及であり、男の恋は「思ひわびる」ことを通り越して一種の諦念にまで至っていると見られる。「むかしも、かかることは、世のことわりにやありけむ」という語り手の評も、身分違いの恋とは苦しいものだ、という単純な解説なのか、そういう恋は結局このように諦めるしかないものなのだと教訓的にとらえるべきなのか、なお不分明ではある。ただ言えることは、これとても具体的な恋の話などとは言えないということである。〈をとこ〉とは〈恋をする人〉ではもはやなく、〈昔、恋をしたことのある人〉になってしまって、とかく恋を〈観想〉する存在である。後半部での〈をとこ〉は一部そこまで達している。

第九四段はいかなる理由があってか、夫婦別れをしてしまった男が、別の男と暮らしている元の妻に、なお何かとつなぎをとる話である。所用あってやった便りに女が二三日応じないと、「いとつらく、おのが聞ゆることをば、今までたまはねば、ことわりと思へど、なほ人を恨みつべきものになむありつる」と言う。いかにもわけ知りを装いつつ、しかもねちねちと執拗である。歌は「ろうじてよみてやれりける」と言う。女が返事を寄越さぬことについて「ことわりと思へど」と、一応は常識を弁えつつも、なお皮肉としか取りようのないことを言ってやる。つまりは現実を十分に弁えながら、しかもなおないものねだりをしている不平分子でしかない。『伊勢物語』後半部から窺える〈をとこ〉像は時に、このようなところにまで落ち込んでしまう。そもそも、この夫婦仲がくずれること自体、「いかがありけむ」とは言うものの、遠因はやはり〈をとこ〉が抱き続けている身分違いの恋の残像のせいらしく思われる。〈をとこ〉はそこから抜けられずにいるということである。強い情熱で愛を貫こうとするような姿はもはやまったく見られない。

第九五段、第九六段は言うまでもなく二条后の残影章段である。幾度も言うように、二条后物語は〈をとこ〉にどこまでもついて離れず、合間合間に、間奏的に語られていくのである。**第九五段**は「二条の后に仕うまつる男」が「女の仕うまつるを、常に見かはして、よばひわた」るという。男の相手がすでに二条后その人ではないところに、いかにも二条后物語の荒唐無稽さを承知したうえでの仕立てが窺える。この段はそれでも「この歌にめでてあひにけり」と、詠歌の効用を語る章段となり得ているが、**第九六段**の場合は行方知れずになった女の歌はあるものの、男の歌を含まず、ただの物語に終わっている。それはおそらく、〈をとこ〉のイメージが女を長い間思いかけて、しかも叶わないというものとして確定してしまった後、その物語的興味からだけ仕立てられたということであろう。「かの男」は「天の逆手を打ちてなむ、のろひをるなる」という。語り手はそれを「むくつけきこと、人ののろひごとは、負ふものにやあらむ、負はぬものにやあらむ」と評する。女に去られた男の姿を、ただに深追いしすぎた結果こうなったのであり、無論「かの男」に業平その人を見ることなどできそうもない。『伊勢物語』には、事実として物語全体のテーマや流れとはかなりかけ離れた類の章段も含まれていることを、改めて認識しておくよりない。

五

『伊勢物語』の生成について言及することは、はなはだ気が重い。一二五の各章段がどのような順で生成されていったか、ということは、いかに精密に論が組み立てられようと、本来的に憶測の域を出るはずがないからである。我々に残されているのは、一二五章段がまさに今の順序で編纂された所謂一二五章段本以外ではあり得ず、『伊勢物語』として長い間読み継がれて来たものも、実際、このかたちの本でしかないのである。とすれば、『伊勢物語』の作品としての意味の探求は結局そこに出てそこに帰るしかない。そのことは言い換えると、現存『伊勢物語』をいかに鑑賞するかということである。本稿も又そういう立場からの考察であって、各章段の生成ということには触れないできた。しかしながら、生成論という立場はとらなくとも、各章段の性格の違いという問題は当然あり得る。そしてそれを考えることは、けっして生成論そのものに相渉ることではない。

実際、『伊勢物語』の章段の中には、物語全体の流れを大きく決めていく、いわば重要な話柄の章段と、必ずしもそうでなくて間隙を埋めていくにすぎない態の章段の別がある。たとえば第四段、第六段の所謂二条后物語章段と第九段の東下り章段、そして伊勢斎宮物語の第六九段のような章段が前者であることは言うまでもない。後半部に入れば惟喬親王物語の第八二段等がそうである。そしてそのような章段が『古今集』業平歌章段であることもいまさら言うまでもない。そしてそれらの歌が『古今集』に特別に長い詞書とともに入れられていることも既定の事実である。なぜ『古今集』でそれらの歌だけが特別な詞書を付されたのか――、答えは一つである。要するに歌が元来そういうすがただったのである。それらの業平歌は初めからそういう短小の物語の中にあったのである。歌がまずあって、それから詞書にあたるような物語が作られたのでもなく、歌は物語とともにあったのである。それが原初『伊勢物語』であった？――それから先にはここで踏み込むつもりはない。ともかく歌とそれを包込む物語とが共にあったということ、〈物語の中にある歌〉というものがあったということ、それを確認しておきたいのである。

ところで、古代の歌は必ずしも作者その人の実体験からする抒情でばかりあるわけではない。広い意味でのフィクションの歌もある。たとえば物語の中の人物になり替わっての歌である。そういう歌の作者名はどうなるのか。物語の作者名がその場合には記されるであろう。歌は必ず歌人その人の実体験に発する抒情であり、それ以外ではないとするのは、近現代人の一種の迷妄である。『古今集』で歌人名が業平なら、その歌の作者は業平に違いない。だが、詞書が記す作歌の経緯がそのまま業平その人の実体験であると考えるのは、考える方が間違っているのである。業平作の物語の中の主人公の歌が歌人名業平で収載されている――ということである。

業平作の幾らかの短小な物語――それはかなりの部分が自身の体験に重なっていても勿論かまわないわけだが――が主要な結節点を成している物語、そういうものとして『伊勢物語』が構想され、主人公〈をとこ〉が確定されていくなら、〈をとこ〉は業平として巻間に確定されていくのも自然の勢いである。ならば、その時、〈物語の中にある歌〉でない業平の他の歌々も当然のように物語の中に吸引され、組み込まれても来るであろう。『伊勢物語』は『古今集』収載の業平歌をすべて含んでいる。それぞれの歌がしかるべく適当な時と場において詠まれたように、さももっともらしい物語を伴いながら、である。それらは〈歌が作った物語〉とでも言うべきであろう。だから『伊勢物語』中の業平歌章段は、すべてが同質なのではない。物語の重要な筋が作られていく途次に、いわば残務整理のかたちで入って来る業平歌章段も必らずやあったはずである。そういう類はすでに前半部にあった。たとえば第二五段などはその端的な例である。

第九七段から第九九段は『古今集』歌章段であり、殊に**第九七段**と**第九九段**とは『古今集』業平歌章段である。［男＝業平］のイメージはきわめて鮮明である。これはおそらく『古今集』業平歌の残務整理とそれにまつわる章段である。第九七段は「堀川の大臣」（藤原基経）の四十の折に「中将なりける翁」が賀歌を詠む話である。「中将なりける翁」とは無論〈をとこ〉が業平と確定的に認識された後の表現としか言えまい。「桜花散り交ひ曇れ老いらくの来むといふなる道まがふがに」（『古今集』三四九、在原業平朝臣）の歌について、『集成』は「散る・曇る・老いらく」など、上の句に不吉な言葉が多すぎる。下の句で賀にはなるが、業平の対藤原氏の立場を考える時、きわどい歌に思える」と評する。実際そうであったかもしれない。だがすでにこの歌が『古今集』に賀歌として収載されてしまった後であれば、その賀歌としての巧みさだけが喧伝されるわけで、そこまでの読みが意味を持つとは思えない。ここでは要するに、献詠歌の名手としての男のすがたを窺うだけで十分であろう。男はふたたび「翁」と呼称されるが、時に貞観一七年、業平五一歳だから「翁」は不当ではない。だが、そうした実際の年令如何よりも、宮中での官位身分の整った、献詠者としていかにもふさわしい立場を示すものとして、それは意味を持つであろう。

第九八段は「太政大臣」（藤原良房）に「仕うまつる男」が「長月ばかりに、梅のつくり枝」（造花）に「雉をつけて奉る」際に献歌する話。歌は『古今集』八六六（題しらず・読人しらず）と初句に異同がある。実際に何人かが『古今集』を改作して奉った事実に基づくとする見方（『評解』）と、この物語での創作であるとする説とがある。いずれにせよ、献詠の名手としての主人公を称揚するのがねらいであることに変わりはない。歌を奉られた「太政大臣」は「いとかしこくをかしがり給」うたのである。「仕うまつる男」は前後章段からして、十分に業平化された男以外の何者でもない。『古今集』によってすでに業平であることが明らかな前後章段によって挟むことによってそうなる効果を、作者あるいは語り手は計算していたに相違ない。

第九九段は「右近の馬場のひをりの日」に車の「下すだれよりほのかに」顔の見えた女に詠みかける「中将なりける男」の話。『古今集』四七六（在原業平朝臣）・四七七（読人しらず）の贈答そのままで、業平その人を想起しない読者はあり得ない。「後涼殿のはさま」の「あるやむごとなき人の御局」から差し出された「忘草」について一首をものする話である**第一〇〇段**も、多分に二条后物語を念頭に置いて作られた話であって、男は業平その人以外に考えようがない。これらの章段からは際立って〈をとこ〉を特色づけるものを見出すことはない。

六

次の**第一〇一段**は物語全体の流れの中で、〈をとこ〉を考えるとき、殊に注目しなければならぬ章段である。在原行平宅で、藤原良近という人物を主賓として酒宴が催される。席上、藤の花を題にして歌が詠まれる。その歌々をまったく記していないのは、ごくありきたりで、特筆に価しないからであろう。そこに「あるじのはらから」、すなわち業平でしかないはずの男が登場する。そして一座に強請されて一首を詠む。歌は「咲く花の下にかくるる人おほみありしにまさる藤のかげかも」である。これは藤花など詠んではいない。徹頭徹尾人事詠である。だから風流を楽しむ一座の興を醒ましたのである。人々の詠む歌とはまさに異質である故にこそ物語になるのであろうし、具体的には「などかくしもよむ」と詰問されるのである。男は「太政大臣の栄花のさかりにみまそかりて、藤氏の栄ゆるを思ひてよめる」と言う。その言葉で一座の人々は「みなそしらずなりにけり」、つまり非難をやめたというのである。そういうことであれば賀の意をこめたことになるのだから、どうしようもない。『集成』が「「ありしにまさる藤」などから見て、藤氏の傍流を擁して在氏の家に押しかけた人々への、皮肉が歌の真意であろう。しかも言い抜けの道は作ってある。」というように、この歌に諷刺を見、しかもきわどい抜け道を見るのはたやすい。

しかし、問題はそれだけではなかろう。一座がこの歌を迎えなかったのは、たとえ表面的であろうとも、一同が一応納得してこの場では脱俗的な風流を尽くそうとしているのに、この男ひとりが調子はずれなのである。「もとより歌のことは知らざりければ」は、そこで効いてくる。男が「歌のことは知ら」ないとは何ということか。それは実は男が今の世の歌を知らないということではないのか。時流からはずれつつある男、自分なりの「歌」なるものの意義、それが自分を取り巻く現実の歌のそれと齟齬しつつある男、――それがここでは語られているのではないのか。おそらくこの男にとっては「歌」とは単なる風流などではなくて、本来自身の真情を詠むものなのであろう。それが時流とは離れたものになっているのである。そしてそのことを自身すでに悟っている。だからこそ、詠歌を強請されると「すまひけれど」、すなわち辞退もするのである。それでも詠まされるならばしかたがない。それが「咲く花の……」の歌である。「みな人、そしらずなりにけり」とはあって、消極的には認めてはいるが、やんややんやと喝采する雰囲気はここにはないことを思いやるべきである。

ここで想起されるのは、第八七段である。それは、「なま宮仕へし」ている男の許へ「この男の兄」である行平がやって来て、まず行平が「わが世をば今日か明日かと……」と詠んだのに対して「かたへの人」が冷笑したのに、男が「ぬき乱る人こそあるらし……」と詠んだら、これを礼賛したという話であった。「この歌にめでて」の話が印象的である。この二つの章段の間にある落差をどう見たらよいのであろうか。両章段の前後がそのまま物語の時間的進展に沿うものであるとすれば、行平は時を追って政治的現実に即応してそれなりの脱俗的風流を確実なものとしていったのに対し、逆に〈をとこ〉は加速度的に孤立を深めていった、ということになりそうである。さらに第八八段での詠「おほかたは月をもめでじ……」を通して窺われた男の性向を考え併せるとき、〈をとこ〉は後半部においてほとんど狷介とも言えるほどに孤立感を深めていくのではなかったか。

そういう視点からすると、次の**第一〇二段**の、「歌はよまざりけれど、世の中を思ひ知りたりけ」る男も問題である。この場合の「世の中」がもはや男女の仲などでないことは明白である。〈憂き世〉の思いは歌で表出されてしかるべきなのである。だが、男からすると現今の歌はもはやそういうものではなかったらしい。だから〈憂き世〉を知れば知るほどに彼は口をつぐむのである。「歌はよまざりけれど」云々はおそらくはそういうところから来るのであろう。もっとも、この段では相手が「もと親族なりければ」つい心許して、「そむくとて雲には乗らぬものなれど世の憂きことぞよそになるてふ」のような心境披瀝の歌を詠んでやることになったというのである。「歌はよまざりけれど」とは何とも哀しい〈をとこ〉の姿ではないか。かつては身の不遇の思いも、なお心知る仲間の内でそれなりに詠歌して心慰むこともあった。〈をとこ〉は仲間集団のアイドルであった。だが、今や〈をとこ〉は独りである。あの東下りの際の「友とする人」（第六段）、そして「あひ語らひける友だち」（第一六段）との親和感はどこへ行ってしまったのか。男の、時流からの疎外、逸脱は決定的である。〈をとこ〉は「え得まじかりける」女（第六段）に対する恋の挫折の上に、そうした孤愁を抱え込むことになったのである。そして、そういう男もほかならぬ業平として考えられたことは、この「あてなる女」が「斎宮の宮」であるとされていることを言えば十分であろう。

七

第一〇三段から第一〇五段は又、女の登場する話に戻る。

第一〇三段の男の相手の女は「親王たちの使ひ給ひける人」である。「深草の帝になむ仕うまつりける」男にとっては、やはり禁断の木の実であったのであろう。それがつい「心あやまり」をして「あひ言」うことになってしまったというのである。その後朝の歌が「寝ぬる夜の夢をはかなみまどろめばいやはかなにもなりまさるかな」(『古今集』六四四、業平)である。語り手は評して「さる歌のきたなげさよ」と言う。男は「いとまめにじちょうにて、あだなる心なかりける」人であったとされるが、それは勿論「まめ男」(第二段)のイメージであろう。それが「心あやまり」をしたと言われる。男は身分不相応の恋をしてしまったということになろう。「なげ」は諸説あるが、石田穣二は「未練がましいという程の意味であろう。(5)」とする。望んで得られるような恋であるはずがないのに、もう一度逢いたいという意をこめた歌を詠むのは未練がましいと評したことになる。男を親王と同等以下のクラスに見ているのは勿論、得られるはずのない女に恋々とするイメージを男に持つのはこれまでに出来上がった〈をとこ〉像に副うものと考えられる。『古今集』での詞書は「人に逢ひて、朝によみて遣りける」である。『古今集』の所載歌を、すでに出来上がっている物語の〈をとこ〉のイメージで処理したものと見るべきであろう。

第一〇四段は出家した斎宮の賀茂の祭見物の車に男が詠みかけた話である。『集成』は「この段の話の筋は、業平と伊勢斎宮の後日談としては安手に過ぎる。……」と評する。その通りであろう。

第一〇五段は「かくては死ぬべし」と女に言い遣った男が女に拒まれた話である。男は女の拒絶を「なめし」と思いながらも、「心ざしはいやまさ」ったと言う。懸想した女に拒まれるのは身分高い女に思いを懸けて遂げられずにある〈をとこ〉のイメージに副う。「なめし」と思うところ、〈をとこ〉が誇り高いことを言って、業平らしさを出しているのであろう。女の歌はあっても男に歌がないのは、〈をとこ〉についての物語的関心が先行してしまって、『伊勢物語』の歌物語としてのねらいが忘れ去られた作と考えのが自然であろう。

第一〇六段は、『古今集』二九四に「二条后の東宮の御息所と申しける時に、御屏風に竜田川に紅葉流れたる形をかけりけるを題にてよめる」として収載されている業平歌を、親王たちと竜田川のほとりを逍遥し、紅葉の実景に接して詠んだものと語る。『古今集』の方が後で、この話の方が先であったのかも知れないとも考えれば考えられる。が、前後のほどは確定しようもない。男の交遊範囲を親王たちに広げるという意図からだけ、『古今集』歌を物語のために処理したものと考えてよいであろう。『集成』は「二条后にストーリーを結びつける魅力を、なぜ捨てたのであろうか」と問う。だが歌がどのようにしても季の歌でしかなく、恋と関連づけることができなかったのであろう。

第一〇七段は、「業平朝臣の家に侍りける女のもとに、よみて遣しける」の詞書のある『古今集』六一七（藤原敏行）と、「かの女にかはりて返しによめる」（同六一八、業平）の贈答、及び同七〇五の「敏行朝臣の家なりける女をあひ知りて、文遣はせりける言葉に、「今まうで来、雨の降りけるをなむ、見煩ひ侍る」と言へりけるを聞きて、かの女に代わりてよめりける」歌（在原業平）とを取り合せた内容である。例によって『古今集』との前後については両説があるが、後と見る方が妥当であろう。『伊勢物語』の主人公〈をとこ〉が巷間、業平と決まってしまった段階においての、『古今集』業平歌の残務整理の一つではなかろうか。〈をとこ〉の歌人としての事績の一を語るものとして位置づけられていよう。この章段のねらいは、前半が「業平の歌の巧みさが人の心を打つ――逆に言えば、男の心を打つほどに、女の心になり切った歌を詠むことのできる、それほどに業平が人の心を理解すること深かったことの例証」を示すことにあり、後半は「男の不実に義憤を感じるあてなる主人公」を語ることにあったと理解できる。(6)「あてなる男」でなければならないのは、藤原敏行という実在の人物は殊更問題とすべきことはなさそうである。

の上を行く主人公でなければならなかったからであろう。以上、この章段についても、殊更問題とすべきことはなさそうである。

八

第一〇八段から第一一〇段はそれぞれ短小な章段ではあるが、いささか注目に価するところがある。

第一〇八段は「人の心を恨」んで女が「風吹けばとはに浪こす岩なれやわが衣手のかわく時なき」と詠むのを常としていたという。「人の心」は、この場合特定の誰かではなく、一般的に〈人というもの〉、あるいは〈男というもの〉の心のことであろう。「常の言ぐさに言」うとあるからである。それを「聞き負ひける男」、すなわち、自分が恨まれているのだと思った男が、「宵ごとにかはづのあまた鳴く田には水こそまされ雨は降らねど」と詠んだという話である。女に贈った歌とは言っていないから、男は女の歌を聞いて、単に自分の思いを陳べただけと受け取るべきであろう。「かはづ」に自分自身を含むのか、それとも他の男どもだけを指しているのかは説の分かれるところだが、いずれにしても自分自身をも客体視していることは言えるであろう。自分と女との仲を自分たちだけのものとして、けっして熱狂的に考えていないのである。むしろ自分自身をも揶揄的に見ていることになる。この段はもともと無関係な二つの歌を組合せたものであろうという(例えば『集成』)。もしそうであるならば、『伊勢物語』の作者、あるいは語り手の意図がいっそうはっきりする。すなわち作者はこの場合の男を、洒脱な恋愛巧者ぐらいに認識しているのであり、もはや〈をとこ〉は男女関係にあまり真剣でないのである。『伊勢物語』開巻冒頭のような情熱を、もはや〈をとこ〉に求めていない、ということである。

第一〇九段は「友だちの人をうしなへるがもとに」詠んでやった男の歌の紹介である。「花よりも人こそあだになりにけれいづれを先に恋ひむとか見し」――という歌である。この歌そのものは『古今集』八五〇、紀望行の歌であるが、そのこと自体はどうでもいい。『伊勢物語』の作者は〈をとこ〉に、人の世の無常を観ずる存在を見ようとしていることが窺えるのである。この場合はたしかに「友だち」の許へ贈ったのであって、単なる述懐ではなくて慰めの心を籠めることにしているのであるが、そうする〈をとこ〉の心底に強い無常観が流れていることを認めざるを得ない。

「え得まじかりける」女との、殆ど絶望的な挫折を経、男同士の切なる友情の中にあってなお〈をとこ〉は孤絶の思いを深めることになった。それと並行して情事を含めて人生全般について、〈をとこ〉は無常の思いを深めて行った。ここに至って『伊勢物語』の作者は、そのように〈をとこ〉を見ていた、と言うべきではなかろうか。

第一一〇段、男が「みそかに通ふ女」があった。その許から、今宵、夢に男を見たというたよりがあった。あなたが私を熱烈に求めていると知った、訪れを待っている、という女の誘いにほかならない。それに対する男の反応は「思ひあまりいでにし魂のあるならむ夜深く見えば魂結びせよ」という歌であった、と物語は語る。『集成』はこの歌について次のように釈する。すなわち「夜深くならぬうちなら早速行くが、あまりおそいと行くわけにもいかぬ。今度行くまで預かっておいてほしいというのである。」と。この、男の熱のなさはどうであろうか。なるほど一応の応答にはなっていようが、万難を排してまで駆け込もうなどという情熱はもはやここにはない。それが、言ってみれば後半部の男の色恋沙汰であったということになる。

九

第一一一段、男は「やむごとなき女のもとに」、女の親族か何かが亡くなったのを見舞うようなかたちで、たよりする。「いにしへはありもやしけむ今ぞ知るまだ見ぬ人を恋ふるものとは」、つまり男は亡くなった人にかこつけて女に未練のたよりをするのである。その女とは、やはり「やむごとなき女」なのであり、ただの女ではない。だからこそ男は縒りを戻したいのである。女から男の真の愛情を疑問とする意の返歌があって、さらに男から又の返歌がある。それで終わりである。遂に二人の間に何事も起きたわけではない。結局〈をとこ〉にとって、「やむごとなき女」とは永遠の憧れでしかない。とうてい現実の恋とはならないのである。〈をとこ〉はそのまま年老いる。恋のディレッタントである。

〈をとこ〉の恋はかつて、憧れの対象であった女が自らの手の届かないところへ去り行くかたちで終わりを告げた。追うでもない〈をとこ〉はその地平に孤独に立ち尽くして、そのまま老いる。物語は結局そうした孤影悄然たる〈をとこ〉の姿に最後まで執着するらしい。ここでも又前と同じような話を、あたかも間奏曲のように繰り返すだけのことである。

次の**第一一二段**もほぼ同様である。「ねんごろに言ひ契りける女の、ことざまになりにけ」るに、男は「……思はぬ方にたなびきにけり」と独り詠む。そして、女に背かれた〈をとこ〉は、遂に新しい恋にめぐりあうことはない。「男、やもめにてゐて」女の心の短さを歌う**第一一三段**は、遂に若き日の残光の中に立ち尽くす衰残の〈をとこ〉の姿を窺わせる以外の何物でもない。

〈をとこ〉の〈みやび〉は、どこまでも彼自身のそれであって、時勢にとり残されてしまえば単なる時代遅れである。その初めにおいて、狩衣の裾を切って歌を書いてやった画期的な風流（初段）も、年老いた今では廃れた。**第一一四段**は、「今はさること似げなく思ひけれど、もとつきにけることなれば、大鷹の鷹飼にてさぶらはせたまひける、摺狩衣の袂に（歌を）書きつけける」話である。男は自らの寄る年波を自覚している。しかしほかに何が男に残ろう。歌は十分に「おのがよはひを思」ったうえでの「翁さび人なとがめそ狩衣今日ばかりとぞ鶴も鳴くなる」という内容であったが、哀しいかな、その風流も、いやその謙辞すらも、もはやまったく天皇には通じないのである。〈をとこ〉は老いた。しかしそれ以上に、世にとり残されたのである。惨めさと孤愁が立ち籠める。いかにも物語の終わりに置くにふさわしい〈をとこ〉の物語である。

次の**第一一五段**、**第一一六段**では、〈をとこ〉に添って離れぬ昔の東下りの影が語られる。ここにこのような章段があるのは、はなはだ唐突の感を拭えない。いまさらにこのような話柄が出てくるのも、〈をとこ〉についての話なら集められるものは何でも集めておこうとするつもりなのであろう。物語がいよいよ終結に近いことを思わせる。

第一一七段は、「住吉に行幸したま」うた「帝」が、「われ見ても久しくなりぬ……」の歌を詠んだのに対して、「大御神、現形し給ひて」一首を詠む、という妙な話である。「われ見ても……」の歌は帝が詠んだとする説と、従者とする説とがあるが、あまり意味をなすまい。実際は従者であっても代詠であるから詠者は「帝」となるのは当時の常識のはずである。そしてその従者として〈をとこ〉を考えるのは、当然であろう。それにしてもこの章段の存在する意味はわからない。やはり〈をとこ〉の歌人功績譚の一つのつもりであろうか。男がこれ以上ない公的な場でもこのような事績を残した歌人であるとして、その姿を顕揚したつもりであろうか。それにしてもそれが〈をとこ〉像に何程のものを加えたことにもなるまいと思う。ちなみに「われ見ても……」の歌は『古今集』（雑）九〇五（読人しらず）である。詞書はない。

以下又、男と女との話が来る。**第一一八段**は通う女がいかにも多い男の姿を彷彿させるものであるし、**第一一九段**は「あだなる男」でも女からすれば形見を見ただけで忘れがたい存在であることを言う。**第一二〇段**は、いかに魅力的に見えても女は複雑なものであって、幻滅を感じざるを得ないものであったことを言う。話し手は結局〈をとこ〉に同情的な立場にある。これらはすべて物語前半部の〈をとこ〉像に繋がっていくもので、最後の雑纂であろう。

第一二一段は「梅壷から雨に濡れて」まかり出て来る人があり、その人に向けて男は洒落た言葉を掛ける。その人もそれに応える。すなわち情事の達人同士の洒脱なやりとりを示す話である。恋が恋のためにあるのではなく、〈みやび〉そのものであることを語っているとみられる。

第一二二段は男が「契れることあやまれる人」に「山城の井出の玉水手にむすび頼みしかひもなき世なりけり」の歌を詠んでやったが、女は「いらへも」しなかったという話である。男は女との交渉を通して「たのみしかひもなき世」という深い認識にまで至るのだが、女はそこまでついて行けるはずのものではないことを語る。〈をとこ〉の寂寥が示唆される。**第一二三段**は「やうやう飽き方に」なった「深草」の女であるが、しかしその真情に接すると、京へ「行かむと思ふ心なくな」る男を語る。男女関係の話の最後が、都の真っ只中でなくて、その外縁の地である「深草」であることは象徴的である。

これら章段には、物語全体をまとめる意義があったかと思われる。今更〈をとこ〉像に新たな要素をつけ加えるものではない。

なお、〈をとこ〉の実在業平性は、後半部で強化される。それは前半部が歌物語ということを強く意識することによって話がとかくそちこちに飛ぶ結果、〈をとこ〉が業平とはとうてい思われないようなところまで拡大しがちであったのを、後半部では物語の収束を意識して、まとめにかかっているからであろうと思われる。

一〇

第一二四段

むかし、男、いかなりけることを思ひけるをりにか、よめる。

　思ふこと言はでぞただにやみぬべきわれとひとしき人しなければ

第一二五段

むかし、男、わづらひて、心地死ぬべくおぼえければ、

　つひにゆく道とはかねて聞きしかど昨日今日とは思はざりしを

第一二五段は、『古今集』哀傷部（八六一）に、「やまひして弱くなりにける時、詠める」の詞書で載せる業平歌に発していることは周知の通りである。見るごとく『古今集』では必ずしも終焉時の歌とはなっていない。だが「哀傷」部に部類していることからすれば、辞世と見ることはけっして無理ではない。『伊勢物語』はそれを、

より意図的に仕立てていると見られる。すでに自明なことではあるが、この歌を最後に据えることによって『伊勢物語』は［〈をとこ〉＝業平］の一代記として確定するのである。石田穣二の言を借りれば、「今見る『伊勢物語』は、初冠の段にはじまり、終焉の段に終る、業平の一代記の形を取っており、冒頭を「昔、男」「昔、男ありけり」という形でだいたい統一して、業平の一代記であることを朧化しようとしたと考えられる。『伊勢物語』が全体として一つのまとまった物語として、つまり、一つの作品として自己を主張し得る根拠は、まさにこの点にある。この点にしかあり得ない。我々に与えられたもの、所与としての『伊勢物語』を考える限りこう考えるよりほかない[7]」のである。〈をとこ〉の終焉の段としての第一二五段はこの物語の骨格そのものである。

と同時に、**第一二四段**の重要性を、我々はけっして見落としてはならないであろう。近年、殊にこの点については認識が深まってきている。たとえば秋本守英は「一二五段が終焉の身についての記述であるのに対し、一二四段は終焉の心についての記述である[8]。」と定位したように、むしろこの両章段は『伊勢物語』の終末をなす一体のものとして認められるべきである。その効果は、「事実との関係はさておいて、作品としてみれば、最後から一つ前にこうした章段を置くことで、最後の章段がいっそう引立てられている」（『評解』）し、「死を前にしてこそ、或いは死を意味する章段を前にしてこそはじめて本音が洩らされたということでもあろうか[9]。」と言われる通りである。私に言えば、第一二五段のみであれば、この物語はどこまでいっても朧化された業平の一代記に過ぎないことになるが、第一二四段があることによってこそ真に〈をとこ〉の物語となり得ていると考えるのである。換言すると、第一二四段があってこそ、業平の死ではなく、〈をとこ〉の死を意味することになる、と思うのである。

第一二四段の歌には何らの典拠も見出せない。この作品の創作と見るほかない。この意味はきわめて重い。なぜならこの両章段の組合せこそ、『伊勢物語』全体のねらいと性格、テーマを決定することになっているからである。この歌の要点は「われとひとしき人しなければ」にある。「われ」の自覚、それは中古においても必ずしも珍しいわけではない。だが、「われ」と等しい人はいない、という自覚は実に深刻な自己の発見である。これまで縷々述べてきたように、『伊勢物語』後半部でもっとも注目すべき点は、かつては仲間集団の中で慰撫され、その集団の代表として詠歌していたはずの〈をとこ〉がその仲間の中でさえも孤独になっていく姿であった。恋の英雄の末路の惨めさは言うまでもない。それ以上に、仲間と世間からの疎外の惨めさが〈をとこ〉にはあり、憂愁と諦念のうちに生を閉じる。それこそが〈をとこ〉の終焉だったのである。

第一二四段・第一二五段の『伊勢物語』の終末は、古代において早く覚醒した自我意識の死を意味しているのではなかったか。それは実在業平の生涯に重なりながら、しかしそれ以上のものではなかったろうか。この物語の主人公が「業平」ではなく〈をとこ〉でなければならなかったのは、そうした意味であったように考えられるのである。

注1　吉田　達『伊勢物語・大和物語　その心とかたち』
2　広田　収「翁章段」(『一冊の講座　伊勢物語』)
3　渡辺秀夫「伊勢物語と漢詩文」(同)
4　新版角川文庫『伊勢物語』
5　同。
6　上坂信男『歌物語序説』
7　新版角川文庫『伊勢物語』

8　秋本守英「伊勢物語終焉章段の意味」(『人文』昭50・1)
9　原田文子「伊勢物語の男たち」(『一冊の講座　伊勢物語』)

第九章　『伊勢物語』のめざすもの

一

『伊勢物語』初段で、「いとなまめいたる女はらから」を垣間見て惑乱した「をとこ」は、「春日野の若紫の……」一首を詠んで贈った。この歌は他の文献になく、この物語に合わせて作った作者の創作と考えるのが順当であろう。

『伊勢物語』は、事あるごとに『古今集』業平歌の物語化から発したと言われ続けて来た。それは正しいであろう。だが、そういわれる物語そのものは、『古今集』業平歌ならぬ、そして業平作とも確定できぬ一首から始発していっているということも事実である。ここではそのことをもう一度認識しておきたいと思う。

勿論、「春日野の……」一首が、業平作である可能性はけっしてないわけではない。いろいろなことは考え得る。言いたいことは、この一首がけっして人口に膾炙した名歌などではなかったろうこと、そういう歌でもって『伊勢物語』が始発しているということ、である。作者がこの一首が名歌でないことを意識していたことは、わざわざ『古今集』歌「みちのくのしのぶもぢずり……」（七二四、河原左大臣）で裏打ちを試みていることで明らかである。

きわめて当り前のことではあるが、初段がなければ『伊勢物語』一巻はあり得ない。一代記的構想など成立ちはしないのである。大事な大事な初段なのである。

まがうかたない業平歌が初めて登場するのは**第二段**においてである。「起きもせず寝もせで夜を明かしては春のものとてながめ暮らしつ」は、『古今集』六一六、在原業平朝臣の作、恋三の巻頭歌である。「弥生のついたちより、忍びに人にものらいひてのちに、雨のそほふりけるに、よみてつかはしける」という詞書、集での配列、そして歌意からしても、『古今集』では〈逢はぬ恋〉の歌である。だが、『伊勢物語』では後朝の歌としか解せない。そのことをめぐって、この段が作者の創作であり、その際に原作の歌との間にズレが出てしまったものと理解されていることも、周知の通りである。第二段は『古今集』歌をもとにした作者の創作であることを窺わせる。

歌は間違いなく業平のものである。しかし、物語の主人公は初段ですでに「をとこ」と定まってしまっている。今更主人公は「業平」ではない。ならば「をとこ」とは「業平」のただ単なる言い換え、あるいはおぼめかしに過ぎないのだろうか。

そうではあるまい。「をとこ」を業平と思うのは読者の方であり、作者は読者に言質を与えていない。勿論作者と読者との間には、暗黙の了解はついている。だが仮に表立って読者が「これは業平さんの物語ですか？」と問えば作者は「いいえ、終始一貫「をとこ」の話として申し上げているのです」と言うであろう。そうすることが、作者に方法上、かなりの自由を持たせることになっているだろうことは明らかである。

冒頭部ばかりではなく、終結部も同じような構造になっている。

第一二四段

むかし、男、いかなりけることを思ひけるをりにか、よめる、
　思ふこと言はでぞただにやみぬべきわれとひとしき人しなければ

第一二五段

むかし、男、わづらひて、心地死ぬべくおぼえければ、
　つひに行く道とはかねて聞きしかど昨日今日とは思はざりしを

ここでも、**第一二四段**の歌は出典作者とも不確定であり、**第一二五段**の歌は『古今集』業平歌である。「つひに行く……」一首が『古今集』八六一、哀傷部、業平の歌であることを知らぬ読者はない。だが、主人公は「をとこ」であるとして読むのが読者の作法である。厳密に言えば、この歌が臨終の歌かどうかも実ははっきりしているわけではない。『古今集』の詞書は「やまひして弱くなりにける時詠める」だからである。それを『伊勢物語』は「むかし、男、わづらひて、心地死ぬべくおぼえければ」とし、死を予感させる度合はずっと深くなっている。作者がこの歌を臨終の歌と読ませようとしていることは明らかである。

そして、作者は、その前に作者不祥の一首（おそらくは物語作者の作だろうが）を置くのである。その内容は、自分の思いはけっして他人には伝わらないのだという、いかにも孤愁にみちみちた述懐である。『伊勢物語』は、そういう思いに捉われた「をとこ」を確実に設定しておいた上で、終焉段に及ぶのである。「つひに行く……」一首に前段の「をとこ」の思いを重ねないわけにはいかない。その時、業平歌は『古今集』におけるより遙かに痛切で深長な色合を帯びる。詠み手はまさしく「をとこ」である。「をとこ」は実在業平とよほど次元の違う境

に持って行かれてしまったことになる。これこそ作者のよくよく意図して仕掛けた物語の終結であったと見るべきであろう。

冒頭と終結部とを、このようにみてくると、『伊勢物語』はその主人公「をとこ」に、むしろ実在業平を包括させ、解消していっている、と見るのが正しい。「をとこ」とは単に業平をおぼめかした言い方ではない。

もっとも、この「思ふこと……」の歌について、福井貞助は次のように言う。すなわち、「伊勢物語末尾部は、恋物語から急転して人生諦観あるいは世上諷刺、憤気慨嘆の歌話に変じてしまったのだろうか。中世以来現代まで注釈は、実にそのような深刻な内容に解釈する傾きがあって、終焉段につなげている。しかし一考を要する。」として、「伊勢物語における昔ありける男の思いとは、専ら恋の思いである。これが中心である以上、「思ふこと」の内容は、自分の情熱に応ずる女性のいないことを述懐したものとなる。」とする。そして、「伊勢物語の男は、恋の遍歴者であった。従って終焉の歌も又、悟りすました末期の思いなどにはない響きをもって迫ってくる。」(1)と言う。尊敬する碩学の言ではあるけれども、「思ふこと」の内容をこのように「専ら恋の思い」と断定し去ってしまうことには、やはりとまどいを感じざるを得ない。たしかに直前の第一二三段までの諸段は女との交渉の話である。それが急転して「人生諦観」云々の歌になっているのはおかしいと福井は言う。だが、「思ふこと」の内容が「専ら恋の思い」でしかないのなら逆に、わざわざ第一二四段など置かなくともよいのではないか。

福井がこのように言うにはそれなりの前提がある。すなわち、「歌物語とは、一定の形式を持った、恋歌を中心とした歌話の集で、内容的に色好みの世界を語るもの」で、その「中心に色好みを見る故である。」という持論である。たしかに原理的には『伊勢物語』がそうしたところから発していることは認めないわけではない。ただ、それでは『伊勢物語』も、おそらくは消えてしまったであろう他の凡百の「色好みの世界を語る」作とえらぶところがなくなってしまう。そうではあるまい。『伊勢物語』の作者はそうしたレベルに甘んじることができなかったからこそ、「業平」ならぬ「をとこ」を主人公に立てて何かを語ろうとするのである。「をとこ」とは実在業平の枠を超え、ただの「恋の遍歴者」以上の何かを体現する存在なのである。そういう人間の話として作者はこの物語を語ろうとしているはずである。

そもそも『伊勢物語』の作者がこの作品を「をとこ」の一代記として構想した時、その終結は「つひに行く……」の歌だと、ただちに決め得たことであろう。この歌はたしかに『古今集』歌群の中にあってただちに見えたからである。だが、物語の始発になりそうな歌は『古今集』業平歌群の中にはない。『古今集』業平歌群からだけでは、けっして「をとこ」の一代記の構想は出て来ないはずである。『伊勢物語』とは、だから、『古今集』業平歌以外の歌を当初から組み込むという構想なしには、あり得るはずがなかった。

二

『伊勢物語』固有の方法が、個別の歌物語を、「をとこ」という共通する主人公でもって繋いで行くということにあるのは言うまでもない。それは、歌物語が作り物語の方法によって編集されたということでもある。とにかく、『伊勢物語』はこの方法をもって、同時代ではぬきんでた作品となったことは間違いない。

ただ、これはやはり歌物語から本格的な作り物語への過渡期のことなのであって、主人公「をとこ」の造形が完璧に果たされたかということになると、このかたちではやはり不十分であったと言うしかない。個々の歌物語に引っ張られて全体像がなかなか結べないということがあり、それはそれで認めていくしかないであろう。

それにしても、『伊勢物語』は一体どこからこの「をとこ」の発想を得て来たのであろうか。

これまで幾度となく言われてきたことに、〈どうして業平の歌だけがこのような歌物語となり、「をとこ」を主人公にすることになったのか〉という問いがある。それは、たとえば小町の歌はどうして物語化されなかったのか、といった問いでもある。そして、その際繰り返されてきた説明は、『古今集』序の「心あまりて、ことばたらず」というあまりにも有名な業平評とのからみであった。すなわち業平歌そのものの性格に物語化の契機があるとする考えである。だがそれでこの問題が終わっているとはとても思えない。

業平歌だからといって、そのすべてが物語を喚起するようなものばかりではない。ある種のものだけである。具体的に言えば『古今集』に異例の長い詞書を伴って入る類の歌である。いわゆる二条后との話、東下りの話、伊勢斎宮との話、そして惟喬親王関係の話を伴う歌々である。明らかなのはそれらは本来的に長い詞書によって補われなければ存在し得ない歌々である、ということである。ということは、それらの歌がもともと物語の中に存在したということでしかない。『古今集』以前に、たとえば二条后物語はあった。そう見るのはかなり多くの研究者のむしろ常識である。その物語の作者は業平自身とする論者も多い。

そうした物語の主人公とは何だったろうか。おそらくは「をとこ」であったのではないか。

題詠というものがあった。歌はけっして体験を詠むものではなかった。又、屏風歌というものがあった。屏風歌はいろいろなことを示唆してくれる。屏風に風景が描かれ、それに人物が描き添えられる。歌人はその絵中の人物の心になって歌を詠む。それが屏風歌である。屏風歌とはフィクションの歌である。歌人自身が体験したことでないことを詠むのである。盛行したのは業平の時代よりは下がって『古今集』以後のことであり、ここではただの譬喩のつもりで言うのだが、そういう歌の詠み方はずっと以前からあったはずである。又、そうでなくとも、たとえば『竹取物語』等々、すでにあった物語類の中の歌はやはり同じような境位から詠み出されていたはずである。あるいは又、絵巻というものもある。物語は絵巻を見ながら鑑賞する。物語作者とともに、読者は自ら絵中の人物になって歌を鑑賞した。今、実証を伴う厳密なことを言うつもりはない。だが、大陸文芸の影響はすでに『万葉集』歌にまで遡って認められるわけであるから、文人業平にそうした文芸的素養を予想することはけっして唐突ではあるまい。

だから、『古今集』歌の異例の長い詞書が伝える内容を、業平その人の体験的事実とみることの危うさを思うのである。実在業平はいかにしてもたとえば実在二条后と色恋沙汰を起こすことはあり得なかったと考える。ましてや伊勢斎宮との艶話など、現実にはあり得ようはずもない。この場合は「狩の使」などというものが、すでに業平の時代にさえ史実としてはなかったことが証明されていて、事実云々は問題にもならない。だが又、火のないところに煙は立たない。やはり噂のもとになるような何かはあったかも知れない。だからこそ物語は語られたのだろうし、そうなれば話は面白いほどよい。それを、噂の張本人である業平自身が語るのだとすれば、事情はますますもって面白くなる。端倪すべからざるは、この時代の虚構に対する人々の精神である。われわれが考えるよりは、はるかに虚構を楽しむ術を心得ていたのではなかろうか。

そういう背景の中で詠まれた歌があって、『古今集』はそれを、たとえば〈業平〉の名で入集する。作者名として、それは正しい。それ以外に記しようもない。そうすると、詞書の内容を業平自身の体験であるとか感慨であるとかと解する方がおかしいのである。おかしいのだが、長い間、われわれは、そうした思い込みにむしろ自分自身から浸り込んできたということがありはしなかったろうか。殊更アララギ以来のわれわれは、歌とは作者自身の体験、感懐を表現するものと、何時の間にか思い込むようになってはいなかったか。

『古今集』の作者表記そのものは間違っていない。だが、業平歌の詞書の伝える内容はすなわち作者の体験や感慨であるとは限らない。歌は作られた話の中での歌、と断定していいのである。なぜ小町の歌が物語化されなかったのか、といった問いが無意味であることは、ここに来ればはっきりする。小町歌はそもそも虚構の話の中で作られたものではなかったというだけのことである。

『伊勢物語』は、このような業平の歌を、もとの話の中に戻したのである。主人公が「をとこ」であるのは、この『古今集』以前にあった物語をそのまま取り入れたからである。無論これは理を言うのであって、『伊勢物語』の語るところがそのまま『古今集』に入る前のかたちに戻されたということではない。『伊勢物語』はそれなりに新しい角度から語り直してはいるであろう。言いたいのは、歌のあり方の問題である。

『伊勢物語』の一面は、歌物語である。同じく歌物語である『大和物語』は、前半こそ固有名詞の主人公の話が多く、ゴシップ的とされるものの、後半部分のいかにも伝承的な物語では、たとえば、「むかし、大和の国、葛城の郡にすむおとこ女ありけり。」(一四九段)、「信濃の国にさらしなといふ所に、男すみけり。」(一五六段)、「下野の国に、おとこ女すみわたりけり。」(一五七段)、「大和の国に、おとこ女ありけり。」(一五八段)のように、『伊勢物語』と同じく不定称の主人公を持つ物語が散見する。殊更、一四九段の話は『伊勢物語』の第二三段と重なる内容である。そうしたところから『伊勢物語』の「をとこ」も発して来ているかもしれない。「をとこ」「女」は、むしろ歌物語の常套的な方法であったとも考えられないことはない。『大和物語』付載説話の主人公も「をとこ」で、それが「同じ男」として繰り返されるいくつかの話もある。

あるいは又、石田穣二が言う「『万葉集』巻一六、「有由縁雑歌」の、題詞あるいは左注にその祖形を求める(2)」ことを考えてもいいであろう。石田はこれが「おそらく唯一の可能性」かと言い、『伊勢物語』と『万葉集』との関係の深さからすると、むしろ「直接的な依拠関係を想定することも可能であろう。」として、「昔者、有娘子」(三七八六)、「昔者、有壮士」(三八〇四)、「右伝云、昔有娘子也」(三八一〇)等に「直接の源があるのであろう。」と言う。『伊勢物語』の各章段毎にものを考えればそれで正しいであろうし、伝承歌のこととして考えれば、たとえばこれら『万葉集』歌も『大和物語』の例も同じ所にあったはずである。ただ、『伊勢物語』の「をとこ」は、一つにはそれで各章段を繋ぐということで、やはりそれまでのいわば点としてある歌物語の主人公とはかなり違った意識で扱われていよう。第二に、『伊勢物語』ではともかく一度は業平と考えられた「をとこ」を、虚実の微妙な境地で意識的、意図的に操ったということがあるだろう。「をとこ」そのものの起源は尋ねられても、『伊勢物語』の発想の独自性と卓越さは、けっして失われることはないのである。

とにかく、『伊勢物語』における「をとこ」の発想は、業平歌そのものの「ことばあまりて、こころたら」ざる性格から説明されなくても、そんなにむずかしいことではなかった。それなりの背景はあったのである。

繰り返すが、『古今集』の業平歌のすべてが既に物語の中にあったわけではない。『古今集』業平歌群のすべてが一括してあって、それが一挙に『伊勢物語』になだれこんだ、と考えるとしたら、それは単純に過ぎる。業平歌以外の、伝承の歌を呼び込んで「をとこ」が、実在業平よりもいっそう〈業平らしく〉なった時点で、『古今集』に残った他の類の業平歌も、改めて『伊勢物語』に入れられるのである。『古今集』業平歌のすべてが『伊勢物語』にあるようになるまでには、おそらくそのような経緯をたどったろうと思われる。もっとも、それはほとんど同時のことで、長い時間を要することであったとは思えない。

いったん『古今集』に入って作者業平と確定された物語中の歌を、もう一度歌物語のパターンに還元することが、すなわち『伊勢物語』作者の意識的な方法であった。「をとこ」はそこに由来する。それは勿論実在業平を消去したり、否定したりすることなどではなくて、かえって業平をより自由にし、幅を広げ、かつ純化することを意味した。実在業平は「むかし」という非日常的世界の中に包み込まれてしまうのである。再び『大和物語』であるが、そこでは業平を「在中将」等の呼称で業平物語が語られている。「をとこ」でなくても、「業平」のままでかなりの虚構も語れたのである。そもそも、『大和物語』にも在中将章段が存在するということは、すなわち殆ど時を同じくして、『伊勢物語』の「をとこ」に不満を感じ、納得できない向きがあったことを示唆する。ほぼ同じ話柄が「業平」で語られるのは、『伊勢物語』の行き方をよしとしなかったからに相違ないからである。だが、『大和物語』の行き方では業平を語るにしても、断片的であるにとどまった。

三

それにしても『伊勢物語』ではどのような「をとこ」が語られているだろうか。一般に『伊勢物語』の主人公といえば、いきなり業平その人のこととしてばかり言われて、作中に表現された「をとこ」についてまともに論じられることは案外に少ない。

「をとこ」の第一の要件は、言うまでもなく〈歌詠む人〉であることである。その意味では一二五章段の中に「をとこ」が歌を詠まない章段が七章段あることが気になるが、それについてはしばらく措く。とにかく『伊勢物語』全体では二〇九首（折句を一首と数えて）の歌を含み、その中には『古今集』業平歌三〇首すべてを含む。普通にいう「をとこ」＝業平、の根拠はここに出る。けれども逆に言えば、業平歌であることが確定できるのはそれだけなのである。それでもって「をとこ」を業平と重ねてしまって、「をとこ」とは業平の別称であり、業平をおぼめかしただけだというのは、少なくとも作者のねらいが何処にあるかを考えようとする際にはすべきことではあるまい。たしかに「をとこ」は『古今集』業平歌を詠むような人であるとは言えよう。しかし、それ以外の歌も詠むような人だからこそ、『古今集』業平歌以外の歌も『伊勢物語』には入れられるはずなのである。

『伊勢物語』は〈歌詠む人〉「をとこ」を主人公にして詠歌の種々相を巨細にわたって語っている。一見そのこと自体が『伊勢物語』のテーマであるかと思われるほどである。だが、勿論それだけではない。もしそれが『伊勢物語』の最大のねらいであったならば、『大和物語』のようなかたちの方こそ望ましい様式であったろう。『伊勢物語』には『大和物語』にはない別のねらいがあったはずである。それはやはり業平的なるものを拡張し、ある程度連続の相をもって一人の人物の一代を造形しようとする試みであったとしなければなるまい。やはり『伊勢物語』は「をとこ」の全体的な像を造形しなければ目的を達したことにはならないのである。〈歌詠む人〉はそのための方便であった。

『伊勢物語』は、初段からいわゆる二条后物語を経て、東国関係章段までで、まず主要な内容が一段落する。およそ一五章段である。既にそこまでで『伊勢物語』の「をとこ」のイメージの骨格が形成され終わっている観がある。「いちはやきみやび」（初段）をする「をとこ」は、身分違いの恋に身を焦がし、ひとたびは「え得まじかりける」（第六段）女を盗んでの逃避行にまで至りはする。だが「をとこ」の恋は、所詮得恋には到らない。仮に到っても完成はしない。その結果、「京にありわび」（第七段）て、「住み憂」（第八段）く思い、遂には「身を要なきものに思ひなして」（第九段）東国に下る。東下りは「住むべき国求め」（第九段）てのこととされる。この限り「をとこ」はいかにもひたむきで純粋である。衝動的、行動的でもある。だが、それは若さ特有の情動に過ぎない。実は「をとこ」は、むしろ身の程知らずで、しかも心根はかえって怯懦でさえあるように思われる。女に去られた後のあばら屋で「うち泣き」、「泣く泣く帰」（第四段）るしかない姿、女を鬼に食われても「足ずりをして泣」（第六段）くだけで何もしないし、できない。漂泊の旅に出ても絶えず京への思いに苛まれ、東に下っても、そこで新天地を開くだけの器量も度量もない。あるのはやはりみやこ流、自分流の気ままだけである。実在業平を恋の英雄視する考え方があったかどうかは知らない。だが、この限り、「をとこ」はけっして恋の英雄などではない。「え得まじかりける」女に、自分の思いだけで一方的に恋慕して、思うようにならず、意気消沈する。自分の方から一歩踏み込んで何とかしようということは、実は殆どなく、いかにも意気地なしである。都を離れれば、〈みやこ人〉であるゆえに女にもてても、相手が自らの好みに合えばよし、そうでなければいい加減であるか、又は冷淡である。新天地を作るどころか、鄙を軽蔑しきって、かつて「ありわび」（第七段）てみずから捨てたはずの京に戻ることばかり考えている。それも一つの人間のタイプといえばそれまでであるが、そこに颯爽たる姿とか、凛凛しさとかを見ることはとてもできない。

「をとこ」は、そして、いつの間にか京に帰ってしまっている。そうなると風流仲間との交流がもっとも彼の支えである。朋友、親族そして官人同志の交流が常に心を遣る場である。数え方にもよろうが、男同志だけの話は『伊勢物語』の全章段の約五分の一に当たる。恋の物語であると見られている『伊勢物語』の中で、これはけっして少なくはない量であろう。

そのくせ「をとこ」は〈みやこ〉的なるものの中心部に鎮座し続けることができない。そこから逃れて、ともすると〈みやこ〉の周辺に身を置きたい気持になる。「むかし、男、京をいかが思ひけむ、東山に住まむと思ひ入りて」（第五九段）といったぐあいである。「をとこ」は体質的に俗に馴染めぬ存在なのである。

女たちの間を遍歴するとはいっても、「をとこ」は「色好みなる女」をはじめとする女の側からの仕掛けを受動的に受けているところがかなりあって、案外消極的で、倦怠感さえつきまとい、所詮熱烈な恋が展開されるわけではない。そして合間合間には、「あひがたき女」（第五三段）、「思ひかけたる女の、え得まじう」（第五五段）、「世にあふことかたき女」（第七五段）、「われよりはまさりたる人」（第八九段）、「いとになき人」（第九三段）、「やむごとなき人」（第一〇〇段）、「やむごとなき」女（第一一一段）に対していたずらに恋慕を募らせ、嘆息する。二条后とおぼしい女への憧憬とその挫折感から、「をとこ」はついに最後まで抜け出せぬままである。

『伊勢物語』全篇中の白眉である第六九段の伊勢斎宮との出会いは、そうした「をとこ」のいわば渾身の行動のようであるが、それとてよく見ると、斎宮の側からの積極性がなければあり得るはずのないエピソードであった。二条后と斎宮との違いは大きい。前者の姿はついにおぼろで、霞の中から出ない。この違いを何とみればよいのであろうか。それはともかく、この恋（恋というのが正当であるならば）の挫折は「をとこ」にとってもはや決定的である。以後の章段における女性遍歴に、高揚する「をとこ」の姿などまるでないままである。具体的な恋の遍歴者というよりは、むしろ恋を観想する者といった風情すら窺えるようになる。

斎宮章段の直後に出る惟喬親王関係章段は、俗世にのみは生き得ない「をとこ」の性《さが》を典型的に語るものでもあろう。『伊勢物語』において惟喬親王章段の占める内面的価値は大きいと思う。これに代表されるエピソードがあって「をとこ」はただの色好み以上の心ある存在となっているからである。そうした、心許す仲間の中にあって、「をとこ」は仲間の共有感情を巧みに詠歌に繋げる存在である（第八七段など）。けれども、それとてもいつまでも同じ調子ではない。例えば第一〇一段は主人公が藤氏の繁栄を諷したと言われる「咲く花の下にかくる人おほみありしにまさる藤のかげかも」一首をよむ話であるが、そこには作者の相当に複雑な思いがこめられているように思われる。話はこうである。在原行平のもとに藤原良近が客となって、藤花を題に詠歌して終宴近く、「あるじのはらからなる」、「をとこ」とおぼしい主人公がやって来る。「とらえてよませ」たら、彼は「もとより歌のことは知らざりければ、すまひけれど、しひてよませければ」先掲の一首を詠んだのだという。記述はしかしそれにとどまらず、まわりの人であろうか、おそらく非難の意であろう「などかくしもよむ」と言ったら、歌主は「太政大臣の栄花のさかりにみまそかりて、藤氏のことに栄ゆるを思ひてよめる」とぬけぬけと言ってのけたとある。「みな人、そしらずなりにけり。」と、この一段は結ばれるわけであるが、一体これは何であろうか。「この段はおのずから多層的な読みを要求するようである。」とする秋山虔は「「もとより歌のことは知らざりければ」とあることも意味深長であろう。常道から逸脱する特権を与えられるからである。(3)」という。つまり、一見歌のことなど知らぬ無風流を気取りつつ、結局は言いたいことを言う主人公像をこの段は読者に提供して見せるのである。これでは「をとこ」はもはや風流を超えている。仲間うちでさえ時には持て扱いかねるような、一種のふてぶてしさ、狷介さをここに来て「をとこ」は持つようになったということか。そうであったとして、そういう態度はどこから来たのであろうか。いつの間にか、厭世的無常感が「をとこ」の心に住みついて、それがこのような言動になって現われるのであろうか。もう一章段、第一一四段を引く。

むかし、仁和の帝、芹河に行幸したまひける時、今はさること似げなきことに思ひけれど、もとつきにけることなれば、大鷹の鷹飼にてさぶらはせたまひける。摺狩衣の袂に書きつけける、
　翁さび人なとがめそ狩衣今日ばかりとぞ鶴も鳴くなる
おほやけの御けしきあしかりけり。おのがよはひを思ひけれど、若からぬ人は聞き負ひけりとぞ。

翁すなわち年老いた「をとこ」に〈老いの哀しみ〉を見るのはやさしい。だがここではそれだけではあるまい。もはや時流に乗ることなど考えられなくなった哀しみがむしろ主であるように見える。初段でこそ、若々しさの象徴でさえあった「摺狩衣」の「袂に書きつけ」るという粋なはずであった行動もうここでは時代遅れである。「それによって心情の共同体をつくるべき歌が、かえって人々の気持をへだてることになったのは、こうした折の歌のあるべきよみように反するものだった」と秋山は言う。となれば、「をとこ」はただ老の哀しみに沈むのではなく、独りとり残された孤愁の中に立ち尽くすことになるであろう。過ぎ去った恋の哀しみは老の哀しみと重なるだけとしても、風流の仲間の中での狷介さや歌人として衰残の思いはつらい。そこまで追い詰められた「をとこ」の姿を『伊勢物語』は語るのである。

もう一つ、『伊勢物語』で見落せないのは、「をとこ」の〈官人意識〉、あるいは〈官人性〉である。そもそも『伊勢物語』が「をとこ」の初冠から始発するということは、主人公がどうにも仕方のないかたちで官人機構の中に組み込まれていくことを意味していたはずである。二条后物語ではまだそれは顕著でない。だが次第に「をとこ」の周辺は官人社会との接触の度合いが深くなっていくし、たとえば第四一段の「緑衫の上の衣」の話は登

場人物が官人同士でなければ成り立たないように、あるいは「五月待つ花橘の……」の第六〇段、同様に「こけるから」の第六三段の話が官人でなければ成り立たぬように、主人公の〈官人性〉は物語の重要な要素になっていく。惟喬親王に伺候した主人公が「さてもさぶらひてしがなと思へど、おほやけごとどももありければ、えさぶらはで」辞さざるを得なかったり（第八三段）、「おほやけの宮仕へしければ、常にはえまうで」られなかったり（第八五段）もする。長岡に住む母を訪うことも「京に宮仕へしければまうづとしけれど、しばしばえまうでず」（第八四段）という状態であったりする。これらの場合、それ故に哀切な詠歌があり得たわけで、物語の情趣を深めている。伊勢斎宮の第六九段も、「をとこ」が〈狩の使い〉（宮廷の役人）でなければそもそもあり得なかった話であるし、勅命を帯びた公人だからこそ、逢瀬もそこそこに「明くれば尾張の国へ越え」なければならなかった故の悲恋であった。

第八七段には「なま宮仕へ」といった注目に値する表現がある。言うまでもないことだが、『伊勢物語』の世界とは、そもそも〈公〉的なるものをなかば逸脱したところにあるそれである。〈公〉的なものとはすなわち漢詩漢文の次元にあり、そこからの逸脱の境は和歌の盛行する境である。そこはなかば女の世界でもある。「なま宮仕へ」の主人公は〈公〉的な次元にいながら、しかもそこにどっぷりと浸ることを肯んじない。色好みとは、言うまでもなくそこからの意図的な逸脱を意味する行動様式であった。風流仲間との交流も、「狩はねむごろにもせで、酒をのみ飲みつつ、やまと歌にかか」（第八二段）る態のものであった。グループの興味が漢詩漢文ならぬ「やまと歌」であることに注目しなければならない。ともかく、『伊勢物語』のテーマが「をとこ」の恋の遍歴や、恋の諸相を語るだけのものではけっしてなかったことは、確かである。

四

それにしても、「をとこ」の物語であるはずの『伊勢物語』に、女の影は意外に大きい。その実態はどういうものであり、又なぜそうであるのだろうか。

『伊勢物語』における女の問題をまともから取り上げたのは吉田達である。吉田は「をとこ」が「あまりにもしばしば章段の主導権を「女」の手に委ねているのである。」として、具体的に次のような例を挙げる。本稿なりに書き替えて引用してみる。

(1)（男の「いろこのみ」の語を有する章段は三、それも、「昔男」を指すのは二に過ぎないのに対して）「女の「いろこのみ」の語を有する章段」が四もあること。

(2)「男の歌を欠き、女の歌だけで成り立つ章段」が七もあること。

(3)（男が女を拒否していると考えられる章段が七であるのに対して）「女が男を拒否しているか、応じていない章段」が二一もあること。」

(4)（男が主導権を取り、男が主役である章段は一八であるのに対して）「女の方がその章段の主導権を握っている（そして、男は導かれている）、即ち、女の〈こころ〉で立っていると考えられる章段」が一五もあること。」

（傍点は吉田）

このうち、(1)(2)は事実関係であり、問題なくその通りである。(3)(4)は研究者の解釈にかかる面であり、吉田は殊に(4)に関して「考えられるその解釈は、無論私の解釈によるものであるので、それが正当か否かが吟味されねばならないであろう。」と断っているが、いま、吉田の解釈を正当と認めた上で、やはり(4)は重大である。一五章段とは、第一〇段・第一二段・第二〇段・第二三段・第二五段・第三三段・第三七段・第六一段　第六四段・第九四段・第九九段・第一〇五段・第一一八段・第一一九段・第一二三段である。その他に「一部「女」主導の面はあるが、また同時に「をとこ」主役との相関性を併存するもの」として、第二四段、第六三段・第六九段・第七一段の五章段を挙げている。前者に武蔵野章段（第一二段）、筒井筒章段（第二三段）、右近の馬場章段（第九九段）、後者に新枕章段（第二四段）、つくも髪章段（第六三段）、伊勢斎宮章段（第六九段）のような有名な章段が含まれる。

いま、例として右のうちから、第一二三段を引いてみる。

むかし、男ありけり。深草に住みける女を、やうやう飽き方にや思ひけむ、かかる歌をよみけり。

　年を経て住み来し里をいでていなばいとど深草野となりなむ

女、返し、

　野とならば鶉となりて鳴きをらむ狩にだにやは君は来ざらむ

とよめりけるにめでて、行かむと思ふ心なくなりにけり。

「をとこ」はかなりいい加減である。口舌ひとつで女一人ぐらいなんとかなると思っている。だが、女は「をとこ」の上をいった。「をとこ」の歌をまともに受けとめた上で、自らの心情を抒す。「をとこ」は敗退する。吉田はこういう章段を「女の〈こころ〉で立っている」章段と称するのである。たとえばこのような内容は、主語にこそ「をとこ」を立てているものの、結果としてもっぱら女を顕彰することにしかならない。こういう話を、一体作者はどういう目的で『伊勢物語』に入れるのであろう。吉田は言う、「特に、女の〈こころ〉で立っていると考えられる章段が一五章段もあるという点は決して看過できない。それは、作者が「昔男」の形成に熱心であったと同時に、また彼が「女の色好み」や〈こころ〉優れた女性の人間像に対する強い興味とその発見への熱意を持っていたことの確かな証左であると思われる。」と。ならば、『伊勢物語』とは必ずしも「をとこ」の造形ばかりを目指すものではなかった、ということになるのであろうか。そうではなかろう。

(1)「女の「いろこのみ」の語を有する章段」の初出は第二五段である。

むかし、男ありけり。あはじとも言はざりける女の、さすがなりけるがもとに、言ひやりける、
　秋の野に笹分けし朝の袖よりもあはで寝る夜ぞひちまさりける
色好みなる女、返し、
　みるめなきわが身を浦と知らねばや離れなで海人の足たゆく来る

「をとこ」の歌は『古今集』恋三・六二二、業平の歌、女の歌はその次に配された小町の歌である。たまたま『古今集』に並記された歌を贈答に仕立てたことは間違いない。小町歌の詞書は「題しらず」である。前歌とはまったく関係がない。これは古来、『伊勢物語』の成立が『古今集』より遅れることを示すほとんど決定的な証ともされている。

『伊勢物語』の作者は、〈業平・小町〉として併称された両人の贈答話が欲しかったのである。『古今集』で並立するこの二首を贈答に仕立てるのは、いともたやすかったであろう。だが、作者にはそれ以上の考えがあった

ように思われる。それは、女を「色好みなる女」と捉えるということである。すなわち〈色好みなる男〉業平と対等の関係に立てる女として、まず小町を考えたのである。「色好みなる女」とは、他例からして、男に誘われて恋をするのでなく、自らの意思で恋をし、男と対等に歌が詠める存在であるらしい。第二五段を吉田は「女の〈やり返し〉のおもしろさで男がやり込められて終る章段」と言う。『伊勢物語』作者はそういう女を必要としていたのである。そういう女もいて、はじめて「をとこ」の真の在り方が語り得ると考えたのであろう。真のあり方とは、歌なるものを間において対等な関係が成り立っている場、そこにおける在り方である。『伊勢物語』作者は「をとこ」をそういう場につれて行くことを考えたのである。その結果、「をとこ」は必ずしも勝者でばかりはなかった、ということであっても仕方がない。歌による人と人との切り結びとは、その結果ではなくて、そのこと自体が意義あることと、『伊勢物語』の作者は考えていたのではなかったろうか。そうでなければ、けっして「をとこ」が顕彰されるわけではないこの種章段を、わざわざ設ける必要はなかったと考えられるからである。

一旦吉田から離れて、次に第二一段を引こう。

むかし、男、女、いとかしこく思ひかはして、こと心なかりけり。さるを、いかなることかありけむ、いささかなることにつけて、世の中を憂しと思ひて、いでていなむと思ひて、かかる歌をなむ、よみて、ものに書きつけける。

いでていなば心かるしと言ひやせむ世のありさまを人は知らねば

とよみおきて、いでていにけり。この女かく書き置きたるを、けしう、心置くべきこともおぼえぬを、なにによりてかかからむと、いといたう泣きて、いづ方に求め行かむと門にいでて、と見かう見、見けれど、いづこをはかりともおぼえざりければ、帰り入りて、

思ふかひなき世なりけり年月をあだに契りてわれや住まひし

と言ひてながめをり。

人はいさ思ひやすらむ玉かづらおもかげにのみいとど見えつつ

この女、いと久しくありて、念じわびてにやありけむ、言ひおこせたる、

今はとて忘るる草のたねをだに人の心にまかせずもがな

返し、

忘れ草植うとだに聞くものならば思ひけりとは知りもしなまし

またまた、ありしよりけに言ひかはして、男、

忘るらむと思ふ心のうたがひにありしよりけにものぞかなしき

返し、

中空に立ちゐる雲のあともなく身のはかなくもなりにけるかな

とは言ひけれど、おのが世々になりにければ、うとくなりにけり。

あまり注目されることもない章段であるが、私にはある種の感慨がある。この段は全体で七首もの歌を含むわけだが、話はまず家出をする女の歌に始まる。置き去りにされて泣く男。その思いも又歌を詠むことによってしか慰められない。そこに女から便りがある。歌い交わしがあってたちまちヨリは戻りそうになる。歌なるものの

効用が語られたかのように一度は見る。だが、さらなる贈答によって互いの本心が確かめられ、その結果、「おのが世々になりにければ」（それぞれに別の伴侶を見つけることになって）「うとく」なってしまう、というのである。この段でまず印象に残るのは、男と女がまったく対等に、しかも自在に歌を詠み交わしているという、まさにそのことである。そして、「をとこ」はついに主導権を握ることがない。「をとこ」がいくら懸命に詠みかけても、それだけでは女の歓心は買えない。女も又、「をとこ」のやさしさは十分わかっていても遂に「をとこ」になびくことがない。ここでは、歌とはどういう場にあったか、それなしに人との関係などというものはあり得ないのだが、同時にそれだけで真の人間関係が出来るものでもないのだ、ということが懸命に語られているように思われるのである。

『伊勢物語』は「をとこ」を「昔」に連れ戻した。そこは女歌の盛行する時と場であった。いや、むしろ、女歌こそ主流であった。「をとこ」が恋を追うなら、必ず相手として女が出て来ざるを得ない。だから『伊勢物語』には女の登場が多いのだ、とは当然考えられる理である。だが、『伊勢物語』における女の問題とはそれほど簡単なものではない。歌をもって自立し生きる女は、「をとこ」と対等であった。「をとこ」はそこでしばしば破れもし、又立ち直りもしなければならなかった。それが実態なのであった。『伊勢物語』を「をとこ」の、ただ華やかな恋愛譚とばかりはとてもいえないのである。

五

次に、吉田の⑵「男の歌を欠き、女の歌だけで成り立つ章段」についてみておきたいと思う。これらの章段はどういう内容であったか、そして、どうして『伊勢物語』に入るのか。

【第一二段】

むかし、男ありけり。人のむすめを盗みて、武蔵野へ率て行くほどに、盗人なりければ、国の守にからめられにけり。女をば草むらの中に置きて、逃げにけり。道来る人、「この野は盗人あなり」とて、火つけむとす。女、わびて、

　武蔵野は今日はな焼きそ若草のつまもこもれりわれもこもれり

とよみけるを聞きて、女をばとりて、ともに率ていにけり。

「武蔵野は……」の歌は、『古今集』春・一七、読人しらず、「春日野は今日はな焼きそわか草のつまもこもれりわれもこもれり」の言い換えであるのは周知の通りである。歌と物語との間に飛躍や矛盾が認められ、創作であることを窺わせる。ここでは「をとこ」が「盗人」になっているが、それはただ単に「人のむすめを盗」んだからというだけではないように思う。「をとこ」にみやこ人らしからぬ粗暴な振舞を見るからではなかろうか。東国へ下って、鄙の女と対等に歌を交わす気になどなれぬ「をとこ」である。そんな「をとこ」に、女への思いを歌にするほどの気持ははじめからない。だが女はそうではない。みやこ人たる「をとこ」を、純粋に愛したのであろう。第一四段が語るように、陸奥の女は「京の人」を「めづらかに」思って、「せちに思へる心なむあったのであろう。「をとこ」が女を「盗み」出すのは、そんな女のひたぶるな愛に応えてのことだろうが、その際の「をとこ」にはみやこ風の礼節の意識がなかった。歌い交わしの一回もなかったであろうことを感じさせる。「人のむすめを盗みて」「盗人なりければ」などの叙述と相俟って、どうもこの段の「をとこ」には、ただやつしているだけではない、どうにもみやこ人らしからぬ風体を感じるのである。「女をば草むらの中に置きて」――、

考えようによっては何の意思も持たぬ物に対すると同じ言い方である。

だが、鄙の女は純情であった。そして、まさか歌らしい歌など詠めるはずもないと思われたのに、いったん危機が迫るとこのようにみごとに直情的な歌を詠むのである。それは「をとこ」と自分自身の愛をたからかにうたいあげることであった。「女をば草むらの中に置きて」「逃げ」た「をとこ」の真意はついにわからぬものの、けっして格好いいものとは言えない。この場合、女の至情に応えることなど、まるでできないのである。「をとこ」の完敗である。『古今集』歌「春日野は……」一首は民謡に発して、『古今集』によって「公」性を付与された歌。その替え歌を使う作者の意図は、鄙の鄙が徹底すればなまなかな〈みやび〉など及ばない真実があることを意識していたのかもしれない。

連想されるのは第六段の芥川の女である。女はとうとう一首の歌も詠まない。たとえ「をとこ」が至情を尽くしても応えようのない女の高貴さ、〈あえかさ〉がそこにはある。その〈あえかさ〉こそ「をとこ」には憧憬の的だったかもしれない。しかし現実の中では対処の方法はまったく持たなかった。すべては「をとこ」にかかった。対照的にこの段は鄙の女のたくましい行動性とその直情ぶりを語る。元来がみやこ人である「をとこ」はむしろ女の深情に辟易しているのかも知れない。「女をばとりて、ともに率ていにけり」――、引かれていく両人の、女は昂然と、男は悄然とした姿が思われる。

東国関係章段の中でこの章段ほど土地の女の姿が明瞭端的に浮かび上がるところはない。この女をもって東国というものを説明するために入れた章段かも知れない。言い換えると、東国関係章段全体の中でしかるべき意味を持っていて、「をとこ」がここで歌をよまないのも、それはそれで仕方ないということである。

【第七二段】

むかし、男、伊勢の国なりける女、またえあはで、となりの国へ行くとて、いみじう恨みければ、女、

大淀の松はつらくもあらなくにうらみてのみもかへる浪かな

この段は伊勢斎宮関係章段とされるものの一。『全評釈』は「この一段の簡潔な物語り方は、六九・七〇段を踏まえてそれを背景にして、ごく要所のみを述べているといった感がある。」という。このように通説は第六九段を敷衍するものと見るわけだが、かつて私はむしろ第六九段が形成される以前にこそあった話ではないかという意味のことを述べた(5)。それは今も変わらない。第七〇段では「をとこ」が「狩の使より帰り来けるに、大淀の渡りに宿りて、斎の宮の童べに言ひかけ」た歌を示し、第七一段では「伊勢の斎宮に、内裏の御使にて参」り、「かの宮に、好きごと言ひける女」が「わたくしごとにて」歌を詠みかけて来たのに「をとこ」が応答する歌をのせる。そしてこの第七二段である。第六九段の〈敷衍〉と言われるが、この後続三章段の内容は、第六九段の内容より、よほど事実性でまさっている。実際にありそうな話である。そのことが気になる。「斎宮」を相手のみそかごとは、そうそう信じられないが、「かの宮に、好きごと言ひける女」との情事なら、あり得る話である。そしてこの段の、「またえあはで、となりの国」へ行く「をとこ」である。「またえあはで」――、ゆきずりの「をとこ」に対して「伊勢の国なりける女」が恨みの歌を歌うのは当然である。「をとこ」はこれにまともに応える術がない。「をとこ」に歌がない所以である。やはり「をとこ」の完敗である。三章段をそれとして一連のものとしてみれば、この章段に「をとこ」の歌がないのも必然だと思われる。

第六九段には『会真記』の影響が指摘される。それほどにしっかりした構想をもって創作された白眉の文であ

る。対してこの後続章段の内容は、このように素朴であり、かつ、自然である。事実性を言えば、こちらの方が事実に近く、せっかくの第六九段の内容を裏切ることになりかねない。これを〈敷衍〉の一語で片づけることができるだろうか。だから私は、これら後続章段は第六九段以前にあった話と見るほかないと思うのである。そうでなくとも、本話（第六九段を仮にこう呼ぶとして）の内容を裏切るような内容の話を直後に置くということはよほどのことである。初めからならばそれなりに考えなければならない。だがもし、後から、仮にも補入したというのであれば、それは理解できないのである。ならば初めからあったのだとすると、考え方は一つである。もと もと話は第六九段より前からあったのである。それは第六九段が出来れば消滅してしまってもいいはずのものなのであった。しかるにそれが堂々と残る。何故に？　しかも並んで記載される理由は何か。それは『伊勢物語』の成り立ちが、集めた歌話のすべてを、時を同じくして採録し、本話の後に配したと考えることで説明がつくと思うのである。さらに具体的には、『伊勢物語』は複数の人間がそれぞれ歌話、歌物語を持ち寄って出来上がったものと考えるべきか。

そして、更に言えば、これら後続章段群は、第六九段の内容の発想のもとになっているのではないかと思うのである。「をとこ」の斎宮に対する憧れは第七〇段に発しているし、斎宮は「かの宮に好きごといひける女」が発展していったものと考えられる。まったく何もないところから第六九段のような構想が、そうそう出て来るはずがない。こうした小章段で語られるような散発的なものが既にあったからこそ第六九段があり得たと、理解したい。

【第九六段】

むかし、男ありけり。女をとかく言ふこと月日経にけり。石木にしあらねば、心苦しとや思ひけむ、やうやうあはれと思ひけり。そのころ、水無月の望ばかりなりければ、女、身にかさ一つ二ついできにけり。女言ひおこせたる。「今はなにの心もなし。身にかさも一つ二ついでたり。時もいと暑し。すこし秋風吹き立ちなむ時、かならずあはむ」と言へりけり。秋立つころほひに、ここかしこより、その人のもとへいなむずなりとて、口舌いできにけり。さりければ、女の兄人、にはかに迎へに来たり。されば、この女、かへでの初紅葉をひろはせて、歌をよみて、書きつけておこせたり。

秋かけて言ひしながらもあらなくに木の葉降りしくえにこそありけれ

と書き置きて、「かしこより人おこせば、これをやれ」とて、いぬ。さて、やがてのち、つひに今日まで知らず。よくてやあらむ、あしくてやあらむ。いにし所も知らず。かの男は、天の逆手を打ちてなむ、のろひをるなる。むくつけきこと。人ののろひごとは、負ふものにやあらむ、負はぬものにやあらむ。「今こそは見め」とぞ言ふなる。

「をとこ」が、女に裏切られる不運な恋の物語である。散文叙述が多くて、物語としてかなり工夫されているように思われる。男の心理に集中するあまり、かえって女の歌しか出せなかったのはやはり失敗だったであろう。しかも女の瘡といい、男が天の逆手を打って女を呪うことといい、品格にも欠ける。

それにしても、ここでも気になるのは、「女の兄人、にはかに迎へに来」て、男の手の届かぬところへ女を連れ去ったということ、及びその女のいなくなったところへやって来た男が「天の逆手を打ちてなむ、のろひをるなる。」というところである。これは例の二条后物語、第六段の叙述に通う。第六段の男は女を失って地団駄踏んで歌を詠む。この段の男は歌を詠まない（詠めない？）違いは大きい。勿論第六段の方が話としてははるかに完成度が高い。第六段の叙述に影響を与えたのではないだろうか。

【第一〇五段】

むかし、男、「かくては死ぬべし」と言ひやりたりければ、女、

白露は消なば消ななむ消えずとて玉にぬくべき人もあらじを

と言へりければ、いとなめしと思ひけれど、心ざしはいやまさりけり。

【第一一五段】

むかし、陸奥にて、男、女、住みけり。男、「都へいなむ」と言ふ。この女、いとかなしうて、馬のはなむけをだにせむとて、おきのゐて、都島といふ所にて、酒飲ませてよめる、

おきのゐて身をやくよりもかなしきは都島辺の別れなりけり

【第一一八段】

むかし、男、久しく音もせで、「忘るる心もなし。参り来む」と言へりければ、

玉かづらはふ木あまたになりぬれば絶えぬ心のうれしげもなし

【第一一九段】

むかし、女の、あだなる男の形見とて置きたるものどもを見て、

形見こそ今はあだなれこれなくは忘るる時もあらましものを

この四章段を通じて見られることは、「をとこ」の身勝手さであり、それに対する女の気丈さと哀切さである。女のそうした心情はみごとに歌に結晶されるが、「をとこ」の思いはそれに匹敵しないのではないか。それぞれがたしかに「をとこ」の話として始まりながら、結局は女の歌に負けてしまうのである。「をとこ」の恋の諸相を語ろうとしていることはたしかなのだが、女の歌に対抗できるほどの「をとこ」の歌がなかったのではなかろうか。それは先にふれた第九六段も同じことである。

第一〇五段の女の詠「白露は……」の一首は、たとえば『全評釈』によって第六段の男の歌「白玉かなにぞと人の……」の「返歌のようにも解せる。」と評される。もし仮にこの章段のような話と歌が既にあったとすれば、第六段はどこかで女のこのような返歌を意識しながら構想されてはいなかったであろうか。

残りの三章段の歌は、いずれも『古今集』で読人しらずとして入る。第一一五段、「おきのいて……」は『古今集』一一〇四（墨滅歌）、『小町集』三〇にも第三句を「わびしきは」として入る。第一一八段の「玉かづら……」一首はこのままのかたちで『古今集』恋七〇九。第一一九段の「形見こそ……」も同様、『古今集』七四六。『小町集』一一四にも入る。なお又、第一一五段の冒頭は、『大和物語』付載説話にある形式である。伝来の歌物語の語り口に違いない。

先に、『伊勢物語』の「をとこ」は「昔」に連れ戻されたと言った。連れ戻された先は、具体的にはこのように『古今集』の〈読人しらず〉歌が詠み継がれていた時代ということになるであろう。『万葉集』以来の歌が生きていた世界であり、伝承民謡の世界である。歌は元来、女の世界に生き続けてきた。時至って、その歌を〈公〉の、つまり男の世界へと組み替えたのが『古今集』である。『伊勢物語』の「をとこ」は〈公〉からは逸脱した男である。「をとこ」は、だからこそ「昔」に連れていかれた。そこには女がいた。女もいた。その女の中には「をとこ」よりずっと練達の詠み手があって当然であるし、たまたま話全体を領導してしまうような女がいてもいいのである。又、「昔、をとこ……」があるということは、「昔、女……」もあって当然である。

そう考えてみれば『伊勢物語』に女が多いのは、まったく不思議でもなんでもない。至極当然のことなのであった。「をとこ」はそこで伝来の女歌と格闘する。敗退することもしばしばであったのだ。「をとこ」を主人公に立てる『伊勢物語』の主想は、女の顕彰にあるわけではけっしてない。やはり「をとこ」に伴って女がいたということである。女の存在の鮮烈さは、結果なのであって、『伊勢物語』本来のねらいではけっしてない。そのことは、叙述が例外なく「をとこ」に始まることではっきりしている。

それにしても巻初、二条后は幾度も叙述されながら、その姿も心もいっこうに鮮明ではなかった。物語がいかにも「をとこ」の物語として、殊更に気を入れて構想されたことを示唆していよう。それにくらべると、東国の女たちはたしかに鮮烈であった。男の意気地のなさと、それは対照的に立ち上がって来る。先にふれた第一二段の、武蔵野の草原で「つまもこもれりわれもこもれり」と詠んだ女は、その先兵だった。

京に帰って来た「をとこ」は、京的なものの中心にありながら、そこに馴染みきれず、「色好み」の世界に耽溺する。当然そこには鄙とは違う女がある。「をとこ」と対等に歌を詠み交わすだけの力量を持った女たちである。「をとこ」をリードするほどの「色好みなる女」は、以後『伊勢物語』の中で次第に影を濃くしていく。

そして、その流れに乗ってこそ、伊勢斎宮章段も立ち現われて来るのである。第六九段の斎宮の積極さ。それは巻初の二条后とは何という違いであるか。まさに目を見張るばかりである。「をとこ」だけをいかに生かし続けてもこの段は生成されなかったのではあるまいか。第六九段とは、まさにそこまで女をひっぱって来て、あり得たのであろう。その後の女の姿はあることはあるが、あまりぱっとしない。「をとこ」の老もある。むしろ風流仲間との交流が増してもいった。斎宮章段以後、第八二段になって惟喬親王章段が出て来る。そのあたり、構成における作者の手腕を思う。

おわりに

『伊勢物語』を成り立たせた外的な契機は、いうまでなく『古今集』の成立である。『古今集』の歌の扱い方は、これまでの歌なるものの在り方とは画然と異なっていた。そのことに危機感を覚えた歌人は少なくなかったであろう。

『伊勢物語』の「をとこ」は、漢詩漢文的な世界、官人意識といった、いわば〈公〉的なるものから〈逸脱〉した存在である。『古今集』的なるものへの反発は必ずしも〈反〉古今ではない。古今的なるものからの〈逸脱〉で十分である。というより、それが精一杯であったとも言える。だが、それなりに独自の境地に達する可能性はある。「をとこ」はそこまで達したか？　達したというのが私の一応の答えである。勿論、不徹底であり、情緒的の域を出ない。でも私は同情的である。

『伊勢物語』の作者は、プライドこそ高いものの、かなり意気地なしの「をとこ」を「昔」に連れていった。そこには伝承の歌なるものを背負った女達がいた。そして脱俗的な風流に世をすねる仲間がいた。だが、「をとこ」はその両者に、ともに馴染みきれてはいない。女たちには結局はうちまかされ、男の仲間の中では孤立していった。孤絶と引き替えに得た心境が、

思ふこと言はでぞただにやみぬべきわれとひとしき人しなければ

である。「思ふこと言はで」「ただにやみぬべき」と言いながら、そのことを歌に詠むのは矛盾である。このよう

な矛盾を平気で犯すのはさすが物語である。だからといってこれを軽んじたり、無視したりする気に、私はならない。作者がこれを言いたかったのだから。「ただにやみぬべき」と思いながら、やめられない。そう言いながら、歌にすがりつくよりほかない心情を汲みたいと思うのである。

だが、それよりもっと気になるのは、「われとひとしき人しなければ」である。とにかくここにはそれなりに壮絶な「われ」の自覚がある。それは世俗ではけっしてみたされることのない自我の覚醒である。「をとこ」は〈今〉は勿論〈昔〉という非日常性のなかでも結局「われとひとしき人」に出会うことがかなわなかった。もっと意志的に生きよ、というのはやさしい。だがそれより先にやっぱり慰めのことばをかけたい。少しばかり早く目覚めてしまった個性の哀しみ、と言ってもよい。その程度や深浅を問うことはやめようと思う。

注1　福井貞助「伊勢物語の特質と終焉段」（『伊勢物語の諸相と新見』所収）
2　角川文庫『新版伊勢物語』解説。
3　新日本古典文学大系『竹取物語伊勢物語』脚注。
4　吉田　達『伊勢物語・大和物語　その心とかたち』
5　本書第一部第一章。

付章一　伊勢物語の増益

一二五の小章段からなる『伊勢物語』が、おそらく一回的に成立したものではなくて、より小さな形態から発して、何人かの手を経て成立したものであろう、とは古くから考えられてきたことである。なかで多いのは、業平自記の部分が中心となり、後人が書き加えていった、という見方である。古くはたとえば鎌倉時代の『和歌知顕集』、江戸時代の北村季吟『伊勢物語拾穂抄』、契沖の『伊勢物語憶断』、藤井高尚『伊勢物語新釈』などがそうである。昭和に入っては、池田亀鑑『伊勢物語に就きての研究　研究篇』（昭9）では、今はない業平の古家集がもとになって、以後少なくとも二度にわたる増益があったと考えられている。福井貞助『伊勢物語生成論』（昭40）も基本的には池田説と同じだが、増益の具体相はより詳密に説かれることになる。このように、『伊勢物語』の成立過程に増益ということを考えるのは、まことに根強いものがある。

もっとも、現存する『伊勢物語』の諸伝本は鎌倉時代をさかのぼらず、右のような増益の具体相を裏づけるものがあるわけではない。増益論とはつまりこの作品の成立過程をより合理的に説明するうえでの仮説であり、蓋然性のより高い説が求められることになる。だがそれも、増益部分を実際にどこと指摘したり、増益の期間や人物を特定したりする段になると、なかなかむずかしいのが実情である。

1　片桐説

ところが、この増益ということを、まったくあたらしい視点からクローズアップしたのが、「在中将集成立存疑」(『国語国文』昭32・2)に始まり、『伊勢物語の研究 研究篇』(昭43)に集大成された片桐洋一の成長論である。片桐説の大要は、おおよそ次のようである。すなわち、①『伊勢物語』の原初形態は、業平の歌とその相手の歌を中心としたものだけで、二〇章段にもみたぬ小さなものであった。それは『古今集』(九〇五)以前にすでに存在していた。②この原初形態は以後の五〇年ほどの間、すなわち一〇世紀中葉において、めざましい成長増益を遂げる。その増益のしかたは、原初形態のバラバラに存在した諸章段をいわば核として、その周辺に新しい章段が付加されていくというものであった。そして、その具体的なすがたは、たまたま群書類従本『業平集』次いで『在中将集』と雅平本『業平集』(いずれも『後撰集』以後『古今六帖』以前の成立とする)に、そのまま投影されている。『伊勢物語』はここまでの段階で、四五章段程度に成長する。③『伊勢物語』は以後も不断に成長増益する。『拾遺集』以後に七〇章段以上が付加されて、結局原初形態以来約一〇〇年近くかかって現在のようなかたちに到達した、というのである。この片桐説は明快な論理と、何よりも文献的根拠を示すことによって、一世を風靡した概がある。その肯定の上に立って辛島稔子「伊勢物語の三元的成立論」(『文学』昭36・10)のような論も発表された。ともかく片桐説は、いわば「古今集依拠伊勢物語」、「群書類集本業平集依拠伊勢物語」、「在中将集・雅平本業平集依拠伊勢物語」、そして現行『伊勢物語』というかたちで、とうてい透視不可能と見えた増益過程を具体的に示してみせて、はなはだ魅力的なものとして受けとめられた。

2　片桐説批判

しかしながら、この片桐説にも批判はある。片桐説の最大の特徴は、業平家集をもって『伊勢物語』に切り込んだ点にある。現存業平集に成長途次の『伊勢物語』のすがたが投影しているとする仮説が始発点であり、方法である。まずそうした方法をめぐって、また業平家集の評価をめぐって、文献学的立場からの疑問が出される。『伊勢物語』プロパーの立場からする、たとえば福井（前掲書）、山田清市『伊勢物語の伝本と研究』（昭47）はそれである。あるいは井川健司「現存本業平集の成立」（『平安朝文学研究　作家と作品』）（昭46）は、片桐説の拠る業平家集は時期的にもっと後の成立で、成長する『伊勢物語』がそれらと交渉することは不可能であったと断じる。方法論をめぐる問題もまだ必ずしも決着したとはいえないのである。

さらには主として作品論的立場からする批判が重大である。前記福井、山田の論も作品論を含んで総合的であるが、ほかに糸井久の書評（『日本文学』一九六八・九）、石田穰二「伊勢物語の初段と二段」（『文芸論叢』四八号、昭48・12）、菊地靖彦「伊勢物語「むかし、をとこ」論」（『平安文学研究』五二輯、昭49・7）、同「伊勢物語私論——主として伝承と反古今との視点から―」（『国語と国文学』昭49・11）、渡辺実『新潮日本古典文学集成　伊勢物語』（昭51）、同『平安朝文章史』（昭56）、上野理「伊勢物語の方法」（『国語と国文学』昭52・11）、河地修「伊勢物語成長論について」（一、二）（『東洋』昭54・1、7）など一連の論考、等々がある。それぞれの立場からする立論の詳細については省略するよりないが、これらは多く『伊勢物語』のほぼ一回的な成立を示唆している。無論、小幅な増益を認めはするが、それは本体の質を変えるようなものではない。

3　増益論の問題点

それにしても、増益論とは『伊勢物語』という作品の、一体何を明らかにするものなのだろうか。

そもそも『伊勢物語』は、各々の章段こそ歌物語の段階にとどまるものの、その集まりとしての総体は、初冠に始まり終焉に終わる「をとこ」の一代記という体裁をとる。それは、相当に雑多で不純なものを含むこの作品に、全体としては統一を与えようとする意識から出ていることはほぼ確かであろう。だから『伊勢物語』は歌物語の単なる集合ではない。全体をまとめているのは作物語にさえ通じる意識である。

また、「をとこ」ということも大事である。「をとこ」とは業平は勿論、業平以外の人物の事跡をもとりこんでしまう巧妙な手だてと考えないわけにいかず、その故に雑多なものを一つの作品世界の中にとりこむ効果をになっている。してみると、『伊勢物語』とはやはりはじめからよほど意識的に巧まれた統一原理によって構成されているものと見なければならないであろう。その構成の要素に業平自記のようなものや、あるいは業平家集のようなものがあったとしてもそれはよい。しかし、『伊勢物語』はけっして業平物語ではない。

たしかに『伊勢物語』のかたちは一見いくらでも、どのようにでも増減可能であるようで、その意味では脆弱そうである。だが、ひるがえって考えてみれば、そういうかたちこそが、何かを語るにもっともふさわしいものとして意識的に選びとられたものなのかもしれないのである。実はこのかたちは内部的に案外緊密な質をもつのかもしれない。もしそうであるなら、この作品の成立に大幅で長期にわたる増益を考えること自体が、この作品の本質から遠ざかることであるかもしれないのである。また文体論的な視点からしてもこの作品の統一性は強固なものであることがいわれている。『伊勢物語』という作品がそもそも大幅な増益を云々することを許すものなのかどうか、その辺の検討がもう一度なされる必要があるのではないか。

一言で増益といっても、それが比較的短期間の、いわば改作によるものであれば、問題はまた別である。だが片桐説のような大幅で長期にわたる不断の増益が考えられねばならぬとしたら、やはり問題がある。二〇章段にもみたない原初形態（それはバラバラの歌語りそのもの）が、以後時が経ち、勢の赴くままに増益してさえいけば、はたしてひとりでに首尾よく現行『伊勢物語』のかたちと質を結果し得るものなのだろうか。在中将集・雅平本業平集依拠伊勢物語までは、要するに業平歌関係章段だけである。そこまでなら業平に発し、業平に関係しそうなものを吸収していったということで納得できる。だがそれではまだ四五章段程で、全体の半分にも達していない。実は増益の意味が大きいとすればそれから先である。『伊勢物語』の文芸性は業平歌関係章段をはるかに上まわる非業平歌章段を抜きにして語ることはできない。業平に始発しながら、ある段階からなぜそのような異質な方向への大きな増益が始まるのか。そしてその時点からこそ『伊勢物語』をそれとしてあらしめる方向が定まるはずなのである。そこに働いたエネルギーははたしてどのようなものであったのか。片桐説は要するに七〇章段以上をただ最終的な付加とするだけで、その先にはほとんど踏み込まない。結果的には非業平歌章段を区別しただけのことで、『伊勢物語』がまさに『伊勢物語』となる最大の秘密は、ほとんど説かれていないことになる。

そして、さらにはこの掌篇に、一世紀近くもの長い間、人々が執拗に関わり続けたということ自体も問題になろう。そういうことは、はたして一般的なことなのかどうか。それほどのエネルギーなら、むしろ別の新しい作品を生み出すはずではないか。たとえば傍らにはすでに『大和物語』があったはずである。業平関係章段はそこにもある。成長し続けるはずの『伊勢物語』のほかに、どうしてそうしたものを人々は必要としたのであろうか。

4　今後の問題

片桐は成長増益を構造論とも結びつけようとする（前掲書第六篇第一章）。たとえば原初形態では挫折感を伴う程の「純粋にして激烈な愛情」をテーマとするが、次の段階では挫折感を伴わない恋物語を吸い寄せ、やがては広く恋愛一般、色好み一般にまで拡大されて全体像を結ぶ、と説く。だがそれは当然ながらすでに既定のこととした増益章段をめぐっての論である。

成長増益が『伊勢物語』への認識を深めた功績は大きい。だが、やはり肝心なのは徹底的に作品そのものに向かう目である。今。求められているのは、まずこれまでの増益論にとらわれない独自で精緻な構造論、作品論であろう。そしてその成果からこれまでの増益論をあらためて見直すことであろう。そうすればそこにまた、おのずから新しい方向の発見もあり得よう。増益論そのものが無益であるはずはない。しかし、仮にそれが作品論のすべてに先行するものだとしたらやはり問題であろう。

付章二　（書評）福井貞助『歌物語の研究』

『伊勢物語生成論』の著者の、その後約二〇年間にわたる論考が集成された。昭和六〇年までに発表された一九篇に書き下し二篇を加え、全体を四章に編成して一書を成す。『生成論』以後の著者の研究は、『伊勢物語』の考察をいっそう深められるとともに、『大和物語』『平中物語』に及んで、総合して「歌物語」の特質と展開を解明しようとされる。一々の論の、発表時にはわからなかったねらいもこうしてまとめられてみると、著者の全体的な構想のどこに位置するものかがはっきりし、新たな発見がある。学界の慶事としたい。いささか蕪辞を連ね、わずかに責を塞ごうと思う。

第一章は「歌物語総説」である。「歌物語」の語は現今かなり曖昧なままに用いられ、その範囲も限定されていない。著者はまずこの語の歴史的な検証を経た後に、明治以後は『伊勢物語』と『大和物語』を包括するものであることを抑える（第一節　歌物語の名義）。次に、歌物語の特性は（一）外形、（二）内容、（三）構成の方法という三点からとらえられるべきことをいい、そこで初めて『平中物語』を歌物語に加え、『元良親王集』『一条摂政集』『篁物語』を除外する（第二節　歌物語とその類似作）。『平中物語』発見以来、それが学的対象として『伊勢物語』『大和物語』と同じカテゴリーに属すべきことが初めて本格的に論証されたのである。そして、あらためて三作の共通項が求められ、それが「愛の歌に媒介される「色好み」の物語」であると定義される（第三節　歌物語の色好み）。さらに、継起する三作の影響関係が検証され、それを支える享受層のありようが探られ（第四節　歌物語の成立と受容）、歌物語が形成された時期が延喜天暦期であることが確められる（第五節　延喜天暦時代のおける歌物語の形成）。

以上、はなはだ乱暴な要約であるが、著者が何をねらい、どういう態度で対象に向おうとしているかがわかるはずである。著者の仕事が厳密な学的対象の措定から始めざるを得ない状況を、冷厳に受けとめなければなるまい。その意味からも著者が提唱している「歌物語」（作品そのもの）、「歌語」（歌物語の単位）、「歌語り」（口承）という用語の使い分けは、今後の研究の推進のために当然容認されるべきであると思う。

いま、たとえば『平中物語』を歌物語に加えることは一部に和歌説話と見る立場もあり、まったく異論がないわけではなかろう。実際、『伊勢物語』『大和物語』と『平中物語』との間には、かなりの落差がある。著者が三作の共通点を「色好み」とし、「「色好み」とは歌物語を形づくる主要因」である、というとき、結局はそれしかいえないのも、あるいは三作を一緒にすることの困難さが示されているのもしれない。「色好み」とは本来主人公の属性にすぎず、作品形成の原理ということになればそれを含んでもう少し高い次元での概念が求められねばならないのかもしれないからである。ちなみに著者は後に第四章第五節で「色好みの奥処にある愛情や悲哀の生活の断面を切り出し、あるいは興を添え感をさそう歌の世界を求めた心が歌物語の基盤となる」と述べることになる。あるいはまた、この章の叙述が常識的であるとの感想もあるかもしれない。たとえば「歌物語の時代」が天暦期であり、それが『大和物語』を生み出し、『伊勢物語』の「後人作為の歩み」が始まるといった展望がはなはだ常識的のように見えるかもしれないのである。しかしそういう手続きをふまなければたしかな認識に到らない状況があることを認めなければならない。

個々に有益な発言はたくさんある。たとえば歌語りの流れの中には歌語りを「事実譚的なものへ引き下ろす根があること、歌物語の享受層が求めるものは事実そのものではなくて、「事実譚的なもの」である」、といった指摘は文芸の文芸たる所以を正しくおさえることであろう。あるいはまた、原初的な『伊勢物語』の形成の背景に、『古今集』的なるものとはやや異る文芸趣味の「官人風雅人群」をクローズアップするのも実に示唆的である。そういうものをたどって新しい文芸史的展望が見えてくるかもしれない。

そして本書のもっとも基本的な方向は、歌物語をあらためて広い文芸史的展望の中にすえることにある。『伊勢物語』の研究を、著者は精力的に徹底的な文献学的方法において遂行して来た。その次にあったものが文芸史的方法であったことを、本書は告げるのである。

第二章からはいわば各論である。この章「伊勢物語と周辺の文学」は、形成期の『伊勢物語』のすがたを同時期の他の作を通してうかがおうとする企てであり、また対比によって『伊勢物語』の特質を明らかにしようとする。『土左日記』はむしろ『古今集』に依拠して『伊勢物語』の影は薄いとする結論は首肯できる。山田清市氏の『土左日記』からする『伊勢物語』貫之作説への反論も、作品内容の異質性をふまえて至当である（第一節　土佐日記と在原業平）。『古今六帖』が『土左日記』の歌すべてを貫之作とはしていないことからして、『伊勢物語』もまた当時「全く真面目な実録そのものと解していたとは考えにくい」という推論に到る。それは片桐洋一氏の成立論の前提に対する反証となる（第三節　古今六帖と土佐日記）。

そして『竹取物語』と『伊勢物語』との対比論（第四節　竹取と伊勢）は重要である。二作が物語なるものの異質な祖であることは文芸史の常識だが、不思議なことに厳密な対比論がなされることがなかった。なんとなく納得したつもりであった。本論はそのほとんど初めての試みなのである。方法論としても示唆されるところ多大である。

ただ、ここで『土左日記』に関していささか気になるのは、それが業平あるいは『伊勢物語』の側から少々読み込まれすぎてはいないかということである。貫之が業平に「非常な関心を持つ」ことは間違いのないことである。だが、それがただちに「業平敬慕」と言い換えられるのはどうであろうか。とかくことばは独り歩きをする。業平は『古今集』序で心詞相兼をいうための都合のよい例として引かれ（歌仙というのは後人の称）、『古今集』入集歌はたしかにかなり多いものの、その撰入率が他にくらべて高いかどうかは確かめようもない。『土左日記』は業平歌を二度引用するが、仔細に見るとおのれのための利用である。そもそも『土左日記』が引く実在歌人としては業平ともう一人阿部仲麿があり、旅という場でこの二人がともに持つ存在意味から考えていかねばならないと思う。業平のみをとりたててそれが貫之を敬い慕うことの表われとするのはどうであろうか。『新撰和歌集』における業平の扱いからは、業平を格別重視しているとも考えられない。また、第二節（業平東下りと貫之）では『土左日記』に業平東下りの影が濃い、といわれる。十月二十七日条の「かぢとり」登場の場面にその投影を認めるにやぶさかではないが、それが亡児追懐の情とからんで全篇に「業平追懐の情と共に流れている」とまで説かれると、多少戸惑いが残る。ここは『土左日記』論ではないといってしまえばそれまでであるが、敢えて小さな疑問を一つ。

第三章「伊勢物語の展開と影響」では、まず『伊勢物語』の成立過程を探求するためには文献資料の操作を超えて、作品の外面的な「構成」と、内面的な「構造」という両面から迫らねばならぬとする方法論が示される。

その方法論は文献学的方法を超えて、しかもなお「成立過程」の探求をめざすこと、すなわち文芸史的方法に向うのであって、「構成」「構造」は作品論のためのものではないことが注目される。『伊勢物語』の独特の構造は「初冠本という形を生じさせたこと」にあるとされる（第一節　伊勢物語の構成と構造）。そして次に「歌物語」が「歌語り」と関わりながら、一線を画するものであることがいわれ（第二節　歌語りから歌物語『伊勢』へ）、以下が『伊勢物語』の影響を見る論となる。『源氏物語』がとらえた『伊勢物語』とは、斎宮段を中心とする話であって、外面は好色人の一生、内面は禁忌の恋という『源氏物語』の中心テーマは『伊勢物語』を拡大したものであったとされる（第三節　源氏物語にえける伊勢物語の本旨の問題）。「伊勢物語」とはやはり「伊勢斎宮の物語」の謂であり、そういうものとして『伊勢物語』は形成されていったらしいことをあらためて思う。次に津軽ゆかりの花山院忠長、五井純禎、建部綾足といった異色な人物の『伊勢物語』との関わりを論じるのは、正統的な文芸史の盲点を衝いて、その軽妙練達な筆致とともに興深い（第四節　花山院忠長と東下り・第六節　蘭州と綾足）。西鶴が『伊勢物語』と深く関わることを論じた旧稿（29年）も生き返った（第五節　西鶴の伊勢物語再生の方法）。藤岡作太郎の、「想像作為の所産」とする『伊勢物語』観も、近代の『伊勢物語』研究の始発点として正当に位置づけられた（第七節　明治時代と伊勢物語）。

第四章「歌物語諸作品の論」は、『大和物語』と『平中物語』とを正面から扱った章である。第一節（大和物語の巻頭と巻末）では、『大和物語』が宇多関係の話に始まり宇多関係の話に終わるものであることが、巻末論と関連づけられながら論じられる。宇多はまた作の途中でもしばしば登場して「浮遊する諸説話を縫い留める糸のような存在」であり、その意味でこの作品は一見散漫のようで、実は強靭な枠を持っているとされる。宇多の重要性は作品論的に見てもその通りであるが、「縫い留める糸のような存在」とまでいい切れるかどうか。『伊勢物語』の「をとこ」についてならそういえるが、宇多は糸ではなく、やはり点のままであるように思われる。点でなおかつ一つの統一体が作られる『大和物語』の構造原理は、著者のいわれることを受けとめて、なお作品論的視野から探求していく余地がありそうである。第四節（平中物語の末尾）は難解な『平中物語』の末尾部についての新説。考証が考証に終らず、文芸史的展望にひろがっていくところが、この著者の特徴である。第二節（大和物語の土佐日記受容）、第三節（大鏡における夏山繁樹と大和物語）ではそれぞれ『大和物語』に投影された『土左日記』、『大鏡』に投影する『大和物語』のことが検証される。いずれも文芸史的な連続を立証する。掉尾を飾る第五節（歌物語史における三作品の位置）は、本書全体のしめくくりである。あらためて『伊勢物語』『大和物語』『平中物語』の成立時期を確認し、歌と物語の接点に発した歌物語がやがてその形態を固定化することになって物語に呑み込まれていく過程を説く。歌物語という文芸史上一時期を画したジャンルの軌跡をたどって、今後長く道標となる論である。

思えば、著者の『伊勢物語生成論』に始まった昭和四〇年代は、まさに未曾有の『伊勢物語』成立論の季節であった。四三年には片桐洋一氏の『伊勢物語の研究』が、四七年には山田清市氏の『伊勢物語の成立と伝本の研究』が続いた。著者は『生成論』において、すでに骨格の出来上がっていた片桐説に対する批判を了えて、以後の年月を本書にまとめた諸論考に集中されてきた。告白しなければならないが、私なども相当の期間片桐説の熱心なファンであった。だがいざそれをおのれのものとして丸呑みにしようとして、始発点にある仮説、前提が気になり出した。散々に悩んだ挙げ句が結局戻る所は『生成論』の地点でしかなかったことを、いささか重苦しい感慨とともに想起する。歌物語の割切れなさは、論に歯切れのよさをなかなか許さない。開き直りたい思いに駆られながらも結局は手を変え品を変え、飽くことなく対象を凝視し続けるしかない。本書がまさにそうであって、著者は歌物語を広い文芸史的展望の中にいったん放り出してためつすがめつしながら執拗にその特質と位置を見定めようとされている。本書を讃える所以である。同時に、文芸史的観点を支え、強化するものはすぐれた作品論でなければならない。『大和物語』『平中物語』のそれは学界全体にいまだしの観がある。本書はその面に大きな刺激を与えるものでもある。著者独自の方向においてのお仕事がますます進展することを祈念するとともに、後進に投げかけられている課題の多さに思いを致しつつ、この蕪雑な稿を了える。浅学ゆえの読み誤り、見落し、妄言の数々はなにとぞご海容を乞う。（昭和六十一年四月三十日刊　Ａ５判四三五ページ　一二、〇〇〇円　風間書房）

第二部　大和物語

第一章　在中将章段をめぐって

――『伊勢物語』と『大和物語』――

はじめに

『大和物語』の第一六〇段から第一六六段は、「在中将」が登場する章段である。これを仮に「在中将章段」と称することにする。

すでに『伊勢物語』という作品がありながら、なぜまた業平がとりあげられるのか、そして、ここでは業平はどのように扱われているのか、というのがここでの問題である。

『大和物語』のこれら章段と、『古今集』、『伊勢物語』、業平家集（『在中将集』・『雅平本業平集』）さらには想定される原撰業平集などとの関係については、主として文献的な面からすでに考察がなされている。そのおおよその結論は、『伊勢物語』と重なり、類似する話は『伊勢物語』を改作したものであり、そうでないものは『大和物語』の創作である、ということになりそうである。(1) 本稿ではそうした大勢をふまえながら、内容上から『伊勢物語』との対比を試みることを主としつつ、先の問に対する答を模索したいと思う。

なおテキストは、『大和物語』が阿部俊子校注『校注古典叢書 大和物語』、『伊勢物語』が渡辺実校注『新潮日本古典集成伊勢物語』である。

一

ここに示す表は、『大和物語』と対応する勢語の章段と、登場人物の呼称とを対比したものである。該当する歌集（『古今集』・『後撰集』）の歌番号と作者名を付してある。

大和物語		伊勢物語		勅撰集
一六〇段	在中将　同じ内侍（染殿の内侍）			後撰223（不知）―後撰224（業平）
		47段	（男）（女）	（古今706（不知）―古今707（業平））
一六一段	在中将　二条のきさいの宮	3段	男　懸想じける女（後注＝二条后）	
		76段	近衛府に侍ける翁　二条のきさき	古今871（業平）（詞書＝二条后）
一六二段	在中将　御息所	100段	男　あるやむごとなき人	
一六三段	在中将　きさいの宮	51段	男　人	古今268（業平）
一六四段	在中将　人	52段	男　人	
一六五段	在中将　弁の御息所			
		125段	男	古今861（業平）
一六六段	在中将　女	99段	中将なりける男　女	古今476（業平）―（古今477（不知））

『大和物語』と『伊勢物語』とで、もっとも顕著な違いは、この表に見る通り、主人公の呼称である。これはあまりに自明のこととして、ほとんどまともから取り上げられることがないが実はゆるがせにできないことであると考える。『伊勢物語』の主人公はいうまでもなく「男」（「近衛府に侍ける翁」、「中将なりける男」等を含んで）である。それが勿論業平であることは、該当する『古今集』歌の作者名から明らかである。また、『伊勢物語』が「男」に業平を、たとえば「懸想じける女」に二条后高子を宛てて読まれ続けてきたことも事実である。けれども、それはあくまで『伊勢物語』の享受のしかたなのであって、作者の意図ではない。『伊勢物語』作者は『古今集』などを通してそれが業平であることが自明であっても、なおかつ「男」で物語を通すのである。業平であって業平でない、そういう一種微妙な境位の内でこそ『伊勢物語』の世界は展開されるのである。そこでは実在業平に通いながら、しかしまったくは重ならない物語の主人公が造形され、増殖されているのである。それは『伊勢物語』が自らの物語の方法として、意図的にえらびとったものなのである。『伊勢物語』は、まさに「むかし、男」でしか進められない物語なのであった。

『大和物語』が、『伊勢物語』のその「男」を「在中将」ときめて語るのは、だから、そのこと自体すでに『伊勢物語』に異を立てることなのであった。もっとも、その「在中将」のイメージとは、まさに『伊勢物語』が長い間に人々の間に「男」を通して、送り出し、定着してきたものであったのかもしれない。「男」が実在業平といささか距離があるように、「在中将」もまた、実在業平とは隔たりのあるものであろう。「在中将」としたからとて、いまさらあらためて実録を目指すわけのものではなかろう。『伊勢物語』が人々の間に読みつがれる間に、「男」はもうすでにどうしようもなく「在中将」と化してしまっており、『大和物語』はそれをただ、事後処理的に取り込んだものだ、と仮にすれば、それは『伊勢物語』への反発というほどのことではないかもしれない。

けれども、「男」と「在中将」とはやはり違う。「男」は一般的、普遍的、抽象的存在で、やはりあるだろう。たとえば、その「男」がやはり一般的、普遍的、抽象的存在である「女」と恋をするとき、そこに語られるのはいわば〈恋というもの〉であって、「男」という一つの人格の軌跡ではないはずなのである。だが、「在中将」の場合はそうではあるまい。それは実在感の強い一つの人格なのであって、彼の行動は彼だけの属性である。『大和物語』の場合は、だからまず特定の人物が存在して、すべてのことは、そういう彼のまき起こす行動として語られるのである。いろいろな行動は、彼のいろいろな側面を語るエピソードでしかない。全体を実在人物の話として語る『大和物語』がゴシップ集といわれるのは当然である。「在中将」もまた、ゴシップの主人公なのであろう。

『伊勢物語』を、業平の物語として読むということは、『伊勢物語』を真に理解したことではない。けれども、そのことをあげつらってみたところで、どれほどのこともない。一つの事実であるには違いない。「在中将」であった方がむしろロマンがあったかもしれないのだ。そういう読者にとっては、「男」とはまことにいらだたしくさえあったかもしれない。『大和物語』が『伊勢物語』とほとんど同じ内容の話を、あらためて「在中将」の話として語り出すとき、そうした読者のいらだちは解消されるであろう。『伊勢物語』さえあればそれでよい、というものではけっしてなかったのだ。『大和物語』の在中将章段が生み出される背景には、まずそうしたことがあったはずである。

二

在中将章段といっても、それはわずか七章段にすぎない。これに関係する『伊勢物語』も多く見ても八章段に過ぎない。多く見ても、というのは、影響があるかも知れないと見られる章段（第四七段）を含むという意味である。『伊勢物語』全体の中で考えたら、なんとも少ない量である。それは一体、どんな話であったのか。『伊勢物語』の中の主な話としては、「男」の、伊勢斎宮との密事、東下り、惟喬親王物語、二条后高子との物語、などがただちに思い浮かぶ。それらのうち、先の三つほどには、『大和物語』はまったく関わらない。わずかに二条后高子物語だけが『大和物語』の関わるところである。

だから、「在中将」と「二条后」の物語がここに集められたのだ、という見方がある。たしかに在中将章段で、二条后物語は重い存在ではある。しかし厳密にいえば、表に見る通り、「在中将」と「二条后」とのからみは第一六一段・第一六二段・第一六三段の三章段に尽きている。第一六〇段は「染殿の内侍」との話であるし、第一六五段は「弁の御息所」との話である。第一六四段の「人」、第一六六段の「女」を二条后に擬すことは、安易と言うべきで、作者の意図をやはり無視することになるであろう。たしかに在中将章段は二条后物語を含みながらも、それだけで律しきれないことは明らかである。後に述べるように、二条后物語といっても『伊勢物語』のそれの一部に過ぎない。二条后を含みながら、この在中将章段をつなぐ何らかの関係はないのだろうか。

第一六〇段の「染殿の内侍」については、以前から藤原良相女説（『拾穂抄』）と藤原因香説（『虚静抄』）とがあったが、雨海博洋氏は藤原長良女有子と推定される。有子は清和帝の内侍で後の清和帝高子の姉である。この有子との関連から二条后が登場してくるのだといわれる。また、第一六五段の「弁の御息所」も清和帝の更衣で、藤原良近《まさちか》女であるといわれる。だから「在中将のロマンスは清和天皇の周辺の女性に関係している。」とされる。(2)長良女有子、良近女とする考証についてはなお当否をいう準備はないが、在中将章段の女性が「清和天皇の周辺の女性」であるかもしれないということは、おおいに可能性があることではないか。少なくともそれで第一六四段と第一六六段を除いた五章段は二条后高子を軸にして、一つのまとまりを見せるからである。仮にそうとすれば、第一六四段の「人」、第一六六段の「女」も清和後宮関係の人かもしれない。在中将章段とは、清和天皇後宮を中心とした人物圏の中から発してきた、と考えてみてはどうか。もっとも、清和圏（仮称）で語られていた歌語りそのまま、といった見方をしようとまでは考えない。雨海氏は『伊勢物語』にない第一六〇段と第一六五段とを中心に在中将章段を考察された結果であろうが、在中将章段を歌語り章段と結論されたようである。しかし、後述するように『伊勢物語』と共通する章段では、どうしても書承関係を否定することはできない。清和圏の流れを汲む人物が、それなりの視野で『伊勢物語』にも対し、また、ある程度伝え聞いた歌語りにもとづいて創作もした、というのが『大和物語』の在中将章段ではなかったろうか。なぜ七章段でしかないのか、なぜこれだけの内容なのかという問いは容易に解けない疑問であるが、いまは作者にそういう限定を考えて、前に進みたいと思う。

三

以下、各章段を追ってみていこうと思う。

第一六〇段――「在中将」が初めて登場する。しかしこの段は、前段の「染殿の内侍に関する話が展開し」たもので、前段の内容が「内侍の心変りであるのを、こちらは男の心変りに転じ、在中将の登場となったのが異趣である(3)」と柿本奨氏がいわれる通り、在中将はまず副次的、随伴的に登場してくる。在中将章段全体を通してこの登場のしかたは象徴的である。

ここでの「染殿の内侍」の存在は大きい。前半部の贈答は『後撰集』歌であるが、読人しらずを内侍の歌とするのは、『大和物語』の虚構としか考えられない。まず内侍から詠んでやったのに在中将が答えることで、この段は始まる。内侍が、秋風が吹いてくると「人の心もうたがはれけり」と言いやる。在中将はそれに対して「心はかれじ」と応じる。しかし、いずれ男は離れ離れになるだろうことは、内侍の方で見透しである。次の、「かくて、すまずなりてのち」の一文は、内侍の予想通りであったことを語る。そこに意外性も悲劇もない。男の方はけろりとして衣類の洗濯を頼んでくる虫のよさである。内侍はそれを揶揄する。特に心屈している様子もない。この場合、相手の心を見抜いて、高みに立っているのは、むしろ女の方である。そういう女は『伊勢物語』ではなかった。『伊勢物語』はあくまで男中心の物語である。だが『大和物語』では男を女と対等に見ていて、むしろ男は女の中で描かれている、とさえ言えそうである。とにかく染殿の内侍の存在感ははなはだ強く大きい。

在中将の登場のしかたで、もう一つ注目したいのは、それが『後撰集』歌とのからみからで、『伊勢物語』とのからみからではないことである。すなわち、『大和物語』の作者にあっては、在中将は、『伊勢物語』というすでに出来上がった作品の主人公としてではなくて、まだ作品世界に形象化されていないところから呼びだされるのである。そして、この「在中将」に与えられているイメージは、多くの女性を愛して次々と心変りをしていく、いわば恋の遍歴者としてのそれである。在中将章段はそういう「在中将」のイメージから始発していく。それはやはり「在中将」のもっとも原初的で、素朴なイメージであったらしい。「あらはひ」などを頼んでくるような「在中将」は『伊勢物語』にはないイメージである。それは第二七段の戒仙の話と似ていて、生活臭にあふれ、いかにも『大和物語』的である。

しかし、いったんそうしたかたちで登場した「在中将」も、たちまち『伊勢物語』と出会ってしまう。終末部の「大幣」云々の贈答は、いわれるように歌を含めて、おおよそ『伊勢物語』第四七段の模倣による虚構と認められる。今井源衛氏は「古今・伊勢の贈答歌の歌意明白でしかも古樸優雅な声調の中に余情掬すべきものがあるのに対して、本段の二首は歌意も晦渋であり、用語もあいまいで歯ぎれも悪く、(略)二番煎じの感が覆い難い」[4]といわれる。たしかにその通りであるが、そもそも状況設定の違いを考えねばならない。『伊勢物語』の女は定めない男心を責めながら、心底では自分にだけ心を傾けてくれることを求めている。男はまた、それに対して表面はどう見えようとも、遂には自分が女のもとに流れ寄るのだと、女の心に呼びかける。そういう心の切実さといったものは『大和物語』では無縁である。ここでは「それ見なさい」というのが女の気持であり、男は弁解につとめるだけのことである。とすれば、『大和物語』が『伊勢物語』に見たものは、「大幣」に多情な男心をたとえる、という表現の機知的なおもしろさだけだった、ということになろう。「二番煎じ」というよりは、そもそも視点が異なっているのである。

四

第一六一段・第一六二段・第一六三段――二条后に関わる章段である。柿本氏は、第一六〇段から「在中将説話を展開すると勢語に突当り、話はおのずと二条后とのラヴ・アフェーアに触れたという次第であろう」[5]と言われる。たしかにその通りであろう。だが、それをもう少し具体的に言えば、「内侍」から「きさいの宮」に「衣をなむしにおこ」すことから「ひじきもといふものをおこ」すことへの転移ではないか。殊に物が介在して、それが歌を喚び起こす、ということは、『大和物語』の場合、大事な点であろうと思う。

第一六一段は前半と後半の二つの話から成る。前半が『伊勢物語』第三段の物語で、二条后の入内前の話、後半は『伊勢物語』第七六段の物語で、高子が春宮女御と称された時の話である。当然二つの話の間にはかなりの年月のへだたりがある。『伊勢物語』の二つの章段内容が一つにされているについては、作者にそれなりの工夫があったと見たい。すなわち作者は、この章段一つで在中将―二条后物語のすべてを尽くすつもりだったと思うのである。だから若い時の話と、後年の話とを一つにした。後に続く章段を前もって考えたりしなかった、ということである。在中将章段ではそれぞれの章段ごとに「在中将」をあらためて呼び出して始まっている。たとえば「おなじ男」といった言い方をしない。それは一段一段が独立して形成されて付加されていったことを思わせる。少なくとも全体的な構想があったとは思われない。第一六一段はそれはそれで完結したつもりだったのである。雨海氏は、この段の内容が『伊勢物語』を直接承けたものではなく、『大和物語』以前の「歌語りの世界」ですでに結びつけられていたのを収録したのだ、と主張される。だが、そうだろうか。巷間に伝わる歌語りとは、このように複雑なものではおそらくないはずである。若年の時の話と、後年の話と、そのそれぞれ程の短く単純なものが歌語りであろう。そして、二つの話を結ぶような器用さ、構想性は、歌語りには無縁のはずである。やはり『伊勢物語』との書承関係を考え、作者の工夫を認めたい。

続く第一六二段は『伊勢物語』第一〇〇段、第一六三段は同じく第五一段の話である。二条后章段はここまでである。『伊勢物語』第一〇〇段、同第五一段は二条后といわない章段である。しかしそうでもあるらしい書きぶりである。「男」を「在中将」としてやまないのと同様、読者の要望にそった『大和物語』作者のやり方であろう。第一六一段の後半から第一六三段までに語られているのは、入内後も続く在中将の二条后思慕と見える。だから、『大和物語』の在中将章段は、二条后の入内以前の話を中心とする『伊勢物語』に対して、もっぱら入内以後の話を集めたものだ、とする吉山裕樹氏の説(6)も出る。しかし、そういいきれる程に在中将章段中の二条后関係の話は多くない。在中将と二条后との話といっても、入内前と入内後の両方を一緒にした第一六一段があくまで中心である。第一六二、第一六三段の話は入内後のこととはしても、いわば付随的なものである。これで二条后入内後のエピソードが尽くされたともいえまい。

ところで、『伊勢物語』の二条后物語とは、第三段、第四段、第五段、第六段、それに第七六段である。そして中心は第四段、第五段、第六段である。それぞれ、「月やあらぬ春やむかしの春ならぬ……」（第四段）、「人しれぬわが通ひ路の……」（第五段）、「白玉か何ぞと人の……」（第六段）という、「男」のたっぷりと情感をこめた歌を叙述の頂点とする話である。そこで語られているのは、要するに「男」の悲恋である。とうてい手の届かない相手に恋をし、かなわぬことに涙する。ひたむきでいちずな「男」の話である。そして、そういう情感のまがうかたない表現として歌がある。それこそ『伊勢物語』的なるものであろう。

いうまでもなく『大和物語』はそこにまったく関わらない。「ひじきも」の第三段、大原詣の第七六段などは、『伊勢物語』二条后物語の、ほんの外縁にすぎない。『大和物語』はまさにそこにしか関わっていないのである。『大和物語』在中将章段には、『伊勢物語』二条后物語の熱情も、悲劇性もまったくないのである。それなら何を語るのか。

第一六一段では、「おもひあらば……」の歌を示すに、まず「ひじきといふものをおこせて、かくなむ」といい、さらに歌の後に、「となむのたまへりける。かへしを人なむわすれにける。」という文がつけ加えられる。『伊勢物語』第三段で歌が示されて終わるのとは、大変な違いである（いわゆる後人の注は別である）。つまり『伊勢物語』では、歌にこめられた「男」の思いそのものこそが、語られるべきことのすべてであり、一段のテーマなのである。ところが『大和物語』ではそうではない。この段に限らないが、歌を紹介して「となむのたまへりける。」とは、『伊勢物語』にくらべてなんとも突放した言い方である。作者は在中将にこういう歌があった、ということを冷静に報告するだけで、歌に示された在中将の熱情にいささかも乗ろうとしない。そして、どうやら『大和物語』が読者に知らせようとしているのは、まずもって在中将が「ひじき」をもって、このような巧みな物名歌を詠んだという、そのことらしい。しかも『大和物語』では「かへしを人なむわすれにける」という。『伊勢物語』では返歌があった気配などはない。そんなことはどうでもよいのであって、要は業平の熱情を伝えればそれでよかったのである。だが『大和物語』では、本来贈歌にはそれにふさわしい答歌がなければならぬ、と考える。そこにことばによるかけあいの妙を見るというのだろう。もちろんそれを示し得るわけはないから、このように蛇足をつけ加えることになる。つまり、『大和物語』では歌にこめられた熱誠などは二の次で、もっぱらことばの妙が主な関心らしいのである。

さらに、この段の結末も問題である。『伊勢物語』第七六段は「大原や……」の歌を示した後、「とて、心にもかなしとや思ひけむ、いかが思ひけむ、知らずかし。」と、この歌を詠む「翁」の心中を忖度して終わる。ところが『大和物語』では、翁の心中はもはや問題にせず、この歌を受けた「きさいの宮」の心中を叙して「むかしをおぼしいでて、をかしとおぼしけり。」と記す。「をかし」とは、歌を興ありということにちがいない。歌に表れた心でなく、歌そのものの巧みさを賞するのが『大和物語』の態度であることは、ここではいっそう明らかである。今井氏はこの段の結末をめぐって、次のようにいわれる。

もともとこの全体の内容は、二首の歌を頂点とする男の恋情にあること明かで、伊勢のような結末こそそれにふさわしいものであるにかかわらず、大和では、この結語によって、この一段は、純粋な情感の物語ではなくて、一個の風流の物語に転じている。(7)

「一個の風流の物語」――、たしかに今井氏のいわれる通りである。ただそれは結語に到りつく前に、すでに前半の話でもそうであったのだ。

要するに『大和物語』は在中将と二条后との恋そのものを語るのではない。その間から巧みな歌が詠みだされた、ということ、詠歌するという風流が尽くされることを語るのである。そして、そういう意味では、歌を通してはげしい恋情が吐露される『伊勢物語』の、特に第四段・第五段・第六段のようなものは、はじめから『大和物語』の守備範囲を超えているのである。『大和物語』は醒めている。在中将の風流ぶりは認めても、ひたぶるな愛といったものは、どれ程も問題にならないのである。

さて、この後に「わすれぐさ」の第一六二段、「菊」の第一六三段が続く。これらはそれぞれ『伊勢物語』第一〇〇段、同第五一段の内容であり、いずれも『伊勢物語』では二条后を指していないものである。そしてこれらも結局、在中将の巧みな詠歌ぶりを語る恰好なエピソードとしてとりあげられたものとみられる。『伊勢物語』第一〇〇段は「男」と「あるやむごとなき人」との宮中での話である。『大和物語』に移されて第一六二段となる第一の理由であろう。なおこの章段についてはさらに考察する要があるので、章をあらためたいと思う。

その次に「菊」が来るのは、諸氏がいわれるように、「わすれぐさ」「しのぶぐさ」からの関連であろう。今井氏は、「菊を贈るのは、すこぶるハイカラで風流なわざだった。風流好みの大和の作者には、うってつけの材料といわねばならない。それを用いて、二条后とのこととしたのが、作者の作為だったであろう。(8)」といわれる。この菊の歌はもともと賀意をこめたものであったと考えられるが、詠手の相手に対する恋慕の情がいつまでも続くことを歌ったものとしてみても好都合であったから採り得たのである。

第一六一段、第一六二段、第一六三段を通して、なお留意されねばならぬのは、次の事である。すなわち、作者の視点が「在中将」の側にだけあるのではなく、むしろより多く二条后の側にある、ということである。それは柳田忠則氏によってくわしく指摘されているので、[9]省略する。ともかくこの三章段を通して、二条后はたしかな存在感を示し、在中将の思慕をおおらかに受け流し、それが在中将の風流を誘っている、という観がある。

第一六四段――そして、『伊勢物語』第五一段の次の第五二段が飾粽の話で、これも「男」の風流を語るにふさわしい小話である。『大和物語』はついでにこれもとり込んで第一六四段とする。『伊勢物語』の連接章段がそのまま『大和物語』の連接章段になるところに、両者の関係が書承関係以外の何ものでもないことの証がある。もっとも、この第一六四段では『伊勢物語』の「人」はもう「二条后」にはならない。『伊勢物語』の側から窪田空穂は、「かざり粽を贈って来た「人」というのは、そのかざり粽から察しても、相当な身分の、そして男に取っては親しい間柄の女性だったと見える」[10]という。そのことだけなら二条后に擬すことも容易だったであろう。だが同時に、今井氏が「歌の内容からみて、沼地に下りてあやめを刈り歩くなどとは后の身分にふさわしくない」[11]といわれるように、それには難点があったのである。作者は無理をしない。要は「在中将」の風流ぶりが語られればそれでよいのであり、二条后との恋ということには、それ程のこだわりがあったわけではないのである。

五

第一六二段については、なお考えるべきことがある。それは、「わすれぐさ」・「しのぶぐさ」をめぐる解釈上の問題である。

まず、『伊勢物語』第一〇〇段の方からみてみよう。

むかし、男、後涼殿のはさまを渡りければ、あるやむごとなき人の御局より、忘れ草を忍草とやいふとて、出ださせ給へりければ、たまはりて、

忘れ草生ふる野辺とは見るらめどこはしのぶなりのちもたのまむ

ここで「あるやむごとなき人」（あるいは彼女の女房）の言の範囲が問題になる。通説に、(a)「忘れ草を忍ぶ草とやいふ」、(b)「忍ぶ草とやいふ」の二つがある。たとえば、大系（大津・築島）・全集（福井）・『評釈』（空穂）・『全釈』（森本）などは(a)であり、『新講』（吉沢）・『精講』（池田）・全書（南波）・集成（渡辺）・角川文庫（石田）などは(b)である。容易に割り切れそうにない。

本来、この文では「とやいふ」の目的語と、「出ださせ給へりければ」の目的語と、二つの目的語が必要である。そしてそれは、ともに「忘れ草」に違いない。この文にはそれが一個しか出ていないのである。(a)、(b)はその一個をどちらに生かすかの違いである。文法上は結局、

(a)「忘れ草をしのぶ草とやいふ」とて、（忘れ草を）出ださせ給へりければ、

(b)忘れ草を「（忘れ草を）しのぶ草とやいふ」とて、出ださせ給へりければ、

となるとしかないはずである。しかしそれでこの文のわかりにくさが解消されたことには、まったくならない。だから視点を変えて意味から考えてみる。

そもそもこの場面で、当事者同士がほんとうに問題にしているのは、はたして「忘れ草」という〈物〉であろうか。おそらくそうではない。「あるやむごとなき人」が「男」に問いかけているのは、「あなたが私を〈忘れてしまって〉来ないのを、〈人目を忍んでいて来ない〉、というのですか」というのであろう。そして、それに対する「男」の答えは、「私があなたを〈忘れてしまった〉とあなたはご覧のようですが、そうではなくて、私は人

目を〈忍んでいる〉のです。ですからこれから後の逢瀬を頼みにいたします。」ということのはずなのである。さし出された〈物〉としての［忘れ草］は、二人の間ではまったく問題になっておらず、「忘れ」、「忍ぶ」ということだけが問題なのである。

いま、さし出された〈物〉としての［忘れ草］は、その瞬間に歌語としての「忘れ草」を喚起し、ひいては「忍ぶ草」を喚起する。そうすると、〈物〉としての［忘れ草］などどうでもいいことになる。歌語「忘れ草」「忍ぶ草」だけがもっぱら二人の間を飛び交い、実際の［忘れ草］そのものなど吹き飛んでしまっているのである。

しかし、この場面に対している第三者には、いつまでも〈物〉としての［忘れ草］が存在し続ける。だから「男」が「忘れ草」ではなくて「忍ぶ草」だというういい方をするとき、それが〈物〉としての［忘れ草］についていわれたこととしてしか理解できない、という仕組みである。そうなると、『伊勢物語』は「忘れ草」一語を二様に使いこなした複雑な文体だったということになる。

そして、歌の解釈についていえば、「忘れ草生ふる野辺」とは自分のこと、「のちもたのまむ」も自分のこと、とすれば、「こはしのぶなり」の「こ」も自分のことであるべきである。通説に、やはり〈物〉としての［忘れ草］にとらわれる結果、「こ」を相手（のさし出した［忘れ草］）のこととする解が多いが、それはあたらないと思う。「こ」は近称、眼前の［忘れ草］について言っているようで、実は自分を言っているのではないか。なお又、「しのぶ」を「忍ぶ」でなく、「偲ぶ」ととる説があるが、それはとらない。

以上、煩雑を恐れず、長々と『伊勢物語』の場合について述べた。それも実は『大和物語』がいかに『伊勢物語』を読み切れていなかったかを検したいと思ってのことである。『大和物語』は、歌語としての「忘れ草」を読み取れなかったのである。だから歌語としての「忍ぶ草」も考えの中に入ってこなかった。終始〈物〉としての［忘れ草］だけがあって、その名が「忘れ草」から「忍ぶ草」に言い換えられた、としか理解のしようがなかったのである。

（略）御息所の御かたより、わすれぐさをなむ、「これは、なにとかいふ」とてたまへりければ、中将、

「……こはしのぶなり……」（略）

とは、何という単純な理解のしかたであったことか。『伊勢物語』の微妙なニュアンスはここではまったく無縁である。「おなじ草を、しのぶぐさ、わすれぐさといへば、それよりなむよみたりける。」という一文が、結局〈物〉としての［忘れ草］以外の何ものも読みとれていなかったことを語っている。おそらく『大和物語』は、『伊勢物語』のこの場面に、おなじ〈物〉をとっさに別の名に読み替えてしまった機知を見、それを在中将の風流と解したのである。だが、同じ草がもともと二つの名を持つ、という考えが前提となっているのだったら、機知にさえもならない。

柿本奨氏は『大和物語』の特質として、「合理を求める精神」を言われる。[12]そして、ここも又そうである。それは『大和物語』の特質というより、『大和物語』を支える読者層（敢えて「時代」とはいわない）の特質だったのであろう。「これは、なにとかいふ」といわせるとき、『大和物語』は『伊勢物語』の叙述をなんとか合理的に整理しようとしていることがうかがえる。

これを、『大和物語』の浅薄な『伊勢物語』理解だと言ってしまうのはやさしい。だが、それは逆に言えば、『伊勢物語』の達成こそがいかに高度で、特殊であったということではないか。それは、希有な条件のもとでの、ただ一回限りの達成なのであって、『伊勢物語』はそれゆえに価値が高いのである。『大和物語』の読者層にとっ

ては、『伊勢物語』は高度に過ぎたのであり、それゆえにこそ『大和物語』は要請されたのである。『伊勢物語』の達成とは、歌にすべてを集中し、歌に語らせる、ということによってなされる質のものであった。そして歌が散文を規定していた。だが、『大和物語』にはそれがない。「合理を求める精神」は散文叙述を道具とする。それも又、必須な要求であった。そして、散文ならぬ歌は、その叙述の中に、まるごと一つの事象として引き写しにされるだけである。「わすれぐさおふるのべとは……」一首は、『伊勢物語』では段末に置かれ、そこまでの散文叙述を吸収してしまう。〈物〉としての［忘れ草］など、もはやどうでもいいのであって、相手に訴えかけていく情感のすべてがそこに盛られて話は終わる。一方、『大和物語』ではこの歌を示した後に、「となむありける。」という一文が置かれる。主調は終始散文による叙述で、その構文の中に歌は引用されているに過ぎない。一つの客観的な事象のように、いわば報告されているのである。

『大和物語』では結局、歌にこめられた情感、表現の裏にあるものよりは、歌を詠じる、というそのこと自体に風流としての価値を見出すのであった。それが『大和物語』を支える大勢の心であったとすれば、それなりの目で『伊勢物語』が、そして業平が見直されざるを得なかったであろう。それはよしあしの問題ではない。『大和物語』在中将章段はそうしたことの現れのひとつであったのである。

六

第一六五段――「弁の御息所」と「在中将」との話で、終末部に『伊勢物語』最終段の内容が取り込まれる。「左大弁のむすめ。弁の御息所」は『伊勢物語』に登場しない人物である。「つれづれと……」の歌一首を含んでこの段は『大和物語』の創作であろうとみられている。

「弁の御息所」と「在中将」とのロマンスは、「男」中心の『伊勢物語』調ではない。やはり女の側から語られる。そして、その極まる所、在中将の死となり、『古今集』八六一、『伊勢物語』第一二五段の「つひにゆく……」の歌が繰り込まれる。

業平歌「つひに行く……」は、『古今集』では「やまひしてよはくなりにける時よめる」とある。確かに哀傷に部類されてはいるが、辞世の歌とまでは明記しない。『伊勢物語』では、「男、わづらひて、心地死ぬべくおぼえければ」とあり、最終段に置かれるから、当然これを詠んで死去した、つまり辞世の歌と見るのが普通である。『古今集』よりもさらにせっぱつまった折の歌という感じではあるが、なお臨終の歌とは言い切ってはいない。『古今集』は余韻を感じさせるし、『伊勢物語』は意識して余韻を残している。しかし断言はしない。それにくらべると、『大和物語』は、「死なむとすることいまいまとなりて、よみたりける」といい、さらに「とよみてなむたえはてにける。」と、まさに臨終の時の歌であると、念の上にも念をおす。『古今集』や『伊勢物語』でこの歌が読み続けられるうちに、人々はこれをまさに臨終の歌としてきめつけてしまったのであろう。『大和物語』はそういう大勢に添って、文字の上に定着したのである。それは『伊勢物語』の「男」が『大和物語』で「在中将」と確定されるのとまったく同じことである。こうしたことの背景には、それを支持する読者層の存在がやはり考えられる。その上で『大和物語』の作者は「合理を求めて」言い尽くしてやまないのである。

ところで、「弁の御息所」の話はなぜ持ち出されたのか。今井氏は（「つれづれと……」の歌を）「例の有名な「つひにゆく」の歌と共に一個所にまとめて業平の死をより哀切に、色どり豊かなものとするのが、作者の意図だったのではあるまいか。(13)」といわれる。しかし、「つひにゆく……」の歌を繰り込むことを初めから意図していたにしては、いかにも続きがぎごちない。柳田氏は「前後の続き具合がすっきりしないこと」、「時間的なだぶつきや場面の移り変わりに不自然さ」を感じるといわれる。[14] そもそも「つひに行く……」の歌も人に贈ったものとしてではなく、独詠として扱われる。主語は在中将である。この直前の、「「死にけり」と聞きていといみじかりけり。」までは御息所である。木に竹を継いだような不自然さである。これはやはり弁の御息所の話をし続けてきて、話が臨終まで進んで来、急に「つひにゆく……」の歌も繰り込むことにした結果に違いない。

これは在中将の風流章段ではない。はじめの、恋の遍歴者としてのイメージに作者は戻ろうとしたのである。清和帝退位後とはいえ在中将の御息所との交情は、二条后との例に匹敵する密事であるに違いない。二条后とのことでは、『伊勢物語』ほどの話は持たなかった『大和物語』作者の、これは精一杯の話でもあったろう（逆にそれこそあり得ない話でもあったはずである）。禁忌を犯す在中将のイメージを、最晩年においても語ろうとして、作者は苦心しているのである。二人の関係が忍びの上にも忍びであったことを、作者は懸命に語る。「もとのめどももあ」って、それに妨げられる在中将などは、『伊勢物語』にはあり得ない現実味である。だから、「さるに、とはぬ日」も出てくる。その時に在中将からの歌があって、その返歌を考えているうちに在中将の死去があった、という。これはこれで十分に巧まれた話である。そして、弁の御息所という女性の側から在中将の死を語ろうとするのは、いかにも『大和物語』らしい。『伊勢物語』を意識しながら、しかし新味を出そうとする作者の意図がうかがえるように思う。弁の御息所の話は、「つひにゆく……」の歌とは関係なく、それなりの意味を持って語られたのである。

在中将は死んだ。しかし在中将章段はまだ終わらない。作者ははじめから全体を見透した構想で話を進めているのではない。やはり一段一段ずつ、思いつくままに積み重ねていくのである。

七

第一六六段――『古今集』四七六、『伊勢物語』第九九段と共通しながら、内容にかなり変わった点が認められる章段である。

今井氏は、この段の贈答の原型を、『在中将集』に見えるような三首であったと仮定される。その三首を仮に、

(a)男「みずもあらず……」
(b)女「見もあらず……」
(c)男「知る知らぬ……」

とすると、『在中将集』が拠った当時の異本伊勢物語から、(Ⅰ)『古今集』・『伊勢物語』の形〔(a)男―(c)女〕と、(Ⅱ)『大和物語』の形〔(a)男―(c)女〕との「二つに岐れたもののようである。」とされる。すなわち、『古今集』、『伊勢物語』は(b)を「脱落」したのだし、『大和物語』は(c)を「切り落としてしまったらしい」[15]とされるのである。それに対し、柳田氏はさらに諸説を検討された後に、今井説を否定される。そして結局、『大和物語』の読みそのものから、『大和物語』は『伊勢物語』に拠りながらも、それを「改変」したのだと結論されている。[16]柳田説に従いたいと思う。すなわち、この段の女の返歌「見も見ずも……」は『大和物語』作者が創作し、『伊勢物語』の返歌「知る知らぬ……」とさしかえたのである。

さて、この段が『伊勢物語』第九九段に手を加えたものとして、それはどういうことであったか。まず、『伊勢物語』の話に、仮にも不自然なところがあるとすれば、それは次のような点である。

1、「中将なりける男」の贈歌に、「今日やながめ暮さむ」とある。歌の常識からすると、ながめは懸詞で、こ

の歌は雨の降っている日に詠まれてこそふさわしい。だが、「右近の馬場のひをりの日」は雨が降っている様子がない。

2、女の返歌が贈歌に十分添っていないと思われる。内容はともかく、措辞の上で贈歌の「見ずもあらず見もせぬ」に対して「知る知らぬ」はまともでないし、「あやなし」の語は贈歌とまったく違う意味で使っている。そして「ながめ」の語はまったく顧みられていない。内容の上でも、今井氏がいわれる通り(15)、飛躍があるといえよう。

3、「中将なりける翁」は「むかひに立てたりける車」の主に言いかける。それがどのような身分の女とも知らぬままに、である。それが誰とわかったのは後のことである、という。しかし実際には、あたりの様子や従者等からして、相当の察しぐらいはつくはずである。「のちは誰と知りにけり。」とは、いかにも不自然である。

もちろんそれらが事実であるか、どうかということではない。記述そのものとして不自然であることを問題とするのである。『伊勢物語』は不自然は不自然のままに、それでもって何かを語ろうとしているのである。おそらくそれは「中将なりける男」のひたぶるさ、いちずさであろう。車の下簾からほのかに顔を見た女に、前後の見境もなくたちまち恋をしてしまう、それほどに純粋な男の恋を語るのである。「後は誰と知りにけり。」とは、主人公がその時いかにいちずであったかを語ることばであろう。

『大和物語』は、その点において合理的なのである。「在中将」はまず「よしある車」を見分けている。そこで女との交歓が成立する。女の顔をたしかに見とどけて「物などいひかはし」もし、交際に値する相手であることを確かめている。なお、「女のよしある車」は貴人の車を示し、二条后を暗示するのだとする説には従う必要を認めない。在中将章段のこれまでのところからして、ならば二条后を明示するはずだからである。そして、「あした」に歌の贈答がある。「あした」ならば雨が降って、「ながめ」を懸詞とするのに好都合だからである。「あやなく今日やながめくら」すという「今日」も、物見の後の短い時間ではなく、文字通り終日の意となる。そして女の返歌は、在中将の贈歌に措辞の上でもまさしく対応する。「みずもあらずみもせぬ」に対して「見もみずも」、「今日やながめくらさむ」に対して「今日のながめ」である。今井氏は『大和物語』のこの返歌について、「歌意を汲めばむしろ、大和の方が自然であり、すぐれていると思われる。(15)」といわれる。当然である。大和とはそもそもそういう整合性をねらった作品なのである。

しかし、大和がそうした整合性だけをねらう結果、この章段を二つの部分に分けることになってしまっている。すなわち、(A)冒頭から「物などいひかはしけり。」までと、(B)「これもかれもかへりて」以後贈答を含んだ部分である(「これらは物語にて……」は除く)。(A)は一日め、(B)は二日め、と話は二日間にわたることにもなる。在中将と女との交情のエピソードそのものは前半(A)で終わり、後半(B)は贈答の妙だけを伝えることになる。『大和物語』の考え方では、機知を交わし合う贈答は風流である。その風流があり得るためには、それにふさわしい人と人との出会いがなければならなかったのである。『伊勢物語』はそうではない。それは言ってみれば(B)が(A)の中に入り込んだかたちである。歌は歌としてあるのではなく、それを通して人間関係が成立し、展開していくのである。歌が人と人とをつないでいくのである。そのことのためには、他に多少の不合理があっても『伊勢物語』は意に介さない。『大和物語』の場合は、極端に言えば歌はなくとも人間関係は出来るのである。『伊勢物語』と『大和物語』との違いをよく示しているのが、この段である。そして、そのためにこそ、この章段は書かれなければならなかったのである。

八

第一六六段の最後に、作者は「これらは物語にて、世にあることどもなり。」といって、在中将章段を終える。「これら」は、在中将章段全部を指すとみるよりほかはない。そして「物語」については、「口誦・記載の別無く、大まかにその両面に亘って言う。『伊勢物語』に限定してはなるまい。世上に広まっている事であって、秘話ではない、と言う(17)」という柿本氏の言に従いたい。

類話はすでに世に知られている、といいながら、なおこれらの章段を書き記してきた、そういう『大和物語』の意識は、いうまでもなく、〈でも、私の方の立場からすると、こうなりますよ〉ということのはずである。それはたとえば『伊勢物語』に語られるような話に、けっして満足していないからである。それを更に具体的にいえば、『伊勢物語』のような、「男」の話などではなくて、まがう方ない「在中将」その人の話ですよ、ということであろう。あるいは又、『伊勢物語』のように一方的に「男」中心に進められる話ではなくて、女の側からもこのように参与している話ですよ、ということでもある。ともかく、そこには『伊勢物語』に対するいくばくかの批判を見ないわけにはいかないであろう。そして『大和物語』全体にうかがえる「合理性を求める精神」が『伊勢物語』の話に対して働いて、それを結果的に改作してしまっていることもたしかなことである。更に『大和物語』の思い切った創作も加わってきている。

それは『大和物語』作者の、まずもって個人的な意識に関わるものであったと、一応は言わねばならない。在中将章段の生成には、『伊勢物語』を机辺に置いて、いかにも机上での改作作業らしい理屈っぽさは否めないからである。巷間に自然発生的に語り継がれてきた話そのものとは、とてもいえないのである。けれども又、そうしたものがまったく何もなかったと言えば、それも正しくないに違いない。創作部分などは、その材料は少なくとも作者周辺の人々がけっして無理、荒唐無稽とは思わないようなものを持ってきているはずである。『伊勢物語』の「男」を、「在中将」以外の何者でもない、と信じた読者層によって、『大和物語』在中将章段の作者は支えられていたはずである。

けれども、『大和物語』における「在中将」は、恋の遍歴者、そして、詠歌という風流をよくする人物、という以上には、ついに出ない。二条后との関わりにしても、その枢要には関わらず、二人の関係も結局は「在中将」の風流な行為を生み出す契機となっているにすぎない体のものである。だから『大和物語』の「在中将」は、悲愁の影のほとんどない、悲劇性には無縁な存在である。そして、『伊勢物語』が語る「男」の、伊勢斎宮との密事、東下り、又惟喬親王物語といった重大な内容に、『大和物語』はまったく関わらない。なぜだろうか。本論では初めに、作者に清和後宮の末流の人間という一応の規定をし、素材に限定があったと仮定はしてきた。それはそれとして、しかもなお、より根本的なところでは解の得られない問題である。『伊勢物語』に残されたそれらの話は、もはや後の人間には容易に容喙を許さぬ密度の高いものとして残り続けるということなのであろうか。『大和物語』在中将章段がもっぱら関わった恋の遍歴者、風流な人物としての「在中将」のイメージは、素朴、原初的であって、低次、大衆的であり、もっとも業平らしい「男」は、そこでしか変転流動しなかった、ということであろうか。

在中将章段の個々の章段は、たしかに『伊勢物語』に異を立てている。けれども、その章段全体が一つのまとまりをもって、何らか強い主張を打ち出すまでには至っていない。「在中将」にまつわる、これも又一つのエピソード、という範囲をどれ程も出ていないのである。

それにしても、こうした『大和物語』の彼方に、いよいよ厳然として見えてくるのが、『伊勢物語』の存在である。在中将章段は『伊勢物語』の該当章段および全体のまわりを、あたかもまわっているにすぎない。一部の、『伊勢物語』成長増益論によれば、この時『伊勢物語』はまだまだ増益しつつあったはずである。業平に関わる物語は、そこでいくらでも付加されていってよいはずである。そしてそれが自然のままの増益であるならば、はなはだ素朴に言えば、たとえば『伊勢物語』の「男」はなぜ「男」のままであり続けるのだろうか。『大和物語』には、「男」ではなく「在中将」でなければならぬ読者の要望が反映している。それは逆に言えば、『伊勢物語』が堅固な守りをゆるめなかった、ということではないだろうか。

注1　『大和物語』と『古今集』・『伊勢物語』などとの関係を調査したものは多い。ここには本論に直接関わる最近の論だけを記す。
今井源衛「大和物語評釈四十九」（『国文学』昭和41・9）
今井源衛「大和物語評釈五十」（『国文学』昭和41・10）
今井源衛「大和物語評釈五十一」（『国文学』昭和41・11）
今井源衛「大和物語評釈五十二」（『国文学』昭和41・12）
柳田忠則「大和物語における在原業平関係章段について」（『解釈』昭和53・4）
雨海博洋「大和物語の伊勢物語意識―大和一六〇段を中心とした考察―」（『論叢王朝文学』（昭和53・12）所収）
吉山裕樹「大和物語における在中将・二条后説話と伊勢物語」（『広島大学文学部紀要』39、昭和54・12）
柿本　奨『大和物語の注釈と研究』（昭和56・2）

2　雨海博洋　前記論文。なお、もとになった論に、同「染殿内侍」（『大和物語の人々』（昭和54・3）所収）がある。

3　柿本　奨　前記著書四四ページ。
4　今井源衛「大和物語評釈四十九」
5　柿本　奨　前記著書四五三ページ。
6　吉山裕樹　前記論文。
7　今井源衛「大和物語評釈五十」
8　今井源衛「大和物語評釈五十一」
9　柳田忠則　前記論文。
10　窪田空穂『伊勢物語評釈』一四三ページ。
11　今井源衛「大和物語評釈五十一」
12　柿本　奨　前記著書五四一ページなど。
13　今井源衛「大和物語評釈五十二」
14　柳田忠則　前記論文。
15　今井源衛「大和物語評釈五十二」
16　柳田忠則　前記論文。
17　柿本　奨　前記著書四六二ページ。

第二章　「大和」ということをめぐって

——第一四九段を発端に——

一

『大和物語』**第一四九段**は、立田山伝説として名高い。大和の国に住む男が、年来言い交した妻を離れて別に女を設けるが、もとの妻の純愛を知って、結局はもとに戻る、という話である。これが『古今集』九九四番の歌と左注、ならびに『伊勢物語』第二三段の内容と通い合うことは、周知の事実である。その比較考究はこれまで幾度もなされてきているが、『大和物語』の側からすると、なお残された問題があるように思われる。

いま、『古今集』、『伊勢物語』、『大和物語』に共通するいわゆる立田山伝説の部分を（B）とする。『古今集』はこの（B）だけである。『伊勢物語』はこの（B）の前に、これも有名な筒井筒の話を持つ。これを（A）とする。『伊勢物語』と『大和物語』は（B）の後に、男が別の女（『伊勢物語』では「高安」の女と記す）を再び訪れて愛想づかしをしたことが語られる。これを（C^1）する。『伊勢物語』ではさらにその後に男と女の贈答が記されるが、これを（C^2）とする。以上を表示すると、次の通りである。

『古　今　集』　　　　　（B）

『伊勢物語』　（A）——（B）——（C^1）（C^2）

『大和物語』（B）――（C_1）

ここで三者に共通する（B）が、「元来の骨格[1]」であり、「伝承の基本形[2]」であろう。三者の内、格別の文飾もなしに歌の注として付された『古今集』歌の左注が伝承そのものにもっとも近いであろう。そして、『伊勢物語』と『大和物語』とは、それぞれやや違った立場から伝承を取り込んで創作したものと考えるべきであろう。

かつて秋山虔氏は次のように説かれた。すなわち、ここで『伊勢物語』が語ろうとしていることは、「女が歌を歌い上げること、男が歌によって心をつき動かされること、そのことで、この男女の心は一体に結びあわされる」ということであり、そこには「歌をほとんど唯一の積極的な行為とする、あるいは歌いあげることが真実の証しであるような人間の姿がうちだされている」のである、それに対して『大和物語』の方は、「形式的にも内容的にももはや歌が話のやまとはなりえていない[2]」というのである。これは『伊勢物語』の側からする視点として、まったく間然するところのない結論である。『伊勢物語』のすぐれた文芸的価値はいうまでもなく明らかである。秋山氏のそうした指摘を念頭に置きながらも、それでは一体、『大和物語』の独自性をどこに探っていけばよいのであろうか。

二

『伊勢物語』と『大和物語』とで、そのもっとも顕著な違いは言うまでもなく『伊勢物語』が（A）部分、すなわち筒井筒の話を前置していることである。この（A）部分と（B）部分とは、どうみても本来異質な話である。（A）はそれだけである方がはるかに美しい。（A）がわざわざ（B）を求めなければならぬ必然性はなさそうである。『伊勢物語』では、だから（B）が（A）を呼び寄せたのであろう。（B）がそれなりの必要があって

（A）を求めたのである。秋山氏は、『伊勢物語』が「幼馴染の恋物語をここに前置したということは、（B）の話をして真実性を浮きたたしめている。」と言われる。（A）が前置された効果ということからすると、これはまさにその通りである。しかし、そこにはさらに注意しなければならぬことがある。

それは、『伊勢物語』でもしこの（A）がなかったとしたら、男はついに一首の歌も詠まない存在で終わってしまう、ということである。（A）があることで、この男と女とはかつて歌を詠み交わすことによって相思相愛を確かめ合った仲である、ということが確定するのである。男は歌を詠む人間であった、ということを、『伊勢物語』はどうしても必要としたのである。（B）―（C）で男はついに歌を詠まない。しかし彼はもともとは歌を詠み、歌なるもののもつ意義を心得ている人間なのである。だからこそ、女の「風吹けば沖つしら波たつた山夜半にや君がひとりこゆらむ」というただ一首の歌で、ただちに女の真情を悟り、心動かされるのである。女の純愛ということも、歌なるものを通して実現されてこそ、はじめて『伊勢物語』になるのである。その実現を保証するに足る存在、すなわち〈みやびを〉を、『伊勢物語』はどうしても必要としたのである。『伊勢物語』ではそのために（A）を必要としたのであった。

『大和物語』はそうではない。女の「風吹けば……」の歌を聞いた男は、それによって女が「わがうへを思ふなりけりと思ふ」だけである。女の思いの対象がほかならぬ自分であることを、それによって知り得たというにすぎない。たしかに女の歌は男を「いと悲し」くはさせるけれども、だからといって歌そのものが男の魂をゆさぶっているのではない。男がほんとうに動かされるのは、女が金椀に入れた水を胸の火で沸き立たせるということによってであった。「見るにいと悲しくて、走りいでて」云々というのは、つまり生身の女の「思ひ（火）」の強さ、激しさに動かされた、ということである。『伊勢物語』にはないこの荒唐無稽な叙述は、歌の効用になど心を向けない『大和物語』がどうしても必要としたものなのであった。そして『大和物語』は男が歌を詠む存在であることなど、必要としなかったのである。(A)など必要としなかったのである。

そして、ここで気づかれるのは、『伊勢物語』と『大和物語』とでは、まず女の存在感が違うということである。『伊勢物語』の女は、要するに男を感動させる歌の詠み手としての存在でしかない。物語は一見女の〈至純の愛〉を語っているようで、実は彼女の役は歌を詠んでしまえばそれでほとんど終わりである。男は、女の〈至純の愛〉に動かされたのではなく、〈女の詠んだ至純な愛の歌〉に感動するのである。つまり『伊勢物語』は、あくまで歌なるものをめぐっての〈男の物語〉なのであって、生身の女の存在感は薄いのである。そういう『伊勢物語』の女に対して『大和物語』の女は、はるかに生々しい存在感にみちている。詠歌はたしかに彼女にいささかの〈みやび〉を付与していよう。しかしそれだけのことである。男をわが許に呼び戻すのは、歌などではなく、たぎりたつ彼女自身の熱情そのものである。これはまぎれもなく男と女とのからみであった。両者は対等どころか、この限りむしろ女の存在感の方が重いのである。『伊勢物語』と違って『大和物語』はまず女を描いているのである。

無論、『伊勢物語』と『大和物語』とでは男の質も違う。それは(C)まで読み進むといっそう明らかである。そもそも『伊勢物語』では(B)から(C)への移り行きもなにか落着かない。男はもとの妻を「かぎりなくかなしと思ひて、河内へもいかずなりにけり。」ということであった。つまり(B)はそれだけでこれ以上ないほどに完結しているのである。もとの妻との間にあれ程痛切な体験を持ったはずの男が、なぜまたのこのこと高安に出向いて行くのだろう。それはひとたび語った歌の効用を、自ら否定することになるはずである。にもかかわらず『伊勢物語』がこの(C[1])部分を持つのは、作者の意図を超えた要因、つまり伝承そのものが、そういうかたちであったことによるのではなかろうか。とすれば、「伝承の基本形」は『伊勢物語』と『大和物語』に共通する（B）—（C_1）まであったかもしれない。

『大和物語』は、これをまともから語る。「かくて月日おほく経て思ひやるやう、つれなき顔なれど、女の思ふこと、いといみじきことなりけるを、かくいかぬをいかに思ふらむと思ひいでて、ありし女のがりいきたりけり。」という。こういう叙述が「具体・合理・細部明確」、「理詰めの想像力による造形[3]」といわれる『大和物語』全体にわたる特徴である。一時はもとの妻の強い思いに心動かされはしたものの、時が経てば又ぞろあの女を思い出す。妻の一途な思いも、時を隔ててみれば、「何気ない顔をしているけれど、女の考えている事は仲々大変な事であった[3]」というようにしか男には響いていないのである。歌として詠みあげられた妻の心にではなく、その行為にしか動かされなかった男にあっては、浮気心は真底からなくなったのではなかったのである。そしてまた、高安の女がもとの妻のような愛情深い振舞を見せなかったからこそ男は戻って来る。だが、もしも彼女の立居振舞が男の意にかなうものであったなら、彼はそのまま高安に居座り続けたかもしれない。つまり、『大和物語』が語る男は二人の女をあくまで天秤にかける男なのである。そういうしたたかな、しかし、それなりに実在感のある男を、『大和物語』は描いているのである。それは、〈みやびを〉以前の、生地そのままの男であった。

『大和物語』のこの段はいってみれば前半は女の話、後半は男の話である。『伊勢物語』はそういうところをまったく素通りする。そして、もう一つ別の歌語りである（C_2）に、いわば逸れて行く。（C_2）はおそらく『伊勢物語』の純然たる創作であろう。そうすることによって、『伊勢物語』は別の次元に〈みやびを〉の物語を仕立ててしまうのである。『伊勢物語』は終始〈みやびを〉たる男だけの物語である。『大和物語』はただの男と女の物語であった。

三

さて、（B）が『大和物語』の国の話であることは明らかである。それは当然「昔、大和の国……」云々と語り出されるはずのものである。ところが『伊勢物語』第二三段の場合は、その独自な物語展開の論理上、（A）を必要とした。そこでこの当然あるべき（B）の冒頭部は、（A）の「むかし、ゐなか……」云々に重なり、吸収されてしまう。「大和」はこの場合、「ゐなか」の中に含められ、解消されてしまったのである。そして「大和」は（A）―（B）を通じてついに消えたままである。もっとも、（C^2）部分に到って、「大和の方」、「大和の人」と、しきりに「大和」を強調する。だがそれは、（A）―（B）で消えた「大和」を取り戻して、バランスをとりとめようとすることでしかないように思われる。無論、（B）がほかならぬ大和の国の話であることは、一読して知れることではある。しかしこれを「大和」のこととして明らかに規定してかかるか、そうでないか、ということは大きな違いであるように思われる。伝承はその土地と結びついて特有な意味を持つ。まして「大和」は『万葉集』以来の故地として、特別な土地ではなかったか。『伊勢物語』は都ならぬ「人の国」を蔑視する。「大和」を軽々しく「ゐなか」に包括していいのであろうか。『伊勢物語』は、歌なるもののすばらしさを語るために、何でも利用する。そのために「大和」は犠牲になったのである。少なくとも、『伊勢物語』にとっては、（B）が「大和」のことでなければならぬ、というものではなかったのである。（B）で必要なのは、「風吹けば沖つしら浪たつた山……」という歌だけだった。その背景となった「大和」には、特別の関心はなかったとみなければならない。

『伊勢物語』が（B）に（A）をつなぐ無理は、人物設定の上にも現われている。「ゐなかわたらひしける人の子ども」というときの「ゐなかわたらひしける人」が問題である。これについては従来、①田舎を行商して歩く人、②地方官、という二説が行なわれてきたようである。話が（A）だけであるなら、①の方が正しいであろう。だが、その「子ども」が心準備のある男女となって登場する（B）に続くとなると、どうしても②を考えざるを得なくなる。けれどもそれですっきりするかというと、そうでもない。いかに身分が低くとも地方官であれば、その子らが「井のもとにいでて遊びける」というのは、少々不似合いである。そしてまた、「ゐなかわたらひしける人」の子らであったはずのものが、いつの間にか土着してしまっているかに見えるのも、不自然である。

これが、（B）だけの『古今集』左注でははなはだはっきりしている。そこでは女は月夜に琴を弾じて、姫君の風情である。「昔、大和国なりける人の女にある人住みわたりけり」というときの「大和国なりける人」とは、大和の国を任国とする人を指していよう。そしてその女は、都の手ぶりを身につけた姫に違いない。そしてそこに通う男もまた、いっぱしの身分の者であろう。おそらくは本来（B）とは、そのような二人の間の話なのではなかったか。『伊勢物語』がそれを「ゐなかわたらひしける人の子ども」の話である（A）につなぐとき、そこにどうしても齟齬が生じるのは避けられないのである。『伊勢物語』の女はもはや琴を弾じたりしないのは、そのような齟齬をせめても小さくしようとすることであろう。

けれども『伊勢物語』の叙述にこのような不合理をいくら追求してみても、明快な答えが出るはずはない。そういう点に『伊勢物語』は意を注いだりはしなかった。歌なるものの効用、すばらしさを語り得たら、構成や叙述の多少の無理や行き違いなどは意に介さなかったのである。

『大和物語』の発想はまったく別である。「むかし、大和の国、葛城の郡にすむ男女ありけり。」と語り出す。登場人物は『古今集』歌の左注や『伊勢物語』と違って、まぎれもない大和土着の男女として設定され、もはやいささかの曖昧さも残さない。もっとも、この段の末尾には「この男はおほぎみなりけり。」という一文があるが、それはいかにもつけたりめいていて、いまは問題にするにも及ぶまい。とにかく『大和物語』は明らかなうえにも明らかに、「大和」ということを先立てて物語を語り進めようとしている。それはつまり、男と女のこの物語は、大和の国という所でしかあり得ないのだ、という作者の決意を示すものに違いない。

そもそも、同じ素材を扱いながら、別個の作品が企図されねばならぬのは、先行の作品とは違った、それなりの主体的な要求があってのことであるはずである。この場合、『伊勢物語』が「大和」をおろそかにした、ということが、まず注意されなければならない。『大和物語』は「大和」を回復しようとしたのである。しかも『伊勢物語』はただ単に「大和」を曖昧にしたにとどまらないであろう。『伊勢物語』は伝承の内容をよほど変形、置換したに違いない。それは『大和物語』からすると、おそらく決定的な背反なのであり、けっして納得しきれなかったことのはずである。無論、『大和物語』とて伝承そのままではすでにない。しかし『大和物語』は何としても『伊勢物語』から（A）をそぎ落して、もう一度「大和」を、大和の国の物語を、回復しておきたかったのである。それはつまり、『伊勢物語』を批判することであった。

なお、ここで『大和物語』の前に『伊勢物語』があったことを自明のようにいうのは、あるいは安易に過ぎるかもしれない。というのは、いわゆる『伊勢物語』三元的成立論からすると、第二三段は第三次の付加章段ということになり、『大和物語』第一四九段との先後関係は時期的に微妙になってくるからである。しかしここでは三元的成立論には与しない立場をとるものとする。（4）

四

『伊勢物語』の「人の国」蔑視に対して、『大和物語』の第二部では地方の話に多くのスペースを割いて特徴を見せる。第二部とは通説に従って第一四一段以降終章第一六九段までをいう。そのうちに津の国（二章段）、陸奥、信濃（各一章段）などが出てくるが、もっとも多いのが大和の国章段（五章段）である。さらに、「ならの帝」に関わる章段四つもその舞台は大和であるから、第二部全体における「大和」の位置ははなはだ重い。しかも大和の国章段は頭初の第一四一段と終章一六九段を抑えているので、あたかも第二部の骨格をなしている観がある。「大和」はいわば地方章段の代表であり、全体として『伊勢物語』に対して独自性を主張していることになる。

さて、大和の国章段、すなわち第一四一段、第一四九段、第一五四段、第一五八段、第一六九段を通して見ると、そこには互いに通じ合う話の型がある。すなわち、

①大和の国には美女がいること。
②二人妻の話があって、そこでは男が結局もとの妻の許に戻るということ。
③女はじっと堪え忍ぶ、心やさしい人であること。
④女だけが歌を詠むこと。

である。各章段ごとにこれを示すと、次のようになる。

第一四一段　……　②　③　④
第一四九段　……　①　②　③　④

第一五四段　……　①
第一五八段　……　②　③　④
第一六九段　……　①

おそらく、この①～④のような要素こそ、大和の国に関わる原初的なイメージであったと思われるのである。つまり、大和の国の物語というものが想定されるのであって、それは基本的に女の話なのである。そしてこの四つの要素を全部揃えた第一四一段は、大和の国物語のいわば典型なのであった。

そして、右の四要素の中で、殊に注意すべきは、④女だけが歌を詠む、ということである。これは、結局は男の話であった『伊勢物語』に対して『大和物語』のもっとも注目すべき特徴である。もっとも、右のうち第一六九段は未完の章段で歌が出てこないが、「かれに水くむ女どもがいふやう」で終わっているその直後から、いかにも女の歌が続いて来そうに思える。また、第一五四段は男も歌を詠んでいて、例外のようにも見える。しかし、同じく女を盗んで逃げる『伊勢物語』第六段の有名な芥川の段と比較してみると、芥川の段では女が死んだのについて男が歌を詠む。だが『大和物語』のこの段では、男の歌に応えて女が述懐の歌を詠んで死ぬ。芥川の段は、結局、「女を亡くした男の哀しみを描いている」(5)のであるが、『大和物語』の方はつまり女についての話なのである。だからこれも、もっとも肝心な点で大和の国物語のカテゴリーに入るであろう。

そして、こういう大和の国の物語は、『伊勢物語』以前からあったものと考えねばならないであろう。『伊勢物語』は「人の国」を蔑視するが、ただ「大和」だけは折々出て来る。たとえば初段であるが、その舞台は「奈良の京春日の里」である。そこは「いとなまめいたる女はらから」の住むところで、初冠をした男の「いちはやきみやび」を促すところである。また、第二〇段では「ある男」が「大和にある女」に求愛する。その女は宮仕えをしており、いとど歌のみやびを知る人である。ここに共通するのは、「大和」にいるよしありげな女の姿である。そうしたところに、女と結びついた「大和」が垣間見られるのである。しかし『伊勢物語』はそれ以上「大和」を発展させない。すでに見た通り、第二三段などではかえって「大和」を曖昧にしてしまっている。大和の国の物語は、だから『伊勢物語』以前からあったにしても、それが取り入れられているのは〈みやびを〉の造立に役立つ範囲でのことである。大和の国の物語が女だけが歌を詠み、女が話の中心であるものなら、それは当然であった。

『伊勢物語』は歌にすべてを集中し、〈みやびを〉に焦点を合わせるという方向で、おそらくは急激に結晶していった作品であろう。諸々の点からみて『伊勢物語』とは、当時におけるよほど特別な芸術的達成なのであって、それまでにあった歌語りの単なる集成などではない。だからその傍らには、昇華しきれない、もっと単純素朴で、土くさくさえある類の歌語りが、相互のつながりもなく、いくつも残されていったに違いない。そしてそれらは語りものの常として、核は残しながらも時とともに変容し続けたはずである。大和の国の物語は、そういう類の一つで、しかも典型的なものではなかったろうか。いま『大和物語』がこれをあらためて採り上げるのは、『伊勢物語』がふり捨てたものを回復しようという意図によるであろう。もっとも、時代はすでに『伊勢物語』始発の時を隔たっている。だから大和の国章段の内容が原初の語りそのままであるはずはない。まして『大和物語』の収録時には、作者によって意図的に構想し直されてもいよう。大和の国章段がどのように虚構性を含むかについては、すでに第一四一段、第一五四段などについての柳田忠則氏の指摘(6)がある。

五

『大和物語』全体を通して実際に「大和」が現われるのは、この大和の国章段だけである。そうでありながら、全体的呼称と大和の国の物語との間に直接の関係を認めることはむずかしい。「大和物語」という呼称の意味については、従来の諸説にほぼ尽きており、それを抜くような決定的な新説が出る可能性もほとんどないようである。しかし、そもそも古人の直観で名づけられた呼称は、それなりにその作品の特質をつかんでいるはずのものであり、軽視するわけにはいかないであろう。

いま「大和物語」の意を、大和の国章段との関連から、仮に〈大和の国の物語のような物語〉としてみる。それは第二部を中心として、たしかにかなりの程度に当てはまる。先に見た通り、大和の国章段はそれ自体を含んで第二部のかなりの章段を代表し得ているのである。女だけが歌を詠む章段は、大和の国章段のほかにも第一四二段、第一四五段、第一四六段、第一四七段、第一五五段、第一五七段、第一六七段などがある。それをもう少し広く、女についての物語ととれば、さらに範囲は広がる。それをたとえば第一五〇段の「ならのみかどにつかうまつる釆女」の話についていえば、なるほどこの章段は帝と人麿の唱和で終わり、帝の歌徳を讃える話ではあろう。だがそれは話の結着点にすぎず、死を賭した釆女の純愛がこうしたかたちで報われたのだとすれば、それは女の物語である。また、第一五五段は、女のみが詠歌する章段であるが、内舎人に盗まれた大納言の姫君の話である。盗まれた姫ははじめはいかにも主体性がないようでいて、やがては男を深く愛し、それ故に容色の衰えを恥じて死ぬ。やはり純愛に殉じた女の話である。語り手はこの場合「世のふるごとになむありける。」と締めくくっているが、そういう今の世にはない至純の女の話を尊ぶ態度は、殊に大和の国章段と通じるものといえよう。

そして、これは第二部ばかりでなく、第一部にもかなり通じることである。第一部一四〇章段中の四五章段は女だけが歌を詠む章段である。『大和物語』とは、全体に男ばかりでなく、女もまた話の中心になる物語であった。女だけが歌を詠んでも成り立つのであった。

けれども、〈大和の国の物語のような〉ということを、どれほど拡張してみても、とうてい『大和物語』全体をカバーすることはできない。第二部の中でさえも、もう一つの大きな章段群である在中将章段などともなると、部分的にはともかく、全部を包括することなどとうていできない。まして第一部の多くはそうである。第一部は宮廷や貴族の日常生活の中から産み出されたエピソード集である。それが『大和物語』全体の約三分の二を占め、やはり「本体」(3)というべきであろう。そこではたとえば女だけが詠歌をする章段であっても、女による当世の風流を伝えるものが多く、第二部の大和の国の物語の主人公たちとは一線を画していることは明らかである。第一部と第二部とはやはり異質であり、その異質なものを雑纂しているのが『大和物語』である。この雑纂性こそ『大和物語』の最大の特徴である。

別に論じたように(7)、在中将章段は結局〈『伊勢物語』的でない物語〉と概括するよりほかなさそうである。勿論そういうのは、『伊勢物語』と似通いながらも、という前提があってのことである。似て非なるもの、という意味でもある。そして、これは実は在中将章段に限らず、結局『大和物語』全体を通じていえることである。〈大和の国の物語〉も当然〈『伊勢物語』的でない〉ことのうちに包括されようし、いまは具体的にふれないが、第一部の諸話を貫くものもまた、この一語で尽くされそうに思われる。そこにはやはりこの物語の雑纂性ということがあって、そうしたゆるい概括のしかたしかありそうもないのである。

つまり、『大和物語』とは、どのようにしても結局は『伊勢物語』というものとの対比においてしか見ることができないのである。『伊勢物語』あっての『大和物語』である。おそらく呼称問題にしても、両者は切り離すことができないであろう。だから、究極的には「伊勢物語」の意がわからぬ限りは「大和物語」の意も明らかにならないことになるであろう。やはり今後の課題として残るのである。

そうは言っても、「大和」という語には、やはり一般的に人々が感じる語感といったものはあったはずである。大和はいうまでもなく前代の王城の地である。それは『万葉集』から『古今集』が引き継いで以来、三代集の間を通して常に人々のふるさとであり続けた。それはたとえば、

ふるさととなりにしならのみやこにも色はかはらず花はさきけり（『古今集』九〇、ならのみかど）

と歌われ、また、

ならへまかりける時に、荒れたる家に女の琴弾きけるを聞きて、よみていれたりける

良岑宗貞

わび人のすむべき宿と見るまでに嘆きくははる琴の音ぞする（『古今集』九八九）

といわれるように、今の世との対比でとらえられることを常とし、わびしくもゆかしい女が隠れ住むところであった。だから、一般的に「大和」の語には、なつかしさ、ゆかしさ、憧れ、…… といった感じが付き纏っていたであろう。勿論その基底には、古いもの、失われつつあるものに寄せる哀感があったはずである。

『大和物語』第二部の諸話は、およそ『古今集』以前の古い話の流れを汲むとみられる。素材の古さ、ということからして、それらを「大和」の語感で覆うことはあり得よう。第一部は宇多・醍醐帝以降の話で、『伊勢物

語』以後のものであるから、素材面で古めかしさはない。ただ、その語りのかたちが『伊勢物語』にくらべて単純素朴であるという意味では、なお「大和」の語感に通うであろう。「伊勢物語」という呼称については一切触れないとしても、この作品がまぎれもない当代における達成であるならば、それ以前からあったものの流れを汲みながら、しかも『伊勢物語』にとり残された歌話り――その集成を「大和」物語と呼んだとすれば、それはけっして不適切ではない。

『伊勢物語』はそれまでにあった歌話りのうち、自らに都合のよいものは取り込み、組み込んで、もっぱら〈みやびを〉の物語を作り上げた。しかし人々の思いは、『伊勢物語』的なるものに尽きるわけではあるまい。まして、それ以外のものはすべて捨て去られてよいということにはけっしてならないであろう。おそらく『大和物語』は、そういう人々の思いのうちに編まれていよう。そうしてみると、大和の国章段が「大和」を取り戻そうとしたことも、『伊勢物語』によってふり捨てられたものをもう一度新たな思いでふり返るという、全体的な雰囲気の中で理解すべきことであろう。

そして、そうである時、大和の国物語は、〈『伊勢物語』的でないもの〉のまさに先端にあるものとして、あらためて『大和物語』全体の中に確かな位置を占め直すことになる。ただ、『伊勢物語』によって残され、余されたものは、その雑多さのゆえに、どのようにしても一つのかっちりした世界を作り上げ得なかった。〈大和の国の物語〉というときの「大和」は、いわば『大和物語』全編に残響のように尾を曳きながらも、ついに全体の呼称そのものにまでは集約していかなかった。雑纂である全体には、もうひとつ次元の違う「大和」が必要とされたということである。

注
1　今井源衛「大和物語評釈四三」（『国文学』昭41・1）
2　秋山　虔「伊勢物語私論—民間伝承との関連についての断章—」（『文学』昭31・11）
3　柿本　奨『大和物語の注釈と研究』
4　本書第一部第一章。
5　今西祐一郎「伊勢物語　恋と死」（『国文学』昭54・1）
6　柳田忠則「大和物語における虚構の方法—一四一・一四二・一五四を例として—」（『中古文学』30号、昭57・10）
7　本書第二部第一章。

第三章　『後撰集』歌章段をめぐって

一

『大和物語』の『後撰集』歌章段とは、歌の数え方にもよるが、ここでは二四章段、歌は三三首とする。一四〇段までの第一部に二二章段二八首、第二部に二章段五首で、殆どが第一部に集中する。これを表示すると以下の表の通りである。

テキストは『大和物語』が阿部俊子氏校注の「校注古典叢書」本（明治書院）、『後撰集』は『新編国歌大観』本、私家集は『私家集大成』による。『大和物語』と『後撰集』との異同、『大和物語』と私家集との異同を、異同のあるものについて〇で示した。厳密なことを言えば、比較対照は諸本を徴して行なうべきであろう。しかしそれによって得られる結果が根本的に違ったものになるとも思えない。ここではさしあたりテキストを前記のものに限って考察しよう。おおよその見通しはそれでも十分に得られると思うからである。

大和物語 段	大和物語 歌番	大和物語 詠者	後撰集 部・歌番	後撰集 作者	大、後異同 歌句	大、後異同 その他	私家集	大、私異同 歌句	大、私異同 その他	備考
一	1	伊勢	別 1322	伊勢	○		寛平御集16伊勢Ⅰ239 Ⅱ239 Ⅲ239	○	○	
	2	亭子院	別 1323	みかど	○	○	寛平御集17伊勢Ⅰ240 Ⅱ240 Ⅲ240	○	○	
四	7	公忠	雑 1123	源公忠朝臣		○	公平Ⅰ27 Ⅱ32 Ⅲ15		○	大和に返歌なし
一五	22	わかさの御	雑 1169	武蔵		○				
三	43	右京大夫	夏 171	不知		○				
四〇	53	うなゐ	夏 209	不知（わらは）		○				
四五	61	堤中納言	雑 1102	兼輔朝臣	○	○	兼輔Ⅰ126 Ⅱ106 Ⅲ96 Ⅳ77	○	○	
五六	75	兼盛	恋 978	不知	○					
	76	兵衛君	恋 979	不知	○					
七七	77	兼盛	雑 1172	不知		○				大和に返歌なし
六八	97	としこ	雑 1182	俊子	○	○				
	98	枇杷殿	雑 1183	枇杷左大臣	○					
七四	107	兼輔	春 17	藤原兼輔朝臣	○	○	兼輔Ⅰ4 Ⅱ153 Ⅳ1	○	○	
八二	115	右近	恋 665	右近	○					

八六	120	兼盛	春 3	兼盛王		○				後撰に返歌なし
九二	137	故権中納言	冬 506	藤原敦忠朝臣	○		敦忠 I 138			
	138	〃	恋 961	藤原敦忠朝臣		○	敦忠 I 142			
	139	〃	恋 882	〃		○	敦忠 I 12 II 12		○	
九三	140	〃	恋 927	〃	○		敦忠 I 118	○		
九五	143	右のおほいどのの御息所	冬 470	をんな	○					
一〇五	156	中興の近江の介がむすめ	恋 832	平がなきがむすめ		○				
一〇九	172	南院の今君	雑 1130	閑院の御	○	○				
一一九	187	閑院大君	雑 1248	閑院大君	○	○	（信明 I 118 III 66）	○	○	後撰に贈歌なし
一二〇	191	三条の右の大殿の女御	雑 1109	むすめの女御	○					
	192	斎宮	雑 1110	斎宮のみこ	○					
一二一	195	ぞうき	恋 728	不知	○					
一二六	202	桧垣の御	雑 1219	ひがきの嫗	○	○	桧垣嫗 23	○	○	
一三九	218	中納言の君	恋 851	承香殿中納言	○	○	元良親王 105	○		
一六〇	265	染殿内侍	秋 223	不知		○	業平 I 11 II 85			
	266	在中将	秋 224	在原業平朝臣	○		業平 I 12 II 70・80 III 7 IV 5			

一六八		
282	283	284
小町	遍昭	〃
雑1195	雑1196	春123
小町	遍昭	〃
	○	
		○
遍照I7II17、小町I34II54	遍昭I18II18、小町I35II55	遍昭I3II3

さて『後撰集』歌と、『大和物語』の『後撰集』歌章段とを比較するに、まずその異同を、①歌の詠み手、②歌句、③歌の詠まれる状況等（詞書と地の文、右表「異同」欄の「その他」）という三点から確かめてみることとする。①の異同は、『大和物語』第一五段と『後撰集』1169番、第三一段と171番、第五六段と978番・979番、第五七段と1172番、第九五段と470番、第一〇九段と1130番、第一二一段と728番、第一六〇段と223番の九例である。このうち第一五段と1169番は『後撰集』の「武蔵」を『大和物語』が「わかさの御」とし、第一〇九段と1130番の場合は『後撰集』の「閑院の御」を『大和物語』は「南院の今君」とする。そのことについては後述する。

第九五段と470番を含む他の七例は、『後撰集』が読人しらずとするものを『大和物語』が本名を明かしているということになる。『後撰集』が本名を知りつつ隠したのか、『大和物語』が別の伝えに拠ったのか、あるいは又、『大和物語』の虚構か、三様に考えられるが、その一々についてはしばらく措く。『後撰集』で読人しらず歌で『大和物語』で実名を宛てられたのは、『後撰集』171番の右京大夫宗于、978番・1172番の兼盛・979番の兵衛の君、470番の三条右大臣定方女醍醐御息所能子、728番の増基法師、223番の染殿内侍である。このうち、兼盛については『後撰集』が意図的に名を隠したのだという藤岡忠美氏の説[1]がある。又、能子については九五段の話が宮廷秘事にあたるとして、勅撰集である『後撰集』でその名を隠したのだと今井源衛氏は説かれる[2]。いずれも『後撰集』

の公的な性格を反映するものとして、一応認めておくべきであろう。その他については事情や真偽を確かめようがない。

②については、三二首中二一首、すなわち六割以上が何らかの異同を示す。中でも978番（兼盛）、1183番（仲平）、665番（右近）、1109番（能子）、1209番（檜垣の御）の五首は初句からして『後撰集』と異なる。けれどもこの初句違いの例を含んで、歌意は『後撰集』と何ら変わっていないと見てよかろう。それは柿本奨氏が第一段、第四五段、第九三段、第一三九段について、それぞれ『後撰集』と比較して「歌句に小異を見るが、意味の変動は無い。[3]」といわれる通りである。

③は、主として『後撰集』の詞書が記す詠歌事情と『大和物語』の地の文の記述内容とが異なる場合である。それはきわめて些細な例から、殆ど虚構というべき程のものまでを含む。一九例は歌句異同の例数と匹敵する。注目しなければならないのは、歌句の異同がない場合は必ず地の文に異同があるということである。歌句異同と詠歌事情の違いとを合わせれば、『大和物語』の『後撰集』歌章段は殆ど全部『後撰集』と異なったかたちであることになる。例外は第一六八段と1195番だけである。

以上のほか、『後撰集』歌を部類からみると、『大和物語』の『後撰集』歌は雑歌一四首、恋歌九首、離別歌二首それに四季歌九首となる。雑、恋、別が物語に入ることは、容易に納得することができよう。だが、四季歌九首（春三、夏二、秋二、冬二）は少々意外の観がある。『後撰集』の四季歌は人事をも含むから当然といえそうで、それはやはり季感を第一に評価しようとするものであろう。『大和物語』の方はおそらく同じ歌に季感など見ていない。撰集とはまったく違った別の角度から見ているはずである。

なお又、『後撰集』で贈答のかたちであるものが、『大和物語』では第四段、第五七段のように贈歌のみで返歌がなかったり、第八六段と、第一一九段のように『後撰集』ではそうでないが『大和物語』では贈答であったりする。それらはどちらが本来のかたちであるかを考えるより、それぞれの態度の違いと考えるべきであろう。

総じて『後撰集』との違いは、「異伝」とか「訛伝」とかいったことばで処理されがちである。『大和物語』はその伝える内容の真偽はともかく、世に行なわれていた歌語りをそのままに、「事実として記述する姿勢」を保持していたといわれる。(3) そこから「異伝」「訛伝」という考え方は発してくる。『大和物語』の『後撰集』歌章段はすべてが『後撰集』の「異伝」ということになるわけである。問題なのは、ならば『大和物語』はなぜそのような「異伝」「訛伝」を拾い集めるのか、又、その質はどのようなものであるか、ということにある。そして又、語るに足る「異伝」「訛伝」といったものが、はたしてそれほど多くあったものかどうか、『大和物語』自体が「異伝」「訛伝」を作り出すことはなかったかどうか、ということも絶えず念頭におかなければならないことのように思われる。そして、総じてそういうものを通して『大和物語』は何を語ろうとしたのであろうかが、最終的な問題のはずである。

『後撰集』と、『大和物語』にある『後撰集』歌との関係について、これまでになされた論としては、たとえばまず中田武司氏の論(4)がある。氏は次のようにいわれる。すなわち「約するところ後撰集採録歌と大和物語とは一見、類似歌、同歌であるために不即不離の関係で素材が展開されているように考えられるが、それらはいずれも私家集など第二の資料を介してはじめて大和物語の形態を構成しているものであるということが明らかとなるのである。」と。だがそれには全面的に賛意を表することはできない。氏の論における主なる例は初段と第四五段であり、それに限ってはかなりの妥当性があるかもしれない。しかし、個々の私家集の形成過程はけっして明らかでない。私家集と『後撰集』とが違う場合、私家集が必ず『大和物語』に近いとばかりはけっして言えない。もし言えたとしたら、それはかえって『大和物語』からその私家集の方が影響を受けたのではないかと疑ってみるべきであろう。私家集をあまり重大視することは出来ないであろう。次に妹尾好信氏の論(5)がある。氏は『後撰集』を先、『大和物語』を後と、まず成立の順を定める。そして「『大和物語』の作者は『後撰集』撰集の際に和歌所に集められた歌語り資料の中から、その時採用されなかった異伝資料や『後撰集』に載せきれなかった他の数々の歌語りを『大和物語』製作の中心的な素材にしたのではないか。」と考えられる。そうした発想の前提にあるのは『後撰集』と『大和物語』とを「歌語の時代の二大産物」といい、同質のものと見る考えである。ジャンルを異にする『後撰集』と『大和物語』との性格の違いは論じるまでもなく、両者は異質のものとして、考えを進めていかなくてはならないであろう。従って又、両者の前後関係や影響関係に神経質になることもなかろう。肝心なのはそれぞれの質の違いなのであって、本論のねらいもその究明にある。

二

作品の冒頭部というものは、常にその作品全体の特色を端的に示しているものである。『大和物語』の『後撰集』歌との関わりを考えるについても、まず第一段を見ることからはじめるのがやはり順当であろう。以下、『大和物語』は原則として本文は略し、『後撰集』歌のみ引用してそれに傍記するにとどめる。

【第一段】

『後撰集』（離別）

亭子のみかどおりゐたまうける秋、弘徽殿のかべにかきつけける　　伊勢

一三二　わかるれどあひもをしまぬももしきを見ざらむ事や《の（大和）》なにかかなしき

みかど御覧じて御返し

一三三　身ひとつにあらぬばかりをおしなべてゆきめぐり《かへ（大和）》てもなどかみざらん

歌句の異同は見るごとく微細である。この限り柿本氏が「意味の変動は無い(6)」といわれる通りである。伊勢が弘徽殿の壁に歌を書きつけたことは『大和物語』、『後撰集』とも同じである。問題はその次である。『後撰集』ではそれをご覧になった帝が「御返し」をしたといい、『大和物語』では帝が「かたはらに（歌）を書きつけさせたまう」とする。そもそも伊勢は自らの心を帝に伝えようとしたのではない。帝の返歌を期待する気などなかったのである。だがそれをご覧になった帝が「そのかたはらに書きつけさせたまう」たということは、公開の、共同の場において思いもかけぬ一つの風流が成立したということである。事は伊勢の予期をはるかに超えた帝の、稀な風雅心によって起こっている。『大和物語』が語ろうとしているのは、そのような事のすばらしさにあったに違いないのである。

『後撰集』の方はどうか。伊勢の歌をご覧になった帝がそれを贈歌と見たてて返歌をしたという。そしたらそれは、世の常の、個人的なみやびかわしでしかない。事実がどうであったかではない。『後撰集』はともかく事を贈答というごく普通のパターンの中におしこめてしまうのである。それはつまり、歌を記録するパターンなのであって、歌集がなすわざ以外の何物でもないであろう。『大和物語』が語り伝えようとしていることは、だからやはり歌そのものなのではない。そういう風雅な事があったことをまるまる語ろうとしているのである。伊勢が、次いで帝がこのような歌を詠んだ、と紹介するだけのことだったら、帝の歌を示したところで終わりでよい。それで歌集のかたちと同じである。「となむありける」と『大和物語』はいう。その一語にこめられた語り手の讃嘆の心と、読者の同意を期待する心とに耳を傾けなければならない。以上の話をほかならぬ自分が聞き、かつ語るのだという気持である。歌そのものは話全体の中に引きとられ、彼が語ろうとしていることはそういうすばらしい営為があったという、まさにそのこと全部なのである。伝えようとしていることが『後撰集』とはまるきり違うのである。『大和物語』が語り伝えようとしているのは、場、時、人物、そして人物の機転、そういうもののすべてで成り立つ風雅である。歌とはそういう風雅を成り立たせる契機であり、要素である。歌そのものは極端な場合拙くてもかまわないとさえいえよう。

『伊勢集』によれば、この際の伊勢の歌は「わかるれど……」の前に、「白露のおきてかかれるもしきのうつろふあきのことぞかなしき」と、もう一首あったことになっている。それを省いたのは、今井氏によれば「おそらく、天皇の歌と伊勢の歌一首ずつを対応均衡させる必要からである(7)」と考えられる。それ以外は考えようがない。だがその結果、壁書きされた伊勢と帝の歌はどうにも難解なものになってしまったことも今井氏はいわれる。省略された歌の「こと」という語には手馴れの「琴」を懸けており、「わかるれど……」の歌の「こと」もそれを承け、「さらに帝の「みひとつに……」の歌はそれを踏まえて「ゆきめぐりても」に、琴を手を往復してかきならす意の連想も働いているらしい。」とされる。だが『大和物語』や『後撰集』のように伊勢の歌一首というかたちになれば、そういう歌意は消えてしまう。歌意はどうでもよいというわけではないにしても、当面の価値が伊勢と帝との間に贈答があったこと(『後撰集』)、二人によって例ならぬ風雅が成立したこと(『大和物語』)、そういう事自体にあるのだとしたら、歌意に少々無理なところがあったとしてもしかたがないのであろう。

なお、この段は別離という事件を扱っている。だからといってこの段の描く内容が「別離の悲哀《あはれ》(8)」であるということにはならないであろう。別離ということはこの場合、風雅を生む契機になっているのであって、語ろうとしていることはけっして悲哀そのものではない。たしかに「別離の悲哀」に発しながら、しかしそれを超えた、明るくすばらしいみやびであるに違いないのである。

『大和物語』初段は、このように単なる歌の紹介ではない。歌が詠まれる事情について説明するのでもない。歌が詠まれることのすばらしさとその感動を語るのである。その歌の詠み手がこの場合はすぐれた歌人伊勢であり、そのよき理解者宇多帝である、ということも、語り手の感銘の内には含まれていよう。そして、冒頭をこういう話で飾る『大和物語』の全編は、それに通う意識で通されていると思わなければならない。

あるいは又、『後撰集』は、〈褻〉的で、〈物語的〉な歌集であるといわれる。だが『後撰集』はあくまで歌集なのであって、けっして物語そのものではない。しかも勅撰という公的な性格である以上、歌の記録という基本的な性格は動くはずがない。『大和物語』はそうではない。叙述は抑えていても、自らが感動し、自らが語るに足るとしたものだけを語るのである。当然ながらそれは〈事実〉ならぬ〈真実〉である。表向きがどうあろうと、その点『大和物語』が『後撰集』と基本的に性格を異にするところである。『大和物語』の記事のかなたに〈事実〉を透し見ようとすること自体は別に問題もなかろう。しかし、記述内容そのものが〈事実〉であるはずはない。そして、語り手の感動がそれとして伝えられるためには、語り手なりの誇張や強調があって当然なのである。『大和物語』は事実に即くように見えて、しかも本質的には事実離れがなければ、本来成り立ち得ないはずなのである。そして、その意味であらためて注目したいのが、小さな歌句の異同である。歌意を変えないそれは、ただ『後撰集』との不即不離を示すためにだけあるように思われる。

【第四段】

『後撰集』（雑）

小野好古朝臣、にしのくにのうてのつかひにまかりて二年といふとし、四位にはかならずまかりなるべかりけるを、さもあらずなりにければ、かかる事にしもさされにける事のやすからぬよしをうれへおくりて侍りけるふみの、返事のうらにかきつけてつかはしける

源　公忠朝臣

一一二三玉匣ふたとせあはぬ君がみをあけながらやはあらむと思ひし

小野好古朝臣

一一二四あけながら年ふることは玉匣身のいたづらになればなりけり

『後撰集』では野大弐小野好古が四位にならなかったことについてまず愁いを言い送ったのが公忠で、好古から返事が来る。さらにその返事に公忠が書き添えたのが「玉匣……」の歌であったと読める。しかも好古はその公忠の歌にもう一度返歌を送るわけである。二人の間には都合二度の交信があったことになる。対して『大和物語』では公忠から好古に一度送信があり、好古がそれに返しをするだけである。そういう事実関係を確定することはむずかしい。高橋正治氏(9)や今井氏(10)は『後撰集』の方が原型ではあるまいかとされ、柿本氏は「『後撰集』のは『公忠集』西本願寺本の詞書（とは言わないが、そ）のような文章を誤解したのではなかろうか。(6)」とされる。ここでいう西本願寺本系『公忠集』歌とは『私家集大成』の「公忠集Ⅰ」27である。しかしそれとて『後撰集』に先行するとも、『大和物語』の前か後かということも確実なことはいえないであろう。「公忠集Ⅱ」は又少し違っている。要するに、公忠は好古が四位にならなかったことについて、同情し、なぐさめのことばをいい送るのである。その文に「玉匣……」の歌があった、ということである。本文部分に同情となぐさめの言があったと『後撰集』や『公忠集』からは見てとれる。

ところが『大和物語』ではそうではない。「よろづの事どもかきもていきて」、とうとう月日まで記し、最後に添書として「玉匣……」の歌を記したという。それが相手が四位にならぬことについての公忠の言のすべてだったというのである。「四位にならぬよし、文のことばにはなくて、ただかくなんありける。」という末文は、つまり公忠のそういうやり方を語ることこそが目的であることを示している。それは公忠のこの上ない思いやりの行為である。文でいわずに歌でいうことのゆかしさである。「玉匣……」の歌は技巧歌である。だが技巧のための技巧ではない。事はすでにどうしようもなく決まっている。その事をあからさまにいうのではなく、やわらかくやさしくいうために歌がある。好古が「これを見て、かぎりなくかなしくなむ泣」いたのは、ただ歌の意に泣いたのではなかろう。表現の裏に歌で言ってよこす友の深い同情を感じたからこそ「かぎりなくかなし」かったのである。『大和物語』が語ろうとしたのは、やはり歌が詠まれ、それが人を感動させるということのすばらしさではなかったか。そして物語のこうしたねらいからすると、好古の返歌などどうでもよいことになる。問題はあくまで公忠の行為そのものにあるのであって、これが好古の返歌を含めばかえって焦点がかすんでしまう。『後撰集』が贈答のかたちで入れるとき、公忠と好古は対等である。やはり『大和物語』と『後撰集』とはねらいが違うのである。視点が異なるのである。

『大和物語』では、知らせを待つ好古の落ち着かない様子を述べるのに歌集にはない叙述を重ねる。それはいうまでもなく公忠の行為をいっそう引立てることになる。語り手は、ここで何をどのように語ればもっとも効果的であるかを十分計算しているとみなければならない。片桐洋一氏はこの個所について、「『大和物語』の盛り上がり方は『後撰集』の比ではない。『後撰集』の事実主義的な傾向に比べて、はるかに物語的になっているということだけは言っておいてよいと思うのである。(11)」とされ、今井氏は「手紙の日付や署名の終わりに、一首を付け加えるのも、やや作為性を思わせはしないか。[10]」と言われる。語り手の「作為性」はやはり否定できないのである。この話をとりあげ、効果をあげようがためにはそれなりの方法が求められるのは当然である。それがいかにも記述的である故に、物語以前の伝承においてそうだったとは、とうてい思えない。『大和物語』の語り手にそれ相当の虚構と構成があったといわねばならないであろう。

なお、ここでは『後撰集』と『大和物語』との間に歌句の上では異同がない。だが前者が公忠と好古の贈答であるのに、後者が公忠の歌しか扱っていないということは、何よりも大きな差異というべきであろう。『後撰集』に対する『大和物語』のあり方は、その一々の例において、何か一つ違いがあればよかったということではないか。そういうことを意識的にやって、『後撰集』に異をたてることを『大和物語』は実行しているのではないか。「物語」とはあくまで事実の証ではないことを、語り手はそういうかたちで示しているように思われる。

そして、もう一つ考慮しておきたいことがある。それはこの話に関係する人物は生存していて、『後撰集』『大和物語』双方の記述内容を知っていたのではないか、ということである。『後撰集』の成立は天暦五年（九五一）から天徳二年（九五八）の間とするのがもっぱらであるし、『大和物語』も天暦五年から康保五年（九六七）あたりとされる。公忠の没年は天暦二年（九四八）だから一応ははずれるとしても、好古は康保五年まで生存する。好古は少なくとも『後撰集』の内容を知っていたとしなくてはならない。そして、それとかなり違う『大和物語』の話もまた、すでにかたちをととのえてはいなかったろうか。没すると同時にこういう話がまったく新しく出てきたとも思えない。好古はかたちの違う話を両方とも知っていた可能性がある。そうでなくとも公忠、好古の事蹟を知る人はまだいくらでもいたはずである。そうした時期になおこのような話があり得たということはどういうことか。おそらくは、一般の風潮として事実は事実、フィクションはフィクションとして認めて、それなりに楽しむということが、すでに定着していたのではないか。フィクションを楽しむ中には本人さえも入っている、そういう状況が考えられてよいのではないか。

『大和物語』に虚構を認めることにきわめて慎重な柿本氏は、『後撰集』と『大和物語』とで異なる所伝について「さしあたり両者は互いに成立可能な異伝と見るにとどめ(6)」るとされる。けれども「異伝」とはいわば〈正伝〉があっての「異伝」であるはずで、両方が対等等質であるとは思えない。〈正伝〉に異議があるからこそ、誤りがあると思うからこそ「異伝」が生じるはずのものである。当然〈正伝〉は「異伝」を否定し、「異伝」は〈正伝〉を否定しようとするはずである。なのに正伝、異伝の双方を広めて何らの問題も生じないのなら、それぞれをそれぞれに認め、楽しむのにやぶさかでなかったことにほかならない。『大和物語』の背景にはそうした風潮がたしかにあったと見るべきであろう。

【第四五段】

『後撰集』雑

太政大臣の、左大将にてすまひのかへりあるじし侍りける日、中将にてまかりて、ことをはりてこれかれまかりあかれけるに、やむごとなき人二三人ばかりとどめて、まらうどあるじさけあまたたびのち、ゑひにのりてこどものうへなど申しけるついでに

兼輔朝臣

一一〇二 人のおやの心はやみにあらねども子を思ふ道にまどひぬ《よ（大和）》るかな

『大和物語』が『後撰集』と別の視点に立つことは先述したが、たとえばこの段などもその端的な例といえるであろう。『後撰集』はより一般的に子を思う親心を詠じたふうな取り扱いである。対して『大和物語』は、入

内したわが子に帝寵のあつくあることを願うまったく個人的な、切実な心の表白である。奉る先が帝と明示されることが、『後撰集』に対する決定的な差異である。「「みかどはいかがおぼしめすらむ」などと、いとかしこく思ひなげき給」う心が、やむにやまれぬ詠歌という行為に及んでしまったこと、そういう行為の切実さ、必然性が読者の感動を喚ぶ。帝が「いとあはれにおぼしめ」すのも、歌の意によるというよりは、そういう歌を詠んで奉らざるを得ないせっぱつまった心情を思っての事、常識的には娘を思う親心の存在は誰にでも理解できることである。だがそれが散文でいうのであれば、殊に相手が帝であればいかにも不遜でさしでがましく、礼を失することでさえあろう。だが歌というみやびな装置を通すなら許せるのである。それはただごとをそのまま雅語と化すことのできる歌というものにしてはじめて可能なことである。歌を詠むということのすばらしさがそこにある。『大和物語』が語ろうとしているのは、「子を思ふ親心[8]」そのものではない。それが詠歌という行為となってはじめて宮廷における表現された真情となり得る、そのすばらしさである。『後撰集』のような題詠的な表現がまったく無意味であるわけではない。それはそれで「子を思ふ親心」の一般的表現として、人々が自らの思いを託していくことを許す。だが『大和物語』は違う。

『後撰集』と『大和物語』と、そのどちらが事実か、という議論はやはり活発である。たとえば今井氏は「事実としての可能性の大小からいえば、『後撰集』の詞書の矛盾のないのを優るとすべきであろう。[12]」とし、柿本氏はどちらが事実に通うかを判断するには資料が足[6]」りないといわれる。共通するのはこの段が語り手の虚構とはいいきれないということである。今井氏は「やはり歌語りにおける異伝を採録したものと見た方がよいであろう。[12]」とし、柿本氏はいっそう厳しく「本段を虚構とするのは、いわれなき事であり、(『後撰集』『大和物語』)双方共否定できぬ伝えがあるとしなくはなるまい。[6]」といわれる。

『大和物語』が『後撰集』の後か前かということはあまり意味のない議論である。なぜなら仮に『後撰集』は成立していなくとも、勅撰集的な歌のあり方というものは常にあったはずであり、『大和物語』はそうしたものに対して異質であるからである。ここの場合も、問題なのは、『後撰集』に伝える話とは別の伝えを、まさに選び取っているという、その点にある。それは虚構かどうかを問う前に十分に確認しておかねばならぬことである。『後撰集』が伝えるような話の方向で不満がないならば、『大和物語』の『後撰集』歌章段等というものは、初めから求められるはずがないのである。物語が扱う話は徹頭徹尾、自らに都合のよい話であるはずである。そして、自らに都合のよい話を語るのに、効果的な語り方を考えないわけはない。すなわち『大和物語』は物語を企図したその時からすでに虚構に向かって踏み込んでいるのである。そして踏み込んでいるからには、自ら新しい話を創っていないという保証はどこにもない。そしてそれを語るのに、あたかもすでにある伝えをそのまま正確に語るのみといった態度を見せたとして、読者にそれがわかるはずもないのである。今井氏は「勿論、この種の異伝発生の当初には、事実は二つあり得ないという意味で、ある一人の大胆な虚構者が居たにちがいないが、その事情の究明までは今はとうてい手が及ばない。[12]」といわれる。だが考えてみれば、「異伝発生の当初」がほかならぬ『大和物語』であり、「ある一人の大胆な虚構者」が語り手その人であってならない理由はまったくないのである。むしろその方がもっとも蓋然性の高い考え方であると思う。それ程にも語り手に都合のいい伝えばかりがあったとはとうてい考えられぬからである。

三

いささか雑纂めくが、この章では後の章で取り上げる章段以外のものについてみておこうと思う。

(1)

まず、詠歌ということのすばらしさを語ることの明らかな章段に、なお次のようなものがある。

【第一五段】

『後撰集』（雑）

陽成院のみかど、時時とのゐにさぶらはせたまうけるを、ひさしうめしなかりければたてまつりける　　武蔵

一一六九かずならぬ身におくよひの白玉は光見えさす物にぞ有ける

歌句に異同はない。作者名だけが異なり、『大和物語』では「わかさの御」である。「武蔵」にしろ「わかさの御」にしろ、いずれ「同じ呼称の女房は、時・所を異にしてあまたいたであろう。[13]」から、名にこだわる程のことはないであろう。「わかさの御」は『大和物語』全編を通してただ一度しか出てこないから、『大和物語』圏でもとうてい目立つ歌人ではない。要するに女房であるなら誰でもよいのだが、だからこそかえって『大和物語』は『後撰集』とは異なる作者名をとっていることが気になる。それはつまり、『大和物語』が『後撰集』と明らかに異なる点はそこだけだということである。『後撰集』が伝えるものとは違うのだ、という話し手のポーズであろう。

歌の詠まれる情況は多少異なる。『後撰集』では陽成院が武蔵を「時時」召して後久しくそのことがなかったとするが、『大和物語』では「召したりけるが、又も召しなかりければ」とあり、召は一度だけであったように読める。悲哀を盛り上げるには、この方が効果的である。『大和物語』に作為を感じる。

さて、『大和物語』では院が「わかさの御」の歌を「みたまひて、「あなおもしろのうたよみや」となむのたま

ひける。」という。院は女の、歌は誉めるものの、その歌に託された必死の思いをまったく問題にしていない。「院の女に対する気まぐれで思いやりのない行為として、作者はこの話を書いたにちがいない。」[14]という今井氏の見方が出る所以である。けれども、『大和物語』は、そもそも歌に託された心情について語ろうとするものではないと考えられる。歌意のかたちをとった心情が相手を動かし効果を挙げるなどといったことは、『伊勢物語』の描くことであって、すでに過去のことである。この段の女の心情のようなものは現実にいくらでもあろう。ただそれが詠歌というかたちで出ることは、さすがにそうはなかったのである。『大和物語』が語ろうとするのはそこであって、それ以上ではない。院がこの歌を見て、「あなおもしろのうたよみや」と言ったということは、歌の出来栄えを言ったのではない。歌を詠んだということに対する最大級のほめことばなのである。女の切なる心情を汲んで、だからどうする、といったことは、『大和物語』の範囲外のことである。歌という表現をとること、そのことのすばらしさを語ることが『大和物語』のねらいである。それがこの段を通しても窺えるであろう。『後撰集』ではその辺のことはまったくふれていない。

【第四〇段】

『後撰集』（夏）

桂のみこのほたるをとらへてといひ侍りければ、わらはのかざみのそでにつつみて

読人しらず

二〇九つつめどもかくれぬ物は夏虫の身よりあまれる思ひなりけり

『大和物語』では「式部卿の宮」（敦慶親王）が「桂のみこ」（宇多皇女孚子内親王）に通っていたとき、「うなゐ」に蛍をとらえさせたところ、その「うなゐ」はたまたま「このおとこ宮を、いとめでたしとおもひかけ」て

いたので、「かざみの袖に蛍をとらえて、包みてごらむぜさす」時にこの歌を詠む。歌句に異同はないが、蛍をとることを命じた人物と、そして「わらは」が男宮を恋慕していたとするところに大きな違いがある。

「思ひ」に「火」を懸けるのは恋歌の常法である。『後撰集』はそれを無視して、この歌を夏歌とする。「桂のみこ」と「わらは」という、恋が成り立つはずのない間において詠み出されたという『後撰集』の記述は、かえって事実に近いであろう。なぜならその方がおもしろくないからである。そして、その場合、『後撰集』が見ているものは、かざみに包まれた蛍を詠むのに恋歌の表現を用いた詠み手の機転であろう。対して『大和物語』は「思ひ」に「火」を懸ける必然性を何とか見つけ出そうとしている。その意味で『大和物語』の叙述は理詰めである。「うなゐ」はこの千載一遇の機会に男宮への日頃の慕情を吐露したこととする。けれどもあらためて考えてみれば、これ程不自然なことはない。一介の「うなゐ」がわが主人の愛人に、たとえかりそめにしても恋情を匂わすようなことがあるはずがない。恋慕の情がほんとうであるとしても、ならばかえって何も言えないはずである。『大和物語』の話は設定がどうにも不自然である。

もっとも『大和物語』にしても、これで恋が成り立つなどとはまったく思っていないことは、話を歌で止めて、男宮の反応など一切ふれていないことで明らかである。そこにひとつの風雅が成立したことをいえばよいのであろう。それは第十五段の場合と同じことであって、ここもやはり「うなゐ」がただ蛍をさし出すのではなく、即妙の歌を添えるいとなみのすばらしさに読者の感銘を誘おうとしているに違いないのである。主題は「うなゐ」の恋ではない。いわば〈詠歌による風雅の完成〉である。

『大和物語』の伝えはいかにもまことしやかである。しかし身分格差を無視したところに根本的な疑念がある。柿本氏が「本段の伝えには確かさがあり、『後撰集』には誤伝、もしくは誤伝への傾斜が見える事は確言できるであろう。[13]」といわれるのは、どうであろうか。そして、『大和物語』の叙述はきわめて記述的、論理的である。それが伝えのままであるとは信じられない。たとえば男宮が「うなゐ」にいう「かれ、とらえて」などといった会話文まで伝えが備えていたとは思えない。話をまとめるために『大和物語』の語り手の手が多く加わっていることは確かである。

次に大分飛ぶがもう一段を引こう。

【第一〇九段】

『後撰集』(雑)

人の牛をかりて侍りけるに、しに侍りければ、いひつかはしける

閑院のご

一一三〇わがのりし事をうしとやきえにけん草ばにかかる《にかかれ（大和）》露の命は

『大和物語』での詠み手は前段を承けた「おなじ女」すなわち「南院のいま君」である。「南院のいま君」が「閑院のご」と同一人物かどうかについては説があり、否定されるのが新田孝子氏である。[15]ともかくここでは一人の女性が人から牛を借りる。『大和物語』では「南院のいま君」が「巨城」から借りるのだが、一度借りてもう一度借りようとしたら牛は死んでいたという。『後撰集』では借りたのは一度と思われ、その時に死んだと読めるのに対してである。『大和物語』ではどうしてそういう設定になるのかといえば、ともかく牛に「わがのりしこと」をはっきりと説明しておきたかったからに違いない。そのあたり、前の第四十段と同じで、『大和物語』の語り手はひどく理詰めなのである。「うし」が「牛」と「憂し」を響かせていることはいうまでもない。とはいえ、一首はそれほどすぐれた表現ではない。牛の死という珍しい材を巧みにまとめたという以上のものではな

い。その機知が取柄であろう。この場合も歌が何らか有効であったという話でもない。広くとってこのような類も〈詠歌ということのすばらしさ〉を語る範疇に入れるよりほかなさそうである。歌句は第三句にまことに微小な異同がある。ともかくそれによって『後撰集』とは違った歌であることを明示し、作者の違いによってそれをいっそう確かなものとしたつもりであろう。

(2)

次にとりあげるのは兼盛関係章段である。兼盛の没年は正暦元年（九九〇）である。したがって『後撰集』、『大和物語』は生存中に成立を見聞きしたに違いない。しかも彼の歌は読人しらずとして『後撰集』に入る。藤岡忠美氏によれば、そこには「同時代の職業歌人たちにはみられぬところの、むしろ対照的といえるところの独自な個性」が関わっているらしい。[16] その兼盛が『大和物語』では前面に出てくる。その決定的な理由は結局不詳である。しかしとにかくそれは『後撰集』に対して新しい視角を持ったことではある。兼盛関係章段は、第五六段、第五七段、第五八段、第七二段、第八六段であるが、うち第五六・第五七・第八六段が『後撰集』歌章段である。『大和物語』には他にも生存中の人物が登場するけれども、五章段一一首に及ぶ「兼盛説話は、その中で質量ともに一際他を抜いて、説話としての発展の跡を示しているといえるだろう。[17]」と今井氏はいわれる。

【第五六段】

『後撰集』（恋）

思ひわすれにける人のもとにまかりて　　読人しらず

九七八　ゆふやみ《され》は道も見えねどふる里は本こし駒にまかせてぞ来る《ゆく》（大和）

返し　　　　　　　　　　　　　　　　読人しらず

九七九 駒にこそまかせたりけれあや《はか（大和）》なくも心のくると思ひけるかな

『大和物語』では贈歌が「越前権守兼盛」、返歌が「兵衛の君」（『後撰集』歌人）である。この段は『後撰集』が作者を隠したのをただ明らかにしてみせただけのようで、それだけでも『後撰集』に異を立てたことになる。しかし、やはり歌句を変え、『後撰集』とは別の次元に話を持ってきたことになるであろう。そしてここでは、兼盛の洒脱な性格が語られたことになるし、「年ごろはなれ」た男女が歌を応酬しあうことで、たちまち交流が回復する見事さを語っている。問題は彼ら二人の交渉ではなくて、このように歌が詠み交わされること、そのこと自体なのである。

【第五七段】

近江の介平の中興が、むすめをいたうかしづきけるを、親なくなりてのち、とかくはふれて、人の国に、はかなき所にすみけるを、あはれがりて、兼盛よみておこせたりける。

をちこちの人めまれなる山里に家居せむとはおもひきや君

とよみてなむおこせたりければ、見て、かへりごともせで、よよとぞ泣きける。女もいとらうある人なりけり。

『後撰集』（雑）

むかしおなじ所に宮づかへし侍りける女の、をとこにつきて人のくにゝおちゐたりけるをききつけて、

心ありける人なれば、いひつかはしける　　　　　　　　読人しらず

一一七二 をちこちの人めまれなる山里に家ゐせんとは思ひきや君

返し　　　　　　　　　　　　　　　　　　　　　　　読人しらず

一一七三身をうしと人しれぬ世を尋ねこし雲のやへたつ山にやはあらぬ

この場合は『大和物語』も全文を引かないわけにはいかない。あまりに違うからである。両者の違いについては今井氏が五項目[17]、柿本氏が六項目[13]にわたって整理されていて、今更繰り返すまでもない。まず『大和物語』そのものをじっくり読んでみることが肝要である。中興女は親の死後「人の国に、はかなき所に」住んだという。兼盛はそれを以前から知っていて、「あはれがりて」歌を贈る。兼盛は彼女と個人的に特に親しかったのかといえば、そうは思えない。柿本氏は「親戚関係とおのずから分る」といわれる。ただそれだけの関係だが、兼盛は精一杯慰めようとしたわけであろう。慰め方の内容は相手の身になってする同情である。女はこれを「見て、かへりごともせで」泣いたという。なぜ泣くのか、それは歌意によってだけではあるまい。歌のうしろに彼女を「あはれがりて」わざわざ歌を「よみておこ」すほどの心に感動し、また自分が同情されるような境遇にあることを、あらためて思い知らされたからに違いない。もっとも、そういう受け取り方ができるのも、女が「いとらうある人」だからである。いずれ返歌があるのは当然である。だがさしあたってはそれどころでなく、よよと泣くよりほかない程の女の感動こそを、『大和物語』は際立たせて語ろうとしている。歌を詠み、そして贈るという行為がどれ程人を感動させるものかということである。だから返歌などどうでもよかったわけである。

『後撰集』の方はやはり贈答の面白さにねらいがあるように思われる。柿本氏は返歌について「懸歌にいささか対応しない所のある返事のよう[13]」だといわれるが、それはそれで応酬の面白さであるかもしれない。そもそも「をちこちの……」という歌は、みやびかわしを期待しての表現ではないのか。先方は「ひとのくにゝおちゐたりける」人である。「人のくに」がなぜ「山里」といわれるのか。実際は「山里」などといった風流には遠かろう。そういうのはいくぶんかたわむれのつもりで言を弄しているのではないか。詞書の「心ありける人」ははなはだ曖昧で、今井氏はこれを贈歌する人にとり、柿本氏は贈られる人のこととする。どちらも可能であろう。本論では後者ととってみたい。すなわち先方が「心ありける（情趣を解した）人」だから、こちらの言うことにも反応してくるだろうとして風雅の呼び掛けができるのである。

とにかく『大和物語』と『後撰集』とでは大きな違いである。もっとも違うのは、贈歌の目的が違う点である。どちらが事実に近いかを問うのはやはり無意味である。別々に歌を機能させてみるだけであろう。双方とも事実であってよし、双方とも事実でなくともよい。しかし、どちらがより多く虚構らしいかといえば『大和物語』の方であるのは否めない。「見て、かへりごともせで、よよとぞ泣きける。」が実際場面に臨んでの筆であるはずもない。十分に読者の心を読んでいる。しかも兼盛は生存中の人物である。彼は「大和物語が出来上がってからあと、なお四十年近くも生き、自分がささやかながら物語の主人公となって、世上に流布してゆくのを見届けていたわけである。」[17]と今井氏はいわれた。兼盛の見届けたのは『大和物語』ばかりではなく、『後撰集』もである。当の人物の生存中にたとえ二つの異なる伝えがあってもどうということはない。そういう雰囲気の中に二つの作品と歌人がある。それはすなわち虚構をまともに認めてそれを楽しむということにほかならない。

そしてなお、次のような可能性もある。すなわち、『大和物語』の歌は『後撰集』読人しらずの歌を兼盛に仮託したのではないか、ということである。『後撰集』の歌は同僚の元女房同士の歌とも読める。「むかしおなじ所に宮づかへし侍りける女の、……」というい方だけなら、男と女とを考えなければならぬ根拠にはならない。むしろ女同士の方が自然である。「をちこちの……」の歌が兼盛作である証はかえって『大和物語』だけなのである。『大和物語』が真に語りたかったことは、兼盛の歌を示すことではなくて、彼が女をいかに感動させるか、である。そのためにいわば著作権なしの作者未詳の歌を利用するのである。こういう考え方は唐突であろうか。

【第八六段】

『後撰集』（春）

（はる立つ日よめる）　兼盛王

三けふよりは荻のやけ原かきわけて若菜つみにと誰をさそはん

『大和物語』では「む月のついたちごろ」藤原顕忠と思われる「大納言殿」に参上した兼盛が、「すずろに、「うたよめ」と」いわれて「ふとよ」んだ歌ということになっている。大納言は「になくめで」て返歌をする。その歌は「かた岡にわらびもえずはたづねつつ心やりにや若菜摘まし」というのである。

この『大和物語』の贈答をそれとしてみると、歌意の上でつながりがあるわけでもなし、特に歌としてすぐれたものとも思えない。とすれば、この話のポイントは、「大納言」と「兼盛」とが贈答を交わしたという、そのこと自体のすばらしさにあるのだろうし、さらにいえばそれも大納言が「すずろに、「うたよめ」とのたま」うたのに兼盛が「ふとよみたりける」こと、すなわち兼盛の即詠が大納言の答歌を引き出したことであろう。大納言が兼盛の歌を「になくめでたま」うたのは、時節に合わせて「若菜」をいい、大納言以外の「誰をさそはむ」と、大納言を立てたからに違いない。とすれば、この段が語ろうとしていることは、歌というものが身分差を一挙になくして、交流を一気に成り立たせることの見事さということになるであろう。歌というものはそうしたものだということを語るのも『大和物語』のテーマの一つであったと思われてくる。

対して『後撰集』の方は兼盛の歌を季節の景物に関わるものとして、純然たる季の歌として扱う。『後撰集』の四季歌のうちかなりのものは、いろいろな折と場において詠まれた歌を、その季節表現だけに注目して集めたように思われる。だから「けふよりは……」の歌もともと題詠的に立春を詠んだ歌でないとしても何ら不思議はない。その詠まれた場が具体的には『大和物語』の語る通りであったかもしれないのである。そこから何とか立春の歌を仕立てなければ、部立の体裁は整わなかったのである。立春の歌は他に躬恒歌一首のみで、それは明らかに当代の歌ではない。『大和物語』ではそういう歌集的な視点はいらない。柿本氏は『後撰集』では「けふ」は暦日の立春の意を出ず、本段の人間模様は消える。」といわれる。当然である。『大和物語』は逆に「今日よりは……誰をさそはむ」と歌に詠み込まれた人間模様を重視する。それが歌を正しく遇する方向であると、『大和物語』は考えていたのである。

(3)

『後撰集』が季の歌とするもので、『大和物語』に出るものは、なお他にもある。ついでにとりあげてみよう。

【第七四段】

『後撰集』（春）

前栽に紅梅《さくら》（大和）をうゑて、又の春おそくさきければ　藤原兼輔朝臣

一七やどちかくうつしてうゑしかひもなくまちどほにのみにほふ《みゆる》（大和）花かな

『大和物語』ではこれが「紅梅」ではなく「桜」ということで、かつ結句が「みゆる花かな」となっている。兼輔が寝殿の前に遠く立っていた桜を近くに移し植えたところ、「枯れざまに見え」たのでこの歌を詠んだという。この限り、論理的にはまったく無理がなく、まとまった話になっている。歌の取柄は「やど近く」「待ち遠」という対照表現を際立たせたことであろう。それ以上のものを読みとることはできない。『後撰集』の「まちどほにのみにほふ花」は、まだ咲かない花についていうにはおかしいものであろう。それも「紅梅」にこだわるか

らと考えられる。そして、このような表現と話が論理的に整序された『大和物語』から出てくるはずはない。その逆はあり得てよい。

ちなみに『兼輔集』では、「兵衛のつかさはなれてのちにまへに紅梅をうゑて、花のおそくさきければ」という詞書で、歌の第五句は『後撰集』同様「匂ふ花かな」である。「兵衛のつかさはなれてのち」は、「紅梅を詠みつつ任官を待つ意をこめると受け取られ[13]」ると柿本氏はいわれる。おそらく『後撰集』の場合は、もともとこのような詠歌事情から詠まれたものから、人事関係を捨てて季の歌とするのではないか。ただしそのことは『兼輔集』が先で『後撰集』がそれに手を加えたという意味では必ずしもない。『兼輔集』的な伝えに『後撰集』が手を加えたものと考えたい。

『大和物語』は『兼輔集』的な伝えとは無関係であると考えられる。人事関係を含んだ話なら『大和物語』にこそふさわしいと思われるが、事実はまったく反対だからである。五句「にほふ花」を「みゆる花」とした『大和物語』は、そこから「紅梅」を「桜」と換えたものと思われる。いわば『後撰集』で示すものの枠内でこの場合は異を立てている。『後撰集』を、『大和物語』はやはり意識しているように思われる。いわゆる〈異伝〉を『大和物語』は『後撰集』乃至は『後撰集』的なものに対してある程度意図的に創り出しているように思われる。

【第九五段】

『後撰集』（冬）

式部卿あつみのみこしのびてかよふ所侍りけるを、のちのちたえだえになり侍りければ、いもうとの前斎宮のみこのもとよりこのごろはいかにぞとありければ、その返事にをんな

四七〇しら山に雪ふりぬればあとたえて今はこしぢに人もかよはず

『大和物語』によれば、この歌は醍醐御息所能子が帝崩御の後、従兄の式部卿敦実親王を通わせており、ようようう離れがたになった頃、親王の妹である斎宮（正しくは前斎宮）から便りがあり、それに答えた能子の歌であったことになる。『後撰集』詞書にいう敦実親王の「しのびてかよふ所」が能子の所にほかならないことを明らかにする。

『後撰集』歌について柿本氏は「明瞭に人事の意を含むので、冬の部に入れるのは適当でない。[13]」といわれる。たしかにその通りであろう。詞書を無視してはじめて純然たる冬の歌となるはずのものである。しかし事実として『後撰集』はこれを題詠的な歌とともに冬部に部類しているのであるから、詞書にとらわれることこそ邪道なのであって、表現だけを見なければならないであろう。詞書は、だからやはりなるべく一般的なものに近づけようとしていると思わねばならない。「式部卿あつみのみこ」「前斎宮のみこ」という名が出ればここの「をんな」が誰であるかは自明であったに違いない。それでも能子の実名を出さないのは、秘匿するからではなくて、そうすることが勅撰和歌集の季の歌の、いわばエチケットだったのだろう。

だが『大和物語』は『後撰集』のそういう制約などからは自由である。能子を能子と書き表すことに何程のためらいもなかろう。そして、さらに言えば、今『大和物語』が「おなじ右のおほいどのの御息所」といまさら書き表わしたとて、実際はどれ程のニュース価値を持ったであろうか。そのことだけだったらいかにも殊更めくだけのことである。読者からする『大和物語』のおもしろさは、そのようなところにあるのではないだろう。能子、敦実親王、前斎宮といった、いわば雲上の人々の行動を、あたかも眼前に見るように読み取ることができることに、おそらくはあるのである。そして、それは〈物語〉という場において、はじめてあり得るのである。「右のおほいどのの御息所」は、物語に登場したその時から物語の主人公なのであって、能子その人ではない。実名を冠した虚構の主人公というべきである。実際に見たことでもないからこそかえって叙述は詳細を極めもする。しかもこの場合、物語は歌というものを中心に置くことによって物語たり得る。歌を説明するためにならすべてが許されるのである。——そういうふうに考えてくると、たとえば『大和物語』をゴシップ集であるなどといった考え方に、軽々に同意するわけにはいかない。

『後撰集』とくらべて、この段で特徴的なことに、(前)斎宮が文を贈ったのに対して御息所が、まず宮が「おはしまさぬことなどきこえたまう」たことがある。それは文によってであろう。歌はその「おくに」書きそえられたのである。つまり、委細はすでに散文によって述べられているのであり、意思の疎通はすでに十分なのである。歌はその上で純粋に自らの思いを抒べたものなのである。『後撰集』でみると、歌は事の次第を告げ知らせる機能を背負っているようである。『大和物語』ではそうではなくて、一語一語が悲哀感の表現となろう。それはたとえば、結句「人もかよはず」が『後撰集』では単なる事情報告であるのに対し、『大和物語』では純粋な慨嘆である、というような違いである。『大和物語』は、歌をそのようなものとして意味づけることになっているのである。そして、「おほむかへりあれど、本になしとあり。」は、諸説はあっても、やはり『大和物語』のポーズとみたいと思う。

そして又、『大和物語』の第二句「ふりにし雪の」、第四句「いまはこしぢの」の異同はやはり意図的なものであろう。すなわちそれは事実性から微妙に逸脱することであり、〈物語〉性を確保する巧みな方途であったと思うのである。『後撰集』と『大和物語』との歌句の異同は、この段を含めて、けっして〈異伝〉といったことで片付けられるべきものではなかろう。

四

今井氏は「歌語の発想は、時に応じて、その和歌の作者・情況・技巧・情趣等さまざまの方向に重点が移り変る[18]」といわれる。まさにその通りである。だが、その中でももっとも注目すべきなのは「和歌の作者」への興味、関心である。同氏は『大和物語』におけるその間の事情について「人物に関する興味が編輯の一つの基軸になっていることは否めないと思う[19]。」ともいわれる。実際その通りである。歌があってその作者が問題になる場合もあるが、まず人物があってそれが歌を喚ぶというケースも少なくない。そして、そこにうかがわれるのは、豊かな虚構性への傾きである。

虚構性の問題はこれまでもたびたび触れてきた。『大和物語』はあくまで「物語」であって、事実の記ではないはずである。柿本氏は「物語はフィクションを拒絶しない体質を持つ[20]。」といわれるものの、どのように「拒絶しない」のかということになると、具体的には何も語られない。そしてたとえば第一五三段について、「事実に基づいて(「事実を」とも「事実通りに」とも言わない)記述する事により人間に迫ろうとした物語」とされる。「事実に基づいて」というところにフィクションの余地が認められそうだが、それは結局「記述する事」を出ないようである。「事実として記述する姿勢」ということが、つまりは氏の言われることで、記事内容についてはほとんど虚構を認められない。氏が虚構と認めるものは、第二部中の七章段だけである。けれども、物語の中心がまず人物にあるときは殊に、実際は内容そのものにすでにフィクションを思わねばならぬ場合がままあるようである。今までにふれてきた章段以外のものをここでまとめて考察し、虚構の中に取りこめられた『後撰集』歌を見ておこうと思う。

(1)

『後撰集』歌章段のうち、次のような例は、特定の人物への関心に発して、歌をもってその人物を定位しようとしているものといえる。

【第三一段】

『後撰集』（夏）

あひしりて侍りける中の、かれもこれも心ざしは有りながら、つつむことありてえあはざりければ

よみ人しらず

一七一よそながら思ひしよりも夏の夜の見はてぬ夢ぞはかなかりける

『大和物語』ではこの歌は「右京の大夫」（宗于）が「げむの命婦」に贈った歌だということだけを語る。その他の叙述は一切ない。歌句の異同はまったくない。『後撰集』の詞書の内容（逢わぬ恋）は『大和物語』ではまったく顧みられない。夏歌として部類する『後撰集』の意図も勿論問題にされるはずもない。そしてこの段の焦点はやはり『後撰集』の「よみ人しらず」がなぜ「右京の大夫」なのか、ということになる。

この段の興味は「よそながら……」の歌を紹介し、そのよしあしを鑑賞することなどにはまったくない。「右京の大夫」が「げむの命婦」に歌を贈ったという、まさにそのこと自体にある。「右京の大夫」も「げむの命婦」もともに『大和物語』圏のいわばスター的存在である。宗于は九章段に登場し、監命婦は八章段に登場する。そしてともに七首ずつの歌を詠んでいる。今井氏は両人の年齢関係を考証され、「二十―三十歳のひらきとなって、延喜末年以降に於いて、二人の間に恋愛関係を生ずるのにさしたる不都合もあるまい。[21]」といわれる。

だが「二十―三十歳のひらき」とは本段の伝えをなるべく正当なものにするために追いつめてきた数字であっ

て、公平に見てこの二人が現実に接触する可能性はあまりないであろう。この場合考えなければならないのは、この両人を結びつけずにおれない作者ならびに読者の思いなのではなかろうか。そういうことは例えば『伊勢物語』などにおける業平と小町、『大和物語』の第一六八段の小町と遍昭などにあることである。『大和物語』圏のスター同士に接触があることは、それが物語である限り、むしろ当然のことであろう。

だからこの段は初めから虚構である可能性がきわめて大きい。現実にはありそうもなくて、しかしあってほしい二人の出会いを可能にすることこそ、〈物語〉のメリットといわねばならない。無論、二人の接触は、歌を間に置いてなされる。その歌が『後撰集』のよみ人しらず歌であって、これは無論借用である。借用の理由としては『後撰集』の詞書、「あひしりて侍りける中の」云々という内容が響いているかもしれない。歌は、長らくはかない恋慕をしてきたが、夏の夜の夢のような逢瀬はそれよりいっそうはかないものであったという。二人の接触はほんの点であって、また離れ離れになってしまう。物語はそれから先に踏み込まない。何ら裏付けがないから踏み込めないのである。柿本氏は「本来『後撰集』の如く詠み人不明であったのに『大和物語』が宗于に託し監命婦を持ち込んだ、と見ては、性急に過ぎよう。[20]」といわれる。だがそれならこの段の伝えこそを事実とし、「よそながら……」の歌の本来の作者を宗于としてしまえばそれでよいのだろうか。「歌意に適合しない詞書をつける『後撰集』のほうを訛伝としなくてはなるまい。」という説をただちに肯定する気にもなれない。この場合に限らず、古代の歌とその作者との関係について、現在の著作権のような考え方を及ぼすのは、おそらく正しくはないであろう。すでに知られた歌は共有の財であって、それを適当に利用して楽しむという風潮も一般的にあったと考える。この場合はその一端と見るべきであろう。

【第一二二段】

『後撰集』（恋）

あひかたらひける人、これもかれもつつむこと有りて、はなれぬべく侍りければ、つかはしける

よみ人しらず

七二八あひみてもわかる《（大和）は》事のなかりせばかつがつ物はおもはざらまし

これも『後撰集』ではよみ人しらずで、『大和物語』では増基法師の歌。前例とまったく同じ場合である。『大和物語』の、これ又スターである「としこ」が志賀詣に行き、帰ろうとした時に「ぞうき」から贈られたことになっている。「としこ」はこの歌に「いかなればかつがつ物をおもふらむなごりもなくぞ我はかなしき」という返歌をしたことになっている。今井氏は次のようにいわれる。すなわち「増基が大和の成立当時すでに、旅の歌僧として名があったとすれば、（そのことは、後撰集入集の事実からも考えられる）、彼が旅先で、当時有名な女性であったとしこと、一夜語り明かして後、歌を取り交したという話柄は、何にもまして、宮廷の人々を喜ばせるものではなかったろうか。」というのである。そして、『後撰集』歌については「後撰集が僧の名をかくしたと考えるよりは、むしろ誰の歌とも知られないものを、大和物語が増基に託して、話を作り上げたということではなかろうか。[22]」とされる。全面的に賛成である。ただし、この歌が『後撰集』にはよみ人知らずで出ることを作者も読者も知っていて、それはそれとした上でなおかつこの話に興じていたのではなかろうか。それはけっして『後撰集』の伝えを否定することではない。なお柿本氏は例によってこのような考え方に反論される。すなわち、「『後撰集』は「作歌事情・詠み人共に異伝になる。『評釈』や『全集』は、誰の歌とも知られないものを本物語が増基に託して作り上げたのではないか、と言うが、それ程『後撰集』は事実性において本物語に優らない。異伝と認めるにとどめておくべきものと考える。[20]」というのである。けれども、「事実性」ということを基準にして

ものを考えることが、それ程文芸において大切なことであろうか。問題は『後撰集』と『大和物語』と、そのいずれが「事実」で、いずれが「異伝」かと決めつけることではなかろう。勅撰である歌集と、私的な娯楽である物語と、それはそれぞれに意図を異にした文芸のかたちである。問題はあくまで異なることの所以にあるであろう。

『大和物語』はやはり、歌を間に置いて「としこ」と「ぞうき君」とを結びつけたかったのである。第三一段の宗于と監命婦の場合とまったく同じである。増基の歌として『後撰集』のこの歌が利用される理由も第三一段の場合と同じくその詞書が語る詠作事情が響いていよう。ただしここは「としこ」の側からの話である。「としこ」は返歌を、しかも巧みにこなさなければならない。そこに「としこ」の本領がある。その点では柿本氏が「本段はとし子の歌の方に重点があり、その手練の返歌の仕方を紹介する。」といわれる通りである。『大和物語』圏のスターである「としこ」は増基という本格的な歌人とも、まともに贈答を交わせるほどの歌よみとして語られねばならなかったのである。『大和物語』はそういう「としこ」を必要としたのである。〈物語〉とはそういう意味で時に「事実性」に背反しても許されのであり、かえってそこにこそ物語の有効性と楽しみがあったのである。しかもそのしくみを知って楽しむのが歌物語の楽しみ方だった。同じ歌が一方でよみ人知らずで、他方で増基法師の作であったとしていっこうに困りはしなかったのである。

【第六八段】

『後撰集』（雑）

枇杷左大臣、よう侍りてならのはをもとめ侍りければ、ちかぬがあひしりて侍りける家にとりにつかはしたりければ　　俊　子

一一八二わがやどをいつならして《かはきみ》かならのはを《の（大和）》ならしがほにはをりにおこする

枇杷左大臣

返し

一一八三ならの葉の《かしはぎに（大和）》はもりの神のましけるをしらでぞをりしたたりなさるな

「としこ」は『大和物語』ではやはり強調されなければならなかった人物である。『後撰集』では楢の葉を求める枇杷左大臣仲平が、部下である「千兼があひしりて侍りける家」、すなわち「としこ」の家にそれを取りにやらせる。仲平はあくまで「としこ」の夫千兼を相手しているのであり、「としこ」と直接接触するつもりはないのである。更にいえば「としこ」の存在など知らなかったかもしれない。ところが『大和物語』では千兼をまったく介在させない。仲平は「としこが家に、柏木のありけるを、折りにたまへりけり。」と語られるのである。仲平はすでに彼女を知っているとも見える語り口である。『後撰集』と違って、「としこ」の存在をクローズアップするところに『大和物語』の特徴がある。普通ならただ人である「としこ」ごときが、左大臣という地位身分の人と交渉することなどあるはずのものではない。歌というものがそこに介在することによって、それがはじめて可能になるわけで、『大和物語』はそういう歌のすごさを語るのである。『後撰集』では夫千兼を介する分だけそのことは端的ではない。そしてその分だけ事実には近いであろう。『大和物語』はやはり作為を通さなければ、そのねらいは語れないのである。

そしてその時、歌意に大きな変化がない程度に歌句にも手が加えられる。「としこ」の歌に対する仲平の返歌は、初句が『後撰集』の「ならの葉」より『大和物語』の「柏木に」の方が適切である。『枕草子』に「柏木いとをかし。葉守りの神のいますらむも、かしこし。」とあり、「葉守の神」をいうなら「柏木」である。もっとも、贈歌に合わせるなら「ならの葉」である。柿本氏は「「ならの葉」で統一した『後撰集』は変移の姿を示すのではないか。本段のほうが古体と思われる。」といわれるが、そうは思えない。「葉守の神」は本来は柏木にいることを知りながらも、贈歌に合わせて「ならの葉の」としたところに仲平の機知がうかがわれるともいえよう。だから『後撰集』の方こそ原形といってもさしつかえないであろう。『大和物語』は贈歌の第二句とともにここに手を入れることによって話全体をまったくの事実性からひき離し、即かず離れずの関係とするのである。

(2)

特定の人物への関心はさらに進むと、やがてその人物が中心となって惹き起こす事件そのものへの関心となる。『後撰集』歌はそういう章段の中にもある。段階的に追ってみよう。

【第八一段】

『後撰集』(恋)

人の心かはりければ　　　　右近

六六五おもはんとたのめし人は有りときくいひし事のはいづちいにけん

稔子皇后女房右近も『大和物語』圏の有力な人物であった。第八一段から第八五段にわたって登場する。すぐれた歌詠みとしての事跡を紹介せずにはおけなかったのであろう。

『後撰集』の詞書はいとも簡単である。「人」が誰であるかを明らかにしない。『大和物語』ではそれが「故権中納言の君」すなわち時平男敦忠であることを語り、契りを交わした右近が稔子の許を退いて里住みになると敦忠の訪れは絶える。かつての同僚との会話から男が以前と変わりなく稔子の所へやって来ることを知って、右近は彼へこの歌を贈る。叙述は会話文を混じえた長文となり、そこにかなりの重点がかかって、歌の詠まれる情況説明の域をまさに超えようとしている。『後撰集』歌の初句「おもはんと」を「忘れじと《わすれじ》(大和)」と置き換えて、物語としての立場を主張している。

けれども、この段などはいくら叙述が長くともそれは要するに一首の歌が出来るまでの経緯を語るにすぎず、いわば詞書の部分が長大化しただけのことである。

ところで、『大和物語』はよく〈ゴシップ集〉であるといわれる。だが、「ゴシップ」ということの定義がなされたことがない。それは断片的な逸話のこと、と一応はいえるだろう。けれども『大和物語』各章段の話は単なる逸話ではない。あくまでもそれは、歌を中心とした、あるいは歌をまじえた逸話である。どこにでもある事件の断片をいうのではない。『大和物語』を〈ゴシップ〉集と、いとも簡単にいうとき、そのことがつい見落とされがちになってはいないだろうか。いま、右近と敦忠との間にゴシップをいうなら、結局右近は敦忠に捨てられるのであり、そのことがゴシップであろう。だが、たしかにそういう事件そのものを語るようでありながら、実はそうではない。歌が詠まれるという関わりにおいてである。右近と敦忠とのことでは、たとえば第八四段に次のような話がある。

おなじ女、男の「忘れじ」とよろづのことをかけて誓ひけれど、忘れけるのちに、いひやりける。

　忘らるる身をば思はず誓ひてし人の命の惜しくもあるかな

返しは、え聞かず。

もし二人のゴシップ、すなわち事件そのものを語ろうとするなら、第八一段はこの第八四段などと組み合わせて語られてよい。男の不実がはっきりし、女の懸命さが強調されるからである。だがこの場合、『大和物語』は一つ一つの歌をめぐって語られる。それがやはり『大和物語』の基調であり、〈歌物語〉と称される所以であろう。仮に人物に関心が集まっても、それも結局は歌に収斂する限りその基調はまだくずれていないのである。ちなみに、第八一段の歌の初句が「忘れじと」とあるのは、この第八四段の男のことば「忘れじ」を踏まえたのかと思われる。

次にとりあげる二章段は敦忠の話である。時平男敦忠は美貌で、かつ歌をよくした。当然『大和物語』圏のスターである。

【第九二段】

『後撰集』（冬）

みくしげどのの別当にとしをへていひわたり侍りけるを、えあはずして、そのとしのしはすのつごもりの日つかはしける

五〇六 物思ふとすぐる月日《月日のゆくも（大和）》もしらぬまにことしはけふにはてぬとかきく　藤原敦忠

『後撰集』（恋）

しのびてみくしげどののべたうにあひかたらふとききて、ちちの左大臣のせいし侍りければ

九六一 如何にしてかく思ふてふ事をだに人づてならで君にかたらん　あつただの朝臣

『後撰集』（恋）

みくしげどのにはじめてつかはしける

八八二 けふそへにくれざらめやはとおもへどもたへぬは人の心なりけり　あつただの朝臣

敦忠が「みくしけ殿の別当」（忠平女貴子）に贈った歌三首が『後撰集』ではこのようにバラバラに収められている。『大和物語』はその三首を一括して一つの段に取り込む。そして三首の配列順に工夫をこらして、恋の初めから成就までを示す。しかしその三首をつなぐ散文が「となむありける。」「又かくなむ、」「かくいひいひて、つひにあひにけるあしたに、」といった最少限の文である。話に重点を置くのなら、二首めの「いかにして……」の歌についてなど、もう少し『後撰集』の詞書のような話を展開したらよさそうに思う。しかし実際はそうなっていないのは、作者が物語的構想を持ちながら、しかもそれを歌の並べかえだけで実現しようとしていることを意味する。それほどに『大和物語』は歌にこだわり続けるのである。歌によって物語を形成しようとする『大和物語』の基調が端的にうかがえる章段である。無論それは敦忠という人物についての関心に発している。『後撰集』が季の歌として部類しようとする意識（五〇六）など顧慮するはずもなく、巧妙な事実離れ（五〇六の歌句変改）も企図する。この方向に進むところ、やがてはさらに構成力に富む章段が現れるだろうことを予想させるに十分である。

【第九三段】

『後撰集』（恋）

西四条の斎宮まだみこにものし給ひし時、心ざしありておもふ事侍りけるあひだに、斎宮にさだまりたまひにければ、そのあくるあしたにさか木の枝にさしてさしおかせ侍りける

あつただの朝臣

九二七伊勢の海のちひろのはまにひろふとも今は何てふかひかあるべき《かひなくおもほゆるかな（大和）》

『大和物語』では、敦忠が「斎宮のみこ」（醍醐天皇皇女雅子内親王）を「としごろよばひ奉りたまうて、今日

明日あひなむとしけるほどに」内親王は「伊勢の斎宮のみ占に」あたってしまったとするあたり、『後撰集』よりはるかに切迫した情況を創り出している。それは無論誇張であり、事実離れを加速しているであろう。そしてそれは「伊勢の海の……」一首を、より強い心情表現にすることではあろう。だが、それ以上に作者には事件をよりドラマティックなものとして設定しようとする意図があるように見受けられるのである。それはたとえ傍らに『後撰集』があったとしても意に介さない態度である。『後撰集』は『後撰集』、こちらはこちらという態度はもはや動かないのである。歌句の改変はふれるまでもなかろう。『大和物語』はもはや独自の立場で事件そのものへの傾斜を深めている。

(3)

『大和物語』は第一四一段以降が傾向が変わり、一般に第二部と称される。それは物語そのものが中心となり歌の占める意味が小さくなる、ということで、これを柿本氏は「説話物語的章段[20]」と称される。第一部がいわゆる〈歌物語〉、すなわち〈歌についての物語〉なら、第二部は〈歌を含んだ物語〉といえよう。説話的ということからいうと、第一部でもすでに第一〇〇段を過ぎたあたりから、そろそろそういう傾向は見え始めてくる。『後撰集』歌章段で言うと、第一〇五段・第一一九段・第一二〇段・第一三九段がそれである。

【第一〇五段】

『後撰集』（恋）

浄蔵くらまの山へなむいるといへりければ　　平なかきがむすめ

八三二すみぞめのくらまの山へいる人はたどるたどるも帰りきななん

『大和物語』でもこの歌をめぐる人間模様は「中興の近江の介がむすめ」と「浄蔵大徳」の織りなすものとなっている。三句「いる人」の「いる」は山へ入っていく意とも、現に山へ入っている意ともとれる。『後撰集』の限りではいずれとも決しがたい。だが『大和物語』では後者に拠る。中興女との語らいを諦めて山に入った浄蔵は京恋しさに「泣く泣くうちふして、かたはらを見ければ、文なむみえける。なぞの文ぞとおもひて、とりてみれば、このわが思ふ人の文なり。」とあって、この歌が出る。この場面はきわめて印象深い。今井氏は「こうした超自然的なできごとは歌物語には少ないのであり、ここでは思わぬ効果をあげているといえよう。(23)」と評される。また、『後撰集』ではこの歌を中興女がはたして浄蔵に贈ったのかどうか必ずしもはっきりしない。あるいは彼女の単なる述懐にすぎないのかもしれない。『大和物語』で浄蔵がこの歌を「いとあやしく」思うようなしかたで入手したこととし、特に返歌をした様子も語らないのは、案外『後撰集』のかたちに応じたのかもしれないと考えられる。

いえることは、ここでは歌意そのものはどれ程も問題になっていなくて、話の中心が歌が超自然的な方法で浄蔵の手に入るという、まさにそのことにある。歌を入手した浄蔵の思いは「いとあやしく「誰しておこせつらん」と思ひをり。もて来べきたよりもおぼえず。」である。彼が衝撃を受けているのは、届くはずもない女の手紙がそこにあったということであって、歌の内容にではない。

とすれば、『大和物語』のこの話は、歌そのもののすばらしさとか、歌が詠まれることのすばらしさとかを、もはやテーマにしてはいないのである。女の一念が歌というかたちをとって山中の愛人のもとに届くこと、歌というものはそれ程に霊妙不可思議な力を持つものだ、とでもいうのだろうか。もっとも、この一段全体からいえば、この後、男が一度京へ出て帰山してからの贈答について語る。それはまぎれもなく歌物語であるわけだから、全体が怪奇談というわけではない。しかし、歌を含んだ物語という傾向を強くしたことは間違いはない。少なくとも当の『後撰集』歌はその部分に包み込まれてしまっているのである。

そもそもこの話は浄蔵の側からの話であり、中興女は引き合いに出されただけとはいえないにしても、要するに浄蔵物語に組み込まれたのであり、それとして話の中心になっているのではない。

【第一一九段】

『後撰集』（恋）

人のもとより、ひさしう心地わづらひてほとほとしくなんありつるといひて侍りければ

閑院大君

一二四八もろともにいざとはいはでしでの山いかでか《などかは（大和）》ひとりこえんとはせし

『大和物語』では「病いと重くしておこたりたるころ」の「藤原のさねき」が逢いたいとして、「からくして惜しみとめたる命もてあふことをさへやまむとやする」と言ってよこしたのに対する返歌となっている。『後撰集』の詞書がいう「人」が藤原真興であることを『大和物語』は語り、閑院大君のそれに応えるやさしさを語る。この限り『後撰集』歌の心はそのまま『大和物語』にも生きているといえる。

ところがこの話には後半があって、やって来た男に「おほい君」は会わない。帰った男は恨みの歌をよこす。それに対して「おほい君」は「あか月のねざめの耳にききしかどとりよりほかの声はせざりき」と答える。今井氏が「嗜虐趣味」といわれるのは少々いいすぎであろうが、前半の「おほい君」のやさしい応対は帳消しになっている。それは歌なるものを通して男と対等以上にわたり合う女の姿を語り、「おほい君」の返歌のうまさを語ることにねらいはあるだろう。問題なのは、この「おほい君」の歌、「あか月の……」の類歌が『伊勢集』に異

なる贈答の答歌としてあることとである。『大和物語』の結句がそこでは「声もきこえず」となるだけである。『大和物語』はそれを知っていてこの話を語るのかどうか。『伊勢集』の贈答は、

　　にはとりにあらぬねにてもきこえけりあけゆく時は我もなきにき

　　かへし

　　あか月のねざめのみみにききしかどとりよりほかのこゑもきこえず

である。今井氏は『大和物語』の贈答が本来『伊勢集』のこの贈答の「異伝として存在したもの」と考えられ、「大和の作者が、当時すでに伊勢の御にまつわる説話であることを承知しながら、それを閑院大君と藤原さねきの話に作りかえたのではあるまいか[24]。」といわれる。その可能性はきわめて高いと考えるべきであろうし、又、そうであれば前半もすでに作為のうちに始まっているのではなかろうか。すなわち『後撰集』歌である「もろともに……」を初めから第三句を変改して、虚構をかまえたのではないかということである。さらにいえば『後撰集』歌の詞書にいう「人」が「藤原のさねき」であったかどうかも疑わしいのであり、仮にそうであったとしても、「藤原のさねき」その人が「からくして……」の歌をはたして贈ってよこしたかどうか、それもわからないのである。というより、この場合、「もろともに……」という『後撰集』歌一首が虚構のすべてを誘い出したのではなかったろうか。そしてそれは作者のどういう興味からであったかといえば、「おほい君」という人物への関心からであったに違いない。この段は贈答二組を組み込んで歌物語的なかたちは精いっぱいとりながらも、全体として「はじめに聞手を神妙なあわれぶかい話として傾聴させながら、途中から、それを意外な方面に導いて一座を興がらせる話術の常套[24]」で統一されている。それはすなわち、閑院大君という人物の性格をいうことであり、そういう人物を造形することである。歌はそのための材料にすぎず、やはり〈歌を含む物語〉と見るべきで

あろう。

【第一二〇段】

『後撰集』（雑）

三条右大臣身まかりてあくる年の春、大臣めしありとききて斎宮のみこにつかはしける

むすめの女御

一一〇九 いかでかく年ぎりもせぬたねもがなあれたるやどにうゑて見るべく《ゆくにはのかげとたのまむ（大和）》

かの女御、左のおほいまうちぎみにあひにけりとききてつかはしける

斎宮のみこ

一一一〇 春ごとに《花ざかり》行きてのみみむ《春は見に来む（大和）》年ぎりもせずといふたねはおひぬとかきく

『大和物語』は藤原仲平が忠平に遅れて大臣になった折の話で始まる。忠平はそのことを寿いで「おそくとくつひに咲きける梅の花たが植ゑおきし種にかあるらん」と詠む。仲平、忠平の従兄弟定方の女、能子（亡き醍醐の女御）は我一統の不遇を思い、醍醐妹柔子内親王（斎宮）に引き立てを頼む。それが「いかでかく……」の歌で、斎宮からは返歌があったが忘れたという。やがてその能子に忠平男実頼が通うようになり、「たねみなひろごりたまて、かげおほくな」ったのを見て斎宮がよこした歌が「花ざかり……」の歌であるという。物語の主人公は「三条の右の大殿の女御」のようでありながら、そうもきめつけられない。要するに話の中心が彼女のように見えるだけで、実は話そのものがねらいであるといえよう。『後撰集』歌二首は並べて配列されているが、二首の間にはかなりの時間的隔たりがあり、まったく別々の折の歌である。だから『大和物語』は「その御返し、斎宮よりありけり。忘れにけり。」と一応のケリをつけて、時間的経過を叙しながら次の歌に及ぶ。しかもこの

二首の関わりを密にするために前半に忠平と仲平との話を置く。三首の歌は「種《たね》」という一語を共有しながら一続きの体をなす、というかたちである。そこにうかがえるのは作者の見事な構想力である。語ろうとしていることはまさに話そのものであって、歌ではない。歌は話を活性化するのに役立っているだけである。『後撰集』歌の歌句を変改するのは、例によって事実に即くことを思わせながら事実を離れる方策である。今井氏は「作者は案外に、物語としての効果に気をつかっている点もありそうである。」[25]と言われるが、虚構の精神は相当たくましいもののように思われる。

【第一二六段】

『後撰集』(雑)

つくしのしらかはといふ所にすみ侍りけるに、大弐藤原おきのりの朝臣まかりわたるついでに、水たべむとてうちよりてこひ侍りければ、水をもていでてよみ侍りける　ひがきの嫗

一二一九　年ふれば《むばたまの》わがくろかみも《は》しら河のみづはくむまで老い《なり》(大和)にけるかな

【第一三九段】

『後撰集』(恋)

わすれがたになり侍りけるをとこにつかはしける　承香殿中納言

八五一　こぬ人を松のえに《は》ふる白雪のきえこそかへれくゆる《あはぬ》(大和)思ひに

この二章段は完全に〈歌を含む物語〉になりおおせている。歌はいわば挿入されて、話に趣を添えるにすぎな

い。第一二六段については今井氏が「後撰では素朴な地方官の巡行説話にすぎなかったものが、大和では、背後に世人の耳目に新しい動乱を据え、主人公には動乱平定の功績者好古を拉し来り（略）一篇はみごとな風流譚に作り変えられた――と考えられはしまいか。」[26]といわれる。賛成である。話そのものこそこの段のねらいであり、歌はわずかに老い衰えた檜垣の嫗に〈みやび〉の残像を添え彩るものでしかなかろう。

第一三九段の前半は、「承香殿の御息所の御ざうし」に仕えていた「中納言の君」が、「故兵部卿の宮」、すなわち元良親王と親しむことになり、やがて親王が離《か》れ離《わ》れになるまでの経過を長々と語る。それは後の、「中納言の君」の歌二首が詠まれるに到る事情を述べるに見えて、実はそれ自体で一つの話というに十分である。歌二首は元良親王を恋う切実な表現といえようが、『拾遺集』に入る「人をとくあくたがはてふ津の国のなにはたがはぬ君にぞありける」はともかく、後の『後撰集』歌はいかにも付けたりめく。『拾遺集』九七七（承香殿中納言）の詞書によれば、その歌は宮が「絶えて後いひつかはしける」とある。『大和物語』でも「かくて、物もくはで、泣く泣くやまひになりて、こひ奉りける。」とあって、どう見ても宮と中納言の君との物語はそこで終わりである。「こぬ人を……」の歌を含むその後の部分は、物語の中にまったく消化しきれてはいない。ということは、逆にいえば、話の構想と歌とは別々にあったということではなかろうか。「人をとく……」の歌の、どちらかといえば控えめなものいいと、たとえ技巧的とはいえ直言ともいえる「こぬ人を……」の歌とでは、かなり傾向も異なる。「泣く泣くやまひになりてこひ奉る」という切迫した情況と、雪の降りかかった松の枝を「ゆめこのゆきおとすな」と使者にいったという余裕ある風雅との間にも落差がありそうな気もする。『後撰集』の詞書にいう「男」とは果たして元良親王のことだったかどうか。案外『大和物語』は元良親王とは関係のない歌を、それが中納言の歌であるというだけで多少の歌句変改をしたうえで、ここに組み込もうとしたのではなかったろうか。とすれば『大和物語』の『後撰集』に対する態度も、おおよそのところはうかがい知れるということになろう。なお、『元良親王集』では二首とも女の歌となっているが、『大和物語』と『元良親王集』との前後がわからない限り、それは傍証にならない。

【第一六〇段】

『後撰集』（秋）

女のもとより、ふん月ばかりにいひおこせて侍りける　　よみ人しらず

二二三 秋はぎを色どる風の吹きぬればひとの心もうたがはれけり

返し　　在原業平朝臣

二二四 あき萩《秋の野（大和）》を色どる風は吹きぬとも心はかれじ草ばならねば

【第一六八段】

『後撰集』（雑）

いその神といふてらにまうでて、日のくれにければ、夜あけてまかりかへらむとてとどまりて、この寺に遍昭侍りと人のつげ侍りければ、ものいひ心見むとていひ侍りける　　小野小町

一一九五 いはのうへに旅ねをすればいとさむし苔の衣を我にかさなん

遍昭

一一九六 世をそむく苔の衣はただひとへかさねばうし《つらし（大和）》といざふたりねむ

一二三折りつればたぶさにけがるたてながらみよの仏に花たてまつる　　僧正遍昭

やよひばかりの花のさかりに、みちまかりけるに

『後撰集』（春）

第一六〇段は『後撰集』でよみ人しらずの女の歌、答える業平の歌をとって「染殿の内侍」と業平の贈答に仕立てた。『後撰集』の「女」が「染殿の内侍」である証はどこにもなく、しかもその内侍が誰であるかもわからない。雨海博洋氏はそれが二条后高子の姉、有子であるとされるが、[27]柿本氏は「結局諸注に言う如く未詳とするほかあるまい。[20]」といわれる。誰であろうとそれは『大和物語』圏内にいる人物だったはずであり、たとえ実在しなくても、いかにも実在しそうな人物なのであろう。その人に業平を結びつけたかったのである。柳田忠則氏は「大和物語の作者は染殿内侍と在中将に関する話を描きたかったのである。[28]」といわれる。まさにそうとしかいえないのであって、その意味で『後撰集』の読人しらずと業平との贈答は、転用するのにまことに好適であったのである。業平歌の方の歌句を改変しているのは、暗示的である。

この段は前半と後半とから成る。前半がこの『後撰集』歌を含む部分である。後半は『伊勢物語』第四七段に類似する。それが「大和作者の（あるいはその材料となった歌語における）創作の匂いを感じる」ものであることは今井氏のいわれる通りである。[29]そして柳田氏が「後撰集とははっきり断定できないにしてもそれらの如きものを資料とし前半を、さらに後半は創作によってそれぞれ構成したのであろう。[28]」といわれるのはおそらく正しいのである。柳田氏は慎重に断定を避けておられるが、それは依拠する文献としてのことで、『後撰集』的な歌の

あり方という概念の中で考えればよいのである。

第一六八段がいっそう構成的であることは論をまたない。『後撰集』の小町、遍昭の贈答自体、すでに物語的であるが、『大和物語』の場合は二人の出会いと、贈答の後に遍昭が「かい消つやうにうせ」た結末がはなはだドラマティックに語られる。また遍昭の「をりつれば……」の歌は事のついでに紹介されるにすぎない。いずれにせよ、歌は物語の発端、進展の直接的契機とはなっていない。〈歌を含む物語〉の中に、いわば挿入され、一味を添えるものに過ぎないのである。今井氏は「いったいにこの段の文章は、伝承のまま記述したというよりはかなり創作的な文飾を思わせる点が多い。」[30]といわれる。創作的な物語の中に『後撰集』歌ははめ込まれ、「文飾」の一つとなっている観がある。この場合、歌は物語を喚び起こすものですらないといってよかろう。

とはいえ、『大和物語』第二部は当時すでに古伝となっていた話をさらに創作風に作りなしたものであり、『後撰集』歌があるとはいっても、それはほとんど例外といってよい程のものである。業平といい、小町といい、遍昭というとき、それらはすでに前々代の有名歌人である。『古今集』に入らなかった歌が彼らの事跡を伝えようとするときにたまたま引かれるというにすぎないであろう。

五

以上、二～四を通していえることをまとめてみると、およそ次のようなことである。

（1）『大和物語』は『後撰集』に入る歌を多く取込みながら、たとえば歌意を変えずに歌句の一部を変えるなど、ほとんど例外なく何らかの点で『後撰集』歌との間に相違を示している。なるほどそれは大抵の場合小異微妙にとどまっているけれども、かえってその故にまともに認識されなければならないと考える。それは伝承の間におのずから生じた異同といったものでは、おそらくあるまい。『後撰集』的な（敢えて『後撰集』とはいわない）歌のかたちをたしかに意識したうえで、意図的にそうしたものであろう。すなわち『後撰集』歌と意図的に不即不離に作りなしたものが『大和物語』の『後撰集』歌章段なのである。

このことは、『大和物語』がそもそも〈物語〉としての特性に発していることを意味している。そして又そのことは〈虚構〉ということともからむ問題でもある。『後撰集』歌のあり方がいわば正伝であるとすれば、それと異なるあり方を伝える『大和物語』は異伝ということになる。そうすると『大和物語』の『後撰集』歌章段は、世に伝えられる『後撰集』歌の異伝をありのままに語るものと、一応はなるであろう。だが、そうなると異伝ばかりを殊更に取り上げる『大和物語』の意識や意図が問題となる。『大和物語』は『後撰集』歌章段を通じて何をいおうとしているのかということであるが、それは後にまとめる。それに先立って考えねばならないことは、『後撰集』歌とそれにまつわる〈異伝〉が、そんなにも多くあったのだろうか、ということである。実際はそうではないのであって、むしろそれは『大和物語』自らが作り出したものなのではなかったろうか（第四五段・第七四段・第九五段など）。そしてそれらをあたかも事実を伝えるように語るのは、それらしく見せるための、やはり『大和物語』の意図的な方法であったであろう。〈物語〉とはあくまで事実の記録などではないはずだからである。真実を語ることであったはずなのである。いかにも事実に即してしか語らないかに見えることは、『大和物語』の語りのテクニックであったといわねばならない。

そして、語り手が自ら語りたい、伝えたいとして選んだ話柄を、さらに効果的に語ろうとするとき、語り手は相当に構成に気を配り、自然と虚構に踏み込まざるを得ないはずである（第四段など）。その程度の差はさまざまであっても、『大和物語』が〈物語〉である限り、虚構というものとまったくは切り離せないことはおよそ自明なのである。『大和物語』を事実に即した物語とする見方などは、この作品を理解するステップとは本来なり得ないと考える。問題は虚構の質と程度なのである。

そして、『大和物語』が『後撰集』と同じ歌を引いて語るいわゆる〈異伝〉は、〈正伝〉たる『後撰集』の内容を、けっして否定するものではなかった。『後撰集』は『後撰集』、こちらはこちらとして、それぞれに鑑賞享受されるべきものとされていたように思われる（第四段・第一三段・第四〇段・第五七段・第一一二段など）。すなわち、それが当代においても虚構の持つ意義なのであって、『大和物語』の語りを支える世の風潮とはけっして底の浅いものではなかったように思われるのである。

（2）『後撰集』歌章段では何を語ろうとしたか――。それはまず、歌そのもの、表現そのもののすばらしさなどではなく、〈歌を詠むこと〉〈歌が詠まれるということ〉のすばらしさを語ろうとしている場合が多いといえよう（第一段・第四段・第一五段・第四五段・第五六段・第五七段・第一〇九段など）。歌の内容や、表現技巧などがまったく無意味だというのではない。しかしそのこと自体を目的とするわけではないから、巧拙などは問題にならない。日常会話ではあり得ない心の通い合いであるとか、歌だから許される心の表現であるとか、何よりも歌を詠むこと自体が〈みやび〉を醸し出すことであることが語られる。歌というものが身分差を超えて、人と人との交流を成り立たせることを語る（第六八段・第一八六段）のも詠歌ということのすばらしさを語るもので、この一環としてよいであろう。

そして、これこそ『後撰集』時代の時代的特徴に通うものと見てよいであろう。『後撰集』は一つ一つが秀歌であるそういう意味の撰集ではない。歌は人と人との通い合いの中にある。だからその歌が詠まれる場の中に密接に置かれ、詞書は長くなる。詞書なしにはその歌が詠まれる意義は理解し得ない。類想類句も多くなる。それも類似の表現によりかかって心を通い合わせる一面である。勿論『後撰集』歌のすべてがそういう傾向にあるというのではない。表現そのものの確立をめざす『古今集』的な表現もある。しかし『大和物語』における『後撰集』歌はそういう面には関わらない。

（3）しかしともかく（2）は歌を中心とする物語である。けれども『大和物語』の『後撰集』歌章段は、けっしてそういうものばかりではない。語り手の関心が歌そのものより、かえって特定の人物に発して、その人物の性格やあるいは事跡を示すものとして歌が組み込まれる場合（第三一段・第一二二段など）が、また事件そのものへの関心を歌をまつわりつかせながら語る（第八一段・第九二段・第九三段など）場合もある。それらは結局〈歌を含む物語〉と総称していいはずのもの（第一〇五段・第一一九段・第一二〇段・第一二六段・第一三九段・第一六〇段・第一六八段など）に到るであろう。そこでは散文の構想がすでにあって、そこに歌が適宜組み込まれているにすぎないのである。そういうふうな面でも『後撰集』は少なからぬ役割を果たしていることをはっきりしておかねばならない。いわゆる〈歌物語〉から〈歌を含んだ物語〉まで、広い範囲にわたって『後撰集』歌はその各々の役割を果たしているのである。そしてここまでくると、むしろ『後撰集』歌の問題ではなくて、もはや『大和物語』そのものの問題というべきであろう。『後撰集』歌は『大和物語』のほぼ全体を覆っているからである。

注1　藤岡忠美「後撰集の構造―その二・平兼盛と「梨壺の五人」とのちがいについて」（『平安和歌史論』所収）
2　今井源衛「大和物語評釈二〇」（『国文学』昭和38・11）
3　柿本　奨『大和物語の注釈と研究』

4　中田武司「大和物語と勅撰集の関係（上）―その素材の基礎的研究―」（『解釈』二〇一号、昭和47・1）
5　妹尾好信「『大和物語』成立試論―『後撰集』との関わりを通して―」（『国文学攷』九五、昭和57・9）
6　柿本　奨『大和物語の注釈と研究』
7　今井源衛「大和物語評釈（一）」（『国文学』昭36・9）
8　南波　浩　日本古典全書『大和物語』・高橋正治日本古典文学全集『竹取物語・伊勢物語・大和物語・平中物語』
9　高橋正治　塙選書『大和物語』
10　今井源衛「大和物語評釈二」（『国文学』昭和36・10）
11　片桐洋一　鑑賞日本古典文学『伊勢物語・大和物語』
12　今井源衛「大和物語評釈九」（『国文学』昭和37・8）
13　柿本　奨『大和物語の注釈と研究』
14　今井源衛「大和物語評釈六一」（『国文学』昭42・11）
15　新田孝子「『大和物語』の婚姻と第宅」（『図書館学研究報告』17、昭59・12）
16　藤岡忠美「後撰集の構造―その二・平兼盛と「梨壷の五人」とのちがいについて―」（後、『平安和歌史論』所収）
17　今井源衛「大和物語評釈五」（『国文学』昭37・2）
18　今井源衛「大和物語評釈（二）」（『国文学』昭36・10）
19　同　「同　（一七）」（『国文学』昭38・7）
20　柿本　奨『大和物語の注釈と研究』
21　今井源衛「大和物語評釈（六四）」（『国文学』昭43・5）
22　同　「同　（二九）」（『国文学』昭39・10）
23　同　「同　（二三）」（『国文学』昭39・3）
24　同　「同　（二七）」（『国文学』昭39・7）

25 同「同(二八)」(『国文学』昭39・8)
26 同「同(三二)」(『国文学』昭40・1)
27 雨海博洋「大和物語の伊勢物語意識—大和一六〇段・一六五段を中心とした考察—」(『論叢王朝文学』昭53・12)
28 柳田忠則「大和物語における在原業平関係章段について」(『解釈』昭53・4)
29 今井源衛「大和物語評釈(四九)」(『国文学』昭41・9)
30 同「同(五四)」(『国文学』昭42・9)

第四章　〈歌を詠むこと〉をめぐって
——『大和物語』第一部の主題——

はじめに

『大和物語』は『伊勢物語』とともに「歌物語」とされながらも、その内容に大きな違いがある。はなはだ大づかみなものいいながら、『伊勢物語』の各話はそれぞれ、あることを物語るのに散文とともに歌の力を活用する。歌は地の文と相俟ちながら、全体として散文だけではけっしてなし得ない効果を発揮する。歌はそれ自体の力で物語の筋を動かしさえする。仮にこれを「歌そのものにかかわる物語」というとしよう。

そうしたとき『大和物語』とは、「歌を詠むことにかかわる物語」といえそうに思う。それは、物語の中で歌そのものの巧拙や価値をどれほども問題としない。歌の出来栄えなどより、〈歌を詠むこと〉自体がもうすでに意味ある営為なのである。物語は〈歌を詠むこと〉を軸として、むしろ散文によってあることを物語るのである。それはおおよそ、『大和物語』もその主体をなす第一部（第一四〇段までとする）について言うのであるが、以下はその詳論である。

なお、初段をはじめとする『後撰集』歌章段については別稿[1]で扱ったので、なるべくそれら章段は引用しないこととする。

一

『大和物語』では、どうみても〈歌が詠まれる〉ということだけが、話題の中心になっているとしか思えない場合がしばしばある。

たとえばまず**第一四段**である。陽成院に出仕した「おほふね」は、院のお召があまりにないので、「あらたまの年は経れども猿沢の池のたまもはみつべかりけり」という一首を院に奉る。話はそれだけである。いったいこの段は何を語ろうとしているのだろうか。この歌が院の心を動かしたとも言わないし、歌そのものが格別にすぐれた表現であるとして賞揚しているふうでもない。今井源衛氏は「死んでしまいますわよ」と、いわば脅迫的な態度に出たのである[2]」といわれ、柿本奨氏は「悲しみに堪え切れず投身を決意する話である[3]」とされる。なるほどこの歌は、第一五〇段に出る「わぎもこが寝くたれ髪の……」(『拾遺集』一二八九、人麿)を踏まえたものであることは明らかとしても、両氏のような読みができるほどの材料は提供されていないと思われる。そういうことは一切話の範囲外なのである。つまり、この話のポイントは、「おほふね」なる女が院に歌一首を献じたという、まさにそのこと自体にある、というほかない。

第一五段も似たような話である。陽成院は「釣殿の宮」に「わかさの御」なる女を、一度は召したがその後は絶えてなかった。女は「かずならぬ身に置くよひのしらたまはひかりみえさすものにぞありける」という一首を献じる。そこまでは前段と同趣である。そしてやはり院がその歌に感動したといったようなことはない。ただし前段と違うのは、その後にともかく院の反応が語られることである。院は歌を見て「あなおもしろのうたよみや」というのである。これについて今井氏は、院の異常性格に言及して「院の女に対する気まぐれで思いやりのない行為として、作者はこの話を書いたにちがいない。(2)」と推測される。一方、柿本氏は女の歌が「院を感動させたまでの話」とされる。だが何に感動したのであろうか。「おもしろのうたよみ」とは、詠歌すること、歌人、いずれを言ったのか、必ずしも分明ではない。だが要するに歌の内容に感動したのではないことは確かである。「わかさの御」がこの歌に籠めた心情は真率きわまりないものであり、それは読者のあわれを誘う。しかしそれは院には関わりのないことである。

思うに院は女が歌を詠むなどとは思いもしなかったのである。召がなくて嘆く女の例などはありふれたことであったろう。通常表立って現われてくることもないそういう女の気持など、院にとってはどれほどのこともなかろう。感興を覚えることがもしあったとすれば、そんな女の一人が、内容などどうでも、とにかく歌を詠んだということであり、そのこと自体が特筆に価することだったのである。こういう場合に女の側が歌を詠んで献じるということは、やはりよほど特異なことだったに違いない。

第一四段に類する話には、さらに**第二四段**がある。「右大臣殿の女御」は帝の来訪を待ちわびて「ひぐらしに君まつやまのほととぎすとはぬときにぞこゑも惜しまぬ」なる一首を奉る。やはりそれだけの話である。今井氏はこの話に次のような評を加えられる。すなわち、古歌ならぬ「今歌をめぐる男女の危機の話は、多くは男女の歌が歌われた時点のままで終わり、それ以後の世界の展開には触れられないことが多い。歌のよしあしそのものに、鑑賞の重点があるということもその原因であるが、現代あるいはそれに近い宮廷実話としての現実性が、それを拒むのであろう。(4)」と言われる。だが、「歌のよしあしに鑑賞の重点がある」とはどうであろうか。『大和物語』全体にそういうねらいがあるとするには、いささか物足りない歌がけっこう多い。そして又、そうであるなら、こうまで同じような話柄をとりあげる必要はないはずで、むしろ出来のよい歌を含んだ典型的な例を精選してあげるであろう。だがそういう意味での話柄の精選といった意識は『大和物語』全体を通して殆ど認められない。歌そのもののよしあしとはまったく無関係に、拾えるものなら何でも拾うといったところがある。それはともかくも〈歌が詠まれる〉ということ自体を、何よりも珍重する意識の現われといえよう。「宮廷実話としての現実性がそれを拒む」ということには基本的に異論はない。古歌は人を動かした。そうした浪漫的状況はもはや幻想でしかなく、宮廷生活の現実からはいかにも遠いであろう。おそらく『大和物語』の傍らにある現実はいっそうきびしくて、せっぱつまったぎりぎりのところでは、人が人を動かすのであって、そこに歌が介在する余地など、ほとんどなくなっていたのであろう。そういう意味あいから、これらの話柄が取り上げられたということなら、十分首肯に価する。

なお一つ、**第四八段**には里下りをして久しい更衣「刑部の君」に、「先帝」が「大空をわたる春日のかげなれやよそにのみみてのどけかるらむ」という歌を贈った話がある。例によって更衣の反応や、その後の展開について物語は何も語らない。おそらく、帝が一更衣に歌を詠んで贈るということ自体が、すでにすばらしいことで、読者とすればそれだけで満足のいくことであり、語り手としてもそれだけで十分語るに価するものと考えたのであろう。

二

それにしても、〈歌を詠むこと〉とはどういうことであり、又、なぜそれだけで珍重に価することであったのか。

第五段で、「先坊の君」(醍醐第二皇子保明親王)の死を「大輔」は限りなく悲しく思う。しかし現実の政治社会は、「極度に散文的」[5]である。「先坊の君」の母穏子立后の日、大輔の涙は「ゆゆし」とされ、彼女は晴儀から斥けられる。理性ではわかっていても抑えきれないのは感情である。その思いは結局歌というかたちをとるしかない。「わびぬればいまはとものをおもへどもこころにぬはなみだなりけり」と彼女は詠む。この場合、一首としての出来栄えなど問題にすべくもない。歌を詠むこと以外、彼女に何の方途もないのである。〈歌を詠むこと〉は切羽詰まった心のなせるわざであって、それゆえにひとりでに凝縮度の高いことばの秩序の世界が出来てしまう。そしてその出来上がったものは、もはや生活的現実を超えてしまっており、純然たる非日常である。やむにやまれぬ心の発露が〈歌を詠むということ〉になる。その機微をここでは語ろうとしたのではないか。

第一〇段は「げむの命婦」が「堤にありける家を人にうりてのち」そこを通った際に、「ふるさとをかはと見つつもわたるかな渕瀬ありとはむべもいひけり」という一首をものしたことを語る。『古今集』九三三「世の中はなにかつねなる……」（読人知らず）を踏まえ、「かは」に「彼は」「川」を掛けている。高橋正治氏は「一つ所に長く住みつくことのない世のはかなさを嘆いている。住みなれた家を見て、それを離れたあわれさ」[6]と言われ、柿本氏も「今は亡き母の膝下で育てられた幼児以来の思い出のしみついた家で、それを手放した悲しみがこみ上げて来て詠んだ歌」と評される。そのことに異論があるはずもない。だが一方、今井氏の「邸宅の売却というあまり明るくない材料を用いて、いさゝかの感情も表に出さず、ひたすら逸興の歌[7]」を詠んだのだとする見解は、物語の趣旨を考える上ではいっそう大事であろう。歌というものは生活感情そのままではない。生活的現実の悲哀が、歌という風雅と化すということこそ、ここでの主題ではないか。

日常的現実を雅語に転じる装置が歌であり、そういう装置を動かすことが、〈歌を詠むこと〉なのである。『大和物語』が伝えようとしていることは、まさにそのことではないのか。今井氏の言われる「ひたすら逸興」の意味がそこにある。痛切な思いはもとより日常茶飯にある。けれどもそれが歌として結実するかどうかということは、又別の問題である。そうそう普通にあることではない。そして歌として結実すれば、悲哀はもはや悲哀そのものではない。むしろ得難い風雅である。この場合、そうした〈歌を詠むこと〉の機微を語るのである。それを、『大和物語』とはたとえば「憂き世のあはれ」の種々相を描い(6)」たもの、というふうにだけ言ってしまうとすれば、物語における歌の存在意味をほとんど無視したことになりはすまいか。

第二段。退位剃髪した宇多帝は近臣を伴って山歩きをする。和泉の国「日根」という所に着いた時は、さすがに「いとこころぼそうかすかにておはします事を思ひつつ、いとかなしかりけり」という心境である。その時仰せを承けて「良利大徳」が「ふるさとのたびねのゆめに見えつるはうらみやすらむ又ととはねば」と詠む。一首は「ひね」を詠み込んだ隠名歌である。その巧みさがこの話の中心であるとする見方もあるが、それはどうであろうか。物語はここに至るまで相当多量の言辞を連ねて山歩きのつらさかなしさを語るが、所詮それは単なることばにすぎない。歌一首がまとめる哀切さは、やはり格別なものなのであり、そこに至って哀切さは真にそれとして完成定着するのである。散文的、現実的哀情が歌という風雅に転生されれば価値あるものとなる。『大和物語』は、すぐれた歌そのものを示そうとしているよりも、たとえばこのように、哀苦が歌に転封されていくプロセスそのもの、すなわち〈歌を詠むこと〉そのこと自体を語るのである。無論、その歌がすぐれたものであればいうことはない。だがそうでなくとも、そのプロセス自体を『大和物語』は価値あるものとするのである。

第六段では、「朝忠の中将」が「人の妻にてありける人」と思いを交わす。男は国守となって下向することになり、「これもかれもいとあはれとおも」う。二人はこのように「あはれ」と思い合うというだけのことなら『大和物語』が取り上げなくてもよい。いかにも普段にありそうな話ではある。だがここでは、女は男に歌を贈る。それは男がまさに「下りける日」という決定的な時にである。二人による「あはれ」は確定するのである。だから朝忠の恋はかえって素材にすぎないと言えるかもしれない。

第七段も同じである。長年思い交わした「おとこ」と「おんな」が別れねばならなくなった。「あはれと思」った男は女に歌を贈る。それを受け取った女は「いとあはれとおも」う。女は男の歌を見てそう思ったのである。歌が詠まれてはじめて「あはれ」は真に「あはれ」となったのである。なお、この段の登場人物は不特定称の「おとこ」「おんな」である。同様な段に第五五段、第五九段などもある。『大和物語』は知名の人物に寄せる興味関心が大きいことは言うまでもない。だが、だからと言って人物に対する興味からばかり話が集められているわけではない。やはり歌の問題がさらに重要なのであって、それが特定人物への興味関心を超えることもあることを、これらの段の存在が示していよう。

第九段では桃園兵部卿の北の方が夫の死を悲嘆している。ところへ「としこ」が歌を贈る。そのタイミングのよさが北の方にも歌を詠ませることになる。死別の悲傷も世には普通にあること。しかしそれが〈歌を詠むこと〉によって雅語として定着することは、やはり一般的なことではあるまい。北の方の歌は「あらばこそはじめもはてもおもほえめ今日にもあはで消えにしものを」である。たとえばこれが、歌ということばの秩序の中でしか言えない悲嘆のエッセンスである。こういう、〈歌を詠むこと〉を通して日常性に発しながら日常性を超えた〈みやび〉が形成される時、はじめて『大和物語』の話柄となるのである。勿論ここでは、悲傷を〈みやび〉に高める契機となった「としこ」の行為と人柄は大きな意義を持つ。

第二五段。死んだ高徳の僧の、室の前の松が枯れていた。それを見た「念覚法師」が「ぬしもなきやどに枯れたるまつみればちよすぎにける心ちこそすれ」と詠む。それを聞いた弟子の僧たちが「あはれがる」ったという。

大徳の死は既定の事実である。その悲しみが今、念覚の松に寄せる歌となる。その時人々はあらためて「あはれが」るのである。悲しみは悲しみでも、「ぬしもなきやど」「枯れたるまつ」といった事象とことばが発見され、「ちよすぎにける心ち」ということばが与えられる。それが〈歌を詠むこと〉である。その時人々の感情は新になり、感動を喚ぶのである。この話が語ろうとしていることは、念覚にかかる単なるエピソードではない。又、彼の一首そのものでもない。それ以上に、〈歌が詠まれる〉ということの意義である。

第四九段では帝がむすめの「斎院のみこ」に菊につけて一首を贈る。皇女が返歌をする。今井氏は「三十四、五歳の宇多天皇が二十歳ちかくの愛娘に対する父親らしい感情の流れ」(9)と言われる。又、第五一段では反対に斎院から帝に贈歌があって、贈答が成立する。親子の情愛も、本来ありふれた日常の中にある。しかしそれが〈歌を詠む〉、〈歌を詠み交わす〉というかたちになることが尊いのである。歌そのもののよしあしなど、その尊さの前にはどれ程のこともない。

ともかくも日常的なもろもろの思いが〈歌を詠む〉というかたちとなった時に、『大和物語』でははじめて話柄となるのである。

三

〈歌を詠むこと〉の意義と諸相をもう少し見てみよう。

第二三段は「陽成院の二のみこ」(元平親王)が「女五のみこ」(宇多第五内親王)にうつつを抜かし、長らく通った「後蔭の中将のむすめ」に夜離れを重ねる。だが拒まれる。親王は長らくの無沙汰の申訳をしようとしたのに、と言ってやったところ、女からは「ことばはなくて」、ただ「せかなくに絶えと絶えにし山水の誰しのべとかこゑをきかせむ」という一首だけが返ってくる。両人の関係がその後どうなったかは、例によって話の範囲外である。『大和物語』が話題になると考えたのは、やはり女の返事が「ことば」はなくて歌でだけあったという、そのことに尽きていよう。「ことば」とは日常的で、かなり気やすく、いいかげんでさえあるもの、同じ拒絶にしてもまだ和解の余地もあるかもしれない。だが、歌となればそれは決定的なものいいなのであり、これ以上絶対的な心情表出はないのである。だからこそ、この場合、〈歌が詠まれること〉で話が終わるのである。

歌が歌意だけのものなら、それは「ことば」で置き換えられる。ならば歌などはじめから不要である。〈歌を詠む〉ということは、それだけで特別な意義を持った。〈歌を詠む〉よりほかない事情というものがあった。それは多く、物事にひとつの決着をつけることでもあった。

第一一段、源清蔭の東の方は「忠房のぬしのむすめ」であったが、彼は「亭子院のわか宮」（醍醐皇女韶子）に通うことになる。だが子供もあるので彼は東の方と「言も絶えず、おなじ所になんす」んでいる。やがて彼は旧妻と縒りを戻したいと思う時が来る。その時彼は歌を詠む。東の方も返歌をする。それで関係は旧に復する。常々「言も絶えず」にいるのだから、まことに今更めいているのだが、いざ正式に和解ということになると、「言」ならぬ〈歌を詠み交わす〉というセレモニーがどうしても必要なのである。

第九四段では、「故中務の宮」（醍醐皇子代明親王）が北の方（定方女）を亡くし、子供を連れて定方邸に住む。亡き北の方の妹九の君と再婚しようと思うが、彼女には「左兵衛の督の君」（師尹）がすでに意を通じている。定方邸を去るべく決心した宮に、九の君の姉「御息所」が「なき人の巣守にだにもなるべきを今はとかへるけふのかなしさ」という歌を贈る。宮は「巣守にとおもふ心はとどむれどかひあるべくもなしとこそ聞け」と返す。今井氏は評して、「社交的な贈答歌として、時宜を得て、しかも見えすいた感情過多や、また煩わしい技巧過剰に陥らず、それでいて、云わねばならぬことは十分に云っている。洗練された宮廷のエチケットというものを感じさせる。[9]」と言われる。事は宮の思い通りにはならなかった。何らかの決着をつけねばならない。だがそれは、ただの「ことば」であれば、愚痴とも恨みともなろう。歌ならばそうではない。相互に適当に本音をいいながら、しかもわだかまりを残さず、事を見事に処理してしまうのである。

第三〇段は次のような話である。「故右京の大夫宗于の君」が「なりいづべきほどに、わが身のえなりいでぬこと、と思うたまひけるころほひ」、亭子院に紀の国から石につく海松が献上された。それを題に人々が歌を詠んだ折、宗于は「沖つ風ふけゐの浦にたつなみのなごりにさへや我はしづまむ」と詠んだ。すなわちわが身の不遇を嘆いた内容である。亭子院で詠んだだけに訴嘆の意図があったように思われるが、話は例によってそれだけで、実際に彼がどうなったかということはまったく語られていない。かつて南波浩氏がこの段を「憂世の悲哀《あはれ》[10]」と分類され、高橋氏が「官位のあがらないことを嘆く[11]」ものとされたのはそれはそれとして、今井氏は次のように言われる。「つきつめてみれば、むしろ、この場合には遊びの要素が多いであろう。官人たちにとって、何よりも切実な関心事である昇進のことを、風流の種にこなして、みごとな一首を詠作することに、かれは大きなたのしみを見出[12]」している、というのである。不遇の思いは嘘ではない。だからと言ってそれを言ってみたとてどうにもなるわけではない。しかし言ってもみたい。そこに〈歌を詠む〉ということがあるのである。それはひとつのカタルシスと言ってもよいであろう。歌という「ことば」の秩序の中に持ち来たったものは、もはや憂情そのものではない。風雅である。憂情は風雅となって楽しみとなる。そうなることによって彼は生きる。〈歌を詠むこと〉の意義がそこにもあるのである。

第九一段。中将であった「三条の右のおとど」が、久しく通っていたが今は仲絶えている女に、扇の調達を依頼する。祭の使の折に用いるためである。女は趣深く仕立ててよこす。見れば裏の端に「ゆゆしとていむとも今はかかひもあらじ憂きをばこれに思ひよせてむ」という歌がある。男はそれを見て「いとあはれとおぼして」返歌をする。女が扇を仕立てただけであったなら、『大和物語』の話柄にはならない。その折を巧みにとらえて〈歌を詠む〉という行為を重ねたからこそ、男は「あはれ」と思うのである。女の歌は扇に秋（飽き）になったら捨てられる意を寄せてのものであるが、歌意そのものはやはり殆ど問題にならないであろう。男が期待通りの仕上がりに満足している時に、それに追い討ちをかけるように詠歌の巧みさを見せる女、その存在を男は「いとあはれ」と思うのである。〈歌を詠むこと〉は詠む人の存在を相手に示すことであって、その意義は大きい。

歌の意や巧拙などは二の次である。とにかく〈歌を詠み交わす〉ということは、そこに日常の「ことば」では適わない心の交流が成り立つことである。たとえば身分差といったものは現実では絶対である。しかし間に敬語のない歌というものを置けば、詠人は対等である。そこにこの世ならぬ人と人との交情もあり得た。第九一段も勿論そうだし、たとえば**第六八段**など(8)もその例である。

四

『大和物語』にも一見歌そのものが人をうごかしているように見える場合がかなりある。だがそれもよく見ると、やはり歌そのものの力というよりは、〈歌を詠むこと〉の効果といえそうである。

第二二段。「良少将」が太刀の緒とする革を求めていた。「げむの命婦」は「わがもとにあり」といいながら出さなかった。あらためて少将が「あだ人のたのめわたりしそめかはのいろのふかさをみでや止みなむ」と詠んでやると、命婦はたちまち「めでくつがへりて、もとめてやりけり」ということになる。命婦は「ただごと」だけでは何もしないのに、歌で言ってやると動くのである。「あだ人の……」の歌はどのような場でも通じる歌ではない。普遍的な価値とは無縁な歌で、この場限りの機知である。又、歌意、すなわち良少将の心情が女の心を動かしているのでもない。すなわち、監命婦は当意即妙の表現を楽しんでいるのであって、仮にも歌を通じて魂がゆさぶられるような内面的感動がここにあるわけではない。〈歌を詠むこと〉とは、歌そのものに全身全霊の発露を賭けるのではなくて、歌を主体から離してそれを弄ぶほどの余裕をもって楽しむことでもある。

監命婦は『大和物語』のスターの一人である。いわゆる監命婦章段は第八段から始まる。彼女の許に「中務の宮」が通っていた。ある時宮は方ふたがりで行けぬと言ってよこした。それに対して命婦は「あふことのかたさはさのみふたがらむひとよめぐりの君となれれば」と詠んでやる。宮はたちまち「方ふたがりけれど、おはしましてなむおほとのごもりにける。」ということになる。一見いかにも歌に籠められた女の純情が男を引き戻したようにも見えるが、実は「ことば」による両人の丁々発止のやりとりと言うべきであろう。「ひとよめぐりの君」などという巧みな言をもって一首を成し、男を打ち負かした女の勝ちである。あるいは又、そのような巧みな歌をもってする女の価値を再発見して、急に女を惜しくなった男の負けである。いずれ、いわゆる〈歌の功徳〉と言ったものではない。この話には後半があって、宮は又しばらくの途絶えの後、「嵯峨の院に狩すとてなむ、ひさしく消息などもものせざりける。いかにおぼつかなくおもひつらむ。」と言ってよこしたのに対し、命婦は「さが」を逆手にとって、「おほさはのいけの水くきたえぬともなにかうらまむさがのつらさは」と詠み贈ったと語る。宮からの「御返し、これにやおとりけむ、人わすれにけり。」とはもっともらしいが、肝心の時に歌でもって女に挑めない男にどれほどの返歌があり得たろうか。今井氏は「監の命婦の和歌の措辞や発想それ自身の新鮮な面白さに主眼があろう。(13)」と評される。いわば機知の競り合いの場で、〈歌を詠む〉ということの方が勝ったのである。歌が相手の魂をゆさぶって感動を喚ぶというのとは、いささか趣を異にする。

第九九段では、「太政大臣」（忠平）が「亭子のみかど」に供奉して大井川に行った折、小倉山の紅葉のすばらしさに感銘し、当代の帝も行幸あってしかるべき「いと興ある所」と考える。そして「をぐら山みねのもみぢし心あらばいまひとたびのみゆきまたなむ」と詠む。「かくて、かへりたまうて、奏したまひければ、「いと興あることなり」とてなむ、大井の行幸といふことはじめたまひける。」と伝える。大井はたしかに「いと興ある所」ではあった。けれども醍醐帝が行幸される気になったのはそのせいではない。「いと興あること」をそこに窺い見たからである。この「所」と「こと」との違いに着目したい。紅葉のすばらしさは既に自明のこと、その紅葉に歌で呼び掛ける風流が尽くされたことこそが決定的に帝の心を動かしたのである。「をぐらやま……」の歌が詠まれなかったら行幸はなかったろう。だがその歌そのものではなくて、そういうような歌を詠むということこそが帝の心をとらえたのである。もっともこの時に実際に行幸があったか否かということについては古来説のあるところである。そしてそれはここではどうでもよいことである。

第一〇〇段は、大井に住む「季縄の少将」が「みかど」（醍醐）に「花おもしろくなりなば、かならず御覧ぜむ」と奏したのに、帝は行幸を忘れた。そこで少将は「ちりぬればくやしきものを大井川岸の山吹けふさかりなり」と詠んで献じる。帝が「あはれがりたまうて、いそぎおはしましてなむ御覧じける」という話である。ここでも帝が「あはれがりたまう」たのは、歌を詠み出さざるを得ないほどに切迫した季縄の心であって、歌のものではないと考えられる。その辺の事情は今井氏が、「このばあいは、主として季縄の行為とその真情に感動されたのである。[14]」と言われる通りである。「季縄の行為」とは無論〈歌を詠むこと〉である。柿本氏が「歌の力が帝の胸を打った。歌は散文よりも人の心を動かすものとされていた。」と言われるのは、この場合は賛同しがたい。

『大和物語』第一部は、以上のように、〈歌を詠むこと〉の諸相を語ろうとしたもの、と言ってよいであろう。かつて南波氏、高橋氏はこの作品の内容を何項目かに類別されて、その中の一として「詠歌のあはれ」を言われた。(15) だかそれは全体に及ぶべきものであって、たとえば「恋の悲哀《あはれ》」「別離の悲哀《あはれ》」などと並列するものではない。それら「悲哀」は歌を詠むことによって真の「あはれ」に高められるのである。「悲哀」は素材に過ぎない。

五

〈歌を詠むこと〉にこだわって来た。それだけではなお説明しきれないことは残る。だがともかくまず、この概念を立てないと『大和物語』の本質は把握できない。『大和物語』は宮廷を中心とするゴシップの集成であるとする見方はごく一般的ではあるが、それでは肝心の歌の占める位置が脱落してしまう。それを言うなら、〈歌を詠むことがかかわるゴシップ〉である。『大和物語』では一々の歌そのものの価値が問われるのではなく、どのような歌でもよいからとにかく〈歌を詠むこと〉自体が価値あることなのである。

ところで、ここに奇妙な内容の段がある。**第六五段**である。「南院の五郎」が「伊予の御」なる女房に懸想し、懸命に歌を贈り続ける。しかし女はついに取り合おうとしない。女は男を評して「歌も詠み、あはれに言ひゐたれば、いかにせましと思ひて、のぞきてみれば、顔こそなほいとにくげなりしか」と言ったというのである。ここでは〈歌を詠むこと〉がまるで相手の心を開かないのである。こうなると男が詠歌におのれを賭ければ賭けるほど傍らからは滑稽に見えてくるばかりである。そして、結局事が決まるのは、〈歌を詠むこと〉によってではなくて、どうしようもない形而下の条件によってである。〈歌を詠むこと〉の有効性は、この段に関する限り、決定的に否定されている。奇妙と言ったのはその意味においてである。だが、女は男についてひとたびは「歌も詠み、あはれに言ひゐたれば、いかにせましと思」ったと言うのであるから、〈歌を詠むこと〉、風雅ということにまったく価値を認めていないのではない。だが、彼女の場合、いざ行動するとなると、価値の第一の基準がそこにないのである。つまり、歌は歌、現実は現実、とはっきり区別をしているのである。そして、意味は多少異なるかもしれないが、この段の内容に通じるものは、今井氏が指摘されているようになお他にも見出せるのである。[16]

要は、〈歌を詠むこと〉を風雅なこととし、そのことをもっぱら語ると見えた『大和物語』の内部に、こうした要素が含まれている、という事実である。そして、おそらくそれは『大和物語』という作品を齎らした時代の、時代相そのものの反映なのではなかったろうか。たしかに〈歌を詠むこと〉は風雅なことであり、それを享受し合える条件下においてはすばらしいことである。だがそれは脱日常的なこととして、日常的現実からは意識的に区別されねばならなかったのであろう。

しかし又、そうした時代相こそかえって『大和物語』という作品を結晶させていく契機ともなったであろう。〈歌を詠むこと〉の無力さ、はかなさがあれば、逆に〈歌を詠むこと〉のすばらしさ、有効性が限りなく憧憬されもしよう。『伊勢物語』もそうであったはずである。「あるをとこ」が歌なるものにおのれの生を賭けていくことを語るのは、現実にそういう状況がすでになかったからであると思われる。だからこそ両作とも場面を過去に設定するのである。それは現実に人々の身辺に歌が、あるいは〈歌を詠むこと〉が、盛行していたこととは、又別のことだったのである。

注
1　本書第二部第三章。
2　今井源衛「大和物語評釈六一」（『国文学』昭42・11）
3　柿本　奨『大和物語の注釈と研究』。以下柿本説はすべて本書による。
4　今井源衛「大和物語評釈六二」（『国文学』昭43・1）
5　今井源衛「大和物語評釈一五」（『国文学』昭38・4）
6　高橋正治『大和物語』（塙選書）。
7　今井源衛「大和物語評釈一六」（『国文学』昭38・6）
8　今井源衛「大和物語評釈一三」（『国文学』昭38・1）
9　今井源衛「大和物語評釈二〇」（『国文学』昭38・11）
10　日本古典全書『大和物語』解説。
11　日本古典文学全集『竹取物語・伊勢物語・大和物語・平中物語』頭注。
12　今井源衛「大和物語評釈六四」（『国文学』昭43・5）
13　注7に同じ。
14　今井源衛「大和物語評釈二二」（『国文学』昭39・2）
15　注10・注6に同じ。
16　今井源衛「大和物語評釈七」（『国文学』昭37・6）

あとがき

一〇世紀初頭に成立した『古今集』は我文芸史上に実に大きな影響を齎らした。その最大のものが歌物語ではあるまいかという見通しが、そもそも自分が『伊勢物語』に関心を抱いた始まりであった。『大和物語』はそれに随伴するかたちで関心の的となった。以来、書き散らしてきた諸論を集成したのが本書である。原題と初出を示すと次の通りである。

【第一部　伊勢物語】

第一章　伊勢物語私論—主として伝承と反古今との視点から—　『国語と国文学』51巻11号　昭和49・11

第二章　伊勢物語「むかし、をとこ」論　『平安文学研究』52輯　昭和49・7

第三章　『伊勢物語』二条后物語論　『国語と国文学』63巻9号　昭和61・9

第四章　『伊勢物語』東国物語論　『米澤国語国文』16号　昭和63・6

第五章　帰京した「をとこ」の物語—『伊勢物語』一六段から二四段までについての論—　『米澤国語国文』17号　平成1・6

第六章　たゆたう「をとこ」の物語（一）—『伊勢物語』第二五段から第三七段についての論—

第七章　『伊勢物語』第六五段と第六九段をめぐって　『米澤国語国文』18号　平成2・12

第八章　『伊勢物語』後半部の〈をとこ〉をめぐって
福井貞助編『伊勢物語―諸相と新見―』（風間書房　平成7）
第九章　『伊勢物語』の「をとこ」をめぐって
『米澤国語国文』25号　平成8・12
付章一　伊勢物語の増益
王朝物語研究会編『論叢伊勢物語Ⅰ　本文と表現』（新典社　平成11・9）
付章二　（書評）福井貞助『歌物語の研究』
『一冊の講座　伊勢物語』（有精堂出版　昭和58・3）
『国語と国文学』64巻4号　昭和62・4

【第二部　大和物語】

第一章　『大和物語』の在中将章段をめぐって
一関高専『研究紀要』17号　昭和57・12
第二章　『大和物語』における「大和」をめぐって―一四九段を発端として―
『文芸研究』一〇三集　昭和58・5
第三章　『大和物語』の『後撰集』歌章段をめぐって
『米澤国語国文』14号　昭和62・4
第四章　『大和物語』第一部考―〝歌を詠むこと〟をめぐって―
『文芸研究』一一八集　昭和63・1

もとより体系的な叙述を企図したものでないので、それぞれ重複したり、首尾一貫していないところも多く、研究者のはしくれとしては、このような断稿をそのままに世に出すことには内心忸怩たるものがある。しかも発表時からかなりの時を経て、すでに批判や反論も諸書に散見する。訂したい焦燥に駆られる箇所は数多い。にもかかわらず、最少限度の手直し以外は、敢えて旧稿のままとした所以の一は、自分自身かつて先学のご高論を探索するのに苦労し、もしまとまったものがあったらどんなによかろうと、たびたび思ったことがあったからである。今回もそういう意味の慫慂を幾度も受けた。自分としては今更自説に執する気などさらさらない。だがたとえ若書きであろうとも、一旦書いたものにはそれなりの責任はあろうからである。

無論旧稿の各々に、自分のその時なりの思いがないわけではない。例えば第一部第一章および第二章は、当時飛ぶ鳥も落す勢だったいわゆる『伊勢物語』三段階成立論に結果的に異をとなえることになり、少なからぬ勇気がいって、なかなか出せなかったし、それが又、雑誌『国文学』（昭50・1）の学界時評で見開き二ページにわたって「従来の伊勢物語生成論に対するめざましい異説」として紹介された時には、身の縮む思いであった。実は自分としてはそれは「生成論」ではなくて、どこまでも「作品論」のつもりであったからである。だが、時流の反応は違っていた。『文学・語学』75号（昭51・1）での学界展望においてはそれこそまさに「作品論を安易に成立論に関わらせて行う方法の貧困」（増田繁夫氏）の例とされたことなど、今だに記憶に新しい。そんな自分に『一冊の講座』から付章一の分担が割当ってきた時の当惑も忘れられない。あるいは又、同第四章がやはり『国文学』の学界時評で「作品論の本義を示唆する高論」と評していただいたのを契機に市原愿氏の痛烈な批判「伊勢物語「東下り章段」再説」（『文学・語学』一二二号）に接することになったりした。室伏信助氏からは『大和物語』を含めて幾度かにわたって賛否両論のご意見ご批判を寄せられた。思えばまったく心ならずも物議ばかり醸してきたような気もするのである。正直に言えば、反論をモノしようと思ったこともないではないが、そうしたことはえてして殆ど実りのないことを思って一切やめた。反論、批判に対してはそれなりに謙虚でありたいと思い、それ以上にありがたいとも思ってきたが、同時に、もう少し自分の文脈全体の中で読んでいただきたいという思いも常に抱き続けても来た。

とすれば、自分なりの考え方は、考え方の一つとしてせめてきちんと残し留めておくことは責務の一かと思ったことも、敢えて本書を編むことにした所以の一である。それがまったく誤っていれば、正していく対象になればよいのだし、すべてが消え去ってもいっこうにかまわないのである。逆に、もしもそこに今後の思索の芽にでもなるものがいささかでもあれば、それはそれで望外の幸である。それが本書を世に出す自分の偽らざる覚悟である。

折しも今年は自分の教職四十年めにあたる。定めによる退職の時期も近い。本来ならばもっと体系的な仕事をして、ケジメをつけるべきかとも思うが、自分ごとき非力な者にはもはや日常業務で手一杯、何をなす術も気力もない。せめてこれまでの折々に未熟ながらモノした断稿を、それぞれの折々の記念として残すことも、一方ではお許し願いたいと思う。

それにしても、国文学界、人文学界の現在置かれている状況は、まことに暗澹たるものがある。自分ごときには今後の進むべき方向さえ見えない。賢明な後進の諸氏の、ご奮闘を切に祈るばかりである。

最後に、本書が成るにあたっては、拙著『古今的世界の研究』刊行以来のご縁で、鼎書房の加曾利達孝氏に一方ならぬご厚意を蒙ることになった。感謝などというなまやさしいものではない。深い恩義を感じつつ、心底からのお礼を記して結びに代える次第である。

平成一二年盛夏　　　　著　者

章　段　索　引

（数字はページを示す。）

【大和物語】

菊地靖彦（きくち　やすひこ）
1936年生。山形県出身。
東北大学文学部国文学科卒業。
東北大学大学院文学研究科国文学専攻修士課程修了。
東北学院高等学校教諭・国立一関工業高等専門学校教授を経て、
山形県立米沢女子短期大学教授（国語国文学科長）。
文学博士（東北大学）。
専攻は中古文学（特に和歌・歌物語・日記文学）。
【主な著書】
『『古今集』以後における貫之』（桜楓社・1980）
『古今的世界の研究』（笠間書院・1980）
『新編日本古典文学全集13　土佐日記　蜻蛉日記』（共著・小学館・1995）
『和歌文学大系19　貫之集　躬恒集　友則集　忠岑集』（共著・明治書院・1997）

伊勢物語・大和物語 論攷

2000年9月30日　初版発行
著　者　菊地靖彦
発行者　加曽利達孝
発行所　鼎　書　房
〒132-0031　東京都江戸川区松島2-17-2
TEL・FAX　03-3654-1064
印刷：㈱太平印刷社
製本：㈱エ　イ　ワ

ISBN4-907846-01-0 C3091